NUEVE CUATRO

NICOLAS LAQUERRIÈRE

NUEVE CUATRO

ROMAN

HarperCollins TRAVERSÉE
WAGRAM livres

HARPERCOLLINS FRANCE
83-85, boulevard Vincent-Auriol, 75646 PARIS CEDEX 13
Tél. : 01 42 16 63 63

www.harpercollins.fr
ISBN 979-1-0339-1165-4 — ISSN 2724-9972

Pour ma mère qui y a toujours cru,
Pour mon père qui voulait que je trouve du boulot,
Voilà.

« Y a des gens…
Ils s'inventent des vies, ils s'inventent des couilles,
ils inventent des histoires, ils se les font tourner entre eux,
ils y croivent dur comme fer… »

Rohff, dans la vidéo de la pelle

1

Un toubib, deux pieds, neuf orteils.

Ça ne surprend pas Henri, il est là pour ça. Vu son âge, il est juste surpris que son diabète ne l'ait pas rattrapé plus tôt. Quoi que le toubib s'apprête à lui raconter, il estime avoir gagné. Sa femme est morte depuis trois ans. Il a profité de plus de dix ans de sa retraite alors qu'il ne pensait même pas vivre assez longtemps pour l'avoir. Il a vu l'intégrale de *Columbo*, *Hercule Poirot* et *Maigret* plusieurs fois. Tout compte fait, elle commence à le faire chier sa retraite.

Bon là, c'est foutu, il ne peut pas faire semblant plus longtemps. Il doit se cogner le baratin du toubib. Il a fait semblant de dormir une fois, deux fois mais là il a ouvert les yeux et l'autre l'a vu. Un docteur, la petite trentaine, en bonne santé. Le genre à faire un footing quand il peut. Évidemment dix bornes minimum. Au service militaire, Henri a assez couru pour deux vies. Il préférait tirer. Et puis cet orteil en moins, ça risque de l'empêcher de cavaler. Mais qui sait, avec la médecine moderne, tout est possible.

D'après le médecin, l'opération s'est bien passée. Il est vivant ; son orteil est mort. L'autre lui explique qu'au départ ça va lui faire bizarre quand il marchera. Il fallait s'y attendre. Puis il remarque qu'Henri est ailleurs, alors il lui demande si tout va bien. Quand Henri ne lui répond pas, il passe aux menaces pour le réveiller. Cette amputation est un signal fort. Un palier à prendre au sérieux dans l'évolution de la maladie. Pas de marche arrière possible. Son orteil ne repoussera pas. Henri est à ça, mais alors vraiment à ça, y a genre un demi-millimètre entre son pouce et son index, de lui demander s'il le prend pour un con. Mais le docteur ne le lâche pas : s'il continue, ce seront d'autres orteils puis le pied puis la jambe puis…

— La bite ?

Le toubib ne l'avait pas vue venir. Henri sera mort et enterré que celle-là, il la racontera encore à ses confrères, à ses copains de footing et à ses gamins quand ils auront l'âge. C'est avec ces conneries-là qu'Henri accédera à l'immortalité. Du moins pendant un temps. Tant que quelqu'un se souviendra de lui, neuf orteils ou pas, trois dents en moins ou pas, six pieds sous terre ou incinéré, il vivra encore. Henri aurait aimé la raconter à ses petits-enfants, mais comme il n'a même pas eu d'enfants tout court, ça risque pas. Parfois il le regrette. Souvent il se dit que personne ne méritait de l'avoir comme père. Déjà que sa femme l'a subi comme mari. Qu'elle meure avant lui était peut-être sa revanche sur leurs années à s'emmerder ensemble, tout compte fait. Mais sans rire, elle n'aurait pas pu tenir encore un peu ? Marie-Line, elle se serait moins fait chier toute seule. La vie sans elle, c'est qu'une salle d'attente.

Qu'est-ce qu'il lui reste ? À part des rendez-vous médicaux, pas grand-chose qui regarde le docteur. Ses disques. La chasse. Est-ce qu'il pourra marcher convenablement pour y retourner sans trop en chier ? Ça, c'est une vraie question, mais il sent que le toubib doit être vegan ou une connerie du genre et qu'il va lui faire un laïus dans le laïus s'il lui demande si c'est bon pour la chasse. Non, ce qu'il a hâte de retrouver, c'est ses mercredis avec Clara. Mais pour le moment, ce qu'il a, c'est le toubib qui embraye.

— Vous allez mourir, monsieur Maire.

— Vous aussi.

Ça aurait pu s'arrêter là mais le docteur croit en l'humain. Ça se sent. Ça se voit. C'est un brave type, c'est sûr. Pour lui, tout s'est passé comme il l'avait prévu et il a de quoi garder le sourire et souhaiter la même chose à son prochain. Pour Henri aussi, tout s'est passé comme prévu. Il a juste eu moins d'imagination. Là où l'autre s'est vu médecin, Henri s'est contenté d'un conseil lâché vers la fin de son collège : faire de la compta. Là où le toubib a imaginé des vacances, Henri s'est contenté de regarder *Thalassa*. Là où le toubib a enchaîné les conquêtes féminines et peut-être même masculines vu qu'il semble ne pas avoir de poils sur le corps, Henri s'est contenté de Marie-Line, de Samira et de quelques autres qui lui ont coûté plus ou moins d'oseille. Et tout ce dont Henri s'est contenté, ça lui a suffi, mais rien que d'y penser, ça commence à bizarrement le gratter là où il y avait son orteil.

— Je vais faire attention, mais comme vous avez dit, docteur, le mal est fait.

— Vous pouvez encore profiter des années qui vous restent.

— Et je compte bien en profiter comme j'ai profité des soixante-douze autres, croyez-moi. C'est juste que j'ai peut-être trop profité et qu'il est temps de payer l'addition, vous croyez pas ?

— C'est... Oui, c'est une façon de voir les choses.

Alors que le médecin passe d'une jambe sur l'autre, Henri s'accroche au petit rictus douloureux qu'il a sur le visage.

— Regardez. Ça se voit que vous en chiez avec votre genou, vous avez trop poussé à votre dernier jogging, c'est ça ? Vous payez l'addition.

Alors là, le docteur qui pensait avoir affaire à un vieux con est à deux doigts de se la prendre et se la mordre. Il croyait faire de la prévention amputation à Henri Maire mais c'est carrément Sherlock Holmes qu'il a en face de lui. Henri, sourire en coin, content de sa petite démonstration, désigne ses pompes multicolores.

— Elles sont tellement moches vos tennis qu'elles peuvent être faites que pour un sport aussi dégueulasse que la course à pied. Je vous vois depuis tout à l'heure, vous savez pas comment vous appuyer sur votre jambe, et même si c'est le genre de douleur qui se supporte, elle est quand même bien là, pas vrai ? Et ce qui vous emmerde le plus, c'est que malgré vos dix ans d'études vous n'avez rien en magasin pour vous soulager.

— On peut dire que vous êtes encore vif pour votre âge. Vous faisiez quoi avant ? Comme métier je veux dire.

— J'étais comptable. Pas vraiment un métier, si vous voulez mon avis.

Moue du toubib. Il n'a rien à dire. Comptable, c'est tellement nul. On ne peut pas bourrer le mou à quelqu'un en lui disant que ce n'est pas si mal. L'un sauve des vies, l'autre magouillait des chiffres. Pas de comparaison. Même pas la peine d'essayer.

— Je vous aurais bien vu flic.

Henri ricane. Lui, flic ? Aux dernières nouvelles, sa mère n'était pas pute, aucune chance qu'il soit flic. Ces fumiers.

— Non, docteur, je suis juste un vieux con qui a tellement de temps à tuer qu'il regarde ce qui se passe. C'est tout ce que je suis.

La conversation semble bien plaire au toubib, mais là, ça y est, il faut abréger. Henri a autre chose à foutre.

— Et sinon, mon orteil, vous en avez fait quoi ? Je peux l'avoir ou pas ?

Vu la gueule du médecin, Henri se retient d'avouer que c'est une plaisanterie et se contente de se redresser et de lui désigner le placard. Qu'il se rende utile et lui donne ses affaires.

— Vous avez égaré mon orteil ?

Le médecin, confus et rougissant, donne ses vêtements à Henri qui ne se sent jamais aussi proche de l'extase du petit Jésus sur sa croix que quand il fait chier les gens.

— Monsieur Maire, vous savez, ces déchets organiques, et je n'emploie pas le terme « déchet » de manière péjorative, sont en général incinérés, mais si vous vouliez le garder, rapport à vos croyances, je peux me renseigner mais pas sûr que…

Quelle croyance peut t'amener à vouloir garder un orteil pourri ? Ce que les gens peuvent croire, ça le dépasse. Pourtant

Henri fait plus d'un mètre quatre-vingt-cinq. Alors normalement, il n'y a pas grand-chose qui le dépasse.

— Vous avez raison, je vais faire attention. Y a encore des trucs qui en valent la peine.

Le toubib sourit. Henri aussi : il est libre. Dans dix minutes, il sera sur le parking de l'hôpital. Il se dégoupillera une grenade de glucose bien fraîche estampillée Coca-Cola. Il en boira une gorgée pour sentir le rush du sucre le traverser de part en part. Il se voit déjà poser la canette sur le toit de sa Renault Manager et foutre la main dans la poche de son blouson préféré pour en sortir un Snickers et l'engloutir comme les bestiaux dévorent leurs proies dans les documentaires animaliers. Et, pendant tout ce festin, il regardera l'hôpital droit dans les yeux. Oui, tout ça le tuera. Comme le reste. Mais une chose est sûre : quoi qu'il arrive, l'hôpital, il n'y reviendra plus jamais. Il mourra, comme tout le monde, mais ce ne sera pas ici.

Le contact dans la bagnole, un coup sur la radiocassette, volume coincé sur « plein pot ». Henri toujours pas sourd après des années de bagarre avec sa femme pour ne pas baisser la musique. Son autre grande passion. La musique. Pas devenir sourd. Maintenant qu'elle est morte, c'est toujours à fond. Maintenant qu'elle est morte, il a le dernier mot sur toutes leurs embrouilles. Un deuxième coup sur l'autoradio récalcitrant pour que l'une de ses compiles faites maison se lance. *Gimme Little Sign* de Brenton Wood. Le genre de morceau qui s'écoute comme ça, en roulant, fenêtres ouvertes, et évidemment assez fort pour mettre les pensées en veilleuse et se laisser dire que la vie n'est pas la vie et que l'on est le héros de son propre film pendant deux minutes et demie. Ça suffit à Henri pour se sentir vivant. Du sucre et de la musique dans les veines. En envoyant balader l'hôpital, il se sent aussi vivant que bientôt mort – et ça, il fera avec.

Henri se demande s'il arrivera un jour au supermarché. Il y a de plus en plus de travaux en ville. Ils retapent les routes mais ils font ça n'importe comment. Ils te bouchent un coin de rue qui te force à te payer un détour de dix minutes parce qu'ils sont infoutus de faire les choses dans l'ordre. En revanche, poser des panneaux de déviation, ça, ils savent faire. Henri repère même un trio de gamins, pas plus de dix ans, qui fauchent un de ces panneaux et se barrent avec, hilares, poursuivis par des mecs du chantier qui ne tiennent clairement pas la distance. Ça le fait marrer. C'est toujours ça de pris.

Le supermarché en semaine, il n'y a pas mieux. Surtout à cette heure-là. Les ouvriers et les employés des PME du coin sont en plein boulot et pas dans les rayons à mettre trois plombes à choisir leur sandwich, la bouteille d'eau qui va bien et le paquet de biscuits pour tenir l'après-midi. Là, il n'y a que les poivrots venus se ravitailler, une ou deux 8.6 à la fois, les mères célibataires qui font les courses, écouteurs sur les oreilles en prenant tout leur temps, seul moment de détente de la journée entre deux dépôts/retraits de leur progéniture à l'école, et les vieux comme lui qui ont le bon goût de faire leurs courses en semaine et en journée pendant que les autres bossent. Moins de monde dans les rayons, c'est moins de monde aux caisses. Même à l'heure de pointe, malgré les dix caisses existantes, un texte de loi semble leur interdire d'en ouvrir plus de deux. Henri boitouille un peu mais il se dit que c'est son esprit qui lui joue des tours et qu'il compense. Après tout, on ne lui a retiré qu'un orteil.

Panier à la main, il sait ce qu'il lui faut. Il a la flemme d'aller à la boucherie, alors il va se prendre le plus gros steak sous cello qu'ils ont en stock. Les frites, il se les fera lui-même avec les deux plus grosses patates qu'il trouve en vrac. Puis il a des remords, alors il en rajoute une troisième. Des fruits ? D'autres légumes ? Demain. Niveau sauce, il a ce qu'il faut à la baraque. Il réfléchit comme s'il était parti de chez lui depuis des mois. Ça fait à peine vingt-quatre heures. Il sait qu'il a assez de Coca en stock pour tenir deux hivers nucléaires. Pour finir, il est tenté de faire un truc qu'il ne fait pas d'habitude par rapport à son rituel avec Clara.

Tous les mercredis, vers 2 heures, elle sort de chez elle et traverse la rue pour venir sonner chez lui. Là, ils s'installent dans le jardin (ou restent à l'intérieur quand il caille trop) et Henri aide la petite à faire ses maths et ses devoirs d'économie en buvant et en mangeant des sucreries. Elle n'a pas de grands-parents, il n'a pas de petits-enfants. D'habitude, il achète le chocolat et les gâteaux le mercredi matin, mais là, comme il est là, pourquoi pas en profiter ? Ça lui fait changer ses habitudes et il n'aime pas trop ça. Mais, en même temps, il a envie de s'insulter de penser ça. Comme ces tarés qui veulent être enterrés avec leur orteil pourri. Allez. Une tablette de chocolat aux noisettes pour lui – des noisettes entières, pas des éclats. Une tablette de chocolat à l'Oreo pour elle. Son préféré. Il rajoute un paquet de gâteaux auxquels elle ne touchera pas, mais au moins ils seront là et lui, il les mangera avant de se coucher. C'est le rituel du mercredi.

Parfois, Clara rapporte des gâteaux cuisinés par sa mère. Des biscuits de Noël polonais. Mélange de pain d'épice et de cacao. Sur le papier ça pourrait être bon mais, dans la bouche d'Henri, c'est l'enfer. Ça ne l'étonne pas qu'elle utilise Clara pour les refourguer au vieux d'en face. Il n'a jamais osé la vexer en lui disant que c'était immangeable, mais il aurait peut-être dû et mettre un terme à ce cirque. Maintenant, la mère de Clara en fait à n'importe quel moment de l'année. Ça n'a jamais payé d'être poli.

Le pavillon d'Henri est semblable à tellement d'autres de ce quartier de l'ouest de Ratigny. Avec sa femme, ils aimaient appeler leur partie de la ville la Rive gauche, à cause de son emplacement vis-à-vis de la Seine.

Henri a une courette à l'avant, deux niveaux et un jardin pas immense mais assez exposé pour profiter du soleil et pas assez pour cramer en été. La maison ne paye pas de mine mais, pour un couple sans enfants, sans projets extravagants et sans plus aucune traite à payer, c'était parfait. Henri aime cet endroit. Même s'ils n'ont été que deux à y vivre, ils se sont fabriqué assez de souvenirs pour n'avoir jamais eu à regretter de s'être installés à Ratigny.

Après avoir posé les courses sur la table de la cuisine et allumé sa friteuse, Henri fonce au salon. Le lieu de sa vraie passion. Son mur de vinyles de soul, de R'N'B, de disco et de toute cette musique des années 50, 60, 70. Et même s'il a dans les cinq cents disques, il est en fait sur une rotation d'une vingtaine d'indémodables à ses oreilles. C'est parti pour Al Green. L'un des rares à ne l'avoir jamais déçu.

L'étape suivante, c'est d'éplucher et couper ses patates en gros morceaux. Elles cuiront le temps qu'il faudra mais il compte bien se régaler. Il sort du beurre de son frigo blindé de Coca, de sauces et de légumes qui ne sont là que pour faire de la figuration. Henri aime se donner bonne conscience mais faut pas charrier, alors les fruits et les légumes, c'est pas cinq par jour mais cinq par semaine. Comme il fait bon, il met son couvert dans le jardin. Il lui arrive de finir les phrases d'Al Green mais il ne chante pas en même temps, il déteste les gens qui font ça.

Pas portés sur le jardinage, ils n'ont jamais trop forcé sur les fleurs ou la verdure, ce qui devait pousser a poussé et Henri coupe quand ça devient le bordel. Marie-Line, elle, son plaisir c'était de boire au soleil en lisant ses bouquins. Après quarante ans comme secrétaire dans la même boîte qu'Henri, elle a passé sa retraite à lire, boire et sur la fin, perdre contre le cancer.

Un truc a laissé Marie-Line perplexe jusqu'au bout. C'est l'hexagone de plastique d'un mètre de haut rempli d'eau qui se prend pour une piscine, qu'Henri a acheté il y a des années de ça et qu'il a posé en plein milieu du jardin. Il a aussi acheté un matelas gonflable avec un trou pour poser sa canette de Coca, un vrai truc de beauf selon Marie-Line, la grande classe selon Henri, et il a passé des journées entières là-dessus à rien foutre. « Dans ta bassine », comme elle disait. Juste écouter de la musique et gueuler après Marie-Line pour qu'elle lui rapporte une autre canette ou qu'elle aille retourner les disques. Une fois sur deux, il la laissait choisir le disque suivant. Maintenant, il est obligé de faire tout ça lui-même et il n'a plus jamais la surprise de ce qu'il va entendre. Vu le temps, il sent qu'il va glander l'après-midi dans sa bassine et que ça sera très bien comme ça. Il devrait aller à la pharmacie chercher des trucs pour son pied mais il a la flemme. Qu'ils aillent se faire foutre. Son orteil ne repoussera pas.

Le soir venu, quand il commence à se les geler sur son matelas, il rentre. Tout ça pour finir devant la télé à zapper comme un trimard. C'est dans ces moments-là qu'il se dit qu'il pourrait se foutre en l'air. Des pubs pour des merdes. Des merdes qui servent qu'à faire de la pub pour d'autres merdes. C'est bon. Il a subi ça trop longtemps. Parce qu'il faut bien regarder quelque chose, il s'arrête sur une série policière. Et pas le genre qu'il aime bien. Là, c'est une connerie sur une femme flic mère célibataire qui cherche l'amour désespérément et qui enquête sur des meurtres à ses heures perdues. À l'époque il y avait *Julie Lescaut*, avec l'actrice raciste. Jouer une flic si longtemps ça a fini par déteindre sur elle. Maintenant elle a plein de rejetons comme elle à la télé. Des flics qui se font passer pour des gens sympas, quasi-assistantes sociales, à la limite de nous donner envie d'être flics. En plus de ça, y a les reportages où ils nous disent que c'est dur comme métier et que personne ne les aime. Mais qui les a envoyés à l'école de police ? Pas Henri, non ? Alors il les emmerde mais regarde quand même toutes les séries policières.

Il n'a pas oublié ce qu'ils ont fait à son copain à l'époque, ces enfoirés. Il n'a pas oublié que lui, ils ont à peine regardé sa carte d'identité et lui ont dit de dégager. Il n'oublie pas que Mehdi, il ne l'a jamais revu. Il n'oublie pas que ce sont les flics d'ici qu'ont fait ça. Ils étaient au bord de la Seine. Mehdi ne savait pas nager. Ils rentraient du boulot, c'était l'été, ils s'étaient pris à boire et s'étaient posés sur les quais. Passion Coca plutôt que bière pour les deux. L'un pour cause d'islam, l'autre pour cause d'addiction au sucre. C'est ce qui les avait rapprochés au bureau et dans la vie. Ils se voyaient même le week-end. Henri passait pour le tonton des gamins de Mehdi. Eux non plus n'ont jamais revu leur père. C'est arrivé dans les années 80. Qu'on ne lui dise pas qu'il y en a des bons ou que tout ça, c'était avant. Sur les quatre qui les ont alpagués Mehdi et lui, vu qu'aucun n'a rien fait ou rien dit, c'est qu'y en avait pas un de bon dans le tas. S'il y en a un qui déconne et trois qui ferment leur gueule, ça fait quatre fils de pute. Ces maths-là ne sont pas compliquées.

Après dix minutes devant la série à se demander pourquoi il continue de payer la redevance alors qu'il lui suffirait de bousiller cette télé à coups de pied, il décroche son téléphone. La scène de la flic qui prépare le petit déj à ses trois mômes aura été la goutte d'eau. Si elle est tellement futée pourquoi elle n'a pas vu venir que son mari allait se barrer ? Pourquoi elle lui a fait trois gosses et pas un seul ? Il s'énerve sur tout ça alors qu'il n'en a rien à foutre au fond. Ce qui l'intéresse vaguement, c'est de deviner qui a fait le coup, et ça fait déjà cinq minutes qu'il est sûr que le coupable est le beau-frère du type qui tient la boutique d'huiles essentielles. Il n'est même pas sûr que ça existe en vrai ce genre d'endroits.

Avec Marie-Line, ils ont toujours lu beaucoup de polars. Ils les achetaient en double pour les lire en même temps, et leur grand truc, c'était d'échanger au fur et à mesure de leur lecture sur leurs théories. À eux deux, ils n'ont quasiment jamais été mis en échec et les rares fois où ça a été le cas, c'est parce que l'auteur s'était foutu de leur gueule en sortant un rebondissement de son chapeau. Marie-Line, ça l'amusait ces trucs-là mais lui, il détestait ça. Qu'on se foute de sa gueule ouvertement.

Comme c'est l'un des seuls numéros qu'il fait régulièrement, il le connaît par cœur. Il y a plein de trucs qui déconnent chez lui mais pas la mémoire. Surtout pas avec les chiffres. Ça sonne. Il l'imagine chez elle (même s'il n'a jamais été invité que dans leur jardin) en train de se lever pour aller chercher son portable et répondre. Ou alors elle a le téléphone à la main et voit son nom s'afficher à l'écran et elle veut se faire désirer un peu. Ou alors, et il pense que c'est ça, elle se demande si elle doit répondre ou pas parce qu'elle sait très bien pourquoi il appelle. Et elle décroche.

— Henri. Comment ça va ?

— Je suis rentré de l'hosto et je me fais chier. Tu veux passer ?

— Je sais pas. Tu veux que je rapporte quelque chose ?

— Juste ton cul, Samira, ce sera déjà beaucoup.

Elle ricane, le traite de gros con et, moins d'une heure plus tard, ils sont au pieu, chacun avec le sexe de l'autre dans la bouche tandis qu'un disque tourne en bas et résonne jusque là-haut dans la chambre à coucher. Samira, c'est celle qu'il payait dans le temps pour faire ce que Marie-Line ne faisait pas ou n'imaginait même pas faisable. Maintenant qu'elle est à la retraite et qu'elle s'emmerde, ils se voient de temps en temps. Souvent le soir quand il n'y a rien à la télé.

Si elle s'est trouvé un truc à regarder, soit elle débarque après, soit elle le rappelle pour lui dire qu'elle est crevée et remettre ça à une autre fois. Elle ne le fait plus payer mais c'est vrai qu'au départ ça lui a fait bizarre à Henri. Elle, pas du tout. Avec le temps, c'est devenu un bon client, un habitué, un régulier, un qui ne lui a pas fait le coup de « t'es trop bien pour ça, partons ensemble ». Non, lui, il a toujours été honnête avec elle, il l'aimait bien pour le cul et pour discuter, mais c'est sa femme qu'il aimait tout court et chez qui il rentrait le soir. Puis c'est devenu un ami. Elle lui a laissé son numéro « au cas où ». Au cas où elle reprendrait le métier. Au cas où il aurait envie de la revoir. Ou juste de lui parler.

Il a eu envie de la revoir. Elle, avec ses économies, elle s'est payé un pavillon dans le coin, pas très loin de chez lui. Elle s'est mise avec un client en prenant sa retraite. Il lui a promis monts et merveilles mais, quand il a compris qu'elle était vraiment à la retraite et que ça ne serait pas le buffet chinois du cul à volonté, il a déchanté. La femme qu'elle est ne l'intéressait pas, c'était le rôle qu'elle jouait sur le trottoir et dans son studio du 10e qui l'excitait. Elle l'a viré. Elle touche une petite retraite grâce au comptable qu'Henri lui a présenté. Elle a eu ses fiches de paye, elle a pu cotiser, qui l'aurait cru ?

Puis comme Henri, elle a commencé à se faire chier. Elle a été tentée de se remettre au boulot mais les choses ont changé, et maintenant, tout se passe sur Internet. Elle, elle en est restée aux portables sur lesquels elle peut jouer au jeu du serpent. Ça l'a bien occupée à l'époque où elle attendait dehors. Un jour, Henri l'a appelée. Ça faisait quelques jours qu'il avait incinéré sa femme. Trop de trucs lui manquaient. Ils se sont parlé pendant des heures. Ils en ont conclu que ça faisait chier de vieillir et ont décidé de se voir. Ils se sont fait des balades en bord de Seine. Chaque fois qu'il y va, Henri a des frissons en repensant à Mehdi. Les flics ont réussi à lui gâcher ça. Ils se sont fait des restos. Des cinés. Ils ont écouté de la musique dans sa bagnole. Ils ont fini par coucher ensemble. Il l'a laissée initier le truc, et maintenant, c'est leur truc.

Elle passera la nuit ici. Elle s'endort vite à chaque fois. Lui, ça le laisse comme un con vu ses insomnies. Il pensait qu'il serait plus crevé que ça. Il sent qu'il a encore son jus sur la tronche mais il le laisse sécher. Pas grave. Il essaye de dormir. Il ferme les yeux. Il repense à plein de trucs. Il pensait qu'en vieillissant ça s'arrêterait mais non, il se repasse régulièrement le film de sa vie et des choix qu'il aurait dû faire à la place de ceux qu'il a faits. Des mecs à qui il aurait dû foutre son poing dans la gueule. Des moments où il aurait dû se fâcher plutôt que laisser glisser. De tout l'argent qu'il aurait pu escroquer aux impôts s'il avait eu le cran de jouer avec le système. Bon, il a aidé des gens à les niquer, c'est déjà ça mais il aurait pu faire plus, comme Schindler. Il aurait pu en niquer plus. Il aurait pu vivre plus. Il se demande s'il ne devrait pas partir en vacances. Quitte à crever, autant profiter.

Il se verrait bien aller au Mexique depuis qu'il a vu un documentaire sur le Coca. Il paraît que les Mexicains ont le plus sucré du monde et qu'ils boivent plus de Coca que de flotte et que ça explique pourquoi ils sont tous aussi larges que hauts. Il aimerait bien goûter ce nectar de sucre avant de crever. Ou mieux, il aimerait bien boire ce nectar de sucre jusqu'à en crever. En plus, avec la chaleur qu'il fait là-bas, il pourrait passer la journée à flotter dans sa piscine et écouter de la musique. Il se demande si Samira le suivrait. Sans doute. Faudrait qu'il se décide. Faudrait qu'il lui demande. Faudrait qu'il le fasse vite. Il sait qu'il ne fera rien. C'est trop tard. Il n'a même pas de passeport. Et c'est quoi ce bruit dehors ?

Allongé là, depuis une bonne heure à penser à sa vie et au Mexique qu'il n'aura vu que dans les westerns italiens tournés en Espagne, il se concentre sur le bruit. Lointain. Métronomique. Du métal sur du métal. Parfois, ça s'arrête et ça reprend. Maintenant qu'il l'a remarqué, il n'entend que ça. Et ça commence à le rendre fou. Pour se lever, il dégage le bras de Samira qui était sur lui. Chaque fois qu'elle dort avec lui, elle s'agrippe. Il se dit qu'elle n'a pas trop eu ce contact-là avec les hommes ou alors il y a tellement longtemps que c'est comme si elle ne l'avait jamais eu. Il reviendra se coucher et être cette présence, c'est le peu qu'il ait à lui offrir.

Il veut savoir d'où vient ce bruit. À poil à sa fenêtre qu'il ouvre en grand, quartier mort, tout éteint à part l'éclairage public. Toujours le lampadaire de chez Clara qui déconne. Toujours cette odeur infâme dès qu'il met le nez dehors la nuit. Cette odeur qui lui monte un peu à la tête et le silence total à part ce bruit. Lancinant. S'il peut l'entendre, c'est que ça ne vient pas de si loin que ça. Il l'écoute un moment. Il se demande ce que ça peut être. Y a une usine dans les parages ? Un mec qui bosse de jour et qui retape sa bagnole à la nuit tombée ? Quelqu'un qui bosse de nuit dans les forges de l'enfer ? Il ne le saura jamais, alors il referme la fenêtre et se recouche. Et plutôt que s'énerver, il se laisse embarquer sur ce rythme pour se mettre en veille.

2

Ça fait plus de deux heures qu'elle aurait dû être là mais Clara n'est pas venue. Plus de deux heures que le Coca et le chocolat sont engloutis. C'est la première fois en trois ans qu'elle loupe leur rendez-vous du mercredi. Pas de coup de fil. Rien. Henri est dans le jardin, sur sa chaise, comme un con. Le disque qu'il avait lancé est terminé depuis belle lurette. C'est son truc de lui faire découvrir sa musique à lui et elle lui fait écouter des trucs à elle sur son téléphone. Le son est dégueulasse comparé à ce qu'il a à l'intérieur, mais il fait avec et il écoute. Il ne veut pas la vexer alors il ne lui a jamais dit qu'elle écoutait de la merde. Là, maintenant, tout de suite, il aimerait juste qu'elle soit là. Elle pourrait lui remettre du Boba, Koba, Bozo ou encore un autre, ce serait avec plaisir.

Il n'aurait pas dû acheter le chocolat en avance. Il est sûr que c'est ce qui a tout fait foirer. Du coup, il attaque les gâteaux. Au moins, il aura une tablette de chocolat à l'Oreo pour la semaine prochaine. Mais est-ce qu'il y aura une semaine prochaine ? Si elle l'a planté là, sans prévenir, il croit vraiment qu'elle reviendra ?

Est-ce qu'il a dit un truc bizarre la fois dernière ? Rien de pire que d'habitude. Clara, ça la fait marrer qu'il déteste le monde entier avec autant de ferveur. Le monde entier avec des astérisques, il précise. Des astérisques qui amènent à la longue liste de trucs qu'il ne déteste pas et où elle figure en bonne place, juste après le Coca et la musique. Ça la fait sourire qu'il dise ça.

Il ne lui a pas parlé de trucs chiants non plus. Un jour, elle l'a envoyé chier quand il s'est permis de dire que le petit con avec qui elle sortait était un petit con. Clara n'a pas apprécié et elle est rentrée chez elle. Un mois plus tard, le petit con l'a larguée. Henri ne s'est pas privé de dire à Clara qu'il avait raison, elle lui a fait un doigt, ils se sont marrés et ont passé une bonne partie de l'après-midi à débiner et insulter le petit con.

Mais si ce n'est pas ça, c'est qu'il a fait quelque chose qu'il n'aurait pas dû faire ? Non, jamais de la vie, il ne lui fait même pas la bise. Aux yeux des gens, c'est déjà assez bizarre qu'une ado vienne passer du temps chez lui. Les parents de Clara n'ont jamais eu l'air de trouver ça bizarre en tout cas. Ils lui offrent même des cadeaux pour Noël ou lui font porter des plats de chez eux quand la mère de Clara cuisine pour deux ou trois régiments. En plus des gâteaux. Tant qu'il n'y a pas de légumes, Henri est preneur.

À son âge, il est là à se prendre la tête comme un mec éconduit qui ne le sait pas encore. Le genre de pauvre type qui aurait dû se rendre compte en faisant le poireau plus d'une demi-heure devant le cinéma où il avait donné rendez-vous qu'il ne verrait pas le film. Et comme ces types-là, il commence à chercher des raisons à ce qui se passe. Il se dit qu'elle a dû perdre son numéro de téléphone alors qu'il sait très bien, même s'il n'a pas de portable, que quand un numéro est enregistré dans ces merdiers il ne se perd pas. Sauf si tu l'effaces. Mais attends, lui, il a son numéro dans son carnet. Il a qu'à l'appeler et tout sera réglé. Un gâteau pour la route, il se lève et fonce à l'intérieur. Enfin, il fonce autant qu'il peut. Il sent que son orteil va un peu plus le faire chier que prévu.

Carnet posé à côté du téléphone, combiné décroché coincé entre l'oreille et l'épaule, il feuillette les pages du répertoire, arrête son doigt à la lettre C et, parmi les numéros pas rayés pour cause de mort ou plus envie ou plus besoin, il y a celui de Clara. Il le compose. Fébrile. Ça sonne. Mais comme ça ne répond pas assez rapidement à son goût, il raccroche. Il se dit qu'il a tapé le numéro trop vite et qu'il s'est trompé. Il recommence, tout doucement. Un chiffre à la fois. Ça sonne, ça sonne, ça sonne, ça sonne, ça sonne. Et ça déclenche un robot qui lui dit que le numéro de Clara, mais pas Clara elle-même, non juste son numéro, n'est pas disponible pour le moment et qu'il peut lui laisser un message. Il veut lui parler à elle. Pas au vent. Il raccroche. Puis il rappelle parce qu'en fait, si, il va lui laisser un message.

— Oui Clara, c'est Henri à l'appareil. Il est 16 h 17. Je répète : 16 h 17. C'est pas que je me prends pour l'horloge parlante, c'est juste que ça fait plus de deux heures que j'attends. T'aurais pu prévenir que tu comptais pas venir. C'est pas grave mais ça fait chier. Je te croyais pas comme ça. Mieux élevée que ça en tout cas.

Il raccroche et se rend compte qu'il lui a laissé un vrai message de vieux con. Il manquait plus qu'un « de mon temps, on ne laissait pas passer ça ». Maintenant, il s'en veut presque d'avoir enregistré ce message. Il se demande si on peut rappeler pour effacer un message. Et puis non, après tout, ça lui fera les pieds. Il espère juste que le message est assez sec pour qu'elle comprenne que, plus que tout, ça lui fait de la peine cette histoire.

Au bout d'un moment, il s'est décidé à se lever de sa chaise de jardin. Il a hésité, elle devait avoir une bonne raison de pas être venue mais il s'inquiétait. Il fallait qu'il en ait le cœur net. Et s'il lui était arrivé quelque chose en revenant du lycée ? Ou en y allant ? Et si elle était seulement malade ? Il voulait savoir, alors il a traversé la route et, maintenant, il frappe à la porte des Kryczyk. À prononcer Kritchèque ou juste « chez Clara ».

Un beau pavillon. Une construction récente, du neuf à la place du vieux. Il ne se rappelle presque plus qui il y avait avant. Pourtant ça fait longtemps qu'il est là. Non pas que sa mémoire lui joue des tours, c'est juste que ses anciens voisins ne lui ont pas laissé un souvenir impérissable. Des gens qui étaient juste là parce qu'ils étaient là. Vivre à Ratigny, leur plus grand malheur. Sans doute coincés là pour le boulot et pour permettre à leurs gamins d'avoir accès à des écoles pas trop loin de tout. Les garder sous la main sans avoir à leur payer des études et des loyers à Paris juste parce qu'ils habitent à Pétaouchnoque. Ce genre de patelins où il fait bon vivre, où on respire et où il n'y a que des Blancs, mais où le premier supermarché est à vingt kilomètres et où t'as pas intérêt à faire un infarctus parce que t'as le temps de crever avant que qui que ce soit vienne te donner un coup de main. Henri se dit qu'ils doivent être morts depuis. Ils sont nés, ils ont cotisé, ils sont claqués. Et c'est tout. C'est à se demander pourquoi on se fait autant chier.

Le haut du n° 6 de l'adresse s'est dévissé et il est tombé. Maintenant ça fait un 9. Henri essaye de le remettre en place, en vain. Il regarde autour mais ne trouve pas la vis. Il essaye de le tenir un moment et sent que le mur de la maison est chaud. C'est bizarre. Madame doit cuisiner. Il espère que ce ne sont pas des gâteaux de Noël.

Quand la porte du pavillon s'ouvre, il le laisse redevenir un 9. Encore un truc qui n'est pas comme il devrait être. Même si ce n'est pas chez lui, ça le contrarie mais pas assez pour ignorer la mère de Clara sur le seuil. Henri a oublié son prénom et il ne fait pas semblant de chercher.

— Bonsoir, je… Vous allez bien ?

Il n'attend pas la réponse, il veut juste être rassuré.

— Je devais voir Clara aujourd'hui mais elle n'est pas venue…

Là, il marque un temps parce qu'il sent qu'il y a un truc bizarre qui se trame, il a vu assez d'épisodes de *Columbo* pour le remarquer.

— Et je voulais savoir si elle va bien… ?

— Oui, oui, très bien, je lui dirai que vous êtes passé la voir quand elle rentrera.

— Quand elle rentrera ? Elle n'est pas là donc ?

— Non, mais elle va rentrer.

— Vous me dites qu'elle va bien mais vous en savez rien, c'est ça ?

Pas de réponse.

— Excusez-moi, je sais que ça me regarde pas, mais vous savez où elle est ?

Toujours pas de réponse. Une voix derrière elle, celle du père Kryczyk, basse et inaudible, le genre à dire « bon, claque-lui la porte au nez à ce vieux con si tu veux pas que ce soit moi qui vienne le claquer tout court ». Henri s'accroche malgré tout. Qu'est-ce qu'il peut faire d'autre ?

— Je veux dire... On est mercredi. Elle n'a pas cours l'après-midi. Elle n'est pas du genre à traîner à la nuit tombée. Et pardon mais... vous avez l'air bizarre.

Elle ne répond pas. Elle regarde ses pieds, elle regarde chez elle, elle regarde la rue, elle regarde tout sauf Henri. Lui, il ne veut pas jouer au flic mais maintenant il est sûr et certain qu'il se passe quelque chose avec Clara. Peut-être même que c'est grave. Attends un peu... À bien y réfléchir, depuis quand il n'a pas vu Clara ? Depuis quand ses parents ne l'ont pas vue ?

— Dites-moi... Ça fait combien de temps qu'elle est pas rentrée ?

La mère qui fixe toujours le sol. La voix derrière qui en remet une couche. Elle finit par chercher les yeux d'Henri.

— Écoutez, monsieur Henri, ça arrive à Clara de partir comme ça mais elle est toujours rentrée. Ne vous inquiétez pas. Elle va rentrer, j'en suis sûre.

Elle lui sourit comme pour le rassurer, mais il voit bien qu'elle lutte de toutes ses forces pour contenir ses tremblements. Lui, il aimerait bien la croire, mais comment croire quelqu'un qui ne croit pas lui-même à ce qu'il raconte ? Elle se tient à la poignée de la porte comme si on était à 1 000 sur l'échelle de Richter. Ce qu'elle vient de lui dire, c'est une manière polie d'essayer de lui bourrer le mou pour le faire traverser la rue en sens inverse. Ce qui est sûr aussi c'est que Clara ne leur a jamais fait un coup pareil. Si c'était une énième escapade parmi d'autres, elle ne tremblerait pas comme une parkinsonienne en phase terminale. Il n'entendrait pas le cliquetis des clés dans la porte. Ce n'est pas un méchant, il ne veut pas l'enfoncer, mais là, ça va assez mal pour l'obliger à réagir. Il retient la porte quand elle essaye de la fermer.

— Combien de temps ?

Elle ne veut pas répondre à Henri mais elle est désespérée. Elle fait un trois avec ses doigts. Elle ne veut pas que la voix dans la maison l'entende trop parler. Henri ne les connaît pas si bien que ça, mais ils n'ont pas l'air d'être un mauvais couple, ni de mauvais parents. En tout cas, Clara ne s'est jamais plainte. Mais même s'il y avait eu un truc, Henri sait qu'elle est assez futée pour ne rien lui dire à lui. Qu'est-ce qu'il aurait fait le vieux comptable à la retraite ? On n'est pas dans un téléfilm de France Télévisions. Au mieux, il aurait appelé les services sociaux. C'est tout. Trois jours que Clara a disparu et l'ambiance bizarre chez ses parents, ça ne lui plaît pas.

— Vous avez contacté ses camarades ?

Silence.

— Vous avez signalé sa disparition ?

Silence. Toujours.

— La police ? Vous l'avez prévenue ?

Pas de voix mais du bruit dans la maison. C'est le mot magique pour que le père se lève et débarque. La mère se tourne vers son mari. Lui, son regard change. Il se fait ferme pour dire que le débat n'ira pas plus loin. Mais il se rapproche quand même pour qu'Henri comprenne ce qu'il s'apprête à lui dire dans un français clair et limpide.

— Pas de police. On les appellera pas.

— Pourquoi ? Ça fait plus de vingt-quatre heures qu'elle ne vous a pas donné signe de vie, mais si elle ne rentre pas, ils seront obligés de lancer des recherches rapidement parce que vous les aurez prévenus.

Il avait entendu ça dans *FBI : portés disparus*, mais après, c'est peut-être comme pour les mandats : un truc d'Américains. Le père n'a pas l'air disposé à appeler qui que ce soit, ni le 17, ni le FBI. Henri n'arrive pas à croire qu'il va dire ce qu'il va dire mais il doit le faire, alors il met quand même les formes.

— Bon, je peux pas encadrer les flics non plus. Je les déteste même. Mais là, je pense qu'ils ont des moyens que nous n'avons pas, et je veux pas jouer les chats noirs ou les oiseaux de mauvais augure, mais s'il s'est passé quelque chose, eux ils pourront retrouver Clara, mettre des gens dont c'est le métier sur le coup et… Je sais pas moi, mais si c'était ma fille, je voudrais que tout le monde sache qu'elle a disparu et que j'aimerais qu'elle rentre à la maison. Pas vous ?

Les parents de Clara laissent passer un moment avant de parler. Comme si, par télépathie, ils se refilaient la patate chaude. Toi dis-lui. Non toi. Oh j'en ai marre de ce vieux con, toi parle-lui, moi je vais être désagréable. La mère est prête à s'y coller, mais Henri la coupe parce qu'une question lui brûle les lèvres même s'il redoute la réponse.

— De quand date le dernier message que vous avez eu de votre fille ?

Les parents se regardent. Ils se chient dessus. Le père, l'air du mec qui a mieux à faire, commence à refermer la porte sur Henri.

— Elle va rentrer.

Porte fermée. Deux verrous, un tour de clé. Henri, va te faire enculer.

Sauf qu'Henri, il ne va pas se faire enculer comme ça.

Il ne peut pas laisser passer un truc pareil. Il ne veut pas se mêler de ce qui ne le regarde pas et s'immiscer dans la vie des gens. Il a vécu plus d'un demi-siècle en restant dans son coin avec sa femme, ses disques et son sucre et ça lui a plutôt bien réussi. Pourquoi changer ses habitudes aujourd'hui ? Mais le père de Clara, il ne va rien faire. Comme si quelque chose le retenait. Et la mère de Clara, elle n'osera rien faire sans l'autorisation de son mari. Henri qui se tient au milieu de la chaussée, entre sa baraque et celle de Clara, se rend compte qu'au fond les deux maisons sont pareilles. Elles abritent des gens à l'arrêt. Il peut se foutre de la gueule de ses anciens voisins qui n'ont fait que bosser, bouffer et chier mais il est pareil. Et ça, il ne peut pas le laisser passer.

Il aurait préféré arrêter le sucre et finir en manque comme les mauvais toxicos des films des années 80 que de faire ce qu'il s'apprête à faire mais il n'a pas le choix. S'il ne s'en charge pas, qui le fera ? Les parents cloîtrés dans leur maison intelligente dont tous les volets se baissent à l'unisson, comme une ligne de défense contre un ennemi invisible ? Qu'est-ce qui leur fait si peur ?

Henri repasse chez lui pour prendre son portefeuille et ses clés de bagnole. Direction le centre-ville. Pas de musique. Ses pensées lui suffisent. Qu'est-ce qu'il va leur dire ? Comment faut leur parler à ces pourris ? Et ces travaux, ils vont pas les finir un jour ? Goudronner les routes pavées de la ville, c'est comme lui faire perdre son identité. Oublier ce qu'elle était. Et puis merde, il paye ses impôts comme tout le monde. Il n'a jamais eu besoin d'eux mais aujourd'hui Henri Maire, soixante-douze ans, va faire appel à la police pour la première fois de sa vie.

Ça commence mal quand il essaye de garer le Manager aux abords de l'hôtel de police et qu'on lui annonce que c'est impossible à cause de Vigipirate. Il a beau dire à la flic que Vigipirate, il l'emmerde, ça ne change rien. Au contraire, elle commence à le regarder d'un sale œil, il sent que ça pourrait dégénérer. Il est déjà à cran. Il se rappelle Clara, Clara, Clara, comme un mantra. Comme une injonction à ne pas se faire ficher S bêtement. Il respire, il ne s'excuse pas mais il bouge la bagnole. Il se gare un peu plus loin et se tape le trajet à pied en maudissant la flic.

À l'intérieur, la queue. Un vieux blédard explique tant bien que mal son cas à sa fille qui traduit pour le flic de l'accueil. À côté, une bonne femme en larmes. Henri se demande ce qui lui est arrivé. Il y a des sièges sur lesquels des gens attendent. Il y en a un qui dort. Ça a l'air d'être un clodo. Ils l'ont menotté. Discrètement. Mais quand même. Les autres laissent des sièges d'écart avec lui. Faudrait pas qu'on croie qu'ils sont ensemble. Ou pire, qu'il leur refile sa maladie. Henri commence à se demander ce qu'il fout là. Il regarde autour de lui. Il cherche une machine qui distribuerait des tickets. Comme à la Sécu dans le temps. Chaque fois que tu tirais le numéro 666, tu pouvais être sûr qu'ils en étaient qu'au 88. Il s'approche d'un type assis qui patiente gentiment. Henri se dit qu'il a l'air moins con que les autres et qu'il doit être au parfum. Il attire son attention et lui demande s'il faut s'annoncer ou si y a un ticket à prendre ou quelque chose, mais l'autre se contente de le fixer stupidement.

Henri soupire, prêt à laisser tomber quand l'espoir renaît. Un flic approche d'un panneau de liège pour y placarder des papiers. Henri va le voir mais il bloque sur le contenu du panneau. Une quarantaine de visages de filles et de garçons. Des ados. Des avis de recherche. Des fugues. Des disparitions inquiétantes. Il sait qu'il est au bon endroit. Il sait maintenant que l'évaporation de Clara n'en est qu'une parmi d'autres. Le flic placarde un nouveau visage qui n'est pas celui de Clara. C'est une petite métisse, plutôt mignonne, comme tous ces visages souriants affichés devant lui.

— Tous ceux-là, ils sont dans la nature ?

— Ouais.

— Vous les retrouvez parfois ?

— La plupart finissent par rentrer ou se faire rattraper mais y en a qu'on retrouve jamais.

— Pour signaler une disparition, je fais comment ?

Le flic le regarde enfin. De bas en haut.

— Adulte ou mineur ?

— Une mineure.

— Votre petite-fille ?

— Non, juste une voisine.

— Elle est pas du tout de votre famille ?

— Juste ma voisine. Elle a dix-sept ans et…

— Si vous n'êtes pas de la famille, laissez tomber, c'est mieux.

C'est rapide, sans appel et le flic retourne dans les bureaux. En même temps, qu'est-ce qu'il espérait ? Que des flics fassent leur boulot ?

Tous ces garçons et ces filles qui le fixent. Il se sent comme submergé par tous ces appels à l'aide, mais qu'est-ce qu'il peut faire ? Dans sa tête, il essaye d'imaginer Clara qui l'appelle à l'aide mais la vérité, c'est qu'il a déjà du mal à se rappeler le son de sa voix. Il voit son visage mais si personne ne fait rien, s'il ne fait rien, il l'oubliera aussi et ça, il ne veut pas que ça arrive.

Ce soir-là, pas de repas, pas de télé, pas de musique, rien. Henri est au lit. Il fixe le plafond. Il n'a pas besoin de télé ni de musique parce qu'il se rejoue l'entretien avec la mère de Clara. En boucle. À la recherche de la faille. Du détail imparable qui lui aurait échappé mais qui lui permettrait d'aller chez eux comme Columbo, l'air con et paumé et leur lâcher un « une dernière chose… » qui serait le prélude à sa démonstration et à leur confession. Le problème, c'est qu'il n'a pas de scénaristes pour lui faciliter la vie. Aucun indice égrené l'air de rien pour qu'il puisse se raconter l'histoire avant le héros et se sentir plus malin que tout le monde.

Ça doit faire longtemps qu'il est là comme ça à se faire des nœuds au cerveau parce que dehors il n'y a plus trop de bruits de bagnoles, ni de lumières de phares pour illuminer sa chambre comme un vaisseau extraterrestre venu l'enlever. C'est peut-être eux qui ont emmené Clara. Pour qu'il se mette à penser à des conneries pareilles, c'est qu'il doit être vraiment tard. Eh ouais, il sait qu'il est super tard parce qu'il est là. Le bruit. Le chbing chbing chbing. Déjà qu'il dort mal d'habitude vu le temps qu'il passe à se refaire le film de sa vie mais là, entre Clara et le chbing chbing chbing qui vient d'on sait pas où, c'est sûr qu'il ne va pas fermer l'œil. Il se demande quand même ce que ça peut être ce bruit. En fait, comme pour Clara, il a envie de savoir.

D'habitude, la nuit, Henri a la flemme de se lever pour aller aux chiottes vidanger ses Coca du jour. Malgré tout, il a encore assez d'amour-propre et de volonté pour ne pas se laisser aller à juste pisser au lit en se disant que l'aide-ménagère s'occupera de tout ça. Déjà, parce qu'il n'a pas d'aide-ménagère, et ensuite parce que ça donnerait raison aux cons comme le toubib. Ça voudrait dire qu'il est bel et bien à deux doigts d'y passer. Quand il en sera à ne plus contrôler ni sa pisse, ni sa merde, alors il saura qu'il vaut mieux arrêter les frais. Il a vu ce film (complètement débile d'ailleurs) sur le bébé né vieux qui rajeunit jusqu'à mourir.

Porter des couches et être incapable de faire quoi que ce soit lui-même, ce serait comme redevenir un bébé. Il ne peut pas. Du coup, plutôt que pisser au lit, il se lève pour pisser par la fenêtre, droit dans les plantations de Marie-Line.

Ce soir-là, pas de flemme du tout. Dès l'instant où l'idée lui est montée au cerveau, il s'est levé pour sortir son blouson du placard et partir à l'aventure.

3

Henri enfile son blouson Members Only en sortant de chez lui. Il avait vu ce blouson dans un film à la télé. Limite ringard, limite cool, limite indémodable. Il l'avait cherché partout, en vain. Marie-Line avait débusqué le modèle sur Internet et lui avait fait livrer depuis les États-Unis. Vraiment, il ne l'avait pas épousée pour rien.

Il hésite à prendre la bagnole mais se ravise. Avec le bruit du moteur, il ne va pas pouvoir se concentrer sur le bruit tout court. Ce sera mieux à pied. Il fait bon. Au pire, ça lui fera une belle balade nocturne. Puis ça lui traverse l'esprit : et s'il faisait une mauvaise rencontre ? Et merde : on ne fait rien de sa vie avec ce genre de pensées. Alors quoi ? Au mieux, il crève sur le coup, au pire, il refait un séjour à l'hosto.

Tandis qu'il pense à ça, la puanteur locale l'agresse plus que jamais. Mélange de dissolvant, de plastique brûlé et de pisse de chat. Elle se dissipe assez vite mais la première goulée surprend toujours Henri. Pour lui, ça vient des usines de produits chimiques au bord de la Seine. Il a soutenu ça à des voisins avec qui il en a parlé mais au fond il n'en sait rien. Ça lui monte au cerveau direct et ça lui engourdit les neurones.

Pendant un instant, il se sent bien, puis celui d'après, il se sent mal. Puis bien, puis mal. Puis juste bizarre. Allez, il faut qu'il avance.

Il met un pied devant l'autre et remonte sa rue du côté d'où le bruit semble venir. Sa rue plus calme que jamais. Juste deux bruits maintenant. Celui du chbing chbing chbing et celui de ses pas.

Au croisement suivant, il ferme les yeux. Il se concentre pour estimer l'origine du bruit. Finalement, ça doit venir de plus loin qu'il l'imagine. Plutôt à gauche ou plutôt à droite ? Il a l'impression d'être chez l'ORL. Il s'apprête à lever la main gauche quand un VROOOOOOM le fait sursauter. Il ouvre les yeux : c'est une bécane qui passe en trombe suivie par tout un tas de véhicules. Des scooters, des cross, un quad. Certains arrivent même sur les roues arrière. Les pilotes sont jeunes, doués, hilares et sans casque.

— Oh ! les scooters là !!

Mais ils sont déjà loin… Henri se reconcentre. Le chbing chbing chbing vient plutôt de la gauche, c'est sûr, mais quelque chose lui dit qu'il vient aussi d'en face. D'où il est, il dirait qu'il doit viser le nord-ouest. Il va aller tout droit pendant encore un moment. Juste pour être sûr. Juste pour voir.

Alors qu'il poursuit sa route, il passe près du cimetière. Division 6, Marie-Line dort. Il croit voir des silhouettes. Il croit même entendre des voix. Un gars, une fille. Des rires. Est-ce qu'il croit aux fantômes ? Qu'est-ce qu'ils foutraient dans le cimetière à cette heure ?

Traversée des quartiers plus populaires de Ratigny, là où on empile les gens. Il arrive aux abords de la cité des Glaïeuls. Un groupe d'immeubles pas trop entretenus et pourtant pas trop décrépis ni trop défoncés. Des tours d'une dizaine d'étages. Elles aussi endormies. Elles aussi en train de reprendre des forces pour demain.

Henri hésite à couper par la cité. Il entend des détonations. Comme un avertissement. En même temps, le chbing chbing chbing est derrière cette cité qui prend soudain des allures de forêt hantée de conte de fées. Il ne va quand même pas se taper le détour pour si peu ? Non. Il avance. Au cœur de la cité, dans la cour, des petits groupes ici et là. De jeunes types qui discutent, la vingtaine, de quoi boire et fumer sous la main. Des rires qui éclatent, mais pas trop fort. Henri les prend pour lui au départ mais les jeunes l'ignorent. Il franchit une aire de jeux devenue la salle de muscu des gros bras du coin. De toute façon, les petits ne jouent plus trop dehors.

Des détonations couvrent le chbing chbing chbing. Henri passe sous l'arcade de ce qui fut une galerie commerciale. Il y faisait des courses à l'époque puis il a arrêté de venir. Il s'est contenté du nouveau supermarché. Ça a tué le quartier. Que des rideaux de fer baissés. Tagués dans une langue que seuls les initiés connaissent. Encore une détonation. Henri lève la tête et sur un toit il aperçoit un flash lumineux qui accompagne une détonation. Il essaye de percer l'obscurité pour s'assurer qu'il ne rêve pas ou que son cerveau ne lui joue pas un tour de cochon mais tout a l'air réel. Sur le toit d'un immeuble, quelqu'un tire au fusil à pompe. Grâce aux éclairs des détonations, Henri voit que le mec vise la lune. Il tire. Il pompe. Il remet ça. Henri n'est pas le dernier pour la chasse, mais la lune, qu'est-ce qu'elle lui a fait ? En tout cas, là-haut, l'autre a l'air d'avoir ses raisons. Le cliquetis des cartouches qu'il insère dans la culasse du fusil résonne jusqu'en bas. Henri poursuit sa route, accaparé par son délire à lui. Le pas calé sur les détonations.

Soudain, trois lapins blancs surgissent de sous une voiture et foncent dans une allée sombre de la cité. Henri les regarde filer. Le triple chbing se fait plus net par là. Ça vaudrait le coup d'y aller.

Il suit les lapins. Ils ne s'arrêtent pas. Henri est dans le noir complet mais, à moins d'une centaine de mètres, il y a la lumière d'une route, il sera bientôt hors de ce bosquet de béton. Henri ralentit. À son âge, s'il tombe ici, ça pourrait être catastrophique. Le reste de la nuit étendu par terre. On le foutrait à la poubelle comme un encombrant au petit matin. C'est tout ce qui se passerait. Son phare, c'est la route. Il traîne des pieds pour être sûr de ne pas se prendre un trou ou une connerie du genre. Il croit entendre des choses dans l'obscurité. Comme si on l'appelait, comme si on lui parlait. Mais il ne se déconcentre pas.

Hors de la cité, il retrouve ses lapins. Ils ont l'air d'hésiter sur la marche à suivre. Pas lui. Il vire à droite. C'est de là que vient le bruit. Henri attend de voir si les lapins se décident à partir dans la même direction que lui, mais non.

— Bonne soirée, les gars.

Henri regarde les lapins s'éloigner tandis que sur une façade d'immeuble des silhouettes géantes s'animent. Il comprend qu'on projette un film sur un bâtiment. Il n'y a pas de son. D'où vient ce ciné clandestin ? À sa prochaine insomnie, il reviendra faire un tour dans le coin et, suivant ce qui se joue, peut-être bien qu'il se posera pour profiter du spectacle.

Henri doit traverser d'autres quartiers mal famés de la ville. Mal famés selon des gens qui n'y mettent jamais les pieds. Pour ceux qui y vivent, c'est juste chez eux. Pas de cité à proprement parler, juste de plus petits immeubles, plus récents. Ça fait partie d'une politique récente de la ville d'épargner la partie ouest de Ratigny et de laisser le gros des cités à l'est. La cité Malraux. L'effrayante cité Malraux. Marie-Line en flippait et en parlait comme de l'enfer sur Terre. Elle n'y avait jamais mis les pieds, mais avec ses copines, elles se délectaient de toutes les rumeurs scabreuses qui tournaient autour de l'endroit.

Alors qu'il longe les bords de la Seine en contrebas, des voitures de police, gyrophare allumé et sirène hurlante arrivent en trombe vers lui. Il sait que ce n'est pas pour lui, on a encore le droit de se promener quand on veut, mais ça lui tord quand même le ventre. Il pense à Mehdi. Il pense à tous les gens qui ne sont pas blancs comme lui et à ce qu'ils peuvent ressentir quand ils voient ces lumières. Il regarde la Seine. Il pense à Mehdi. Ils l'ont sans doute balancé à la flotte et il n'est jamais remonté. Le temps que la maréchaussée s'éloigne et ce sont d'autres lueurs qui se reflètent dans la Seine.

Quelque part, on tire un feu d'artifice. Ça pète et ça crépite. Henri s'arrête pour assister au spectacle. C'est pourtant un jour normal, pas de raison de sortir les feux d'artifice officiels. Quand il entend des rires de gamins venir d'en dessous, il comprend tout ce qu'il y a à comprendre. Ils veulent juste s'amuser. Il reste planté là un moment, la lumière des feux d'artifice se reflétant dans ses yeux comme quand il était gamin et qu'il assistait à ce genre de spectacles avec ses parents. C'est dommage de pas en faire plus souvent. Ça fait toujours plaisir. Ils ont raison ces gamins.

Il lui a suffi de sortir se balader pour découvrir tout ce qui se passait la nuit à l'heure à laquelle les gens dorment. À l'heure à laquelle il tourne dans son lit en pensant à tout ce qu'il n'a pas fait de sa vie alors qu'elle est là, dehors, et qu'elle n'attend que lui.

En s'enfonçant dans la ville, il croise un mec à cheval. Au galop. Un jeune type en jogging, baskets et maillot du Bayern de Munich. Un sac plastique plein de fric dans une main. Un flingue dans l'autre. Apparemment pas un vrai. Henri rend son sourire au gamin qui s'arrête près de lui.

— Vous voulez le toucher ?

Il ne se fait pas prier pour flatter la bête.

— Comment il s'appelle ?

— Le cheval ? Je sais pas. Il doit avoir un nom éclaté genre Cracotte. Ça se trouve, c'est une chevale.

Henri se penche pour regarder ce qu'il y a sous le capot.

— Je peux t'assurer, fiston, que c'est un *il*. Tu l'as trouvé où ?

Le petit gars a l'air emmerdé par la question. Henri le sent et lui sourit.

— Eh, j'en ai rien à foutre moi, je suis pas flic et c'est pas mon cheval. C'est juste que c'est pas tous les jours qu'on voit un cheval dans les rues de Ratigny, surtout monté par un…

Le cavalier munichois du 9-4 sourit.

— Par un Noir ?

— Non, ça je m'en fous aussi, mais par un cow-boy de chez Decathlon, tu vois.

Le petit rigole.

— Je m'appelle Henri, et toi, c'est comment ?

— Je sais pas si je dois vous le dire.

— Je comprends.

Henri fixe le pistolet à billes, maintenant sûr et certain que ce n'est qu'un jouet, puis le sac plastique.

— J'ai croisé des voitures de police tout à l'heure, c'était pas pour toi ?

— Quand ?

— Je sais pas, y a vingt minutes mettons.

— C'était vers où ?

— Derrière, au bord de la Seine, ils allaient vers l'A86.

— Non, je crois pas. J'ai pété le cheval au club de cheval y a trente minutes et j'ai récupéré les sous y a dix minutes, mais ceux à qui je les ai pris, ils peuvent pas appeler les keufs.

Henri continue de caresser le cheval qui se frotte à lui.

— Je crois qu'il vous aime bien.

— Je crois qu'il t'aime bien aussi. Il a jamais dû s'amuser autant que ce soir. Tu l'as sorti de son enclos, tu lui fais faire des folies, il t'oubliera pas.

— On fera d'autres bails ensemble, c'est mon gars ça y est.

— Mais attends, ils ont fait quelle gueule les types que t'as braqués quand t'es arrivé à cheval ?

— C'est des pakpak, ils ont cru que je rigolais au début, ils m'ont parlé de leur sport bizarre comme sur les pulls Ralph Lauren, vous voyez ? Puis ça m'a soûlé, j'ai sorti ça et…

Il lève le pistolet pour tirer en l'air, le coup de feu part et fait sursauter Henri. Ce n'est donc pas un flingue à billes. Le cheval hennit mais il en a vu d'autres. Le petit se penche quand même à son oreille et lui caresse le cou.

— Excuse-moi, poto, c'était pour montrer, y a rien. Y a rien du tout.

Et alors que le cheval semble calmé :

— Vous allez vers où, monsieur ?

— T'entends ce bruit ou je suis dingue ?

— Quel bruit ?

— Attends. Arrête de respirer. T'y es ? Le bruit là. Le chbing chbing chbing.

Henri qui bat chaque chbing d'un geste du poignet comme un chef d'orchestre. Le petit ferme les yeux et il commence à hocher la tête en rythme. Henri n'est pas fou. Il y a bien un bruit.

— Ouais je l'entends, c'est quoi ?

— Je sais pas mais…

Il désigne le bout de la rue :

— C'est là-bas que je vais justement. Ça t'intéresse ?

— Non, le bruit, franchement, je m'en bats les couilles, mais c'est sur ma route, on peut avancer ensemble si vous voulez.

Et ils avancent. Ils marchent quelques centaines de mètres comme ça. Le petit lui raconte qu'il est né à Ratigny. Il y a grandi. Il est allé à l'école dans les parages mais il n'a jamais vraiment été plus loin que ça – même pas sur ses terres d'origine. À vrai dire, ça ne l'intéresse pas. Il pense que si ses parents sont venus se poser dans un endroit aussi naze que Ratigny, c'est qu'ils ont dû laisser un endroit vraiment cafard derrière eux. Ils discutent comme ça un moment. Le petit propose à Henri d'essayer le cheval, mais même si ça le tente il n'ose pas. Il ose un conseil : qu'il profite tant qu'il peut. Qu'il fasse ce qu'il veut sans que rien ni personne et surtout pas son propre corps lui disent quoi que ce soit.

— Au fait, pourquoi t'emmerder avec un cheval ? Pourquoi t'as pas fait tout ça en bagnole ?

— Je sais pas conduire.

— Tu braques des mecs mais t'as pas le permis ?

— Bah non, j'ai pas encore l'âge.

Ça laisse Henri rêveur, puis d'un coup le cheval devient bizarre. Il veut plus avancer. Le petit lui dit d'avancer. D'arrêter de casser les couilles. Il lui met des petits coups sans y aller trop fort. Henri apprécie.

— T'es tombé en panne ou quoi ? Vous avez quelque chose à manger ? C'est peut-être ça.

— Je crois pas. Je crois que quelque chose lui fait peur. Qu'est-ce que t'as, mon vieux ?

Henri regarde le cheval qui a l'air un peu honteux de flipper comme ça. Il le rassure. C'est pas grave. En vieillissant, d'autres trucs te feront peur mais ils te feront de moins en moins peur. Regarde-moi.

— *Starfoullah* !

Le petit braque son flingue sur la chaussée et Henri comprend de quoi le cow-boy et sa monture ont peur. Il a du mal à y croire, mais c'est bien un crocodile qui traverse la route.

— Y a portes ouvertes au zoo ou quoi ?

— Je le tue ou pas ?

— Laisse-le, regarde, ça lui fait ni chaud ni froid qu'on soit là. Il en a rien à cirer.

Le crocodile traverse la route, gentiment, tranquillement, à son rythme. Le petit rassure son cheval autant qu'il se rassure lui-même. Henri est fasciné. Puis ils entendent des sirènes au loin. Ils se regardent.

— Bon. Nous, on va bouger, hein.

— Je comprends.

— J'espère que vous allez trouver ce que c'est ce bruit.

— Merci. Rentre bien. Fais attention à toi et à lui aussi.

— Obligé. Vous voulez un peu de sous ?

Henri sourit.

— Ça va aller.

— Sûr ?

— Certain.

— Je m'appelle Bakari au fait.

Henri lui souhaite bonne route et leurs chemins se séparent comme ça.

Un peu plus tard, le vieux entend des détonations et se fige. Ça semble venir de tous les côtés. Un échange de coups de feu. Des cris. D'autres coups de feu. Des cris qui ressemblent à des insultes. L'écho nocturne les transporte jusqu'à lui mais pas assez pour qu'il distingue ce qui se dit. Encore quelques coups de feu. Puis plus rien. L'inverse d'un feu d'artifice. Ça commence fort puis ça finit quand il n'y a plus personne sur qui tirer. Ça ne doit pas être très loin de là où Henri se trouve. Il espère qu'ils n'ont pas tiré sur Bakari. Il devrait peut-être rentrer chez lui. Ça serait plus raisonnable.

Quand une voiture se met à rouler au ralenti en arrivant à son niveau, il se dit que son heure est venue. Un conducteur avec un bob sur la tête, le visage tatoué et des dents en ferraille. Un autre qui sort par le toit ouvrant. Un passager avec une carabine ou… attends un peu, c'est un fusil hypodermique ? C'est quoi ce bordel encore ?

— Eh, chef.

Henri fait mine de les ignorer. Il presse le pas. Enfin, autant qu'il peut.

— Eh, chef, flippe pas. C'est pour un renseignement.

Henri s'arrête parce qu'il sait qu'il n'ira pas plus vite. Surtout, s'ils avaient voulu le braquer, le violer ou le tuer, ce serait déjà fait. Autant abdiquer.

— Messieurs.

— Bonsoir, monsieur. Vous avez pas vu un petit Lacoste se promener par là ?

— Hein ?

— Un crocodile.

C'est le mec émergeant du toit ouvrant qui précise ça. Un autre monde insoupçonné s'est offert à Henri. Il en a le sourire jusqu'aux oreilles. Dans la bagnole, ils débattront sur ce qu'a pu prendre le vieux pour être défoncé comme ça.

— Si, je l'ai vu, il était à deux trois rues derrière.

— *Wallah* ? Il était comment ? Il allait bien ?

— Je lui ai pas demandé.

— C'est pas grave, merci !

Là-dessus, la bagnole part en marche arrière en faisant un boucan d'enfer tandis qu'Henri poursuit sa route. Il commence à fatiguer mais le chbing chbing chbing se rapproche.

Au point où il en est, Henri s'attend à voir une créature maléfique venue des confins du cosmos interne de la planète émerger du sol, charriant avec elle toute la folie de Ratigny et du 94. Mais alors qu'il s'apprête à bifurquer vers le bruit, vers l'Appel du Chbing'u, il est attiré par l'école maternelle Victor-Hugo. Désaffectée depuis longtemps, elle a vu passer la petite Marie-Line. Quand ils se promenaient par ici, elle s'arrêtait toujours un moment, nostalgique, pour lui raconter des souvenirs qui lui revenaient de cette époque. En y repensant, Henri se sent nul d'avoir oublié toutes ces histoires. Maintenant elles sont mortes avec elle parce qu'il n'y a plus personne pour les raconter.

En revanche, là, c'est d'autres histoires qui sont en train de s'écrire dans la cour. Deux voitures phares allumés éclairent une vingtaine de mecs en cercle. Bien bruyants. Bien excités. Autour d'eux, des bidons ont été éventrés et on y fait griller de la viande. Il y a des glacières qui contiennent sans doute tout un tas de boissons sucrées et alcoolisées. Henri ne dirait pas non à un Coca pour la route, mais pas question de prendre part à ce sabbat.

Au centre du cercle, une bagarre. Henri s'approche pour mieux voir. C'est un homme, torse nu, en train de combattre un chien. La bête s'accroche à son bras et l'autre le tabasse autant qu'il peut. Le chien finit par le lâcher. D'où il est, Henri ne voit que le gros de l'action. Il n'a pas tous les détails. Les mecs qui filment le combat ont tout ce qu'il faut. Alors que le clébard est au sol, le combattant lui file des coups de pied dans la tête jusqu'à le mettre hors jeu. Finalement, d'autres mecs sortent du cercle pour le retenir. Comme s'ils avaient un peu de compassion pour le chien. Le mec est déclaré vainqueur. Dans le cercle, on râle, on rigole, on s'échange de l'oseille.

Parmi la foule, un homme s'agenouille près du chien, le caresse. Il lui glisse quelques mots à l'oreille avant de lui mettre une balle en pleine tête. La détonation jette un froid puis ils s'y remettent. C'est l'heure du combat suivant, mais c'est trop pour Henri qui reprend sa route. Loin des cris, plus près du grand chbing.

Après cinq minutes de marche à longer la voie ferrée, il arrive enfin à destination.

Dire qu'il a traversé la moitié de la ville pour ça... Ses forges d'Héphaïstos ne sont que des travaux sur la ligne du RER. Bravo, Henri, quel exploit, encore des travaux ! Alors oui, c'est de la ferraille qui tape sur de la ferraille. Oui, ça résonne d'un bout à l'autre de Ratigny. Et oui, ça fait un bruit d'enfer quand on est à côté, mais ce n'est pas le cœur de la ville qu'il espérait trouver en train de battre. Ce n'est que ça. En chemin, il a vu un paquet de trucs pas normaux mais ça, ce n'est rien. C'est trop normal. Alors qu'il regarde les ouvriers se marrer, se vanner, s'insulter et s'affairer, éclairés par de violents spots qu'on ne voit que sur les scènes de crime des séries américaines, Henri sourit malgré tout.

Il lui a suffi de suivre le bruit. S'il a résolu ce mystère, il peut résoudre celui de la disparition de Clara. Rien de sorcier. Il va suivre ce qu'il entend. Le problème, c'est qu'il ignore par où commencer. Ce qu'il a vu ce soir le dépasse. Un ouvrier le remarque et le salue. Henri en fait autant. Machinalement.

Il est ailleurs. Il est surtout crevé. Il faut qu'il réfléchisse à la suite. Il faut qu'il dorme. Il faut qu'il rentre. Un bus de nuit s'arrête à quelques mètres. Henri lui fait signe de l'attendre. Il croise des mecs crevés par leur boulot de nuit qui en descendent, se saluent et partent chacun de leur côté. Henri monte dans le bus et se plante devant le chauffeur.

— J'ai pas de ticket.

Le chauffeur lui fait signe d'aller s'asseoir. Ça pionce, ça mate des conneries sur son téléphone ou ça fixe l'obscurité au-delà de la vitre. À part augmenter drastiquement la moyenne d'âge, il ne dérangera personne. Le visage contre la fenêtre, il regarde défiler la ville qu'il vient de traverser. Sa ville qu'il pensait connaître par cœur. Il se dit qu'il va se réveiller et qu'il a rêvé tout ça, mais non. Il se dit qu'il est mort mais ça ne peut pas être ça, l'au-delà. Ça n'aurait aucun sens. Non, tout ça, c'est la vie qui s'écoule pendant qu'on dort. La vie qui lui file entre les doigts pendant qu'il n'arrivc pas à dormir. Une vie dans laquelle il a envie de plonger, maintenant qu'il a mis ses quatre orteils dedans et que la température lui convient.

Fort de ce succès, il se promet de retrouver Clara. Bon, d'accord, Le Grand Mystère du Bruit Lointain n'est pas exactement une enquête qui ferait se lever Agatha Christie la nuit. Une disparition d'ado non plus d'ailleurs. Mais à son niveau, c'est important. C'est important parce que ça le touche fort. Pas comme tous ces meurtres qu'il a résolus avant les héros des séries et des livres policiers qu'il a engloutis tout au long de sa vie. Non, là, ça compte vraiment.

Le reste du trajet, Henri le passe à réfléchir à comment il va s'y prendre pour mener l'enquête. Son enquête.

De retour dans sa rue à une heure à laquelle personne ne l'a jamais arpentée, Henri aperçoit une silhouette sous un lampadaire. Elle est éclairée et pourtant, on dirait une ombre. Alors qu'il s'en approche, Henri distingue des formes. Gros cul, petits seins, et le visage a un problème. Comme une tumeur sous le menton. Un goitre à la Balladur qui serait tellement parti en couille que plus aucune carte Vitale du monde n'aurait pu y faire quoi que ce soit. Henri a peur mais Henri n'a plus peur. Après tout ce qu'il a vu ce soir, qu'est-ce qui pourrait l'arrêter ? La silhouette sort des sacs-poubelle de chez elle pour les foutre dans les containers que les boueux ramasseront demain matin.

C'est deux maisons avant celle d'Henri. Au 9. Celle avec les haies super hautes et jamais taillées, la fumée constante et donc l'odeur dégueulasse qui va avec. Henri a deux mots à lui dire. Qu'est-ce qu'ils foutent dans cette baraque pour que ça schlingue autant ? Mais face à la silhouette, il s'écrase. Il pensait avoir tout vu ce soir.

C'est une femme, ça c'est sûr. Après, est-ce qu'elle vient de la même planète que nous, Henri n'y mettrait rien à couper. Elle porte un masque à gaz, vitre teintée, elle le voit mais Henri ne verra rien. La cartouche explique la forme bizarre de son visage. La sueur dégouline sur sa peau recouverte d'encre noire. Elle n'est pas noire au sens afro-descendante du terme, elle s'est tatoué la peau en noir. Elle porte une culotte toute simple, de longs gants et des bottes en caoutchouc. Des cicatrices de brûlures un peu partout. Des muscles noueux comme on dit dans les bouquins pour ne pas dire qu'elle ne fait pas de gonflette mais que les gestes qu'elle répète à l'infini lui ont bâti cette silhouette de personnage mythologique. De déesse carrément. La puanteur vient de chez elle mais Henri n'ose rien dire. Il comprend l'usage du masque à gaz. Celle qu'il enregistre dans son bazar mental comme étant la Déesse de la Puanteur habite à deux numéros de chez lui. Henri se contente de hocher la tête pour la saluer. Elle en fait autant. Et chacun rentre chez soi.

Au pieu sans s'être déshabillé, prêt à se pisser dessus s'il devait en arriver là, Henri s'endort vite. Et avec le sourire. Ça fait longtemps que ça ne lui était pas arrivé.

4

Même dans les rêves qui lui piratent l'âme quand il s'autorise à somnoler, Brahim Chokri perd la main. Avant, dans le temps, il avait l'impression de contrôler ce qu'il faisait dans ses rêves. Maintenant, il a l'impression d'être sur des rails et que ses rêves, les bons comme les mauvais, ne sont qu'un tour de train fantôme. Brahim a dragué sa femme en l'emmenant, il y a bien longtemps, à la foire du Trône et c'est justement dans un train fantôme, alors que la chanson *Voyage, voyage* passait, qu'un mec déguisé en squelette a touché sa promise. Grossière erreur. Brahim a couché l'étudiant qui crevait de chaud sous son costume de plusieurs pêches.

Dans son rêve, il est dans un bled qui ressemble à Ratigny mais dans le futur. C'est comme les cauchemars dans les *Terminator* sauf qu'à la place des robots il y a des tanks qui ouvrent la voie pour des soldats tandis que la ville se fait démolir. Ça balance des obus à droite à gauche. Sa seule satisfaction, c'est de voir la partie est de la ville complètement bousillée. Il ne reste que la sienne, l'ouest, comme dernier bastion.

Dans l'armée de ses songes, il y a Jude Law qui mange des chips et, dans l'association d'idées de Brahim, ça lui suffit pour se persuader que ce sont des soldats russes. Ça lui suffit à faire le lien avec les Russes parce que Jude Law jouait un soldat russe dans *Stalingrad*. L'onirologie n'est pas une science exacte mais Brahim y croit, autant qu'il croit aux fantômes, aux jnoun et aux marabouts.

Il voit ces soldats se préparer à une grosse offensive sur Ratigny, sur les siens, sur sa ville. Il veut empêcher ça mais là, il est baisé, il ne peut même pas bouger. Le pire, c'est qu'il a déjà fait de la paralysie du sommeil. Il connaît cette sensation. Il a déjà réussi par le passé à se calmer en se disant « c'est qu'un rêve et dans dix secondes tu seras réveillé ». Mais là, c'est différent. Voir son royaume être détruit, même si ce n'est qu'un rêve, c'est comme voir toute ta famille se noyer sous tes yeux sans rien pouvoir faire. Ça lui est déjà arrivé avec sa femme. Puis avec son grand. Il ne peut pas laisser passer ça. Même dans un rêve. Faut qu'il se bouge mais faut qu'il se réveille. On sonne.

C'est son gars Nassim. Son gars sûr, celui qui est prêt à tuer, mourir et endosser à sa place la responsabilité d'un meurtre ou deux. Quand il lui ouvre, Brahim est encore à cran.

— T'as dormi ?

— Non.

Il s'est peut-être couché il y a une heure ou deux. Pas plus. Mais ce n'est pas plus mal.

Quand il a fait son premier malaise il y a quelques mois, et qu'à son réveil son monde s'est écroulé comme une tour de Jenga, Brahim a commencé à avoir peur de dormir. Les docteurs qu'il est allé voir en cachette, des spécialisés du cerveau, lui ont dit qu'il avait un truc bizarre. Ils lui ont dit le nom à l'époque mais ça ressemblait à de l'allemand et il l'a oublié. Brahim a juste retenu qu'il perdait la tête. À cinquante ans, il est déjà vieux.

Pour résumer, il se dit que son cerveau est plein de trous qui se multiplient et lui font oublier tout un tas de trucs. Les connexions dans son crâne se cassent l'une après l'autre. Il va de plus en plus confondre la réalité avec le reste. Il va faire des malaises et des petites attaques quand des connexions plus costaudes que d'autres vont foutre le camp. Il n'y peut rien et les médecins non plus. Ils continuent de le convoquer pour tester des trucs. Ils ont fait plein d'examens et le seul un peu probant a montré que la musique ralentissait le naufrage. Ça fait apparemment bosser la seule partie de son cerveau capable de colmater les brèches. Du coup, il passe ses nuits à écouter de la musique et se rappeler des trucs qu'il ne veut pas oublier.

Personne ne doit savoir ce qui lui arrive. Le petit est au courant. C'est normal. C'est son fils. Sa seule famille. Mais les autres ne doivent rien savoir. Brahim ne peut et ne veut faire confiance à personne. Il a gagné ce qu'il a gagné en enchaînant les coups de pute. Il ne veut pas d'une fin ironique à son histoire. Il ne veut tout simplement pas que son histoire s'arrête. Pour donner le change, il joue l'excentricité. Si les gens croient qu'il se came, grand bien leur fasse tant qu'ils restent aux aguets. Là, entre autres raisons pour lesquelles il n'a pas tant dormi que ça, c'est parce qu'il a réfléchi.

Ce camion blindé de consoles de jeux qui s'est fait braquer il y a dix jours, ça le travaille, mais il est presque sûr de tenir le coupable. Fallait juste qu'il vérifie un truc, il a passé un coup de fil et il a eu la confirmation qu'il attendait.

En théorie, tous les coups qui se font dans sa moitié de Ratigny, la partie ouest, R-O, RoRo comme l'appellent ceux qui savent, doivent passer par Brahim. L'équipe doit s'entretenir avec lui. Ils exposent leur projet et Brahim l'autorise ou non. Il pèse le pour et le contre, voit si ça vaut le coup d'y aller ou pas, réfléchit aux répercussions pour lui et ses affaires, assure ses arrières et ceux de la bande en parlant aux bons flics pour que les choses glissent même si ça part en couille. En gros, Brahim garantit le coup à l'équipe qui le monte et il garde la mainmise sur tout ce qui se passe chez lui. Ce qu'il demande en échange, c'est vingt pour cent du butin.

En pratique, pas mal de mecs du quartier qui n'ont pas connu autre chose ne voient pas le problème à verser sa part à celui que certains appellent, en cachette, Brahim TVA. D'autres, de plus en plus jeunes et de plus en plus nombreux, ne sont pas d'accord avec ça. Ils ne voient pas pourquoi ils devraient verser une part entière à un mec qu'ils soupçonnent de ne même pas vraiment appeler les keufs, ni couvrir qui que ce soit quand ça déconne. Ils ont vu des mecs se faire arrêter. Ils ont envoyé des mandats à ces mecs au *hebs*. Ils sont allés les voir au parloir. Et tous n'ont eu qu'une chose à dire : « Brahim Chokri est un fils de pute. » Reste que c'est le fils de pute en chef de RoRo, et libre à chaque petit entrepreneur local de verser sa dîme au seigneur ou de partir en indé. Beaucoup sont encore en vie pour raconter comment ils ont fait, beaucoup sont enterrés ici et là, enterrés à la Ben Laden dans le lac du coin, réduits en cendres, dissous ou chiés par les animaux à qui ils ont été donnés. Oubliés.

Ce qui travaille Brahim avec ces coups faits dans son dos, ce n'est pas l'argent perdu, c'est ce que ça dit de ce que ces mecs pensent de lui. Ça dit qu'ils n'ont pas peur et ça Brahim ne peut pas l'accepter. Si ça fait bientôt trente ans qu'il règne sur le quartier, c'est parce qu'il y a imposé un règne de terreur assez solide pour leur faire comprendre que la police est une chose mais que lui, c'est tout autre chose. C'est en tout cas ce qu'il se dit pour se rassurer. Toutes ces équipes ici et là qui prennent leurs aises. Ça fait trop longtemps qu'ils tiennent le pavé, ils sont devenus les hommes à abattre. C'est le jeu. Il doit être doublement vigilant parce que, s'il n'a parlé à personne de sa maladie, il voit bien que les gens le regardent bizarrement et qu'ils attendent tous le bon moment pour le baiser et prendre sa place. Tous. Autant. Qu'ils. Sont.

C'est aussi pour ça que Brahim ne dort plus beaucoup. Il sent la fin venir. Il ne peut pas perdre de temps à dormir. Il a un quartier à gérer. Si ce n'est pas lui, qui le fera ? Le petit ? Il n'est pas prêt. Pas la carrure. En même temps, qui peut assumer Ratigny Ouest ? Plutôt crever que le donner à Youssef ou le laisser tomber entre les mains d'une équipe de branleurs qui ne sont même pas d'ici ou se faire détrôner par un petit merdeux qui viendra foutre le feu à sa baraque ou lui mettre une balle dans son sommeil. Brahim n'a pas d'autre choix que tenir la barre jusqu'au bout. Il dormira quand il sera mort. Quand il leur aura donné à tous une putain d'histoire à raconter.

Brahim tape sur le bras de Nassim.

— C'était quoi, les coups de feu hier soir ?

— Je sais pas.

— Les Russes ?

Ces Russes arrivés quelques semaines plus tôt dans les parages sont sa nouvelle lubie. Maintenant qu'il a rêvé d'eux et de Jude Law, c'est pire. Il est sûr que les Russes font ce qu'il a fait à l'époque quand il a repris le terrain. Descendre ceux qui ne sont pas d'accord avec le nouveau projet comme on se débarrasse des encombrants le premier lundi du mois. Place nette pour repartir du bon pied.

— Les keufs, ils disent quoi ?

— Pas de cadavres, pas de revendication, personne ne parle de rien. C'était peut-être de l'autre côté. Tu sais comment c'est la nuit avec le vent. On croit que le bruit vient de chez nous mais en fait il vient de loin, il vient de là-bas.

L'autre côté. Ratigny Est. Chez son vieux pote Youssef. Il y a longtemps, à quatre, quatre potes, ils ont fait le coup du siècle et la ville a fait partie du butin. Brahim a pris Ratigny Ouest. Youssef a pris l'Est. Francis a pris la mairie. Moussa a pris feu. Après lui, ils se sont désintégrés. Ils ont arrêté de se fréquenter. Tout ça, c'est du passé. Vaut mieux le laisser où il est. Personne n'est prêt pour ce qui se passerait s'ils étaient amenés à en reparler comme il faut.

— Ça va parler, Brahim, on saura vite ce qu'il y a eu.

Nassim se tourne vers son patron.

— Le petit Bakari m'a déposé trois mille balles ce matin.

— C'est bien. Ils ont retrouvé le croco, les autres débiles ?

— Je sais pas. Je crois pas. Y a des lapins qui cavalent dans tout le quartier.

Brahim lève les yeux au ciel. Être entouré de bons à rien, ça finit par l'user.

— Dis-leur bien que je le veux aujourd'hui. À chaque jour de retard, c'est mille balles de moins.

— C'est dommage pour Boomer.

Boomer c'était sa chienne. Elle a gagné tous ses combats jusqu'à celui d'hier soir. Elle est tombée sur plus fort qu'elle. Bien plus fort. Brahim a dû abréger ses souffrances et la sienne. Rappeler à toutes les personnes présentes la veille ce qui arrive quand on le déçoit. Une fois le message passé et enregistré par tout le monde, il a pris sa chienne avec lui et l'a emmenée dans le parc du lac qu'elle adorait. Un lac artificiel dont il lui faisait faire le tour plusieurs fois par semaine. Lui en footing et elle, libre, sans laisse, qui le suivait. Il l'a enterrée là, au bord de l'eau où elle venait se rafraîchir sous les yeux des cygnes, des oies et des canards qui ont compris hier soir qu'ils avaient une ennemie de moins en ce bas monde. Et peut-être d'autres yeux encore…

— Ouais. C'est dommage.

Après ça, Brahim ne dit pas un mot. Il reste dans ses pensées. Elles se chevauchent. Il pense au gros enflé qui a bousillé Boomer et à ce qu'il ferait contre le crocodile. Il pense à Jude Law. Il pense aux Russes. Il pense au braquage du camion. Il le visualise. Ils devaient être trois. Un qui braquait le chauffeur. Un qui vidait le camion et remplissait le leur. Le dernier au volant mais pas obligé. Ils auraient pu le faire à deux. Lui en tout cas, à l'époque, il aurait fait le coup avec juste un autre mec et ça aurait suffi. Là, pour les consoles, ce n'est pas le chauffeur qui aurait tenté quoi que ce soit, surtout qu'ils ont fait ça dans une rue typique d'ici. Pleine de rien et surtout pas de témoins. Une rue où on n'a pas envie de mourir pour des marchandises dont personne n'a rien à foutre à part un patron de toute façon assuré. Un coup facile. Un coup qui rapporte, selon Nassim. Ça a fini dans les faits divers du journal régional et Brahim n'aime pas voir Ratigny Ouest dans le journal. Pour lui, chaque article qui parle de son terrain est un camouflet qu'il a du mal à encaisser. Et pour ça, quelqu'un doit payer.

En tapant sur l'épaule du chauffeur, Claude, un mec bizarre qui ne parle jamais, toujours son cuir fatigué sur le dos, hiver comme été, Brahim lui fait comprendre qu'il est pressé d'arriver. Nassim, inquiet, regarde son boss. Quand il ne parle pas, Dieu seul sait ce qui peut lui passer par la tête. C'est pour ça qu'il a tendance à faire la conversation coûte que coûte. Un coup de vroom vroom et quelques feux grillés plus tard, Claude les dépose. Un coup de ding dong et ils sont chez Georges.

Comme Brahim, il a la cinquantaine. Quand tu le vois, tu sens qu'il en a vu des vertes, des pas mûres et des bien rouges mais cherche pas, il te racontera rien. Sauf si t'es de la partie. Avec Brahim, c'est les grandes accolades. Eux deux, ça remonte à loin. Quand Brahim a repris la ville, Georges était à ses côtés.

— Comment tu vas ?

— J'ai la bite qui déconne, je me lève trois fois par nuit pour pisser. Pisser de la merde en plus, trois gouttes par-ci, deux par-là. J'en ai plein le cul, je vais finir par rester pieuté et me pisser dessus. Qui me dira quoi que ce soit ?

Brahim sourit, Georges lui fait signe de s'asseoir. Il montre la cafetière puis Nassim et Claude mais ils déclinent. Nassim parce qu'il ne va pas boire le café dégueulasse de ce vieux babtou prêt à se pisser dessus, et Claude parce que personne ne l'a jamais vu ni boire, ni manger, ni dire un mot et que ce serait dommage qu'il change ses habitudes un jour comme ça.

— Alors, qu'est-ce qui t'amène ?

— J'allais au resto. D'ailleurs, faudra que tu passes manger un jour, ça fait longtemps.

— Tu fais toujours ton couscous le mercredi ?

— Le jeudi maintenant. C'est mieux le jeudi. Le mercredi, il fait froid.

Léger coup d'œil de Georges vers Nassim et Claude genre « les rumeurs sont donc vraies ? Il déraille ? » mais les deux autres ne cillent pas. Georges se retourne vers son vieil ami.

— OK, le jeudi. Je note. T'as mangé ce matin ? T'as l'air crevé.

— C'est parce que je dors plus. Quand je dors, il se passe des trucs bizarres, on me fait des trucs dans le dos, on me vole mais si je dors pas…

Il tire sur sa paupière du bas, dévoilant une inquiétante nuance de jaune entre ses petits vaisseaux éclatés…

— Alors là, tous ces fils de pute savent que je les vois et ils peuvent rien faire.

Il marque un temps en hochant la tête.

— Ils peuvent rien sortir de ma tête tant que je peux les voir.

C'est déjà une galère en soi d'être face à quelqu'un qui parle comme ça, mais alors quand c'est un mec comme Brahim, que dire d'autre que :

— Ouais.

— Georges. Tu te rappelles le fourgon qu'on s'est fait ?

— Putain ouais, on les avait bien niqués.

— 9 mars 1997. Tu te rappelles ? Juste avant qu'on tape le camion, à la radio ils parlaient de ce rappeur qui venait de mourir.

— Ouais, je me rappelle surtout que je t'avais dit que c'était pas la peine de l'enculer à cent cinquante le fourgon et toi, t'as juste changé la station et t'as monté le son.

— Ouais, Nostalgie, ils passaient la chanson du businessman.

— Ouais, *Starmania*.

— C'est ça. Y avait qui déjà avec nous sur ce coup ?

Encore un battement de cœur loupé pour Georges.

— Tu déconnes ou quoi ?

En vrai, il ne déconne pas, il se souvient de quasiment tout grâce à la chanson qui passait ce jour-là et qu'il était en train de fredonner, mais il ne se rappelle pas s'il y avait du monde à l'arrière de la bagnole.

— Y avait que toi et moi. On avait besoin de personne d'autre. Part à deux. *Fifty-fifty*. Et je trouvais ça bien que tu portes tes couilles et que tu montes faire des coups comme ça. Tous ces connards, ça leur rappelait qui est qui.

Georges sourit, nostalgique, Brahim aussi. Ils se tapent dans la main. Comme à l'époque. Pour un peu, Brahim lui demanderait s'il n'a pas des cagoules qui traînent et un fusil à pompe ou deux pour taper une banque. Mais il n'est pas là pour ça. En plus, les banques, y a plus d'oseille dedans. Ils ont mis l'argent dans les ordinateurs.

— C'est vrai qu'on était chauds. On a fait combien de coups ensemble mon Ge-Geor ?

— J'en sais rien moi, mais on en a fait pas mal. Et on en a ramené du pognon.

Ils restent un moment comme ça à se rappeler le bon vieux temps. *L'Aziza* passe à la radio, Brahim fait signe à Nassim de couper. Pas de musique, surtout pas dans un moment pareil, ça risque de lui embrouiller le crâne. Nassim baisse le son mais Brahim hoche la tête.

— Coupe complètement. C'est mieux.

Georges a toujours le sourire. Il a l'air d'être de nouveau dans les années 90, cagoulé, calibré et les poches pleines de fric. Époque bénie. Le 9-4, champion de la vanne et du braquage. Brahim ne peut pas aller contre ça. Il ne peut pas non plus s'empêcher de regarder autour de lui. Avec tous les coups qu'ils ont faits, c'est donc tout ce que Georges a pu se payer ? OK il flambait avec les gonzesses, les voyages et tout ce que les gens d'ici ne pouvaient pas s'offrir. Mais qu'est-ce qu'il a foutu de son fric ? Tout est passé dans ce deux-pièces minable ? Le genre d'endroit où tu crèves seul. Tellement seul qu'il y a des chances qu'on mette plusieurs jours avant de savoir que t'es parti.

— Eh, Georges.

— Ouais ?

— Si tu devais refaire un coup là, tu ferais comment ?

— Comment ça, si je devais faire un coup ?

L'œil de Georges se met à briller et le rajeunit de vingt ans en un instant.

— Non, non, c'est histoire de discuter, tu vois. Là, maintenant, tout de suite, tu dois taper un fourgon, tu fais comment ?

— À notre époque, ils avaient déjà leurs conneries d'ADN et tout ça mais c'était pas aussi chaud que maintenant. Bon, là, c'est pas comme dans *Les Experts*, si on braquait un fourgon aujourd'hui et qu'on y laissait de l'ADN, on aurait le temps d'aller cramer le butin à Phuket ou Dubai qu'ils auraient pas encore fait les analyses, mais c'est pas une raison pour en laisser.

Trop content de faire son cours, Georges marque un temps. Nassim écoute assidûment. L'air de rien, il assiste à une masterclass.

— Le premier truc qu'il faudrait faire, c'est nous raser complètement.

— Tout le corps ?

— Comme des deps. On prend pas le risque de laisser tomber un poil ou un cheveu, c'est comme ça qu'on se fait niquer maintenant, c'est pour ça que ça vaut même plus le coup de braquer, ils sont trop forts, ils mettent le temps mais ils finissent par t'avoir.

— OK, on rase tout et après, on y va à combien ?

Georges regarde Nassim et Claude puis Brahim.

— À nous quatre là, on baise la Brinks comme en 95. Ton gars là-bas, on le laisse au volant, faut qu'on soit prêts à se barrer au cas où des bleus débarquent et si on choisit de privilégier l'oseille à notre liberté, alors il pourra les allumer. Ton grand là, il sait tirer ? Tes yeux, c'est comment ? C'est 10/10 aux deux ?

Nassim va pour répondre mais Georges le coupe.

— On s'en fout. On est là pour discuter, pas vrai, Brams ? Lui, il a une kalach ou si on a ça, une M4 ou un AR15.

— AR15 ?

— C'est ce que tous les gamins américains utilisent quand ils décident d'aller bousiller l'intégralité de leur bahut. T'as vu les cartons qu'ils font avec ça ? Nous, on y fout des munitions perforantes et ton gars leur fait une démo. Quand ils voient le trou dans le plexi, ça les calme et ils te cassent pas les couilles.

— D'accord, d'accord. Ils ont évolué, on doit évoluer aussi.

— C'est ça. Nous deux, on doit péter le coffre. Là, c'est simple, même si les mecs à l'avant sont dociles, on pose une charge à l'arrière et on explose la porte. Les convoyeurs, ils seront tellement en train d'en chier avec leurs tympans explosés qu'ils nous fileront ce qu'on veut pour qu'on se barre en vitesse et qu'ils puissent vite se faire shooter à la morphine. À deux, on se fait le relais du fourgon à notre bagnole pour l'argent, celui qu'est dans le fourgon garde quand même un œil sur les mecs et normalement, en une minute maximum, on a fini.

Brahim applaudit un peu.

— Ça donne envie d'y aller tout de suite, non ?

Nassim hoche la tête. C'est clair que dit comme ça, il suffit de mettre ses couilles en bandoulière et d'aller taper le fourgon, rien de plus facile. Claude : toujours rien à foutre de ce qui se passe, il a l'air de compter les carreaux du carrelage en attendant que ça se termine. Brahim regarde Georges avec le sourire. Un sourire trop bizarre. Georges préfère calmer le jeu.

— Bon, après c'est que de la théorie, on est vieux, c'est derrière nous tout ça.

— T'es quand même très chaud. Et tu te tiens à jour.

— C'est comme Lizarazu, il a arrêté de jouer et maintenant il commente, c'est pareil pour moi.

— Et pour le camion avec les PlayStation, t'as fait comment ?

Là, Georges sent tous ses organes se rétracter en même temps comme si son cul venait de tirer la chasse d'eau et qu'il allait se ratatiner sur lui-même et disparaître pour toujours.

— Brahim. Sérieux. Tu crois pas ça ? Je suis à la retraite, putain, tu le sais.

— Tu sais ce qui me fait mal là-dedans ? C'est même pas que tu sois pas venu m'en parler avant... C'est que tu m'aies pas proposé de le faire avec toi. Ça, ça me bousille.

— Brahim, je te jure, sur tout ce que tu veux, putain, c'est pas moi qui ai braqué ce putain de camion.

Si la scène passait à la télé, Nassim pourrait éteindre parce qu'il sait déjà comment ça va finir. Ça fait des années qu'il travaille pour Brahim. Avec le temps, c'est un peu devenu son bras droit officiel. Là, ça fait un moment qu'il le voit sombrer. Qu'il le voit pointer du doigt des gens et les accuser de choses qu'ils n'ont pas faites. Qu'il le voit péter des câbles et devenir totalement parano. Qu'il doit obéir et éclater ou éliminer du monde s'il ne veut pas se faire lui éclater ou éliminer. Il voit Brahim avancer dans la vie et dans les affaires en crachant sur le bout de son doigt et en le levant pour voir où va le vent. Ça lui fait peur mais en même temps ça lui ouvre des perspectives.

Georges sent le vent tourner. Il doit calmer le jeu. Tenter d'être logique avec quelqu'un qui ne l'est plus depuis un bail.

— Ça fait quoi, dix jours qu'ils l'ont braqué ce camion, non ? Ils doivent déjà être loin tes bonshommes là.

— Donc, tes complices se sont barrés ? Mais toi, Georges, pourquoi t'es resté ?

Juste avant de venir, Brahim a appelé son marabout préféré pour s'assurer qu'il ne faisait pas fausse route. Le professeur Samba a toujours un créneau pour Brahim. L'un de ses meilleurs clients. Quand Brahim lui a raconté ce qui le tracassait, Samba a comme pesé le pour et le contre. Il sent de plus en plus que Brahim est tourmenté. Qu'il est à pas grand-chose d'imploser. Il a déjà sauvé du monde du courroux de Brahim ces derniers temps mais là… Il sait de qui Brahim parle. Il connaît ce Georges. Pas un homme bien. Brahim non plus mais là, c'est lui qui a la main à la poche, pas l'autre. Que les chiens se mordent entre eux, ça arrange tout le monde. Le professeur Samba a confirmé. C'est Georges qui a fait le coup.

— Je sais que c'est toi qui as braqué le camion, Georges. Et quand je vois ce taudis où t'habites, je comprends que t'aies besoin de l'argent. Tu mérites mieux. Mais je sais que tu l'as pas fait tout seul alors dis-moi, t'as emmené qui avec toi ?

— Ça fait des années que j'ai rien fauché, que j'ai pas touché à un flingue et que je m'occupe de mes gamins. Qu'est-ce que j'irais foutre avec un camion de consoles de jeux ?

Brahim se tourne vers Nassim mais il garde une main sur la cuisse de son vieil ami. Pour sentir le sang aller et venir à toute vitesse dans son cœur qui, plus instinctif que son cerveau voulant croire au miracle, sait que c'est la fin et donne tout pour ses derniers instants.

— Combien tu m'as dit les consoles ?

— En magasin, ça facture cinq cents balles la console mais là, comme y a pénurie, tu peux les bicrave à mille, y en a qu'achètent.

Brahim ne s'est pas encore retourné vers lui que Georges et ses tripes savent. C'est foutu.

— Le camion, tu l'as brûlé et t'as eu raison. Mais les consoles qu'y avait dedans, j'espère que tu t'es payé des trucs qui t'ont fait plaisir avec ce qu'elles t'ont rapporté.

— Brahim, c'est pas moi.

Une larme qui n'a pas le temps d'arriver à destination. Brahim lui a déjà tiré une balle en plein cœur. L'inverse du big bang pour Georges. La fin de l'univers, tout qui se ratatine et son esprit n'a même pas le temps de formuler une dernière pensée.

Nassim est rassuré. Les dernières consoles qu'il a à vendre devraient partir dans la journée et il pourra partager le fruit du butin avec son cousin du 9-3. Le sac est sécurisé. Mais ça, Brahim ne le saura jamais. D'ailleurs, dans moins d'un quart d'heure, il aura oublié qu'il vient de buter l'un de ses plus vieux potes et s'étonnera de tomber sur la messagerie de Georges quand il l'appellera pour le convier à manger le couscous.

5

Cinq cents balles à récupérer. C'était la mission de Soul. Il avait que ça à faire aujourd'hui. Ça devait prendre deux minutes. Il devait aller chez Mohand, récupérer l'oseille, la donner à Sofiane et Doums, toucher ses cinquante euros et après ça, au choix, rentrer chez lui ou aller faire de la bécane comme hier soir avec tous les autres ou aller capter Camélia. Non avant ça, il va manger une glace. Il a envie d'un McFlurry. Oreo coulis caramel. Ça va glisser. Juste ce petit truc à faire et direction le McDo. Facile.

Facile en théorie seulement parce que là, il sent qu'il va avoir du mal à récupérer l'argent. Déjà dix minutes que Soul est chez Mohand et ça commence à puer. Ce pauvre type, quarante ans passés, chômeur infini. Sa femme qui bosse et trois gamins qu'il est obligé de garder parce qu'il n'y a pas école. Le plus grand, il doit avoir onze ans, est à table, lit des *One Piece* empruntés à la bibliothèque et ce qui se passe ne l'émeut pas. Ça fait partie du décor. Les deux plus petits courent dans les pattes de Soul qui n'a rien contre les gamins, mais ces deux-là, il doit reconnaître qu'ils sont particulièrement abrutis. Au moins, avec Camélia, il n'en aura jamais d'aussi bêtes. Ils n'en auront jamais tout court.

Et Mohand, miskine. Accro aux sites de paris sportifs comme son père l'était au PMU. Son père, constamment ruiné. Leur enfance sans vacances, sans rien aux anniversaires et sans cadeaux de Noël parce que c'était « la fête des kuffars ». La bonne excuse pour ne pas sortir un sou. Il n'a pas laissé grand-chose à ses gamins. La haine pour le frère de Mohand, l'envie de se barrer loin pour sa sœur et la religion pour Mohand. Pas l'islam, son père n'était musulman que quand ça lui permettait de gratter quelque chose à des gens trop sympas, non, c'est de sa vraie religion qu'on parle. Celle des losers. La chance.

— Je te promets, si j'avais l'argent je te le donnerais.

— Pourquoi tu mens ? Tu sais très bien que si t'avais l'argent, t'irais voir Sofiane pour parier sur le match de demain en mode quitte ou double.

Mohand le regarde en acquiesçant. Soul regrette de lui avoir soufflé l'idée. Ça va se retourner contre Mohand. Les deux autres vont vraiment finir par lui faire du sale. À écouter son cœur qui lui bat jusque dans les tempes parce qu'il sent que le problème de Mohand va devenir le sien, Soul pense à ce que son père à lui a légué. La bombe à retardement dans sa poitrine. Le compte à rebours lancé depuis qu'il est né mais impossible de voir le cadran : tout ce qu'il sait, c'est que c'est héréditaire et que dans sa famille ils ont le cœur pourri. Il peut s'arrêter à tout moment. Génétique. La loterie. La seule à laquelle Soul ait gagné alors qu'il ne joue pas.

— Allez, Soulaymane, c'est que cinq cents euros.

— Pour toi peut-être, mais pour nous, c'est cinq cents euros et là, on les veut.

Mohand est à deux doigts de pleurer. Ses gosses qui gueulent et se courent après. BFM qui raconte des conneries à la télé. L'autre qui entame un nouveau volume de son manga. Soul aussi inflexible qu'il peut l'être. Mohand qui capte, à son grand âge, que sa vie c'est ça : se faire racketter par un petit de vingt ans à peine. Soul pourrait avoir de la peine pour lui mais ça lui passe aussi vite que c'est venu. Cette merde, Mohand s'est mis tout seul dedans.

Il connaît l'histoire de Mohand. S'il est obligé de parier au PMU de la street que Sofiane et Doums tiennent pour Brahim, le grand chef, c'est parce que Mohand s'est ruiné chez Betclic, Winamax et compagnie sans lire les petits caractères. Il a fait des emprunts chez les Sofinco, Cofidis et autres usuriers qui ont pignon sur rue. Il n'a évidemment jamais remboursé aucun de ses créanciers et a fini interdit bancaire. Le peu d'argent qu'il avait devant lui, il l'a alors parié avec Brahim et ses bookmakers aussi pourris et sans pitié que ceux des applis, les pires mecs possibles : Sofiane et Doums. Du genre à ne pas te payer si tu gagnes trop mais à te les casser dès que tu leur dois dix balles. Pas de notif « pas de chance » avec un émoji triste, juste eux qui débarquent pour réclamer l'argent dû puis les intérêts si tu ne craches pas assez vite et te livrer l'enfer à domicile comme un Uber Eats si tu ne craches pas tout court. T'avais pas l'argent au départ et tu ne l'auras jamais, ils le savent et ils te tiennent.

— Moi, ils vont me casser les couilles si je leur rapporte pas l'oseille mais toi, ils vont t'enculer cette fois.

— Soulaymane, sois charitable. Laisse-moi encore un peu de temps.

— Mais, gros, t'as plus de temps. T'as parié comme un con. Tes gars ils vont retourner en Ligue 2, tu nous auras toujours pas payés. C'est quoi ça ?

Mohand, ce con, qui lui parle de charité. Supporter du PSG, il s'est dit qu'il allait parier contre eux dans un petit match et mettre son argent sur le promu. Il leur a expliqué que le PSG n'allait pas faire d'efforts sur ce match parce qu'ils avaient un match de Champions League quelques jours plus tard. Mohand avait calculé. Il avait lu des trucs sur Twitter. Il s'était bien renseigné. Il était sûr que le PSG allait envoyer une équipe bis et que l'équipe en face allait redoubler d'efforts et les taper. Soul a carrément oublié de quelle ville ils venaient, il faut dire que le foot, c'est le dernier de ses intérêts. La cote sur l'outsider était incroyable. Mohand était tellement sûr de son coup qu'il a emprunté cent balles à Sofiane et Doums. Convaincus par la démonstration, ils étaient à deux doigts de parier pareil. Évidemment, rien ne s'est passé comme prévu et le PSG a gagné 5-0.

— Donne-moi ton téléphone, je vais appeler Doums, c'est mon petit, il va comprendre.

— T'es un baisé toi… Eh Mo, écoute, je te parle sérieusement : t'as l'argent ou pas ?

— Je l'ai pas, je t'ai dit si je l'avais, je t…

— Ouais, ouais. Tu fais chier là.

— Tu veux pas prendre autre chose ?

Soul regarde autour de lui. Le petit aux mangas le regarde genre « mais qu'est-ce que tu veux prendre ? On a déjà rien à cause de lui ». Soul le sait, il voit aussi dans les yeux de ce gosse qu'un jour, dès qu'il en aura la force, il fera payer son père. Un coup d'œil à la télé mal réglée d'une marque qu'il n'a jamais vue, aux meubles récupérés on ne sait pas où… Même pas de console… De toute façon, c'est pas comme s'il allait embarquer quelque chose vu que la dernière fois qu'il a fait l'huissier chez quelqu'un qui devait de l'argent, c'est lui que Sofiane et Doums ont enculé. « T'as cru qu'on était Cash Converters ? », « On s'en bat les couilles de sa Play », « Ramène de l'oseille ». Ils l'ont balayé et tabassé en bas de l'immeuble du mec qui avait tout vu et s'était bien marré jusqu'à ce que les deux autres débarquent chez lui, éclatent sa porte, bousillent sa baraque et menacent de baiser sa femme sous ses yeux. Le type a vite trouvé l'argent. Encore une leçon pour Soul.

Il les a vus emmener des gamins comme caution. Il les a vus vider des congélateurs pour mettre des bébés dedans le temps que l'argent apparaisse. Tout ça, Brahim ou un de ses gars leur a appris à le faire. Ils n'ont pas eu l'idée tout seuls. Soul n'est pas allé à cette école-là. Tout ça, ces deux fils de pute sont capables de te l'infliger pour récupérer cinquante balles.

Cette fois, Soul ne va pas se faire avoir. Il repartira avec l'argent.

— Gros. Ta femme, elle a pas de l'argent quelque part ? Genre la réserve des réserves, l'argent que faut pas toucher, la cachette d'urgence, tu vois ? Genre même toi t'es un fils de pute mais t'oses pas y toucher parce que tu sais que ce serait abuser, tu vois ?

— Mais, Soul, ça fait dix mille ans que je l'ai tuée cette réserve. Ma femme, elle me laisse même plus d'argent pour faire les courses.

Ça y est, c'est trop pour Soul. Avant, ça aurait pu le faire rire mais c'est terminé. Il regarde Mohand et ses cernes, son aîné qui le déteste et ses deux petits nés pour perdre et qui ne le savent pas encore, qu'il sape quand même en petits footballeurs, espérant sans doute qu'y en aura un d'assez chaud pour percer, comme son père à lui devait espérer que l'un d'eux finisse jockey ou bosse carrément au PMU.

Soul préfère se barrer.

— La prochaine fois, c'est pas moi qui viendrai. Et d'ici là, t'as intérêt à chier l'oseille si tu veux pas chier du sperme.

Mohand est soulagé. C'est un petit sursis. Toujours bon à prendre. Soul quitte l'appartement sans écouter les merci, merci, merci de Mohand. Vrai esprit d'escalier pendant le trajet d'ascenseur. Soul se dit qu'il aurait pu retourner tout l'appartement. Tout l'appartement qui lui rappelle celui où il a grandi. Menacer Mohand. Menacer Mohand dans lequel il a un peu vu son père s'il avait vécu assez longtemps pour que Soul l'idéalise moins. Menacer ses fils. Tabasser Mohand. Bousiller le gamin aux mangas dans lequel il ne pouvait pas s'empêcher de se revoir. Mais à qui il essaye de mentir à part lui-même là ? Soul n'est pas comme ça. S'attaquer à ces gens, ce serait s'attaquer à lui-même. Ces gens-là, ce qu'il voudrait, c'est les aider, pas les enfoncer.

Quand les portes de l'ascenseur s'ouvrent, il voit Sofiane et Doums, posés sur leur Clio III à se marrer en regardant un truc sur un téléphone. Leur gueule change instantanément quand ils voient celle de Soul. Il est redescendu les mains vides, ce pédé. Il peut lire ça sur leurs lèvres. Derrière le sas du hall, Soul pense un instant à ne pas sortir de l'immeuble. Mais pour quoi faire ? Pour aller où ?

Non, il n'y a qu'une chose à faire, c'est sortir du bat, rester aussi droit et digne que possible, les regarder dans les yeux, leur dire la vérité et encaisser les coups. Les deux autres qui se redressent, l'air déçu mais prêts à faire ce qu'ils ont à faire. Le même genre de fils de pute que ton responsable sadique du McDo mais en pire. La question rhétorique sur l'argent que Soul n'a pas. La non-réponse de Soul. La mine faussement contrite de Sofiane, le tchip de Doums. Sofiane qui sort un sécateur de sa poche, prêt à monter chez Mohand et couper des doigts. Les premiers coups qui partent, les premiers chocs sur la chair. Et Soul qui part en méditation, se demander ce qui a pu merder à ce point dans sa vie pour qu'il en arrive là à se faire défoncer la tronche par Sofiane Berkaoui et Doums Traoré. Les deux crétins les plus demeurés du quartier. Terreurs inséparables depuis bientôt vingt ans. La bêtise et la violence comme mode de vie.

Soul se souvient du CP. Quand Sofiane et celui qui s'appelait encore Adama à l'époque se sont rencontrés. Ensemble, ils ont appris à lire, à écrire et à faire chier le monde que ce soit en classe, dans la cour de récré ou sur le terrain de foot de la cité. Soul se souvient du père d'Adama. Son truc, c'était le ceinturon qu'il mettait au four pour réprimer les grandes conneries. Préchauffage à 200 °C pendant dix minutes. Juste ce qu'il fallait pour qu'Adama réfléchisse et se chie dessus avant le châtiment.

Convoqués par le directeur de l'école, le père de Sofiane et celui d'Adama ont partagé avec lui leur théorie mise au point à l'ombre des peupliers de l'ancien boulodrome de Ratigny. Il y a une seule chose pour laquelle un Noir et un Arabe peuvent vraiment s'entendre, c'est foutre la merde. Si à six ans et demi Sofiane et Adama en étaient déjà là, libre au directeur d'imaginer ce que ça donnerait plus tard.

Ça ne s'appelait pas comme ça à l'époque, mais Soul se souvient que le directeur de l'école a fait un burn out et a disparu de la circulation. Soul se rappelle encore qu'il avait rigolé bêtement quand Adama avait demandé si le directeur avait le sida parce que la veille, à la télé, il y avait eu une émission de variétés pour le Sidaction.

Adama a redoublé le CE1 et Sofiane s'est bien foutu de sa gueule même s'ils se retrouvaient à toutes les récrés et à la cantine pour rattraper le temps perdu. Malgré l'aide de Soul, son cœur défectueux sur la main, qui le laissait copier sur lui à tous les contrôles, ça a été au tour de Sofiane de redoubler le CE2. À la rentrée, il s'est retrouvé avec Adama dans la classe de M. Poirier qui leur a fait vivre un enfer. Ils auraient dû être envoyés dans un établissement spécial mais il n'y avait déjà plus de places.

Lorsqu'ils se sont inscrits sur Facebook, le duo maléfique a fait un truc d'ordinaire réservé aux amoureux de douze ou treize ans. Chacun s'est inscrit en prenant le nom de famille de l'autre. Adama Berkaoui et Sofiane Traoré. Aucune photo en solo. Que des photos ensemble, quelle que soit l'activité, et que des commentaires de l'un et de l'autre à base de petits cœurs. S'il n'était pas en train de se faire rouer de coups, Soul pourrait raviver le fou rire qu'il a eu en apprenant que le père Berkaoui n'a pas goûté à la blague longtemps et a poussé une gueulante d'anthologie pendant laquelle le mot « *zemel* » a été autant utilisé que « *fuck* » dans un Scorsese et que cela n'a eu aucun effet.

Les coups tombent comme la pluie un jour férié et Soul espère que personne n'assiste au spectacle. Le regard fixé sur les immeubles qu'il a vu se faire ronger par l'humidité, l'amiante et la vétusté généralisée, il se souvient du brillant avenir qui lui était promis. N'abusons pas, personne ne le voyait astronaute ou neurochirurgien, mais on le voyait au moins aller à la fac.

La plupart d'entre eux sont entrés au collège sans savoir ce qu'ils voulaient faire plus tard mais l'Éducation nationale le savait pour eux. BEP, filière pro. Et encore, même ces trucs-là étaient pas donnés à tout le monde. Surtout pas à des Sofiane ou des Doums. On pouvait pas les virer totalement du système, alors le jour où ils l'ont quitté d'eux-mêmes, la salle des profs a poussé un soupir de soulagement.

Soul se rappelle que le même jour le terrain de foot de la cité où ils ont passé tant de temps a été démoli et recouvert de béton. Comme si on leur disait que l'enfance était finie et qu'il était temps de passer à autre chose. Ça les a flingués que leur terrain disparaisse comme ça. Puis Sofiane et Doums ont commencé à bosser pour le frère de Nassim, qui gérait un rainté pour Brahim, et donc pour Nassim, qui gérait les gérants pour Brahim et en bout de chaîne pour Brahim lui-même. Ils se sont ensuite mis en coloc à la cité. Beaucoup ont été tentés de dire qu'ils filaient le parfait amour mais jamais face à eux sous peine de risquer un séjour en réanimation. De guetteurs, ils sont passés à vendeurs, puis ils ont lâché les stups pour se mettre à braquer, tabasser et faire les huissiers. Ça leur plaisait bien d'aller chez les gens, foutre la merde et les torturer pour récupérer l'argent.

Soul avait eu de la peine pour eux en voyant leur enfance et leur insouciance s'envoler avec leur terrain et leur scolarité. Ils ont quitté un programme pour un autre. Ils se sont ensuite vantés de s'être dépucelés en même temps et avec la même meuf. Sans kiffer. Ils exhibaient l'argent qu'ils gagnaient. Ils riaient mais ils ne s'amusaient plus. Ou alors, ils le cachaient bien. Tout pour montrer qu'ils n'étaient plus des gamins. Qu'ils ne rêvaient plus. Qu'ils étaient dans le dur.

Entre deux coups dans les côtes, Soul repense à l'adoption définitive du surnom de Doums par Adama. Il faut remonter à l'affaire Adama Traoré. Ça lui a mis un coup à l'époque. Non pas parce que c'était une bavure et que ce jeune gars qui portait le même nom que lui ne méritait pas de finir étouffé à mort à l'arrière d'une estafette. Non, Soul se souvient d'une discussion avec l'Adama Traoré de Ratigny outré que cet autre Adama Traoré donne une mauvaise image de son blase. Il a donc adopté et imposé Doums à cause de l'autre Adama qui s'est selon lui laissé fumer par les keufs alors que lui, il n'aurait jamais laissé passer ça. Et que si un jour les keufs viennent le tester comme ça et qu'il se réveille mort, ils verront.

Alors qu'il commence à en chier et que le temps s'étire interminablement sous les coups de ses deux boss, Soul se rappelle encore et encore que sa vie ça n'aurait pas dû être ça. Soul, lui, il voulait être keuf, mais la malformation cardiaque héréditaire chez les chromosomés XY de sa famille lui a interdit tout ça en plus du reste. Merci, son cœur mal foutu qui fait que tout peut s'arrêter d'une seconde à l'autre. Chez les autres, c'est naturel, chez lui, c'est génétique. C'est la pitié mal placée. C'est le Téléthon en moins spectaculaire, sans bave et sans leçon de courage. C'est juste des examens à l'hôpital. Et des injonctions à faire attention. Mais attention à quoi ? À la vie ?

Non, il voulait kiffer comme son père. Même si sa tocante s'est arrêtée à vingt-six ans, il voulait faire comme lui. À l'heure qu'il est, ça lui ferait encore six belles années. Il revoit son père qui s'est écroulé en attendant une commande au Galatasaray, le grec à côté de chez eux. Sur le coup, les gens pensaient qu'il déconnait, et ont lancé une session vannes sur le cuistot. « C'est tellement long chez toi, le poto il est mort de vieillesse. » Ce genre de conneries qui amusent la galerie. Mais celui qui savait que c'était pas une blague comme celles que son père faisait habituellement et que quelque chose de grave se passait, c'était le petit Soulaymane. Il pleurait parce que s'ils étaient là c'était à cause de son caprice. Il voulait des frites. Son père avait un peu râlé, ça l'avait contrarié de faire le détour mais il voulait faire plaisir à son fils. Soul n'avait retenu que ça.

Pour lui, il était le responsable de la mort de son père et pas ce maudit cœur AliExpress dont toute la famille héritait.

École terminée et rêve enterré, tous les bons livrets trimestriels de Soul ne valaient plus rien. Son dossier scolaire, il peut se torcher avec. Quand sa mère est partie au bled en ne lui laissant qu'un frigo plein sans date de retour, Soul a pris les choses en main. Il a posé des CV à droite à gauche et surtout au centre commercial. Il a eu des entretiens, mais il sentait que ces tafs qu'il exerçait déjà de temps en temps pour se faire un peu d'argent allaient le bousiller s'il en faisait sa carrière. Il ne pouvait pas vivre comme ça. Il s'est alors inscrit à l'agence d'intérim mais après deux ou trois placements bourbiers il a lâché l'affaire. Faire du classement, des inventaires, s'enfermer dans un bureau : pas pour lui. Ce qu'il voulait c'était la street et son grand air pollué. Le bitume que son père arpentait à longueur de journée. Les gars comme ceux avec qui son père traînait. Les embrouilles comme celles dans lesquelles son père se mettait et dont il se sortait toujours. Et surtout les histoires qui allaient avec et qu'il lui racontait ensuite.

Faute d'être flic, restait le camp d'en face. Il a parlé à deux trois mecs en espérant être guetteur, prendre son oseille et faire chier personne. Mais comme il avait fini le lycée, qu'il avait eu un bac avec mention et qu'il s'était essayé à quelques sports de combat avant d'être déclaré inapte, les RH de Brahim ont décidé qu'il serait bien pour épauler Sofiane et Doums. Pour jouer le recouvreur de dettes slash huissier slash usurier.

Non, vraiment, participer au commerce de la drogue, ça ne lui semblait pas si grave. C'était peut-être même moins hypocrite que de vendre des baskets ou des téléphones hors de prix à des gens qui n'en ont pas les moyens. Mais aller chez de pauvres gens et les tabasser, c'était pas pour lui. Il pouvait faire mieux que ça. Il en était sûr.

Dans ce monde bizarre où tout est sens dessus dessous et aussi compréhensible qu'un film de Christopher Nolan, les bac + 5 en gogolisme ont pris le pouvoir et Soul est en décrochage. Lui qui a passé sa vie à réfléchir et cogiter se retrouve à se faire défoncer par deux abrutis qui, malgré leurs grands airs, ne pensent pas et sont d'une crédulité infinie.

La dernière en date, Soul y a assisté du début à la fin. Sofiane l'a déclenchée en empruntant pour un week-end sa PlayStation à Lutfi. Un mec du quartier qui vole des bagnoles, les maquille et les écoule vite fait bien fait. Si besoin d'une caisse, oubliez Rent A Car, il suffit de lui passer commande, pas de clé, juste un tournevis, pas de caution et vous pouvez garder le véhicule. La console, Sofiane l'a revendue et, quand Lutfi a demandé à la récupérer, Doums a mis fin au débat en lui posant la plus simple mais aussi la pire des questions : « Tu vas faire quoi ? » Plus de console, plus de sauvegardes, des heures de jeu perdues… Lutfi devait les faire payer.

Il a laissé passer quelques jours puis, l'air de rien, il a recommencé à traîner avec eux. En bons fils de pute, Sofiane et Doums l'ont charrié. Ils lui ont demandé à quoi il jouait ces temps-ci. Lui ont dit que ça faisait longtemps qu'ils ne l'avaient pas vu en ligne pour jouer en réseau. Ce genre de conneries agrémentées de leurs rires de hyènes. Lutfi a pris sur lui. Il a même rigolé avec eux. Comme lui, Soul a compris que rentrer dans leur jeu et rigoler avec eux sans se vexer, sans s'énerver et sans déclencher de bagarre, ça les écœurait et les faisait vite passer à autre chose.

Une fois qu'ils lui ont semblé mûrs, Lutfi leur a dit que l'instit de leur CE2 commun, M. Poirier, celui qui avait décidé de pas se laisser faire par ces deux petits fumiers qui terrorisaient l'académie de Créteil, était sur Internet dans une scène où il suçait la bite de l'acteur porno Wolf Cutler. Au départ, ils ne l'ont pas cru. Alors Lutfi est entré dans les détails les plus graphiques qu'il pouvait inventer en impro et pour étayer son propos il a juré sur le Coran de La Mecque. Soul dit que si un Arabe jure sur le Coran il ment, mais alors, s'il jure sur le Coran de La Mecque, il ment à deux cents pour cent.

Pour Lutfi, le blasphème valait le coup. Il savait que les deux abrutis voudraient voir ça de leurs propres yeux et c'est quand ils lui ont demandé quelle vidéo c'était que Soul s'est retenu d'exploser de rire. Lutfi était en train de les baiser. Il leur a dit qu'il se rappelait plus laquelle c'était exactement. Ça fait déjà un mois qu'ils regardent tout Wolf Cutler. Et c'est l'acteur le plus prolifique de l'Histoire du hashtag hardcoregay.

Bien fait pour leur gueule, pense Soul alors qu'il se prend des coups de pied. Protégeant tant bien que mal sa nuque et son visage, Soul sait qu'ils vont tout filmer et le mettre sur les réseaux pour que tout le monde sache ce qui se passe quand on déconne avec eux. Un jour, un gamin qui ne paye pas de mine, comme le petit qui lit *One Piece*, reviendra pour les fumer et personne n'aura rien à redire. Personne ne fera de marche blanche ou dira que c'était de gentils garçons. Même pas leurs parents.

Mais en attendant il est toujours par terre à cracher du sang, plus proche de la street que jamais, à deux doigts d'avoir sa gueule imprimée dans le bitume pour toujours. Il va dormir comme rarement en espérant que quand il se réveillera la nuit sera là et qu'il sera l'heure d'aller voir Camélia. Ou alors il se réveillera mort et on fera des marches blanches pour lui. Enfin, au moins une déjà. On dira que c'était un jeune gentil, serviable, souriant, poli, sans histoires. C'est ça qui le fait chier. Pas de se faire tuer par ces deux cancres mais de mourir sans histoires.

— Eh, c'est quoi ce bordel ? Arrêtez ça tout de suite !

Soul relève la tête parce que ce qu'il vient d'entendre est incroyable. Quelqu'un qui vient lui donner un coup de main ? Dans ce quartier de bâtards ? Impossible. Il doit être mort. Pourtant non, c'est vrai. Il voit un grand Blanc, pas le requin, juste un Français qui descend de voiture. Il a l'air chaud.

— Laissez-le tranquille.

Le mec est vieux mais encore costaud. Ça ne doit pas être des muscles mais ça suffit à faire peur. On dirait les acteurs de films d'action quand ils vieillissent. On dirait le shérif du premier *Rambo* avec pas mal d'années de plus au compteur. Pour Soul, c'est carrément Superman qui débarque pour le sauver. Mais Doums n'a pas l'air d'accord et va à la rencontre du vieil homme.

— Eh, tu veux qu'on te baise ta mère toi ou quoi ? Retourne à ta tchop et va te faire enculer.

— Moi je vais me faire enculer ?

— À ton avis, fils de pute, tu crois je parle à qui là ?

— Moi je vais me faire enculer ?

Sur le même ton, pas une octave qui change.

— Eh le ieuv, c'est pas tes bails, rentre chez toi, c'est bon.

Là, c'est Sofiane qui intervient. Soul essaye de se relever, mais Doums, décidément pas d'accord avec quoi que ce soit, lui balance un coup de pied dans les côtes. Soul laisse échapper une onomatopée de douleur que seul un mec de bande dessinée saurait retranscrire. Le vieux est toujours là et Doums se retourne vers lui.

— Bon, vas-y, arrache ta mère toi !

— Lui aussi, il veut se faire goudronner ou quoi ?

Des badauds se sont arrêtés pour regarder le spectacle, mais personne ne fera rien et il peut les comprendre. Ça regarde des films de superhéros toute l'année mais ça n'en retient pas les messages lénifiants. Lui, Soul, il y croit aux grands pouvoirs, aux grandes responsabilités et à Batman qui écrase la gueule des délinquants comme le dernier des CRS encarté RN. Le vieux, il ne doit pas trop y croire à tout ça parce qu'il est en train de retourner à sa bagnole sous un flot d'insultes proférées par les deux abrutis, hilares. Au moins, ça laisse le temps à Soul de respirer et se dire qu'il n'ira peut-être pas voir Camélia ce soir.

— Wesh, Doums, il fait quoi ce vieux con ?

— Eh, on t'a dit de dégager, alors casse-toi !

— C'est quoi ça ? C'est un baisééééééé !

Sofiane a fait durer le *é* à ce point quand il a vu le vieux revenir armé d'un fusil de chasse et s'approcher d'eux. Doums a éclaté de rire mais c'était nerveux. Un vrai rire de salope selon Soul qui s'y connaît bien. D'un coup, le vieux tire en l'air et les deux connards se figent. Le vieux braque Sofiane et Doums, chacun leur tour.

— Maintenant, vous allez vous éloigner de ce petit et vous allez vous faire enculer ou vous enculer mutuellement ou ce que vous voulez. Mais lui, vous lui foutez la paix.

Ça marche, ils reculent. Le vieux regarde Soul.

— Bon, t'attends quoi toi ?

Soul n'ose pas trop se lever. Il regarde Sofiane et Doums qui ont bien d'autres soucis que lui à ce moment-là, alors il se lève en faisant la grimace. Sofiane tente une feinte comme s'il allait sauter sur le vieux. Le genre de trucs que font certains abrutis pour exciter les clébards pour lesquels on affiche « Attention : chien méchant » sur des portails.

— Allez-y, jouez aux cons avec moi, faites-moi ce plaisir et je vous jure que je vous descends.

— Allez, c'est que de la boca ça, il va rien faire.

Doums qui veut continuer de frapper Soul. Sofiane qui s'insurge.

— Nous descendre ? Comme ça, pour rien ?

— Non, pas pour rien. Je dirai aux flics que vous avez essayé de me piquer ma bagnole mais que par chance, en tant que chasseur avec un permis de chasse en règle, j'avais mon fusil pas loin et j'ai pu me défendre.

— Genre nous on va voler votre vieille voiture qui pue la merde ? Ils vous croiront pas.

Un grand sourire naît sur le visage d'Henri. Le sourire du petit Jésus qui va faire chier le peuple mais aussi celui d'Henri qui remarque qu'il faut être accompagné d'un fusil pour se faire vouvoyer.

— Les flics ? Ces pourris ? Un vieux contribuable blanc qui descend un Noir et un Arabe ? Ils me féliciteront et me paieront un coup à boire. Je passerai à la télé. Sur CNews.

Il ricane.

— Tu sais ce que je dirai pour être certain de vraiment vous baiser ?

Sofiane attend la réponse mais Doums commence à vraiment flipper.

— Vous allez dire quoi ?

— Je leur dirai que vous avez foncé sur moi en criant « Allah Wakhbar ».

Doums et Sofiane éclatent de rire. Félicitent le vieux : c'est un tueur, un bâtard et même un fils de pute, mais maintenant qu'ils ont changé de ton ça sonne comme des compliments. Même Henri ricane avec eux. Soul croit rêver.

— C'est vrai qu'ils sont comme ça ces chiens…

Doums, dépité, sort ça en pensant aux institutions du pays qui l'a vu grandir. Sofiane confirme et le vieux repointe son fusil sur lui.

— On est d'accord.

Mais Sofiane n'aime vraiment pas être braqué.

— Eh, chef, braquez-le lui, c'est lui qui vous a le plus traité.

— Ah, t'es comme ça toi ?

Soul, resté à l'écart, les mains sur les hanches, n'arrive pas à croire ce qui se passe. Son sauveur a l'air bien parti pour sympathiser avec Sofiane et Doums sur leur haine des keufs. Il n'ose pas mettre son grain de sel en disant que tous les keufs ne sont pas comme ils disent. Le vieux serait capable de le buter lui aussi. Il n'a pas l'air très stable psychologiquement. Et là, il braque le fusil sur Soul.

— T'es toujours là toi ?

— Vous voulez que j'aille où ? On travaille ensemble. Ils vont me retrouver de toute façon.

— En attendant, je me suis pas donné tout ce mal pour rien, alors tu vas venir avec moi et vous allez tous prendre du recul sur ce qui vient de se passer. D'accord ?

Quand il y a un fusil chargé pour mener les débats, il n'y a pas de débat.

— Je suis chaud pour une glace. Vous en voulez une ?

Le vieux est surpris, il ne s'attendait pas à ça. Doums est offusqué.

— Et nous, tu nous payes pas de glace ?

Le vieux le vise, Doums lève les mains.

— T'as pas l'impression de te foutre de la gueule du monde toi ?

— Non.

Le vieux lâche un petit « heh ». Rien de plus. Ça veut dire que ça l'amuse. Puis il fait signe à Soul de le suivre.

— Vous deux, vous bougez pas. Sinon bang, bang, 17, CNews, adios.

— OK, Lacrim.

Henri ne relève pas la vanne de Doums et continue de braquer les deux crétins qui, malgré leur mode de vie au ras des pâquerettes, ne se sont jamais sentis aussi idiots. Sofiane a l'air sincèrement flippé pour Soul.

— Eh, gros, monte pas avec lui, ça se voit c'est un vieux diksa, il va vouloir que tu le suces.

Une fois que le vieux est remonté en voiture, Doums baisse les mains et se tourne vers Sofiane qui ne baissera pas les siennes tant qu'il pourra voir la voiture du vieux.

— Il s'est pris pour Bill Clinton ou quoi ce bâtard ?

Henri démarre sa R21 en se demandant à quoi rime cette comparaison.

— Pourquoi il m'a appelé Bill Clinton ton pote ? Les cheveux gris ?

Soul hausse les épaules et lève les yeux au ciel. Henri comprend à cette réaction que le petit assis à la place de Marie-Line ne cherche plus à comprendre ce qui passe par la tête de ses acolytes.

— Je m'appelle Henri, au fait.

— Soulaymane. Mais on m'appelle Soul.

— Quand je les ai vus te tabasser j'ai cru que c'était « fils de pute » ton nom.

— Non, ça c'est juste mes potes qui m'appellent comme ça.

Henri ricane. Soul le regarde, perplexe.

— Ça vous arrive souvent de jouer les justiciers ?

— C'est la première fois.

Mille choses passent par la tête de Soul mais seule la plus simple sera formulée à l'oral.

— Merci en tout cas.

— Tu veux la prendre où ta glace ?
— McDo. C'est bon ?
Henri hoche la tête et ce n'est que deux feux rouges plus tard qu'il comprend que ce petit demeuré a dû confondre Bill Clinton avec Clint Eastwood et ça le fait éclater de rire.

6

Dans un box du McDo de Ratigny, Henri peut exposer au petit l'une de ses théories préférées. En plus de tout ce qu'il n'aime pas, depuis qu'il est sur Terre, il a pu étudier pas mal de choses qu'il aime bien. La musique, les armes et le sucre. Mais il y a un sujet dans lequel il excelle vraiment. C'est le Coca.

— J'aime bien leur Coca ici. Les gens disent que c'est coupé à l'eau mais c'est pas ça…

— Ouais, je crois qu'ils reçoivent le Coca en poudre, les autres boissons aussi en fait, et ça se mélange avec l'eau et ça fait le Coca.

— Toi aussi t'as entendu ça.

— Tout le monde sait ça, comme tout le monde sait qu'ils utilisent le Coca pour nettoyer les moteurs des camions aussi.

Soul affiche un petit air satisfait. Persuadé d'avoir sorti une grande vérité. Henri secoue la tête.

— C'est des conneries.

Soul a l'air vexé.

— Pourquoi ?

— Premièrement, c'est qui « ils » ?

— Je sais pas, les mecs qu'ont des camions.

— C'était pas une question qui méritait une réponse. Je te dis juste que ces histoires débiles pleines de « ils », de « il paraît que », de ouï-dire et j'en passe, tu peux être sûr à cent pour cent que c'est de la connerie.

— Des fois, c'est vrai.

— Des fois, c'est vrai. Mais pas cette fois-là. Au prix du Coca et au prix des détergents, tu crois pas qu'ils seraient complètement cons de s'emmerder à utiliser du Coca pour faire ça ?

Soul pèse le pour et le contre. Ça l'intrigue cette histoire. Henri s'attend à ce que le môme sorte son téléphone et pianote dessus pour lui trouver le prix d'un décapant pour moteur de camion et le prix de gros du Coca pour lui dire que cette histoire-là est sans doute vraie, mais il préfère couper court.

— Et puis eh, si c'est bon pour le moteur d'un camion, c'est super pour ma carcasse. C'est peut-être ça qui m'a fait tenir si longtemps après tout.

Soul rigole de bon cœur. Ça fait plaisir à Henri qui sourit aussi. Un bon moment. Puis la vie le rattrape.

— Ma femme aimait pas les boissons ici, elle prenait toujours une bière ou de la flotte. Mais moi, j'aime bien le Coca du McDo. Il a un goût différent. Ça change, je trouve.

Il marque un temps pendant que Soul déguste sa glace. Tirant de longs filaments de caramel à chaque cuillerée. En même temps, Soul est un peu… captif. Il doit l'écouter. Et lui, ce n'est pas qu'il aime s'écouter parler, c'est juste qu'il aime bien avoir quelqu'un à qui parler tout court, alors il va pouvoir lui exposer sa théorie. Il appelle ça une théorie, mais c'est plus une observation.

— Je sais pas si t'as fait gaffe mais le Coca a pas le même goût suivant que tu le boives dans une bouteille en plastique, dans une canette ou dans des bouteilles en verre.

C'est quoi ce vieux avec les mêmes discussions que lui et les autres mecs à la cité ? À son âge, il devrait s'intéresser à des trucs plus sérieux que ça, non ? Soul veut rester poli, mais le goût du Coca, c'est loin d'être un truc qui le passionne.

— J'avoue, j'ai jamais fait attention.

Le ieuv a l'air déçu mais il s'en remet.

— Tu verras les prochaines fois, c'est pas le même goût. Ça se joue sur le niveau des bulles aussi. C'est plus ou moins gazeux. Il paraît qu'au Mexique ils ont le Coca le plus sucré du monde.

— C'est pour ça que c'est tous des gros lards là-bas.

— Sans doute. Bon, qu'est-ce que ça raconte ça ?

Il goûte à la glace que Soul lui a concoctée. La même que lui. De la glace blanche sans goût du McDo. Des miettes de gâteau qui ressemblent à du charbon. Du caramel tiède ultra-sucré. Faut avouer que c'est pas mal.

— Vous aimez bien ?

— Ça va.

Et il en reprend une cuillerée. Soul a fait découvrir un truc au vieux. Ça, c'est cool. Ce qui est moins cool, c'est le silence qui s'installe tandis que le vieux regarde des gens arriver depuis le parking et qu'il les suit du regard jusqu'à ce qu'ils aillent commander aux bornes. Il voit bien qu'il fixe ces nouveaux clients. Des clientes d'ailleurs, au son de la voix. Soul, curieux, se retourne. Des petites du lycée. Grand sourire à Henri qui a pour but de le calmer tout de suite.

— Oh ! efface ce sourire débile de ta tronche, c'est pas ce que tu crois.

— Non mais je m'en fous, hein. Vous faites ce que vous voulez. Je vais pas juger pour ça.

— C'est des gamines.

— Vous croyez que ça les arrête, les autres ? Ils les prennent au poids.

L'expression le fait marrer. Ce petit con le fait marrer. Il l'aime bien en fait.

— Vous faisiez quoi au quartier ce matin ?

Henri hésite à répondre. Vu comme ce qu'il lui disait sur le Coca l'a passionné, s'il lui parle de Clara, à tous les coups il va s'inventer une envie de pisser pour se barrer de là et le laisser en plan. Mais en même temps Henri a envie de partager tout ça. Ce petit Soulaymane, c'est la meilleure oreille qu'il ait croisée de toute sa putain de journée.

— C'est un peu long.

Soul hausse les épaules.

— J'ai le temps. Vous aimez bien le McDo ?

— On venait au moins une fois par semaine ici avec ma femme.

— Vous voulez qu'on l'appelle ?

— Elle est morte.

— Merde, pardon.

— Dis pas ça, c'est pas toi qui l'as tuée.

— Moi je venais ici avec mon père quand j'étais petit, puis il est mort lui aussi.

Un silence. Henri et Soul captent tous les deux ce qui se passe entre eux à ce moment-là mais ils ont le même tempérament. Ils n'ont pas besoin d'épiloguer. Ils savent.

— Bon. Ça va te paraître bizarre tout ce que je vais te dire mais je te prie de me croire : je suis pas un vieux taré, j'ai pas Alzheimer, j'ai plein de trucs qui vont pas chez moi mais là-dedans, c'est pas de la pâte à modeler. Tout va bien. D'accord ?

Soul hoche la tête. Plus le vieux va lui dire qu'il n'est pas fou, plus il va le prendre pour un fou. Il a quand même sorti un fusil pour faire peur aux deux golmons.

— Je me suis levé tôt alors que je m'étais couché vraiment tard. Déjà, ça, c'était pas normal. L'autre truc pas normal, c'est que mon doigt de pied me chatouillait alors que c'est pas possible. On me l'a amputé. À cause du diabète. J'ai dû trop marcher le soir d'avant parce que ce matin y avait une petite flaque de sang dans mon lit. Ça venait du trou qu'il y a à la place de ce petit orteil. Je sais pas ce qu'ils en ont fait. Ils ont dû le cramer à l'hôpital. Qu'est-ce que tu veux qu'ils en fassent d'autre ?

— Je sais pas.

— Je crois que le sang, c'était pour me rappeler que je vais bientôt crever.

Soul le regarde. Presque alarmé.

— À cause du diabète.

— Vous le soignez pas ?

Henri hausse les épaules. Pas vraiment son sujet de prédilection.

— Le soir d'avant, je suis sorti pour chercher le bruit… C'est comme ça que ça a commencé.

— Quoi ?

— Ce bruit que j'entends de chez moi la nuit et qui me rendait dingue.

— C'était quoi comme bruit ?

— Quelque chose comme chbing chbing chbing.

— Ah ouais, c'est les travaux du métro ça.

— T'étais au courant toi ?

— Bah ouais, ils ont cassé les couilles à tout le monde avec ça. Faut sortir un peu.

— C'est ce que j'ai fait hier soir. Je suis sorti pour voir ce que c'était. Attends, faut que je raconte dans l'ordre, sinon tu vas rien comprendre.

Là, Henri rembobine. Il lui reparle des petites qui sont entrées dans le McDo. Il lui parle de Clara. De leur amitié. De sa disparition. De ses parents qui ne veulent pas parler aux flics. Soul s'est avancé dans son siège. Son intérêt piqué au vif.

— J'avoue. Ils sont chelous eux. Ils savent pas du tout où elle est ?

— On dirait qu'ils veulent pas le savoir. En tout cas, ils veulent pas faire de vagues. Ils ont sans doute leurs raisons de pas vouloir avoir affaire aux flics. Et je les comprends. Mais c'est de leur fille qu'on parle là.

— C'est des quoi ?

— Comment ça ?

— C'est des Noirs ? Des Arabes ?

— C'est bien des questions de flic ça.

— Je voulais être policier quand j'étais petit, mais à cause de mon cœur je peux pas.

Soul ne sait pas pourquoi il lui a confié ça mais il ne regrette pas. Il se dit que c'était le moment. Le vieux lui a parlé de sa femme, comme ça, normal. Il se dit qu'il avait une dette envers lui et qu'il devait lui donner quelque chose d'autre qu'un autre mort. Le coup du cœur, ça fait froncer les sourcils à Henri.

— Qu'est-ce qu'il a ton cœur ?

— Il peut s'arrêter n'importe quand.

— Le mien aussi.

— Je sais. Tout le monde. Mais moi, on me prend pour un giga-fragile à cause de ça et on me laisse rien faire.

— On te laisse te faire casser la gueule, c'est déjà ça.

Soul rit jaune vif. Henri s'inquiète un peu pour lui.

— Ça va ? Ils ont pas fait trop de dégâts ?

— Ils tapent pas si fort en vrai.

Henri voit bien que le petit en chie, pèse le pour et le contre avant chaque geste. Il ne peut pas le forcer à aller aux urgences. Pour une fois qu'il se trouve quelqu'un de pas trop con à qui parler.

— Donc tu voulais être flic ? Mais quelle idée…

— Ouais, je voulais aider les gens, faire des enquêtes, arrêter les méchants, faire des fusillades, faire des poursuites, ce genre de bails.

— Les flics, ils vont même pas chez les femmes battues, tu crois qu'ils vont faire tout ça ?

— Je sais pas, ils m'ont tej à la visite médicale.

— C'est con, t'as l'air d'avoir bon cœur pourtant.

— Vous étiez que comptable ou vous avez fait le Jamel Comedy Club aussi ?

— Quoi ?

— Rien. Bon, vous m'avez pas dit, c'est des quoi vos voisins ?

— Des Polonais. Ils s'appellent Kritchèque sauf que ça s'écrit avec des *y*, des *z* et des *k*.

— Déjà leur nom, il est bizarre.

— Un blaze à te faire gagner quatre cents points au Scrabble.

— Je joue pas à ça. C'est chelou, des Arabes ou des Renois, même des Chinois, ils ont toujours des raisons de pas aller voir les keufs, mais les Polonais, je connais pas trop leurs ambiances.

— Ils sont comme tout le monde : ils aiment pas les flics.

— Donc vous avez décidé de mener l'enquête tout seul ?

— Ouais.

— Ça tue.

— Tu trouves ?

— De ouf. Vous en êtes où ? Vous avez quoi ? Concrètement je veux dire.

En voyant le regard de Soulaymane s'agrandir, Henri sait qu'il vient de se trouver un allié dans ce qui est parti pour être la plus grande aventure de sa vie après son mariage avec Marie-Line. Soul, lui, il se dit qu'il a peut-être là une occasion d'occuper ses journées de manière plus productive qu'en cavalant après de l'argent que personne ne veut rendre.

— Bon. Je te dis où j'en suis.

Soul a ouvert l'appli « Notes » de son téléphone. Il est à fond.

Henri s'est levé tôt. Il a saigné de l'orteil parce qu'il n'avait pas contacté l'infirmière qui aurait dû s'occuper de son pansement. Et effectivement sa virée nocturne n'a rien arrangé. Il s'est désinfecté lui-même et s'est fait un pansement qui vaut ce qu'il vaut mais, soyons honnêtes et charitables avec Henri, le résultat n'est pas dégueu du tout. En vérité, comme il n'avait pas mal, il s'en foutait un peu. Il n'avait même pas touché sa prescription de codéine.

De tout cela, Soulaymane ne reporte rien dans son téléphone.

Comme Henri a compris que ni les parents de Clara, ni les flics n'allaient se bouger le cul, il a décidé de prendre les choses en main. Marie-Line a fait faire une photo d'eux trois, avec Clara, il y a deux ou trois ans de ça. Henri a pris la photo et la bagnole, il est allé dans un Taxiphone où il a harcelé l'employé pour qu'il lui ponde un avis de recherche et lui imprime en cent exemplaires. Ça a coûté ce que ça a coûté puis il est allé en placarder ici et là. Il en a même mis deux sur le mur des disparus du commissariat. Les autres ont fini sur des abribus, des lampadaires, des poteaux et aussi sur des arbres. Ça faisait un peu pauvre type qui cherche son chien, mais c'est la première fois qu'Henri égare quelqu'un.

Là, Soul a appris le nom de la disparue. Il a pris en photo un avis de recherche qu'Henri s'est empressé de lui montrer pour illustrer son récit. Un avis de recherche plutôt sobre, avec une typo pas terrible qui pourrait faire penser à une invitation à une fête d'anniversaire. Soul lui dit qu'il partagera l'avis de recherche sur les réseaux. Henri fait le mec qui voit très bien de quoi Soul parle mais Soul n'est pas dupe.

Henri ne s'est pas arrêté en si bon chemin et il est passé à l'étape suivante de son plan en allant au lycée de Clara. Il a fait la sortie des cours comme un vieux satyre. La plupart ont répondu à ses questions. Ils l'ont appelé « monsieur », eux. Pas comme les potes de Soul.

Aucun des mômes ou presque ne connaissait Clara. D'autres la connaissaient de vue. Puis il est tombé sur ses camarades de classe. Là, il a senti qu'il y avait un truc bizarre avec une petite qui ne lui disait clairement pas tout. Elle a répondu non à tout ce qu'il lui a demandé. Est-ce qu'elle avait déjà fugué ? Est-ce qu'elle avait un copain en ce moment ? Est-ce qu'elle aurait pu se tirer avec lui ? La môme a fini par lui demander qui il était pour poser autant de questions, alors il lui a monté un bateau du genre de ceux que les héros des polars qu'il lit montent dans les bouquins. Il lui a fait croire qu'il était un keuf à la retraite et qu'il dépannait ses collègues sur l'enquête de la disparition de Clara. La petite a tiqué et décidé d'arrêter de parler à Henri. Comme si elle savait que les parents n'avaient pas porté plainte et qu'il ne pouvait pas y avoir d'enquête. Bizarre, non ?

Un peu que c'est bizarre. Soul a noté ça. Il a aussi noté qu'il devrait se faire passer pour un stagiaire qui aide les keufs dans une enquête policière quand il fait des bails en brrrbrrr et… Soul se reconcentre pour garder le fil. Il interroge Henri sur la camarade de Clara qui s'est barrée. Sur son signalement (oui, il a vraiment utilisé ce mot, ce forceur). Henri ne sait pas comment la décrire autrement qu'en disant que c'était une petite Noire et ça l'emmerde d'avoir retenu que ça d'une personne.

Il pensait rentrer chez lui la queue entre les jambes quand il a eu un peu de chance. Un ado est venu le voir pour lui dire qu'il avait vu Clara au grec de la gare samedi ou dimanche soir, il se rappelle plus. Quel jour ? T'es sûr que tu te rappelles pas ? Le petit lui a dit qu'il n'en savait vraiment rien après lui avoir avoué qu'il avait fumé et pillave tout le week-end. Henri ne sait pas ce que « pillave » veut dire, mais quand Soul mime la picole, il comprend tout. En tout cas, ce gosse a vu Clara dans ce grec. Elle avait un sac de voyage avec elle et elle était avec son mec. Comment ça, son mec ? L'autre vient de me dire qu'elle n'en avait pas. C'est qui ce mec ? Le petit connaît pas son nom mais il était en jogging de foot de l'équipe de Ratigny. L'ASR ou une autre ? Non, l'ASR. Ça, il en était sûr. Il voulait aider mais pas trop. Il avait peur de parler de ce mec. Henri avait d'autres questions à lui poser mais un adulte du lycée est arrivé. Il s'est présenté comme étant le CPE, Henri s'est présenté comme étant ce flic à la retraite qui aide les collègues. Le CPE l'a envoyé se faire voir et l'a menacé d'appeler les vrais flics s'il le revoyait dans les parages.

Soul efface sa note consistant à se faire passer pour un stagiaire. Par contre, le coup du grec de la gare, du sac de voyage et du jogging de l'ASR : ça c'est bon. Faudrait retrouver le gamin du lycée. Espérer que ce soit bien un mec de l'équipe de foot de Ratigny qui portait le jogging et pas un mec qui portait ça pour le plaisir. Mais qui irait porter un jogging de l'Association sportive de Ratigny à part un mec qui y joue ?

— Vous avez pris une photo du petit qui vous a dit tout ça ?

— Avec quoi ? J'ai pas de téléphone portable.

— Sérieux ? Vous avez un fusil de chasse dans votre voiture mais vous avez pas de portable ?
— J'ai six fusils de chasse dans le coffre de ma voiture mais j'ai pas de portable. Non.
— Vous êtes bizarre.
— Je trouve pas.
— Allez-y, continuez.

Ensuite, Henri a eu une idée que Soul n'a pas eue tout de suite. C'était d'aller à ce fameux grec de la gare pour voir s'il y avait des caméras et, si y en avait, l'idée c'était de mettre la main sur les bandes pour se faire une idée de qui était ce mec avec Clara. Mais après le camouflet avec le CPE il se doutait qu'il serait encore plus mal accueilli au grec. Soul lui confirme que le grec de la gare est dégueulasse parce qu'il sert surtout à faire du blanchiment et pas à rassasier les humbles gourmets de la street. C'est bien ce que pensait Henri. Il ne voyait qu'une personne capable de l'aider à naviguer dans tout ce merdier qu'il était en train de remuer. Ce mec à qui il avait donné des tuyaux pour baiser le fisc à l'époque. Brahim quelque chose. Il a dû le noter quelque part mais ça ne lui revient pas.

Soul, dont le cœur a loupé un battement, lui souffle le nom de Chokri. Henri n'en sait rien. Ce qu'il sait, c'est que maintenant c'est quelqu'un, ce petit loubard. C'est devenu le grand manitou. Ça fait un bail qu'Henri n'est pas allé bouffer dans son resto. Depuis que Marie-Line est morte en fait. C'est elle qui aimait aller là-bas. C'est elle qui y passait parfois une partie de l'après-midi à picoler avec les habitués et discuter, de tout, de rien et des impôts, avec le patron. Comme il payait souvent sa tournée, elle avait mis Henri en contact avec ce mec pour qu'il apprenne au généreux gangster l'art de la fraude fiscale. C'est vrai qu'en remerciement, comme Henri n'avait pas accepté un sou de plus que ce qu'ils avaient convenu, ce mec lui avait dit que s'il avait besoin de quelque chose il savait où frapper. Le caïd lui en devait une. C'était peut-être le moment de le lui rappeler.

— C'est pour lui qu'on travaille Sofiane, Doums et moi.

— Si tu veux mon avis, votre chef, il finira « homme de l'année » d'aucun magazine.

Henri s'était rendu au Nueve Cuatro. Le bar-restaurant de Brahim. C'était à peu près comme dans son souvenir. Ce qui avait changé, c'est qu'il n'y avait plus de soirées salsa et autres danses latines le week-end. L'endroit était devenu plus sobre et peut-être même plus grand, mais il devait se faire des idées. Le bâtiment est resté le même et il ne changera jamais. Les gens vont et viennent mais les bâtiments comme ça, ça ne bouge pas. Sauf si Burger King ou KFC décident que le terrain les intéresse. À l'intérieur, ça n'avait pas bougé non plus. Il y avait toujours ce paravent qui séparait les clients normaux des « autres », comme disait Marie-Line. Les autres, c'était les associés de Brahim. Les gangsters, les malfrats, les racailles, les loubards, les marlous et tout ce qui pouvait se dire dans les films de Belmondo, Gabin et Ventura. Ce paravent, de simples croisillons de bambou autour desquels continue de pousser et s'accrocher une plante qu'Henri n'aurait su désigner vu qu'il n'y connaît rien, ne cache rien de ce qui se passe dans la salle des « autres ». Ce n'est pas le but. Ça sert juste à séparer les deux mondes. Que personne ne s'aventure là où il ne doit pas. Le truc c'est que depuis sa balade nocturne Henri a l'impression d'avoir totalement franchi une frontière, et que la conversation qu'il voulait avoir avec le maître des lieux aurait plus sa place de l'autre côté du paravent que de celui des civils.

En voyant les mecs posés de l'autre côté du paravent, Henri a marqué un temps d'arrêt. Ils l'ont tous regardé. Ils ont tous vu et même senti qu'il n'était pas l'un des leurs. Avoir aidé leur boss à baiser les impôts il y a des années de ça, ça ne suffisait pas à passer dans la cour des grands. C'était comme avoir son code sans décrocher le permis après. Henri les a quand même tous bien regardés avant de faire demi-tour et se caler au comptoir derrière lequel Brahim s'affairait et balançait des commandes de couscous en cuisine. Pas loin d'Henri, il y avait un mec accoudé au comptoir qui ne consommait rien et qui ne disait rien. Y avait juste un téléphone fixe posé devant lui et il le regardait comme s'il essayait de le faire sonner par télépathie. Puis Brahim a vu Henri.

— C'est pour manger ? Y a des tables, hein, même si vous êtes tout seul, ce sera quand même plus confortable.

— Ce serait plutôt pour parler. Vous vous souvenez pas de moi ?

Brahim l'a regardé, l'a jaugé, a froncé les sourcils...

— Non.

... puis est retourné gérer boissons et assiettes à envoyer en salle. C'était blindé. Henri a commandé un Coca à Brahim et un couscous merguez avec beaucoup de harissa, beaucoup de pois chiches et beaucoup de raisins secs. Aussi bon que le dernier qu'il avait mangé avec Marie-Line, ici même, des années plus tôt. Soul confirme. Brahim fait des trucs bizarres depuis quelque temps mais son couscous reste une valeur sûre. Puis le téléphone a sonné et le type qui veillait dessus a répondu, sans un mot, a écouté ce qui se disait au bout du fil et s'est barré avec juste un geste pour Brahim qui l'a salué. Henri a appris qu'il s'appelait Claude. Mais il est muet ce mec ou quoi ? Soul n'en sait rien, mais il sent la conversation dériver dangereusement alors que les livreurs de repas commencent à envahir le McDo d'en face. Les premières commandes du soir. Il est déjà cette heure-là ? Il n'a pas vu le temps passer.

Au Nueve Cuatro, Henri a bien regardé Brahim mais il avait l'air d'être là sans l'être vraiment. Même quand ça s'est calmé, il a essayé plusieurs fois de lui parler de ce qui l'amenait mais…

— … il a l'air de complètement déménager ton patron.

— Ah non non, il est en place.

— Non mais c'est une expression. Il est un peu dingue, non ?

— C'est vrai que des fois… je me dis qu'il est jnouné.

Henri laisse passer cet adjectif. Sûr de ne le trouver ni dans le petit, ni dans le gros *Robert*.

Une fois tous les clients rentrés chez eux ou dans leur bureau, Brahim s'est intéressé à Henri. Finalement, il se souvenait de lui. Ça lui est revenu, d'un coup, comme ça. Henri claque des doigts. Soul n'est pas surpris. Brahim s'est rappelé qu'Henri l'a « aidé pour les impôts ». Comme s'il l'avait aidé à remplir sa déclaration. D'un certain point de vue, c'est ce qu'il a fait, il l'a aidé à la remplir. À leur façon. Brahim l'a de nouveau remercié. Il lui a aussi expliqué que c'était mieux comme ça. Même pour les impôts. Henri n'était pas sûr que le Trésor public soit de cet avis. Mais Brahim lui a assuré que c'était la meilleure chose à faire. Quand on meurt, on n'emporte pas ce qu'on a coffré avec nous, pas vrai ? Ce sera pareil pour le Trésor public quand la France mourra. Et selon Brahim, c'était pour bientôt. Elle mourrait peut-être même avant lui, la France. Henri commençait à avoir envie de se barrer quand Brahim lui a parlé de son dernier rêve. Il ne se rappelait plus ce qu'il y avait dans le rêve mais il se rappelait les conclusions qu'il en avait tirées : si Ratigny tombe, le pays suivra. Il peut le garantir.

Puis il a quand même finalement demandé à Henri ce qu'il voulait. Henri lui a raconté toute l'histoire comme il l'a racontée à Soul qui espère qu'il ne va pas lui redire tout ce qu'il vient de lui dire. Il en serait capable. Henri explique ce qu'il a raconté avec moins de détours parce qu'il sentait qu'il n'avait pas la meilleure oreille face à lui. Mais Brahim était à fond. Quand Henri lui a parlé de la petite disparue, Brahim s'est concentré. Comme Soul, il a noté certains détails sur le carnet qui sert à prendre les commandes. Il a bloqué sur le nom de famille de Clara. Ça a eu l'air de l'interloquer ce nom. « C'est russe ça, non ? » Henri lui a fait part des pistes qu'il avait.

— Enfin de LA piste que vous avez, non ?

— T'es pointilleux toi. T'aurais dû faire comptable.

Soul ricane et lui fait signe de continuer.

— Vous lui avez parlé du mec en jogging de l'AS Ratigny ?

Oui et Brahim a dit qu'ils étaient nuls. Il a affirmé qu'il ne faisait pas confiance à qui que ce soit de trop impliqué dans le foot. Brahim a ajouté, en prenant pour exemple le nombre de mecs qu'on a vus se balader avec des maillots floqués Neymar Jr, que les hommes qui portent le nom d'autres hommes sur leur dos ne sont, selon lui, pas des hommes. Pourquoi ? Parce que le nom d'un homme, c'est tout ce qu'il a. C'est tout ce qui le protège. La preuve, comme Henri n'avait pas le nom du joueur de l'AS Ratigny, il ne pouvait pas le pister.

Là-dessus, Brahim a de nouveau demandé à Henri de lui dire ce qui l'amenait. Henri a cru qu'il se foutait de sa gueule mais non, c'était sincère. Il avait oublié ce qu'il venait de lui déballer. Henri a pris ça comme une deuxième chance d'obtenir un coup de main mais ça n'a pas plus marché que ça. Il a réagi de la même façon quand Henri lui a dit qu'elle s'appelait Clara Kryczyk. Il a redemandé si c'était russe. Il n'a pas réagi quand Henri lui a dit que les parents ne voulaient pas porter plainte. Il n'a pas refait son laïus sur les maillots de foot quand il a parlé du mec de l'AS Ratigny. Il lui a juste dit qu'il ne savait pas quoi lui dire. Il est encore revenu sur le nom. Kryczyk, ça ne veut tellement rien dire que ça ressemble à un faux nom. Là-dessus, Henri est parti, se faisant offrir le couscous et le Coca tandis que Brahim s'inquiétait que son super pote qu'il avait invité à déjeuner ne soit pas venu. Peut-être qu'il était fâché.

— Après ce fiasco, je me suis mis en route pour le stade. Histoire d'aller à l'entraînement et voir ce que je pourrais tirer comme info en la jouant profil bas. Tu vois le genre ?

Soul ne voit pas mais il hoche quand même la tête.

— Puis en chemin je suis tombé sur votre séance de management à tes collègues et toi.

Soul ricane.

— En vrai, je crois que c'était mieux que vous tombiez sur moi que d'aller au stade comme ça.

— Pourquoi j'aurais pas dû aller au stade ?

— Vous savez rien du gars que vous cherchez. S'il est plus jeune qu'elle, s'il est plus vieux. À quelle heure il s'entraîne et quel jour, vous le savez pas non plus. Et tout ça, c'est seulement si c'est bien un mec de l'équipe et pas juste un mec qui porte le jogging de son frère. Vous voyez ce que je veux dire ?

Henri voit très bien. C'est le gosse qui a raison.

— Parce que là, vous débarquez au stade, fusil ou pas, c'est sûr qu'ils vous disent rien. Eux, tout ce qu'ils veulent, c'est protéger leur gars et si y a *haja*, ils le préviennent direct que vous êtes sur ses côtes. Et tout ça, c'est seulement si c'est bien un mec de l'équipe.

— T'as raison. Fait chier tiens.

Henri est frustré par tout ça. Il croyait avoir tout prévu mais il se rend compte qu'il n'a rien prévu du tout. Il ne pense qu'à Clara. À l'endroit où elle est. Avec qui. Pourquoi. Qu'est-ce qui lui arrive. Ou non. Il veut savoir. Il veut la ramener. S'il ne le fait pas, personne ne le fera. C'est devenu son leitmotiv. Tout seul, il n'y arrivera pas, ça c'est sûr. Ratigny, ce n'est pas comme dans ses bouquins. Il sait qu'il y a tout un monde derrière le monde qu'il connaît. Henri n'a pas de GPS parce qu'il connaît les rues de Ratigny par cœur. Mais il ne connaît pas les rues de ce Ratigny-là. En revanche, ce gosse les connaît. Il pourrait être son GPS. Mais est-ce qu'il voudrait faire ça ?

De son côté, les méninges de Soul tournent déjà à plein régime. Il relit les notes qu'il a prises. Pas grand-chose au fond. Mais de quoi démarrer. Tout à fait de quoi poser des questions et aller casser les couilles à certaines personnes que le vieux ne connaît sûrement pas. Le ieuv miskine, il veut bien faire, ça se voit mais il n'a pas les codes.

Henri regarde la banquette, l'air emmerdé, parce qu'il ne sait pas quel pourrait être son prochain coup. Il est prêt à tout mais il ne sait pas ce que ça peut impliquer ce « tout ». Il pourrait se prendre une carte Vermeil mais elle ne sera pas dézonée pour ce qu'il y a derrière le paravent du Nueve Cuatro.

— Je peux vous aider si vous voulez. À la retrouver, je veux dire.

— Tu peux me tutoyer aussi.

Ils se regardent. Aucun des deux ne blague. C'est évident vu leurs regards. Deux propositions qu'ils ne referont pas. Deux mains tendues. À saisir. Ils se sourient. Du même air bête.

7

Henri voulait le déposer mais Soul était tellement excité par la proposition qu'il a préféré marcher pour redescendre avant d'aller chez Camélia. Les gens se trompent. Le bonheur n'est pas au septième ciel mais au quinzième étage et les portes du paradis sont celles de l'ascenseur du bâtiment B de la cité des Glaïeuls. Mais avant le bonheur faut qu'il vérifie qu'il n'a pas de bleus sinon, arrivé là-haut, elle va le faire chier. Sofiane et Doums l'ont quand même bien défoncé. Malgré le McDo, sa chair résonne encore ici et là. Heureusement qu'Henri est passé par là parce que sinon ils l'auraient peut-être mis dans le coma cette fois. Soulevant son hoodie, Soul expertise les dégâts. Agréablement surpris. Ils ne frappent vraiment pas aussi fort qu'ils aboient, les deux autres. Il a encore mal mais ça ne devrait pas marquer. Ou alors il a des hémorragies internes et il va crever cette nuit. Mais enfin ce n'est pas la première fois qu'il se fait gaspiller et ce ne sera pas la dernière. Il le sait. Il ne sera jamais la kaïra qu'il devrait être et c'est tant mieux. L'histoire de Clara, il sent que c'est plus un truc pour lui… même si comme Henri il ne sait pas trop par où commencer.

Au quinzième, Soul écarte les portes pour les ouvrir plus vite. Il se rend compte qu'il n'a rien pris. Même pas à manger. Si Camélia a faim, il fera venir un Deliveroo. Peut-être du Galatasaray. Il aimerait être comme Sofiane et Doums pour ça. Ils claquent des doigts et envoient des petits leur chercher des canettes, de la bouffe et tout ce qu'ils veulent. Soul n'a pas encore ces galons-là. S'il s'essayait à une connerie pareille, il risquerait de se faire afficher par des mômes et il serait obligé d'en bousiller un ou de déménager. Et il kiffe trop Camélia pour bouger d'ici.

Quelques coups à la porte pour s'annoncer. C'est ouvert depuis qu'il a sonné en bas, comme d'hab, mais ça fait partie du rituel. Il referme derrière lui. Pas trop de lumière dans l'appartement. Juste celle de la gigantesque télé qui suffit à éclairer toute la pièce et celle du rétroprojecteur qui ne lui sert qu'à balancer ce qu'elle regarde sur la façade d'en face. Elle est encore devant un vieux film en noir et blanc et, même s'ils sont déjà sans paroles, elle coupe quand même le son. Elle lui a expliqué que normalement de la musique était jouée dans les cinémas, en live, pendant qu'on projetait le film mais que souvent les musiques qu'ils imposaient dans les DVD ou quand ça passait à la télé, c'était de la merde. Elle préférait mettre ses AirPods et, suivant son humeur, écouter ses trucs à elle. Zola Jesus, Jenny Hval, Chelsea Wolfe ou cette meuf avec le tatouage Caligula qui crie et fait flipper Soul. Tous ces trucs dont il n'avait jamais entendu parler avant de la connaître, tous ces trucs qu'il écoute en cachette à cause d'elle mais qu'il n'écoutera jamais au taf avec les autres.

— T'es où ?

Pas de réponse. Soul reste debout à essayer de comprendre ce qui se passe dans le film. Il fait des efforts avec la musique qu'elle écoute, les films qu'elle regarde et les livres qu'elle lit. Et il aime ça. Ce qu'il aime encore plus c'est quand elle lui fait ça. Qu'elle arrive par-derrière et qu'elle l'enlace. Qu'elle lui embrasse le cou pour commencer puis qu'elle lui mordille le bas de l'oreille. Si elle lui met un coup de langue dans l'oreille, c'est foutu, ils doivent direct passer à la suite car Soul ne tient pas. C'est son bouton rouge. Elle le sait et ce soir elle a envie de plus. Et quand il la voit, en talons, legging brillant, large T-shirt qu'il lui a laissé, maquillée et avec ses grosses lunettes sur le visage, il a envie de beaucoup plus.

— Qu'est-ce qui t'est arrivé ? Ils t'ont frappé encore ?

Comment elle sait ?

— Ça sert à rien de me regarder comme ça, t'as eu un frisson chelou quand je t'ai attrapé. Et c'était pas un frisson cool. C'est que t'as mal.

— Non, t'inquiète, ça va.

— T'es sûr ?

— *Wallah.*

— T'as besoin de jurer bêtement comme ça ?

Soul hausse les épaules. Il lui sourit. Viens là.

— Tu veux pas faire autre chose ?

— Tu veux que je fasse quoi ? Que j'aille braquer ? Que je fasse des go fast ? Que je tue des gens ?

Elle explose de rire.

— Je sais pas moi, je suis pas Pôle emploi. Fais juste un truc où t'es fort et où tu te feras pas défoncer.

Soul hésite mais il se lance. Le sourire jusqu'aux oreilles.

— En vrai, je suis peut-être sur un bail là. Genre enquête et tout. Mais ça rapportera pas d'oseille.

— Frère, si ça te fait te sentir bien et que ça t'évite de te faire éclater tous les jours, y aura déjà du mieux, tu crois pas ?

Il ne répond pas parce qu'elle a raison. Elle le sait, alors elle embraye sur une question beaucoup moins minée.

— T'as faim ?

— Tu veux que je commande ?

— J'ai des trucs.

— T'es sûre que tu veux pas que je commande ?

— Ça veut dire quoi ça ?

— Viens.

Il tend les mains, elle les prend et vient vers lui. Elle est plus grande que lui, il doit lever les yeux pour la regarder, elle lui sourit.

— Ça veut dire quoi ?

Pour toute réponse, il se met sur la pointe des pieds et l'embrasse. Elle retire ses chaussures pour être un peu plus à son niveau. Ce sera plus simple même si elle reste plus grande que lui. Ils se sont manqué l'un à l'autre mais ça ils ne se le diront jamais. Plutôt crever. Les conneries, ils se les disent. Les trucs sérieux, ils se les font. Camélia, ça l'intéresse pas de savoir ce qu'a fichu Soul pendant tout ce temps. Elle le sait très bien. Elle peut le deviner. Après tout, elle a grandi là-dedans. Lui non plus n'a pas envie de lui raconter ce qu'il a fait et encore moins ce qu'il n'a pas fait. Elle lui a déjà dit que pour elle il était plus un bonhomme qu'aucun mec de la bande ne le serait jamais, mais ça, il ne peut pas le dire aux autres car ça déclencherait de vraies galères. Et pas que pour lui.

Soul aimerait qu'elle lui raconte tout ce qu'elle a fait depuis la dernière fois. Qu'elle lui raconte les films qu'elle a vus et les livres qu'elle a lus. Qu'il puisse voir et lire tout ça à travers ses yeux à elle parce qu'à travers les siens il ne comprend pas toujours. Quand c'est elle qui lui raconte les bails, il les ressent comme elle les ressent et ça, ça lui plaît.

Mais si Camélia ne lui raconte pas tout ce qu'elle fait, c'est parce qu'elle sait qu'il aurait du mal avec certains trucs. Genre son compte OnlyFans. Les photos et les vidéos qu'elle envoie à ses clients contre un peu d'argent. Les trucs avec ses pieds, elle pense que ça passerait. Mais il aurait du mal à accepter qu'elle se branle devant la webcam pour des mecs. Elle sait qu'il ne comprendrait pas quand elle lui dirait « c'est pas pour l'argent que je fais ça mais pour reprendre un peu de pouvoir ». Elle a surtout peur qu'il dise des trucs qu'elle ne pourra pas laisser passer et comme c'est le seul mec de son âge avec qui elle se sent si bien, elle préférerait ne pas le perdre bêtement. Plutôt prendre le temps. Pour tout. C'est mieux.

Quand elle passe les mains sous le sweat de Soul et qu'elle lui retire tout doucement, c'est pour lui demander s'il est sûr que ça va. Quand il lui retire son T-shirt, enivré d'une grande goulée de fragrance caméliesque, mélange de son parfum et de son odeur, il lui mordille un téton. Dans leur morse à eux, ça veut dire t'inquiète, tout va bien, ils peuvent me taper mais ils tapent comme des meufs. Là, elle pourrait tout arrêter et remettre le son pour lui dire « comment ça, comme des meufs ? » mais elle lui fait comprendre en lui saisissant l'entrejambe, à lui faire mal, sans le quitter du regard pour le sentir durcir encore un peu plus dans sa main. Plutôt que d'entamer ce débat, elle préfère changer de sujet en lui serrant la gorge de son autre main. Un peu fort. Elle sait que ça lui plaît. Encore un truc qu'il ne peut pas dire aux autres. En vérité, rien de ce qui se passe au quinzième étage ne doit sortir du quinzième étage, c'est aussi simple que ça. Si le père de Camélia entendait parler de ce qu'ils font ici, ils seraient morts tous les deux. Mais Soul un peu plus.

Après un atterrissage dégueulasse sur le canapé, Soul et Camélia élèvent le niveau de la conversation. Chacun reprend possession de l'autre, ils s'embrassent, se lèchent, se mordent, se graillent. Là ça y est, Soul est loin de tous ses problèmes. Plus de problème de cœur, plus de problème de street, plus de problème tout court. Il est avec Camélia. Il ne lui a jamais dit qu'il l'aimait et elle non plus, mais quand elle embrasse Soul comme elle le fait là, qu'il goûte son gloss à la pêche et qu'elle le branle comme elle le fait, il sait qu'elle l'aime.

— Alors t'as faim ou pas ?

Ça ressemble à une blague mais pour Soul, c'est un signal, une autorisation, un « tu peux y aller » qu'on n'a pas besoin de lui dire deux fois. Tout en embrassant Camélia, il lui baisse son legging, lui rend sa liberté et fait descendre sa langue dans son cou, puis sur ses tétons et le long du petit duvet sur son ventre pour descendre à son nombril qu'il lèche un peu avant d'ouvrir grand la bouche pour engloutir le pénis de Camélia qui gémit juste sur la bonne octave pour faire décoller Soul, qui s'applique alors comme jamais pour jouer du plus bel instrument qu'il ait jamais eu entre les mains. C'est pour aimer qu'il est doué, pas pour racketter.

Alors qu'elle met sa main sur la tête de Soul pour le caler, en cheffe d'orchestre, sur son rythme, elle se rappelle leur première fois. Tout était passé tout seul. Ils n'avaient pas eu à parler de quoi que ce soit. Pas besoin. Soul l'avait vue sur une appli de rencontres mais ça n'avait pas matché. Elle ne matchait quasiment personne. Elle se contentait de voir le compteur de likes augmenter, augmenter, augmenter… comme pour se rassurer que, oui, elle pouvait plaire. Mais à qui ? Des vieux, des diksas, des curieux, des refoulés. Elle avait mis son Snap sur son profil, alors il l'avait ajoutée. Mais il n'avait jamais été relou. Il ne savait pas qui elle était ou ce qu'elle était. Il ne savait rien. Il était juste tombé sous le charme. Il avait commenté une story. Tout timide. Puis une autre. Malgré les émojis diamant et billets qui s'envolent, il n'avait pas eu l'air de capter ce qu'elle faisait là, alors elle répondait qu'avec un émoji bisou. À chaque fois. D'habitude, ça décourageait les mecs mais lui non, il continuait d'interagir avec elle. Si elle snappait une musique, il demandait ce que c'était. Si elle snappait un bout de film, il demandait ce que c'était. Là, elle avait été obligée de lui répondre autrement qu'avec l'émoji bisou et lui, il avait commencé à regarder et écouter les trucs qu'elle regardait et écoutait. Puis il avait commencé à en parler avec elle. Ils avaient fini par vraiment discuter et elle s'est dit qu'il l'avait bien eue. Bravo à lui. Le truc, c'est qu'il n'avait jamais demandé qu'ils se voient. Il n'avait jamais demandé où elle habitait précisément. Il lui avait même avoué qu'il l'avait vue sur Tinder et qu'il avait crushé de fou mais qu'il ne voulait pas lui faire peur en débarquant sur Snap pour casser les couilles. Ça l'avait touchée qu'il « travaille » autant pour elle.

Un jour, il était passé aux notes vocales et au début elle n'avait pas osé lui répondre. Malgré ses efforts, sa voix est toujours un peu grave en mode Camélia. Elle s'était rendu compte qu'elle l'aimait bien ce gars et qu'elle avait peur de sa réaction, alors que lui, il l'aimait déjà tout court.

Elle avait peur de devoir tout lui raconter. Comment elle s'était mise à porter des vêtements de femme et préférer vivre ses relations intimes comme une femme. Elle avait peur de devoir lui expliquer des choses sur lesquelles elle-même n'était pas encore totalement au point. Pourquoi elle se sent plus meuf que mec et doit permettre à cette partie d'elle de vivre et s'exprimer ? Et si c'est comme ça, alors pourquoi est-ce qu'elle ne se shoote pas aux œstrogènes ? Et pourquoi elle s'accorde au féminin alors qu'elle ne veut pas changer de sexe ? Mille et une façons d'être soi-même et Camélia se cherchait encore.

Elle ne saurait pas non plus lui expliquer pourquoi parfois elle disparaît quelque temps et ne snappe plus rien car elle doit laisser Camélia et faire vivre sa vie à Kamel. Elle a peur de lui dire qu'elle ne sait pas qui elle est, qui ils sont et qu'elle est peut-être comme un chantier qui ne se finira jamais. En fait, elle ne veut pas avoir à choisir entre Camélia et Kamel mais elle ne peut pas être double. On va la prendre pour une malade si un jour c'est « elle » et que le lendemain c'est « il ». Elle ne veut pas se coller d'étiquette.

Mais en même temps autant être fixée, alors elle lui a répondu avec une note vocale et il n'a rien dit. Il a continué de lui parler et de la faire rire comme si de rien n'était. C'est là qu'elle a craqué. Elle a un peu hésité mais elle l'a invité. Ils avaient parlé longtemps parce qu'ils savaient tous les deux ce qui allait se passer et ils faisaient durer le plaisir et quand elle a décidé de franchir le pas, tout s'est bien passé. Ils n'ont jamais parlé de rien, mais depuis le temps Soul a capté beaucoup de choses. Il a même dû se renseigner, elle le sait. Il a adapté certains de ses gestes ou de ses propos avec elle. Il a corrigé tout ça discrètement. Il n'a jamais posé de question reloue. Il a tout fait pour garder leur bulle intacte. Tout ce qui se passe au quinzième étage reste au quinzième étage et c'est très bien comme ça. Autant pour lui que pour elle. Elle sait qu'il sait que quand Camélia va chez son père elle y va en garçon, en Kamel, et elle sait qu'il sait qu'elle préférerait qu'ils ne se croisent pas dans ces cas-là. De peur que ça détruise la magie ou déclenche un cataclysme comme dans certains téléfilms bizarres de la TNT quand les deux versions d'une même personne se rencontrent, s'annulent et se détruisent mutuellement. Elle ne veut pas qu'il la voie faire en Kamel des trucs qui pourraient le dégoûter de Camélia. Si elle y va en Kamel, c'est surtout parce que tout ce qu'il lui reste de famille, c'est son père, qu'il n'est pas au courant et qu'a priori il ne le sera jamais. C'est déjà assez le bordel comme ça dans le champ de bataille qui lui sert de crâne. Qu'il fasse souffrir Kamel, c'est OK, mais Camélia, c'est hors de question.

Mais même ça elle en rigole. Et tandis que Soul la suce, elle lui raconte son dernier exploit.

— L'autre jour, j'étais chez mon père et j'ai fouillé dans les affaires de ma mère. J'ai mis une robe à elle et sa perruque de quand elle était malade mais j'ai pas entendu mon père arriver et, miskine, il a buggé de ouf. Il a cru que j'étais le fantôme de ma mère. Il a commencé à me sortir ses grigris et me dire des trucs bizarres…

Elle gémit, coupée dans son élan narratif pour revenir à des considérations plus terre à terre.

— Eh Soul, te casse pas la tête, c'est ça le truc où t'es le plus fort… Continue.

Soul veut savoir comment elle s'est sortie de cette situation mais il sent qu'elle vient. Il voudrait aussi lui raconter l'histoire d'Henri et à quel point cette affaire le chauffe mais il sent qu'elle vient. Il voudrait lui poser deux trois questions sur certains mecs du coin qui sont chelous avec les petites comme Clara mais il sent qu'elle vient. Le compte à rebours est enclenché et son enquête l'excite quand même moins qu'elle. L'explosion a lieu. Leurs âmes subjuguées. Soul reste un moment où il est, au quinzième ciel, mais là ça y est, elle a besoin de l'embrasser, de se goûter et de se partager avec lui.

8

Toute la journée, Brahim l'a passée au Nueve Cuatro.

Quand il a acheté ce local, c'était qu'une façade pour blanchir de l'argent. Il admettait vouloir posséder un endroit qui soit à lui et se donner un air de respectabilité. Pour le nom, il avait expliqué à Kamel, son héritier, qu'il y avait deux 9-4. Celui des gens normaux et celui des gens comme eux. C'était pas les mêmes mondes, c'était pas les mêmes règles. C'était le 9-4 d'un côté, le nueve cuatro de l'autre. Ce monde que Brahim Chokri a découvert comme Marco Polo. Ce royaume sur lequel El Loco règne comme El Chapo. Et cet endroit, le Nueve Cuatro, licence IV en règle et factures payées rubis sur l'ongle, comme passerelle entre les deux.

Brahim s'est posé derrière le paravent avec ses gars. Comme d'hab, ils ont parlé de coups à faire. De coups à ne pas faire. De coups qu'ils auraient aimé faire. De ceux qu'ils n'auraient pas dû faire. Puis ils ont parlé de meufs. Dans les mêmes termes. Claude est revenu s'installer au comptoir. Brahim ne se souvient même plus pourquoi il était sorti, mais ça a dû bien se passer vu que l'autre s'est contenté de hocher la tête et d'attendre que le téléphone sonne à nouveau. Toute la journée, Brahim n'a pensé qu'à l'histoire du vieux et de la petite qui a disparu. Il n'a participé qu'aux conversations qui évoquaient l'est de la ville et les Russes qui s'y sont installés il y a quelques semaines. Ou quelques mois ? Brahim n'en sait plus rien. Toutes ses vies, même celles qu'il s'invente, se chevauchent, comme des papiers calques qui s'empilent.

En tout cas, depuis qu'ils sont là, ces Russes font des coups à droite à gauche. Jamais de gros coups mais ils les réussissent tous. Sans encombre, sans être inquiétés. C'est son mauvais rêve qui devient réalité. C'est clair, c'est une attaque contre le nueve cuatro.

Quand il ferme la boutique, Brahim n'éteint pas la radio. Il laisse la playlist de Nostalgie l'accompagner dans son rangement et au-delà. Alors qu'il met en ordre les tables et les chaises, *Tous les cris les SOS* lui rappelle ce mec qu'ils avaient sorti d'un coffre de bagnole et tabassé sur le parking d'une ZAC du 91. Les lumières du magasin But, du Léon de Bruxelles et de l'hôtel Ibis qui se mélangeaient alors qu'ils foutaient droites, chassés et le reste de leur répertoire au pauvre con qui n'avait rien trouvé de mieux à faire qu'essayer de se barrer avec l'argent des taudis qu'ils sous-louaient aux sans-papiers à l'époque. Quand ils étaient allés le soulever, ce connard (comment il s'appelait déjà ?) avait lâché son pitbull et son rott sur eux. Brahim n'avait pas eu le temps de sortir son .38 qu'il avait le pit sur lui. Il y avait laissé un peu de son avant-bras, le chien y avait laissé la vie. Les six cartouches du canon court y étaient passées. Le rott avait été balancé du cinquième étage et leur maître dans le coffre. En larmes pour ses chiens, en larmes pour ce qui l'attendait. Brahim avait son terrain depuis peu et une poignée de mecs profitaient de cette période de transition pour faire les malins. Il n'a jamais été tranquille, il y a toujours eu quelqu'un pour le tester. Après tout, entre voleurs, braqueurs, escrocs, mecs violents et autres fils de pute, ils n'allaient pas se faire de cadeaux et, même si Brahim savait qu'il en aurait fait autant si ça avait pas été lui le chef, il ne pouvait pas laisser passer ça. Il avait beau jouer de son petit violon et parler de principes, du pain qu'on lui retirait de la bouche et donc de celle de son fils qui allait naître, mais au fond, de toutes ces zumbas, il ne croyait à aucune. Il croyait à la violence. Rien que de repenser à ce mec qu'ils avaient sorti de chez lui à 1 heure du matin, foutu dans le coffre et laissé pour mort après avoir buté ses chiens, il a la même nostalgie que quand il repense à certains de ses meilleurs coups.

Tandis qu'il fait la caisse et s'y reprend à plusieurs fois dans ses comptes, perdu entre ce que lui a raconté le vieux, son soupçon que ce soit les Russes derrière, ce qu'il va vraiment déclarer pour les impôts et ce qu'il va mettre dans sa poche, *Foule sentimentale* lui rappelle ces mecs qu'ils avaient enterrés sur un chantier pas loin. Certains étaient morts, d'autres agonisaient, d'autres étaient encore en bon état et la terre les avait recouverts. Qu'est-ce qu'ils avaient fait déjà ? Brahim ne s'en souvient plus. Il cherche. Il cherche. Il cherche. Mais ça ne lui revient pas. L'un des toubibs lui a dit que dans ces cas-là il devait se faire violence pour se raccrocher au souvenir, quitte à en inventer un, mais rien ne lui vient. Au pire, son Dieu lui reparlera de tout ça quand il le rejoindra.

C'est encore un signe qu'il se fait rattraper par le temps. Ce qui est sûr, c'est qu'ils devaient mériter. Combien ils étaient ? Il ne sait plus non plus. Il ne se souvient que de la musique, il marmonnait les paroles avant que Souchon ne les dise, jamais dans le tempo pour ça mais toujours en rythme pour les coups de pelle. Ça, il se dit qu'il l'invente peut-être pour se rassurer. Le seul truc qu'il se rappelle clairement, c'est d'avoir pensé, en quittant le chantier, qu'il donnait beaucoup à manger aux arbres, aux bâtiments et à tout ce qui sortait de terre vu tous les gens qu'il mettait en dessous. Et aussi qu'il s'était demandé si l'endroit allait être hanté à cause de ce qui venait de s'y passer. Lui, il est clairement hanté. Quand il marche sur de l'herbe, il a parfois l'impression d'entendre les gens qui sont en dessous. Mais c'est peut-être qu'un des effets de l'acide qui ronge son crâne.

Il partait voir la cuisine quand la radio est passée aux *Portes du pénitencier* et qu'il a vite vite viiiiite fait demi-tour pour changer de station. Il a aucun souvenir lié à ce morceau, mais il n'a jamais fait de prison et il veut pas se porter l'œil en écoutant ça. Il paye assez cher son marabout pour la lui éviter. Surtout que, dans son état, la prison ce serait pire que tout. Il ne dit pas qu'il ne la mériterait pas. Il sait qu'il mérite pire et qu'il ira en enfer où beaucoup l'attendent de pied ferme.

Il se contente de se balader dans sa cuisine : tout est net, propre, bien rangé, le lave-vaisselle géant tourne (un jour, il mettra quelqu'un à l'intérieur pour voir ce que ça fait). Il se félicite d'avoir viré ses anciens cuistots, des branleurs doublés de vrais cochons qui ont failli lui foutre les services d'hygiène au cul, et de les avoir remplacés par des Tamouls. Au lieu de faire chier mes clients avec vos roses et vos jouets débiles, faites-leur à bouffer, gérez ma cuisine, je vous payerai comme il faut. L'activité resto roule depuis. Limite trop bien. Il a dû rogner sur la partie de l'établissement qui était réservée aux affaires pour pouvoir accueillir plus de clients normaux. Ce qui lui fait vraiment plaisir, c'est que le resto affiche complet le jeudi quand il prépare lui-même le couscous pour lequel les babtous locaux appellent carrément pour réserver. Il ne sait pas pour encore combien de temps il se souviendra de la recette de ses parents mais, pour le moment, il n'a eu que des éloges. Il espère que ça comptera au jugement dernier. Même le vieux a kiffé. Il ne faut pas qu'il l'oublie lui. Il s'est fait violence toute la journée pour ne pas oublier ce qu'il était venu lui raconter. C'est quand il a entendu le nom de la petite qu'il s'est empressé de prendre des notes. Normalement, jamais de sa vie il aurait fait ça. Même à l'école il ne prenait pas de notes. Jamais de sa vie il n'écrit de noms où que ce soit. Il n'écrit même pas de SMS.

Pour finir le rituel, il se pose dans la salle avec un verre. Les paroles démarrent sur « *Quelques lueurs d'aéroport…* » et d'un coup, il se retrouve au volant de sa bagnole, il y a bien longtemps. À l'époque, sa femme attendait le grand (ou alors, c'était le petit ?) et lui, il raccompagnait la femme de son boss de ce temps-là chez eux. Elle était enceinte aussi. Brahim et sa femme auraient le leur avant. Tout le trajet, ils avaient parlé grossesse. Sur la fin du trajet, il s'était concentré sur la route et sur les chansons. L'A86 la nuit et cette chanson. *So Far Away from LA* en route vers les Ulis. Il s'était dit qu'il serait damné pour toujours quand « *Pauvre madame Polanski, d'un seul coup, on t'a pris deux vies* » est sorti des haut-parleurs. Parfois il se rappelle avoir vu sa passagère frissonner après cette phrase, mais il ne pouvait pas reculer. Il devait aller en enfer. Ça faisait trop longtemps qu'il aurait dû le faire. Ça faisait trop longtemps qu'il aurait pu tenir les rênes. S'il ne le faisait pas, ce serait un autre. Mieux valait lui qu'un autre. Et il n'avait pas reculé, il l'avait déposée et était rentré avec elle pour un dernier verre avec son vieux pote. On n'avait même pas rebouché les carafes qu'il les avait fumés tous les trois et qu'il réfléchissait déjà à quel pauvre con il allait mettre tout ça sur le dos. Ce verre-là, il était pour eux et, une fois avalé, direction la réserve, son antre, son bureau, sa Batcave. Son avocat lui a conseillé de ne plus jamais passer la nuit chez lui le jeudi. Il n'a pas donné plus de détails que ça, mais le mauvais présage entourant le conseil suffisait à Brahim.

Dans ce bas monde sous le bas monde, entre les stocks de bouteilles et les frigidaires, une prise Péritel assure l'intérim entre un caméscope et un magnétoscope reliés à une vieille télé cathodique. Des montagnes de VHS forment un autel au passé sur lequel Brahim peut veiller depuis son fauteuil. À l'écran, une fête de famille. Depuis que sa tête se sauve, il a monté un plan. Vu que les chansons lui rappellent plus ou moins clairement des trucs, il se dit que, s'il revit ses souvenirs en écoutant des choses qui ne lui rappellent rien, il peut imprimer ces souvenirs sur ces chansons et qu'il pourra plus tard revisiter sa mémoire en les écoutant. Sa façon à lui de baiser le système, gangster un jour, gangster toujours. La dernière fois, à la maison, il a tenu tout un discours là-dessus au petit. Il lui a expliqué que c'était logique et que ça marcherait. Kamel n'a pas cherché à le contredire. Il lui a juste fait des playlists de ce qu'il écoute. Ça lui faisait plaisir de partager ça avec son père. Là, c'est quoi ce truc qui passe ? Il n'a jamais entendu ça de sa vie. C'est de la musique ça ? Elle crie comme un démon condamné à tort à aller au paradis. Il ne sait pas ce qu'il écoute. Il sait que ça lui fait peur mais en même temps ça lui parle. Ça lui parle là où il a eu mal, là où il a mal et surtout là où il a fait mal. Comme si tous les gens à qui il avait fait du mal avaient trouvé une porte-parole pour le hanter. Lui dire qu'il allait payer. Il écoute, il enregistre. Il essaye de ne pas penser au mal qu'on veut lui faire. Mais ce que lui a dit le vieux le travaille, alors il met sur pause.

Ce que le vieux lui a dit, ça ne peut pas être un hasard. Faudra qu'il aille voir là-bas, mais il sait que ce qu'il va trouver là-bas va lui confirmer ce qui se dessine dans les nuages de son crâne. C'est eux. Il les voit traîner en ville, tous autant qu'ils sont. Et c'est après lui qu'ils en ont. Alors il se tient prêt. Les Russes et leurs familles. Ils débarquent ici comme si de rien n'était, ils font semblant de bosser, mais lui, il sait qui ils sont. Il ne voit pas leurs tatouages mais il sait qu'ils sont là sous leurs fringues. Leurs allures de combattants de MMA et leurs femmes qui ressemblent aux escorts de l'Est que quasiment personne en ville ne peut se payer. Et leurs gamins qui sont là pour prendre sa place. Il sait qui ils sont. À l'étroit dans leurs bleds de l'ex-URSS, ils finissent tous ici. Ils viennent trafiquer tout ce qui est trafiquable. Ils sont violents. Ils sont dangereux. Il y a des histoires sur eux mais, quand on les lui raconte, il n'y a pas de musique, alors Brahim les oublie vite. Quand il pense à eux, il pense à

Gilbert Bécaud. La chanson de la place Rouge. C'est eux. Ils arrivent. Ils sont déjà là. C'est quoi déjà l'adresse du vieux ? C'est là-dessus que ça se joue… Il en est sûr.

Après une autre demi-heure à errer dans sa tête et passer en revue tous les gens qu'il connaît à la recherche d'un fils de pute d'ascendance ou de descendance de l'Est ou capable de trahir l'ouest pour l'est de Ratigny, la Seine comme mur de Berlin, Brahim rappuie sur play.

Sur la télé, sa femme, qu'elle repose en paix, avec le grand, Nabil, qui était petit à l'époque, qu'il repose en paix lui aussi. Elle, c'était le cancer, une rafale de tumeurs, lui, c'était le cancer familial, une rafale de balles. Là-bas, le petit joue avec deux gamines. Et le reste de la famille. Les frères. Les oncles. Les tantes. Les *hajj*. Un jour de fête oui. Le méchoui dans le jardin. Les boissons. L'alcool. Le tabac. Une belle fête. De beaux moments. Brahim met la main sur la télé, l'électricité statique lui titille le bout des doigts, comme des guilis du passé.

Maintenant, il n'y a plus que lui et le petit qui n'est plus si petit, mais qui sera toujours le petit même quand il lui succédera. Parfois, il croit apercevoir le fantôme de sa femme à la maison mais ça, il n'en parlera pas aux docteurs, ils le prendraient pour un fou. Elle remet ses vêtements et son maquillage. Elle va dans la chambre de son fils. Brahim se dit qu'ils rattrapent le temps perdu. La mère et son petit. C'est bien que ça se passe comme ça. Brahim ne sait pas s'il reviendra quand il sera mort. Il espère suffisamment marquer le coup pour que personne ne l'oublie. Que tout le monde se souvienne de lui sans qu'une statue ait à leur rappeler ses exploits. Il va faire ce qu'il faut pour que le nueve cuatro reste le nueve cuatro.

Alors qu'il regarde tous ces morts sur l'écran, il fait pause sur un gros plan de lui. Souriant. Jeune. Vivant. Les souvenirs, ou ce qu'il en reste, qui affluent comme s'il zappait d'une chaîne à l'autre. Des bribes de tonton, des bribes du premier-né. Il enlace le poste et sa chaleur réconfortante, son visage contre le verre de l'écran, les crépitements de l'électricité statique lui donnent l'impression de recharger sa mémoire. Ses yeux collés à la télé, son visage de chair et de sang contre son visage cathodique fait de lignes de bleu, de vert et de rouge. Il prend du recul et, ébloui, ne se reconnaît pas tout de suite. Play. Il regarde ses souvenirs mais il sent que bientôt, quand il reverra tout ça, musique ou pas, ce sera devenu de la fiction.

En rentrant chez lui au petit matin, Brahim vérifie sa boîte aux lettres. Ni réclames, ni factures : juste une grenade. Il apprendra que c'est une grenade F1. Un modèle russe.

9

Ça sonne. Ça tape. Ça gueule.

Un « Vous êtes là ?! » qui réveille Henri en sursaut. Il insulte le monde entier. Qu'est-ce que c'est que ce bordel encore ? Il fait jour. C'est déjà ça de pris que la journée soit entamée. Il s'habille vite fait. Histoire d'être un minimum présentable. Un jogging trop grand et un marcel, troué et lui aussi trop grand. Une dégaine, t'as peur. Samira se réveille mais il lui dit de se rendormir. Puis il la réveille quand même. Il lui demande l'heure. Elle attrape son portable et lui tend, il appuie n'importe où. Il est huit heures et demie. Qui peut bien venir le faire chier à cette heure-là ?

Brahim, Nassim et Claude. Voilà qui. Ils sont en bas. Le muet, adossé à la bagnole. Brahim sur le trottoir, en ensemble de jogging grand luxe, sans doute son idée des habits du dimanche, et un flingue à peine dissimulé dans l'élastique du pantalon. Il observe les alentours en secouant la tête. Il a carrément l'air d'être en train d'avoir l'idée d'inventer l'eau tiède. Blague à part, Henri se demande quelle connerie il est en train de leur pondre. Et à sa porte, Nassim, qu'Henri ne connaît pas mais qu'il décrirait juste comme un grand

Arabe avant de se rappeler qu'il a envie d'arrêter de désigner les gens comme Soul le fait.

— On vous dérange pas ?

— À votre avis ?

Le bras droit n'a pas l'air désolé une seconde. Pour qui il se prend ce vieux con ? Henri sent que les excuses ne viendront jamais mais il fait comme si Nassim s'était couché.

— Le mal est fait. Qu'est-ce qu'il y a ?

— Il veut vous parler.

Malgré son attitude peu coopérative, Henri était déjà intrigué par leur présence ici, mais cette ambiance de convocation mafieuse commence à le titiller juste où il faut. Quand Henri sort de chez lui pour rejoindre Brahim, le caïd le salue d'un petit hochement de tête du genre « tiens, mon vieux Henri, quelle bonne surprise ». Henri lui renvoie le même. La bonne surprise en moins.

— Ça fait longtemps que vous êtes là ?

— Une petite demi-heure mais j'en ai profité pour gamberger. Je sais ce qui s'est passé.

Là-dessus, Brahim prend Henri sous son aile, un bras autour des épaules du vieil homme aussi grand que lui. Ils font quelques pas ensemble vers le 9. Vers la maison de la Déesse de la Puanteur. Arrivés là, Brahim regarde les hauts murs de feuillage de cette baraque puis il jette un œil en face à la maison des Kryczyk. Il hoche la tête. Il sourit. Il a vu quelque chose que personne n'a vu. Il sait un truc que tout le monde ignore. Il emmène Henri sur la chaussée et, de là, il dirige son regard vers la forteresse de la Puanteur.

— Tu vois le numéro ?

Un 9. Henri hoche la tête. Brahim est satisfait. Il dirige alors le regard du retraité vers la maison des Kryczyk.

— Et là, tu vois le numéro ?

Henri se dégoûte de ne pas y avoir pensé lui-même. Avec leur 6 qui se renverse, c'est aussi un 9 sur la façade des Kryczyk.

— T'as jamais dû la voir mais celle qui habite là, dans le vrai 9, c'est une chimiste. Elle travaille pour moi. Tu le gardes pour toi mais elle me cuisine des merdes chimiques à te faire flipper. Nous, on vend ça aux tox d'ici, de Paname et d'ailleurs : ils décollent vers des planètes d'où ils veulent pas revenir.

— C'est de la drogue qu'elle fait là-dedans ? C'est comme du crack ?

— Si on veut. C'est plus pointu que ça. Moi-même je sais pas ce que c'est, mais je sais que c'est costaud.

— C'est ça qui pue tous les soirs ?

— Elle cuisine quand tout le monde dort.

— Moi je dors pas.

— Tu dors la fenêtre ouverte ?

— Je suis pas frileux.

Brahim regarde la fenêtre de la chambre d'Henri puis la cheminée de sa chimiste puis Henri, sourire en coin. Henri voit le gamin espiègle et turbulent que le caïd a pu être il y a bien longtemps. Le sourire s'élargit.

— Mais tu dors bien après non ?

— Je me lève à 11 heures passées. C'est génial.

Avec le ton qu'utilise Henri, on ne sait jamais s'il blague ou s'il est fâché et ça lui va très bien. Brahim éclate de rire.

Henri ne goûte pas à la plaisanterie parce qu'il voit où ça mène. Brahim lui tape sur le bras.

— C'est parce qu'elle te défonce tous les soirs. Gratuitement. Porte de la Chapelle, tu ferais des jaloux.

Henri est outré mais Brahim le calme.

— Ça va, t'es toujours là, c'est bon. Faut vivre un peu.

Henri se dit qu'il a peut-être rêvé certains trucs qu'il a vus quand il est sorti explorer le quartier. Ça avait l'air trop vrai pour être du délire. C'est peut-être pour ça qu'il s'est senti si bien pendant son odyssée. Il était raide d'avoir inhalé la moitié du tableau périodique des éléments en sortant de chez lui. C'est peut-être pour ça qu'il n'a pas mal au pied. Ça l'énerve un peu mais Brahim a raison : ça l'a pas tué. Ça l'a pas rendu plus fort non plus. C'est pas si grave.

— Et donc le micmac avec les numéros ?

— Je pense qu'il y a eu cafouillage.

Brahim baisse d'un ton.

— La Banque populaire, ça te parle ? On est pas populaire sans raison ?

Henri ne voit pas le rapport mais il attend la suite.

— Moi, c'est l'inverse, je suis pas impopulaire sans raison.

Tout ça pour ça, se dit Henri tandis que Brahim désigne les alentours.

— Tu vois tout ça ? Tu crois que t'habites Ratigny, 9-4 mais en fait, c'est chez moi. C'est le nueve cuatro.

Henri fait la moue. Ça devient de plus en plus bizarre mais admettons.

— Pour gérer tout ça, j'ai dû faire des trucs qu'ont pas plu à tout le monde et pour pouvoir posséder tout ça, j'ai dû faire du mal à beaucoup de gens. C'était y a longtemps. J'ai enterré beaucoup de monde. J'ai veillé à ce qu'ils aient pas de descendants qui viennent me casser les couilles. Mais on sait jamais, même dans ce dessin animé avec Patrick Fiori que mon petit regardait tout le temps, les pharaons pensaient être tranquilles, mais ils ont mis un gosse dans un panier et il est revenu des années plus tard pour foutre la merde. Je crois que c'était ça l'histoire. Tu vois de quoi je parle ?

— C'est pas *Les Dix Commandements* avec Charlton Heston plutôt ?

Brahim regarde Henri avec un air conciliant de « pauvre vieux qui perd la boule, va ».

— Tu confonds Patrick Fiori et Charlton Heston.

Henri regarde Brahim comme le dernier des dégénérés, avec un air tout aussi conciliant.

— En plus de ces vieux ennemis, y a tous ceux que je dois éteindre petit à petit. Y en a que je vois venir et c'est facile de s'en occuper mais y en a d'autres... C'est comme des cancers. Tu les vois pas venir et tu prends conscience qu'ils sont là quand tu commences à chier du sang ou que des trucs bougent bizarrement sous ta peau et que c'est trop tard.

Brahim marque un temps et regarde Claude puis Nassim en disant cela. Bien entendu, Nassim, qui n'entend rien à la conversation, flippe à mort quand il voit son patron le fixer comme ça en parlant à quelqu'un d'autre. Et il a bien raison. Claude voit ce qui se passe mais il pense à autre chose. Il pense à la lune sur laquelle il tirait au fusil à pompe l'autre soir. Il pense au petit avion qu'il a volé mais qu'il n'arrive pas à faire décoller. Il pense à toutes les conneries qu'il pourrait faire plutôt qu'être là. Il pense au commissariat qu'il aimerait exploser au bazooka, il pense aux cartels mexicains de la drogue et il pense à son ex.

— Là, ces temps-ci, j'ai... T'as déjà eu un caillou dans ta chaussure ? Tu sais le petit caillou qui fait chier mais pas assez pour que tu te trouves un banc et prennes le temps de le retirer. Alors tu continues de marcher et tu sens le caillou qui s'enfonce dans ton pied ou qui finit par t'écraser ou te chicoter un nerf et là tu te bousilles vraiment le pied. Tu vois ce que je veux dire ?

— On m'a coupé un orteil y a trois jours.

— Faut toujours virer les cailloux dès qu'ils rentrent dans la chaussure. Ils ont rien à foutre là. Mais je sais que c'est plus facile à dire qu'à faire parce que moi, tu vois, j'ai un caillou qui s'est mis dans ma chaussure y a pas longtemps, mais comme j'avais d'autres trucs en tête ou qui partaient de ma tête plutôt, j'ai rien fait. J'ai rien fait alors que j'aurais dû et on serait pas là aujourd'hui. Ta petite-fille, elle serait toujours avec toi et...

— C'est pas ma petite-fille, c'est juste ma voisine.

— Mais si elle est pas de ta famille, pourquoi tu t'inquiètes comme ça ?

Henri ne sait pas quoi répondre à ça. La famille, ce n'est pas si sacré pour lui. Les gens qu'il apprécie en revanche, c'est autre chose.

— Parce qu'elle compte pour moi. C'est mon amie.

— J'ai eu des amis puis j'ai arrêté.

Brahim réfléchit à ce qu'il vient de dire. Il se rappelle avoir invité un copain à lui à venir manger au restaurant. D'ailleurs, pourquoi il n'est pas en cuisine à préparer son couscous ? Ça ne doit pas être le bon jour. Il repense à cet ami avec qui il a fait des coups dans le temps. De gros coups. C'est comme ça qu'on devient une légende du braquage et qu'on fait honneur au nueve cuatro. Faudrait qu'il le rappelle et qu'il lui dise de passer. Qu'ils se reparlent de leurs vieilles histoires. Mais faut pas qu'il perde le fil. Il regarde dans la paume de sa main. Il y a écrit « *la place rouge était vide* », ça lui remet la chanson en tête et ça lui rappelle qu'il est là pour parler des Russes.

— Y a des Russes qui sont arrivés en ville ces derniers temps. Tu les as vus ?

— Je demande pas leurs papiers aux gens.

— Y a que moi qui les vois ou quoi ? En tout cas, c'est eux qui veulent me prendre ma place et me prendre mes business, tu vois… Pour installer la mafia russe chez nous. C'est ça leur plan, mais (il secoue la tête) ma mère la pute si je laisse passer ça.

Il dit ça en levant l'index. Pour marquer le coup. Henri opine.

— Tu vois, je crois qu'ils voulaient m'atteindre, moi, en s'attaquant à ma chimiste. Je sais pas qui leur a dit qu'elle était ici au 9 mais y a un fumier qui a dû leur dire, et celui qui leur a dit, il a intérêt à bien profiter de sa bite tant qu'elle est où elle est parce qu'il l'aura bientôt au fond de la gorge. Ça, je te le garantis.

Henri le regarde comme un client de Darty qui n'a besoin ni de la garantie, ni de l'extension.

— On leur a dit qu'elle était au 9 de ta rue et ils ont dû venir voir par ici pour trouver une faille. Ils sont peut-être juste passés vite fait en bagnole. Ils ont vu la petite sortir du mauvais 9, ils se sont dit que ce serait ça leur angle et ils l'ont kidnappée. Maintenant, ils ont dû se rendre compte que c'était pas la bonne cible et ils peuvent même pas faire pression sur ma chimiste. Ils peuvent rien faire. Ils sont baisés.

— Y a un truc qui colle pas. Si vos Russes ont kidnappé la petite par erreur, pourquoi ses parents se barricadent comme si les chars allemands allaient revenir et pourquoi ils ont pas prévenu les flics ?

Brahim regarde Henri comme s'il était le dernier des débiles.

— Tu connais vraiment rien, toi. Vu leur nom, ils savent très bien ce que c'est les Vory v zakone et toutes ces vermines de la mafia russe. Ce qu'il s'est passé avec leur fille, c'est comme chez eux. S'ils préviennent les keufs, s'ils parlent, s'ils bougent : ce sera pire, c'est pour ça qu'ils ont rien fait. Parce qu'ils peuvent rien faire. Mais nous... On a le nif. C'est pas eux qui nous arrêteront.

— Qu'est-ce que vous comptez faire pour la récupérer ?

— Je bougerai pas pour la petite.

— Alors pourquoi me raconter tout ça ?

— Parce que j'ai besoin de toi, Henri.

— Besoin de moi ?

Brahim regarde Henri droit dans les yeux. Il a l'air convaincant. Il a l'air fou. Il a l'air sûr de lui. Il a l'air perdu. C'est pas des yeux qu'il a, c'est toutes les options qu'offre l'arbre de vie des Vikings. Le problème, c'est qu'aucune n'a l'air viable.

— Faut que t'apprennes à tirer à mes gars.

Henri est stupéfait, Brahim regarde au loin, au-delà de la ville. Au-delà de l'espace, au-delà du temps.

— Ça va péter, un jour ou l'autre. Mais vraiment péter... Là, ils enlèvent une petite, c'est même pas la bonne, mais c'est une petite d'ici, c'est une petite de chez moi... Je laisse pisser. C'est le premier avertissement. Après, ils mettent une grenade dans ma boîte aux lettres. Bon, ça commence à devenir sérieux mais c'est rien. Tiens, regarde.

Il sort la grenade de sa poche et la donne à Henri qui ne sait pas quoi en foutre.

— Y en a qu'auraient déjà répondu mais moi, je suis pas un impulsif. J'ai une ligne dans ma tête que je vois mais que personne d'autre peut voir. Quand elle sera franchie, là ça sera la guerre. Et je la gagnerai.

Henri voudrait bien lui répondre « ouais, si tu veux » mais il s'abstient. Il a encore la bite de la supposée taupe du clan de Brahim en travers de sa gorge à lui.

— Là, on est pas prêts mais...

Il se met à secouer la tête, les yeux sur le bitume...

— Quand ils se décideront à attaquer en face et plus à faire leurs coups par-derrière comme les vieilles pédales qu'ils sont, ils verront qui est qui...

Ça, il l'a gueulé en plein milieu de la rue comme s'il les provoquait pour les faire sortir d'hypothétiques buissons où ils se cacheraient.

— Ils seront reçus parce que t'auras appris à tirer à mes gars. On m'a dit que t'avais encore tes fusils dans ta voiture, comme à l'époque où tu m'as appris à niquer les impôts.

Brahim lui fait un grand sourire. Henri l'observe, surpris qu'il se souvienne de ça.

Il y a bien longtemps, Brahim l'avait raccompagné à sa voiture et l'avait remercié à nouveau pour ses tuyaux fiscaux. C'est là qu'il lui avait proposé de l'argent qu'Henri avait refusé. Il n'était pas prêt à se mouiller au point de recevoir de l'argent et être vraiment lié à la fraude qui allait avoir lieu. Il s'apprêtait à repartir quand Brahim lui avait dit d'attendre alors qu'un camion de livraison déchargeait sa cargaison pour le restaurant. Il pleuvait un peu mais Brahim était allé voir ce qu'il y avait dans le camion et il était revenu avec une caisse de bouteilles de Coca (en verre) pour Henri, une bouteille de cognac pour Marie-Line et une reconnaissance de dette. Puis il avait dit à Henri d'ouvrir son coffre pour y mettre les bouteilles et il avait vu tout son arsenal.

— Y avait *Tombe la neige* qui passait sur ton autoradio mais c'était de la pluie qui tombait.

Le mec a une passoire dans le crâne mais il se souvient de ce détail. Brahim n'a même pas eu à regarder l'antisèche qu'il s'était faite dans la paume de son autre main où il avait inscrit Adamo et Neige. Il s'en félicite. Henri sait où ça va aller. Il réfléchit vite. Il pèse le pour et le contre. Apprendre à tirer à des jeunes, ça l'emmerde, mais dire non à ce mec, c'est une mauvaise idée. Non, quitte à être coincé, autant voir ce qu'il y a à y gagner. Il tenterait bien un coup mais qu'est-ce que l'autre va dire ? Et puis merde… Ça se tente. Qui ne tente rien n'a rien. C'est le plus balourd des clichés mais tant pis.

— Je veux bien apprendre à vos mecs à tirer mais c'est donnant-donnant.

— Tu veux combien ?

— C'est pas de l'argent que je veux. Moi, je veux retrouver la petite. C'est tout ce qui m'intéresse. Votre guerre avec les Russes, j'en ai rien à foutre, c'est pas mon monde. Mais cette môme, si. Elle compte vraiment pour moi. Si elle a mis un pied dans votre merdier, il va me falloir un guide.

— J'ai les meilleurs.

Henri l'arrête d'un geste.

— J'ai déjà mon idée. Je connais un gars qui bosse pour vous. Un bon petit gars. Soulaymane. C'est lui que je veux.

Brahim fronce les sourcils. C'est comme s'il venait de freiner des quatre fers ou reculer de six cents mètres d'un coup. Il n'a jamais entendu parler de ce Soulaymane. Toujours avec le même air, il s'approche du visage d'Henri. Le scrutant presque.

— T'es sûr qu'il s'appelle comme ça ? T'as bien entendu ?

Henri sourit. Il ne sait pas si Brahim se fout de lui ou s'il est sérieux. Il va prendre le parti de jouer avec lui. Au pire qu'est-ce qu'il risque ?

— Certain. Mais vas-y, commence à m'emmerder à me dire que je suis sourd. Essaye un peu pour voir.

Brahim sourit à son tour. L'air de dire « il a des couilles ce vieux con, j'aime bien, s'il savait combien de types plus polis que lui j'ai éclatés pour moins que ça… ». Puis il se tourne vers ses acolytes et met les mains en coupole pour littéralement hurler dans la rue.

— EH LES GARS, ON A UN SOULAYMANE AVEC NOUS ?!

Nassim regarde le ciel, cogite, mais Claude confirme en levant le pouce. Brahim n'a pas l'air sûr.

— *WALLAH* ?

Claude confirme en secouant la tête, le pouce toujours en l'air. Brahim se retourne vers Henri.

— OK, d'accord, appelle-le, fais-le venir, on va discuter.

— Faut qu'on retourne à l'intérieur, j'ai pas de portable, moi.

Brahim lui fait signe d'ouvrir la marche.

— T'as du café ?

— J'ai du Coca.

— Dès le matin ?

— Vous autres, vous chiez sur toutes les lois mais le Coca dès le matin, c'est là que vous posez une limite ?

— On est pas des bêtes.

Henri hausse les épaules. Après tout, les lois et les règles, c'est pour ceux qui veulent bien les suivre, non ?

Soul et Camélia sont réveillés par la sonnerie du téléphone. Ils ont dormi avec la musique qui a tourné en sourdine toute la nuit. Soul ne regarde même pas le téléphone. Il se contente de le retourner. La sonnerie continue de plus belle.

— Vas-y réponds. Il est en train de forcer là.

Il prend le téléphone et le regarde.

— Je sais pas qui c'est.

— Tu veux que je réponde à ta place ou quoi ?

— C'est mort, un +33 7 machin, je réponds pas à quelqu'un que j'ai pas enregistré. Un 07 en plus.

Il regarde l'appel mourir et sourit quand « Appel manqué » s'affiche. Puis il voit « Rappelle-moi » s'afficher. Puis une notification comme quoi le même numéro vient de lui envoyer une photo. Ça, ça pique sa curiosité. Et une fois le message ouvert, il est surpris.

— Wah, c'est chelou ça. Regarde.

Il montre la photo à Camélia. C'est Brahim, son père, posé chez Henri, en train de regarder son téléphone. Une photo qui dit vraiment « rappelle-moi, j'attends ».

— Heureusement que j'ai pas répondu.

— Mais d'où il a mon numéro ?

— Je sais pas mais t'as intérêt à le rappeler, quand il fait ça, c'est que c'est urgent.

Soul est à deux doigts de se chier dessus. Pourquoi le patron l'appelle ?

Vingt minutes plus tard, Soul est chez Henri. Il est venu avec sa bécane. Un cross qui fait un boucan démoniaque. Un cross qu'Henri est presque sûr d'avoir vu l'autre soir parmi la procession de bécanes enragées. En l'attendant, Brahim et Samira ont fait connaissance. Ils ont parlé des villages d'où leurs familles venaient. Ils n'ont pas revu leurs bleds respectifs depuis de longues longues années et ça ne leur manque pas vraiment.

Henri a accueilli Soul à l'extérieur. Il lui a dit que tout ce qui se passait était très bizarre et dix minutes après son arrivée, après le résumé de la situation, Soul a déjà son mot à dire.

— Si je peux me permettre…

Pour Nassim, quelqu'un qui se met à user de formules comme ça, c'est forcément un fils de pute qui cherche à vous la mettre à l'envers. Mais comme Brahim permet à Soul, il ne peut que fermer sa gueule et regarder ce qu'il se passe dehors. Claude joue les funambules sur le muret d'une maison.

— C'est intéressant la piste des Russes. Ils ont l'air dangereux, ils déposent des grenades chez vous, tout ça, c'est lourd, *wallah*. Mais la vérité c'est qu'on sait pas si c'est eux, on sait pas à cent pour cent, genre sûr de sûr que c'est eux qui ont embarqué la petite. Zéro preuve. Et même la grenade, qu'est-ce qui vous dit que c'est pas une autre équipe qui veut juste faire croire que c'est les Russes ?

Henri se dit que le petit n'est pas con. Il n'y aurait pas forcément pensé. Trop content d'avoir une réponse à ses problèmes et des ennemis à pointer du doigt. Brahim a l'air contrarié. Il avait une solution simple à beaucoup de problèmes et, d'un coup, le trouble est semé. Il regarde le gosse comme s'il le jaugeait. Comme s'il mesurait son taux de gogolisme à l'aune de celui des autres crétins qu'il côtoie à longueur de journée. Celui-ci a l'air plutôt vif. Capable de faire de longues phrases qui veulent dire quelque chose. Donc capable de penser. Fait rare dans la nouvelle vague.

— Genre le poto en survet de l'AS Ratigny qu'était au grec de la gare avec Clara... Faut trouver qui c'est. Faut savoir de quoi il a parlé avec la fille. Ça se trouve, c'est vous qui aurez raison à la fin. Mais moi, si j'étais vous, avant de faire des trucs graves qui font qu'on va perdre des gens, que des petits vont grandir sans père, que des darons vont vieillir sans petits, que des daronnes vont pleurer, je ralentirais. Moi je crois qu'on a des vraies pistes à explorer avant de dire que c'est la guerre.

Brahim ricane.

— Nassim, t'entends celui-là ? « Des pistes à explorer. » Tu te crois dans *Les Experts : Miami* ou quoi ?

Nassim ricane par politesse. Brahim rit de plus belle. Henri ne voit pas ce qu'il y a de drôle là-dedans. La perspective d'apprendre à tirer à des mômes pour qu'ils aillent mener une guerre qui n'est pas la leur le terrifie. Soul laisse faire. Il voudrait répondre mais contredire le chef serait suicidaire. Brahim embraye.

— Moi, ça va être simple. Toi, t'apprends aux autres à tirer et tu cherches la petite. Toi, tu fais ce qu'il te dit, tu l'aides. Lui, c'est le roux bizarre des *Experts*, toi, t'es un de ses gars. Vous faites votre enquête, je fais la mienne sur la grenade. Si vous trouvez la gosse, bravo, chacun rentre chez soi, tout le monde est content. Si je la trouve chez les Russes en plus de la confirmation qu'ils voulaient me grenader la gueule, que Dieu leur vienne en aide. On est d'accord ?

Brahim les regarde l'un après l'autre. Henri et Soul se regardent. Genre « on y va ou pas ? » Tous les trois savent ce qu'ils veulent. Tous les trois savent ce qu'ils veulent éviter. Le deal paraît honnête. Reste à savoir à quel point les dés sont pipés.

10

L'heure est venue pour Camélia de se changer en Kamel. Ses affaires de Camélia restent à l'appart qu'elle loue sous fausse identité, faux papiers et loyer annuel versé en liquide au bailleur avant même qu'Arthur ait souhaité la bonne année sur TF1. Un tour à la salle de bains, le robinet au débit max, un déluge de flotte pour effacer les restes de maquillage incrusté sur son visage. Avant, Kamel prenait un temps fou à se vernir les ongles et tout enlever avant de repartir. Maintenant, il ne s'occupe que de ses mains. Ses orteils vernis de noir, personne n'a à les voir. Il se regarde dans la glace. Il sourit. Ça bloque. Il force le sourire. C'est pas le même sourire que Camélia. C'est moins doux. C'est un sourire de crapule. Un sourire de mec qui a mal. C'est un sourire de mec qui sourit pour mieux t'enculer. Quand Kaaris disait s'entraîner à sourire devant la glace, Kamel n'était qu'un ado et ça le faisait marrer de gueuler ça. Maintenant ça lui fait mal de se dire que cette phrase lui heurte les zygomatiques.

Un ensemble de jogging de la Juve, un élastique pour s'attacher les cheveux. Période cheveux lisses, on l'a appelé PNL, période cheveux bouclés, on l'a appelé Hatik. Les deux fois, y a eu des mecs sur le carreau. Camélia suce bien, Kamel frappe fort. Le Glock sorti de sous le matelas, y a encore le bout de zigouigoui accroché au flingue et sectionné quand il a été fauché à un flic par des mecs d'une cité du 9-1. Un dernier regard à l'appart. Aux sacs de grande marque blindés d'achats hors de prix pour la garde-robe de Camélia. Envie de rester là. Envie d'être elle encore un peu plus. Besoin d'aller taffer. Pour son père. Pour lui aussi. Pour se rassurer un peu sur ce qu'il est. Ou sur ce qu'il doit être. Il sait plus trop. Aussi parce qu'il sait faire que ça. T'as grandi là-dedans, t'es bon là-dedans, fais ce pour quoi t'es doué. Même si c'est pas ton truc. Même si c'est pas ton truc du tout. Cogner et extorquer. Banditons et volons, c'est l'heure. Il met le téléphone de Camélia dans sa poche, il attrape une casquette et passe ses cheveux dans l'ouverture à l'arrière. C'est parti.

Le fils de Brahim. Tout le monde le respecte. Tout le monde le craint. Personne ne rigole avec lui. Personne n'ose traîner avec lui. Le fils du chef. Il a fait deux ou trois dingueries pour marquer le coup. Il a fait de la GAV. Il a braqué, il a volé, il a tabassé, il a go-fasté. On ne l'a jamais attrapé. Il a défoncé des mecs, il a défoncé des meufs. Il a défoncé des mecs, il a baisé des meufs. Il a toujours eu du succès auprès d'elles. Tout ce cinéma pour avoir la paix. Il y en a même une à qui il a présenté Camélia. Ça s'est mal passé.

Camélia prend de plus en plus de place. C'est la femme à laquelle il pense le plus. C'est celle avec laquelle il veut être. C'est celle qu'il veut être. Mais en même temps tous ces mecs qui viennent le checker, le saluer, lui raconter des conneries ou lui parler du match de la veille, ça le fait kiffer mais, dès qu'il veut pousser la conversation, il les voit flipper. Comme si le sang qui coule dans ses veines était radioactif.

Cette histoire qu'il entend au sujet d'un crocodile qui aurait traversé la cité l'intrigue. Un autre qui lui demande s'il était avec sa meuf hier soir. Kamel qui opine mais refuse de lui montrer une photo. D'autres qui vont lui raconter les dernières bagarres et les derniers ragots. Il aime trop ça. Ça lui fait oublier le reste. Kamel Chokri, prince héritier de Ratigny Ouest. Au sommet et plus seul que jamais.

Un prince qui a du taf. Ça fait un moment qu'il a eu cette conversation avec son père. Kamel ne voulait plus se mêler des affaires familiales. Mais son père n'a eu de cesse de le pousser à faire ses preuves. Qu'il montre à tous les autres qu'il est en place. Prêt à reprendre le flambeau. « Tout ça, ce sera à toi », lui avait-il dit en lui montrant le quartier depuis le toit d'une tour. Kamel ne voulait surtout pas de tout ça. De ces problèmes. De cette vie. Il voulait autre chose. Mais il y avait tellement de fierté et d'espoir dans les yeux de son père. Et dans sa voix. Kamel ne pouvait pas aller contre ça mais il ne voulait pas non plus se coucher totalement, alors quand son père lui a redit que tout ça serait à lui, il a juste répondu « Inch'Allah » et Brahim s'est marré.

— Celui-là, il a pas à vouloir ou pas vouloir. Là-dessus, c'est nous qui décidons. Toi et moi. Pour l'instant c'est moi mais…

Brahim a pris le poignet de Kamel pour sentir son pouls et lui a tendu le sien pour qu'il en fasse autant, les deux sur le même rythme.

— Tu sens ? Toi ou moi, c'est pareil.

L'autre voyait ça comme un moment historique pour sa ville, Kamel a juste pensé qu'il était comme les plombiers ou les électriciens qui appellent leur boutique « Machin & Fils » sans demander son avis au fils. Né pour succéder. Pas d'autre histoire à écrire. Mais quel intérêt de lire une histoire dont on connaît déjà la fin ?

Ce qui s'est passé ensuite, c'est que Kamel a essayé de ne pas se mettre dans les plus gros bourbiers gérés par son père. Oui, il tient la ville. Enfin sa partie de la ville. Mais non, tout le monde ne lui a pas prêté allégeance. Et c'est un boulot quotidien de semer la terreur et gérer les keufs pour tenir tout ça. Kamel s'est spécialisé dans les relations publiques. Quand un commerce ouvre, il va y faire un tour pour lui offrir la protection de la bande. Le mec est courtier en assurances. En général, ça se passe bien. Les Chinois paient et cherchent à le niquer plus tard, les Arabes cherchent à le niquer tout de suite, les Noirs l'embrouillent en lui racontant des histoires à dormir debout et les Blancs n'ouvrent plus rien à Ratigny. Au contraire, ils ont tendance à se barrer et revendre à tous ces pauvres cons qui ne savent pas où ils mettent les pieds.

Comme aux Pakistanais du Ratigny Shry Market, l'épicerie qui s'est fait braquer l'autre soir. Il paraît que le mec est venu et reparti avec un cheval. Il n'y a vraiment qu'ici que ça arrive. Comment tu veux te barrer d'une ville où il se passe ce genre de trucs ? Kamel fait le tour de l'échoppe. C'est petit mais chaque mètre carré est rentabilisé au maximum. Les provisions s'empilent et débordent. Faut se faufiler entre les rayons. C'est un supermarché dans une cellule de taule et demie. Il s'arrête devant des DVD de films indiens. Des films d'action qui ont l'air énervés. Des héros bien coiffés et moustachus et de belles meufs. Il y en a même un sur la jeunesse de Ben Laden. Ça l'intrigue, il le prend pour lire ce que ça raconte mais il ne comprend pas le tamoul. L'épicier ne dit rien.

Qu'est-ce qu'il peut dire ? Qu'est-ce qu'il peut faire ? Il ne va pas dégainer le sabre pour si peu. Il surveille Kamel qui regarde d'autres produits. Qui se marre en voyant les tarifs pratiqués dans la boutique. L'inflation noire qui fait tomber dans son piège tout un tas de monde une fois la nuit venue. L'épicier commence à suer. Kamel fait fuir des collégiens venus se payer des canettes et des bonbons avant d'aller en cours. Arrachez vos tantes de là. L'atmosphère se tend lentement mais sûrement. Kamel voit bien que l'épicier n'est pas habitué à ce genre de choses.

— Chef, c'est toi qui t'es fait braquer ?

L'épicier se fige. Ce n'était pas lui mais ça va être son tour. C'est sûr. Kamel a pitié de lui. Il ne voulait pas lui faire peur. Il lui sourit et mime un téléphone avec ses doigts.

— Appelle tes chefs. Faut que je leur parle. *Boss. Call. Alright ?*

L'épicier regarde Kamel qui confirme d'un hochement de tête que ça va être la marche à suivre. Il appuie alors sur le bouton qui baisse le rideau de fer. Fermeture exceptionnelle. Tu veux discuter, on va discuter. L'épicier lâche le comics qu'il lisait, quitte sa caisse et avance vers l'arrière-boutique. L'air le plus neutre possible sur le visage. Ça amuse Kamel parce qu'il a vraiment une tête marrante. Comme si le gamin qu'il a été squattait encore son visage d'adulte. Kamel aime bien ça. Il ne se rappelle même plus le gamin qu'il a été, trop vite propulsé à jouer les chauds.

— Tu lisais quoi, frère ?

Pas de réponse. Voir ce mec à tête de gamin essayer d'être à son niveau l'amuse vraiment.

— T'as lu *Sin City* ?

L'épicier ne répond pas. Il appuie sur un interrupteur pour que la lumière soit dans la réserve. Des packs de flotte, de sodas et d'alcool. Pas trop de stock. Ça tourne bien comme ça. L'épicier se baisse pour soulever une trappe qui dévoile des escaliers menant au sous-sol. Au tripot braqué. Kamel hésite à le suivre. Il a son téléphone à la main. Il hésite à envoyer un message à quelqu'un. Dire où il est. Ce qu'il fait. Mais ça serait un move de salope de faire ça. Il en entendrait parler.

Ça aussi, c'est Brahim qui lui a appris. Il l'avait pris à part avant l'enterrement de sa mère. Il lui avait dit que s'il voulait pleurer c'était maintenant. Ou alors qu'il devrait se retenir pour plus tard. Quoi qu'il arrive, il ne devait pas pleurer pendant la cérémonie. Il ne devait montrer aucun signe de faiblesse. « T'es venu tout seul, tu partiras tout seul. T'as besoin de personne. » Ce genre de conneries de macho. La fierté avant tout. L'âme enterrée six pieds en dessous. Quoi qu'il arrive, montre-leur que t'es le plus fort. Si t'y crois suffisamment, les autres y croiront aussi et ils ne pourront rien contre toi. Kamel a passé tout l'enterrement à se mordre les joues jusqu'au sang et à se sectionner des petits bouts de langue histoire d'avoir mal et juste le seum qui monte, qui monte, qui monte. Contre lui-même. Contre son père aussi. Comme s'il avait grillé que Kamel n'était pas comme lui. Pas comme tout le monde. Qu'il y avait des parties de lui qu'il valait mieux garder cachées. Résultat : des années entières à jouer les cadors, défoncer des mecs et se prendre des coups mais toujours avec la tête haute. Partout. Tout le temps. Épuisant. Kamel Chokri. Ni sang, ni larmes, ni sueur. Un robot qui doit juste être un homme. Le mec qui rentre chez lui pour se taillader l'intérieur des cuisses à la lame de rasoir. Histoire d'évacuer la douleur et les sentiments dont il s'est fait le contrebandier.

En descendant les escaliers, Kamel ne pense pas au guet-apens. Il ne pense pas aux mecs qui l'attendent en bas pour le défoncer, le voler ou le fumer. Il ne pense pas à tout ce qui pourrait déconner. Il a vu son père vivre comme ça depuis qu'il est conscient de ce qui se passe dans sa famille. Il a vu son père se faire bouffer de l'intérieur par sa paranoïa, sa peur de se faire avoir, trahir ou pire : détrôner.

Une fois en bas, Kamel découvre le cercle de jeu. Bien grand mot pour trois tables, des chaises pliantes et un frigo blindé de boissons. À table, quatre mecs, la tête des mauvais jours. Vu ce que Bakari leur a fauché, il y a de quoi faire la gueule. Celui qui semble être le chef avise Kamel, puis l'épicier.

— Merci, Ejaz.

Ce dernier s'adosse au mur. Les bras croisés. Comme un loubard de Riverdale. Le chef lui dit un truc dans leur langue. Ejaz répond. Ça dure un peu. Un peu de langue des signes pour dire que là-haut, il a fermé la boutique. Le chef hoche la tête et revient à Kamel. Il a l'air de le connaître. Le fils du caïd. Il lui tend la main.

— Kamel.

— Je sais. Kumail. On a le même nom.

Kamel veut lui dire « et donc ? » mais c'est pas le moment. Il lui serre la main.

— Là, c'est Ali.

Un gringalet moustachu d'une cinquantaine d'années. Fond de l'œil sang et or, regard aussi noir que l'âme de Michel Fourniret. Le genre de mecs que Doums appellerait le pakpak ou le poundé sans sourciller. Sans se douter que, quand il était dans l'armée de son pays, Ali s'adonnait à des actes de barbarie à faire cauchemarder le monstre de tes paralysies du sommeil. Ils se serrent la main.

Le troisième mec se lève et prend les devants avant que Kumail le présente. La petite quarantaine, costard cintré, boule à zéro, barbe surtaillée et parfum abusé : on ne sait pas s'il bosse ou s'il va à un mariage de Bollywood. Lui, Kamel le connaît. Il a plusieurs boutiques en ville. Un resto, deux salons de beauté et le Ratigny Shry Market donc. Kamel comprend qu'il n'est que le prête-nom de Kumail.

— Je m'appelle Shadan.

Puis Kumail s'arrête car le dernier mec, maillot de hockey XXXXXL de l'équipe du Canada et pantacourt en jean taille bestiaux, l'air mauvais et la chanson qui va avec pire encore, se lève pour « saluer » Kamel. La chaise lâche un grincement de soulagement, mais elle sait que s'il se rassoit elle est bonne pour le paradis des chaises. C'est un gros lard, un vrai de vrai, constitué que de gras dur, bête et méchant. Nutriscore Z. Kamel lui tend la main, l'autre le jauge.

— Kamel.

L'autre le jauge toujours.

— Tu dois quand même connaître ton nom, nan ?

Pas une fenêtre dans la pièce mais le temps est à l'orage. Ali attend que ça pète et espère que quelqu'un va se faire foudroyer. Shadan n'aime pas ça. Kumail, l'air le plus passe-partout des quatre avec son pantalon à pinces, sa chemise blanche et ses cheveux pentotés, calme le jeu.

— C'est Ashley. Il est un peu… énervé. C'est lui qui gérait le poker quand votre pote est venu nous braquer.

OK, il démarre direct. Kamel apprécie. Il sera plus vite dehors. Son baratin tout prêt, il le récite comme celui des vendeurs qui margent sur des extensions de garanties dont tu ne profiteras jamais ou les produits d'entretien de tes nouvelles baskets.

— C'est pas un de nos potes qui vous a braqués. C'est juste quelqu'un qui s'est adressé à la personne qui tire les ficelles. Il a parlé à cette personne de votre combine ici et de son projet de vous braquer. Cette personne lui a dit qu'elle autoriserait le braquage, qu'elle dirait aux keufs de fermer les yeux et qu'il aurait juste à venir vous taper et lui donner vingt pour cent du butin pour pouvoir vous braquer. C'est tout.

Les quatre mecs discutent fort entre eux. Kamel baisse d'un ton en espérant que ça les encouragera à en faire autant quand ils lui répondront.

— Les amis, ça sert à rien de crier. C'est comme ça que ça s'est passé. Ils se sont tapé dans la main et l'autre est venu vous voler parce qu'ils étaient d'accord pour se dire que vous étiez des cibles facilcs.

Kamel marque un temps, ce n'est pas qu'il ait envie de les faire chier, c'est qu'il en a besoin et il regarde bien Ashley.

— Et à ce que je vois, ils avaient pas tort. Il est venu à cheval, c'est ça ?

Kamel fait une fausse moue de commisération bien reloue. C'est Camélia qui le lui a appris.

— Tout ça, ça aurait pu être évité si vous aviez été du bon côté dès le début. Je vous fais la scène de ce qui s'est passé sur Terre-52, c'est une Terre parallèle, tout est pareil, à peu de chose près. Là-bas, vous avez pris de bonnes décisions dès le départ.

Kamel kiffe les comics de chez DC, il place cette référence sachant qu'il va les paumer. Seul Ejaz qui a hoché la tête et le gros Ashley ont capté de quoi Kamel parle. Ashley a dû dire un truc désobligeant aux autres vu la gueule qu'ils tirent. Kamel poursuit.

— Notre voleur, on va l'appeler Zorro, le cavalier qui surgit hors de la nuit pour braquer le Ratigny Shry Market. Zorro, il va voir cette personne pour lui parler de son projet. Il lui dit qu'il compte vous braquer. L'autre lui fait répéter. « Attends un peu, t'as bien dit Ratigny Shry Market ? » Zorro, le sourire jusqu'aux oreilles parce qu'il se voit déjà dans le cul des escorts qu'il va se payer avec votre oseille, il confirme. Mais l'autre lui dit que c'est mort. Le Ratigny Shry Market, on y touche pas. Ils sont avec nous. Et Zorro rentre chez lui pour réfléchir à braquer d'autres mecs. Moins bien protégés.

Les quatre hommes se regardent. Ils s'échangent quelques mots. Vu le ton qu'il emploie, Ali a l'air chaud pour fumer Kamel direct. Ou alors c'est juste comme ça qu'on parle au Pakistan. Kumail est sans doute en train de lui dire de se calmer. Kamel aimerait avoir les sous-titres mais Kumail l'apaise avec un sourire.

— Si on vous rejoignait maintenant, on reverrait l'argent ? On pourrait attraper ce Zorro ?

Kamel sourit.

— C'est comme une assurance. C'est pas une fois que t'as enculé ta bagnole que tu te fais assurer. Non, là, ce serait pour les prochaines fois. Si le bruit court que vous vous faites braquer comme ça par un mec tout seul qui vient à cheval…

Il sait qu'en répétant ça il les met hors d'eux et il poursuit sa démonstration.

— D'autres viendront encore et encore. Si vous nous suivez, ça n'arrivera plus. Et si ça venait à arriver, que Dieu vienne en aide à ceux qui vous braqueront parce qu'on les lâchera pas.

Ils se remettent à parler entre eux. Il y a débat. Kamel se fout de la décision qu'ils prendront. Ce n'est ni son fric ni son commerce. S'ils voulaient le 9-4 sans les ennuis, ils avaient qu'à lancer le Saint-Maurice Shry Market. Kamel pourrait se barrer maintenant. S'ils décident d'entrer dans la combine, ils savent où trouver son père ou bien n'importe qui d'autre. Ah merde, il a oublié de leur parler des tarifs…

— Cette personne qui fait la pluie et le beau temps, c'est ton père, non ?

— Peut-être. C'est pas important ça.

— Pour nous, c'est important. Qu'il ait envoyé son fils, c'est une marque de respect qu'on peut apprécier.

Kamel ne pensait pas que ça serait un argument en sa faveur. Il a juste reçu un SMS de Nassim, le bras droit de son père, presque son oncle, qui lui a dit d'aller faire « le coup de la protection aux pakats ». Bon, si ça permet de conclure tout de suite, autant y aller. Kamel acquiesce. Ali tape sur la table et dit un truc. Ashley sourit. Un mauvais sourire en coin. Kumail, l'air emmerdé par ce qui va suivre (mais pas trop), se lance.

— Dans notre famille, avant de laisser nos filles se marier, on aime éprouver son prétendant. Ce qu'il se passe, c'est que pour mériter la dot, il doit montrer sa valeur. Pour ça, on choisit un combattant parmi les nôtres et on voit. Bon là, il n'y a pas de femme mais tu veux notre dot, alors il va falloir que tu t'en montres digne.

Kamel a envie de tout bousiller. Pourquoi ça ne peut jamais être simple ? Il regrette qu'il n'y ait plus de Blancs à Ratigny. Ça faciliterait tellement de choses. Mais d'accord : ils veulent jouer, on va jouer.

— J'imagine que vous avez choisi Shadan ?

Un éclair de panique passe dans les yeux de Shadan. Kamel rigole pour leur faire comprendre qu'il blague. Ils éclatent tous de rire. Même Shadan qui se fait charrier par Ali qui a totalement la gueule d'un mec qui est en train d'en traiter un autre de baltringue, de pédale ou de tout ça à la fois. Kumail félicite Kamel pour la vanne. Même Ashley sourit en se levant. Il ne rigole pas parce qu'il se réserve pour la bagarre.

Y en a un qui lance une vidéo sur la télé accrochée au mur. Un morceau qui s'appelle *Nai Reesa* retentit et l'ambiance devient presque festive dans le tripot. La vidéo montre des mecs, sans doute des fakirs, dans une émission de télé qui enchaînent les trucs dangereux. Ils portent des boules de ciment qu'on leur casse à coups de masse, des motos leur roulent dessus et même les gamins font des dingueries. Bref c'est autre chose que *La France a un incroyable talent*.

Ashley enlève son maillot de hockey. Le mec dégouline de bourrelets tous plus balèzes les uns que les autres. Sur tout le corps, des vergetures qui ressemblent au tracé de l'A86. Pas un poil. C'est un gigantesque bébé ultra-violent qui se déplace comme un convoi exceptionnel. À chacun de ses pas, les verres posés devant les trois autres gars sont pris de secousses. Comme dans *Jurassic Park*. Putain de T-rex. Kamel commence à regretter. Kumail ne lui laisse aucune échappatoire.

— Tu veux la dot, tu te bats.

Sauf que t'as beau jouer ton rôle à la perfection, tu peux tomber sur des mecs encore plus cons que toi qui se croient encore plus forts que toi. Il y a un moment où tu ne peux plus reculer et où il faut y aller. Et là aussi, Brahim lui a appris ce qu'il fallait faire. Un jour, il s'est approché de Kamel et a commencé à lui mettre des coups de pression. Lui dire qu'il ne valait pas un clou. Que c'était sa faute si sa mère avait attrapé le cancer parce qu'elle avait dû prendre des médicaments bizarres quand elle était enceinte de lui pour qu'il soit un bébé viable. Qu'il aurait préféré que ça soit lui qui se fasse rafaler plutôt que son grand frère. Toutes les horreurs qui lui passaient par la tête pour déclencher ce qu'il voulait déclencher. Pour voir si Kamel avait ce qu'il fallait en lui. Se coucher ou se bagarrer ? Hors de lui, hors de son corps, hors de tout, Kamel s'est jeté sur son père. Après les coups de pression, c'est des coups tout court qui sont partis. Ils se sont battus. Kamel plus petit que son père. Moins fort aussi à l'époque. De vrais coups sont partis ce jour-là. Au-delà de la leçon de vie, c'était surtout un rappel. Tu te crois fort, Kamel, mais n'oublie pas que je suis ton père et que j'aurai toujours le dessus sur toi. Même maintenant Kamel n'ose pas rendre les coups. Son père lui a mis ça dans le crâne. Qu'il était imbattable.

À peine une fraction de seconde pour se rappeler ça que Kamel se prend un coup droit d'Ashley qui lui fait traverser la pièce. Les fondations tremblent, l'immeuble flippe. Ashley termine son geste comme Rafael Nadal quand il donne l'impression de faire tournoyer un lasso au-dessus de sa tête avec sa raquette. Kamel reprend ses esprits. Comme prévu : Ashley est bien costaud. Kamel bloque le coup droit suivant mais Ashley lui en met un de l'autre bras. À peine relevé, il est de nouveau au sol. Il reprend son souffle. Il se dit : c'est donc ça, la vie de Soulaymane ? Miskine.

Normalement, Kamel est fort en bagarre. Il n'a quasiment que des victoires à son actif et aucune défaite notable digne d'être racontée. Normal, ses bagarres il les a choisies comme ces boxeurs qui sélectionnent leurs adversaires de manière drastique pour ne pas niquer leurs stats. Là, à se frotter à un truc qui fait l'équivalent de trois mecs comme lui, Kamel n'a pas de solution. Il aimerait le faire tomber pour le finir au sol. Un gros penalty dans sa tête de con et on en parle plus, mais vas-y toi, faire tomber l'Empire State Building. Même pas sûr qu'un 747 en pleine gueule suffise à le calmer.

Ashley lui tombe dessus comme la misère sur le monde. C'est mort, Kamel ne pourra plus se relever. Là, Ashley met l'une de ses grosses paluches autour du cou de Kamel et il appuie. Fort, fort, fort. Comme s'il avait décidé de lui dévisser le cou ou au minimum de lui faire sauter les yeux des orbites. Ses seins cognant contre le visage de Kamel. Plus d'air qui passe, des coups qui ne portent pas. Des coups faiblards. Comme pétrir de la pâte à pain qui se rebiffe.

Les poumons en rade. Le cerveau désoxygéné. Plus d'air, juste des flashs.

Putain de Nassim et ses SMS.

Quand son père l'a laissé tirer avec son arme. Un de ses premiers souvenirs des activités clandestines de sa famille.

Putain de Nassim et son bouc d'acteur porno éclaté.

Le racket. Les bagnoles. Les descentes.

La lumière qui déconne. Les images qui lui viennent comme dans un rêve. Depuis l'intérieur de son crâne et pas de l'extérieur.

La mort la plus conne de Ratigny.

« Même si tu te fais enculer, tu te relèves toujours, t'en redemandes, tu leur montres que t'es un bonhomme. Toujours. »

Kamel se voit à la tête de Ratigny. Ça sonne faux. Il espère que ça ne sera pas ça son au-delà. Il tape sur Ashley, gentiment, pour abandonner. C'est bon, il a gagné, on arrête. Mais l'autre continue de l'asphyxier. C'est long de mourir.

Mais c'est facile aussi. Il n'a qu'à se laisser aller. Plus besoin de jouer ce rôle épuisant. Plus besoin d'avoir les commandements de son père martelés dans le crâne. « Ne jamais s'avouer vaincu. C'est la base pour un homme. » Mais là, il ne peut pas faire autrement, c'est l'instinct de survie qui frappe à la porte. Vaut mieux être un homme vaincu qu'un mort qui garde la tête haute.

Ça y est. Kamel part, comme une télé qui meurt en une fraction de seconde, son écran s'éteignant sur lui-même, Kamel voit tout s'éteindre. Au ralenti. Pas assez vite. Encore des images. C'est pas si facile de mourir. Tout se mélange.

Kamel. Camélia.

Sa mère. Son père.

Son frère. Son père.

Camélia dans le miroir. Soul dans son lit.

Derrière Soul sur sa bécane. Slalom entre les bagnoles.

Son enterrement. Soul qui n'osera pas venir. Qui viendra ?

Soul et Camélia et Kamel et Soul.

Son enterrement. Son père qui mettra la ville à feu et à sang.

Soul qui lui érigera une tombe. Quelque part.

Il sent qu'il a la barre. C'est mauvais signe. Les pendus ont des érections. Le jeu du foulard. Tout cela lui traverse l'esprit. C'est l'érection la plus monumentale de son existence.

Soul. Son père. Soul. Son père. Camélia. Son père. Camélia. Soul.

Alors qu'il se dit qu'il ne veut pas mourir et qu'il faudra trouver une autre solution, alors qu'il se dit qu'il ne veut pas mourir mais qu'il ne peut pas le dire à haute voix à cause de son père, il se sent tomber dans un endroit sans fond et tout devient noir.

Petit à petit, la lumière se rallume. Le son était toujours là mais il n'entendait plus rien. Le premier visage qu'il voit est celui, rassurant, d'Ejaz mais ils sont tous au-dessus de lui. Même Ali est content de le voir revenir. Enfin, aussi content qu'il puisse l'être. Lui aussi a l'air d'avoir mal quand il sourit. Shadan met une claque à l'arrière de la tête d'Ashley. Il l'engueule. Il est allé trop loin. Kumail tend la main à Kamel. Il s'excuse. Mais il lui dit qu'il a passé le test. C'est un vaillant.

— Je suis mort ?

Kumail désigne la tache à l'entrejambe de Kamel.

— Un peu.

Kamel n'a même pas honte. Il se sent bien. Si bien. Ejaz lui donne une canette. Lui dit de boire. Kamel le remercie. Il se rafraîchit le crâne puis le cou avec la canette. Histoire de se réveiller. Il guette les autres qui sont en plein conciliabule tandis qu'Ejaz lui demande s'il veut manger quelque chose. Tous ces gens qu'il ne connaissait pas il y a dix minutes sont déjà plus prévenants que son père l'a été avec lui en vingt ans. Eux l'ont ramené à la vie plutôt que de l'envoyer à la mort.

Une seule question : on est ensemble ou pas ? Les autres se consultent. Entre eux, c'est comme entre Kamel et son père dans le temps ou entre Soul et Camélia. Pas besoin de se parler. Ils savent. Même Ali est d'accord. Kumail rejoint Kamel qui se lève à son approche. Il le regarde droit dans les yeux. Ils scellent l'accord front contre front. Il fait partie de la famille. Doucement, Kamel lui glisse quelques mots à l'oreille. Tout doucement.

— Je vous promets que vous le regretterez pas.

En repartant dans les rues de Ratigny, Kamel a mal partout, flemme de tout, flemme de se demander s'il aurait pu vraiment mourir. Une sale partie de lui est restée dans ce sous-sol et il ne la regrettera pas. Écouteurs sur les oreilles, *Mad As Hell* d'U.S. Girls dans les écouteurs, à un volume dangereux pour ses tympans. C'est ce qu'il lui faut pour oublier qu'il vient de perdre un an ou deux d'espérance de vie dans un combat qu'il a mené pour son père. Pour les rêves de son père. Pas les siens. Des années à lui obéir et se battre pour lui. Le projet MK-Ultra de Brahim. Déprogrammer le programme. Sortir de la Matrice. Il est encore temps, pas vrai ?

Il marche comme son père le lui a appris. Droit. Déter. Sauf que ça lui fait mal de rester crispé comme ça après la dérouillée qu'il s'est prise, alors quand le refrain démarre, il lève les bras en l'air et se met à danser. Il s'étire, il ondule, il sort de lui-même, il envahit l'espace, le trottoir est à lui, la ville est à lui, sa vie est à lui. Il kiffe le moment. Il tourne sur lui-même. Il vit. Il revit. Certains mouvements lui font mal, mais dans l'ensemble, tout ça lui fait du bien.

Il pense à Soulaymane qui doit être dans le même état d'extase avec son vieux et leur enquête. En train de kiffer à jouer les petits détectives. Kamel se dit qu'il devrait en faire autant. Kiffer. Vraiment arrêter ces conneries-là. Il sait que c'est son père le problème. Mais il sait qu'il ne peut pas se laisser en plan à cause de lui. Pas comme ça. Il ne sait pas ce qu'il va faire, mais quand il s'arrête de danser en débouchant sur la rue suivante, il sourit. Sans se forcer.

11

Soul est effectivement en train de kiffer. Il n'a jamais eu cours le samedi, heureusement, mais il s'est levé tôt pour tirer Henri du lit pour aller planquer avec lui devant le lycée Georges-Marchais de Ratigny. Un lycée vieillot avec un beau cadre. Tout bordé d'arbres qui ont grandi en même temps que le département. À quelques mètres de là, une base de loisirs ouverte trois semaines par an et fermée le reste du temps à cause de problèmes du type matières fécales dans les bassins.

Ça fait kiffer Soul d'être là avec Henri et de jouer au keuf qu'il aurait voulu être. Ça le fait penser aux films qu'il regardait avec son père le dimanche soir. Les *Arme fatale*. Les *Bad Boys*. Même *Les Ripoux*. Henri, c'est le ronchon. Celui qui n'est pas au courant des bails mais qui en connaît d'autres. Celui qui ne paye pas de mine mais qui te surprend quand il faut. Soul se verrait bien en chien fou à la Mel Gibson mais, pour le moment, c'est plutôt le chien crevé qui se prend des coups de pied au cul.

À chaque arrivée et sortie d'élèves, le même refrain chanté par Soul : c'est lui ? C'est lui ? T'es sûr ? Et lui là-bas ? Et toujours la même réponse à peu de chose près :

— Fais pas chier. Quand ça sera lui, je te le dirai.

Soul le regarde genre : pas sûr que tu reconnaisses qui que ce soit.

— Vous avez pas de lunettes, vous ?

— Pourquoi j'aurais des lunettes ?

— Tous les vieux ont des lunettes, pour voir de près, de loin.

— Pas besoin.

Soul l'observe.

— Ça sert à rien de me regarder comme ça. Je te dis que je vois bien.

— Je vous vois galérer. Vous fermez un peu les yeux pour mieux voir.

— Tu m'emmerdes.

Henri se met une main en paravent sur le côté du visage, histoire de boucher la vue à Soul qui éclate de rire. Étienne Daho passe à la radio, Soul bâille. Henri enclenche l'autoradio et sa cassette qui dort dedans. Il s'était arrêté sur Otis Redding. Rien que de relancer la chanson, il tapote sur son volant. Ça amuse Soul. Cette chanson qui a inspiré à Henri d'être plus tendre au lit avec Marie-Line lui rappelle toujours de bons souvenirs.

— Comment ça se fait que vous vous soyez buté à ces musiques-là ?

— Qu'est-ce que ça veut dire ?

— Je sais pas, les vieux Blancs ils écoutent Johnny, Francis Cabrel... Ils écoutent les gagnants de *The Voice*.

Là, Henri le regarde super mal.

— Tu me prends vraiment pour un ringard. J'aurais dû laisser les deux couillons t'étaler sur le macadam.

— *Starfoullah.*

Henri sourit et attrape les feuilles de papier que Soul a posées sur le tableau de bord. Les trombinoscopes de l'AS Ratigny. Il est allé les chercher ce matin au stade. Le mec du club ne voulait pas lui donner alors Soul l'a menacé. Une menace de bas étage genre « donne-les moi avant que j'encule tout ici ». Très doumsienne dans l'esprit. L'autre a fini par accepter et ça a été très gênant quand il a fallu attendre dix minutes que l'ordi s'allume et que la vieille imprimante Epson Stylus Color 740 du XXe siècle crache les papiers.

Henri passe en revue les visages. Toutes les tranches d'âge. Des gamins aux adultes. Il met d'office certaines catégories de côté. Il ne garde que les ados et les jeunes adultes. Alors que la chanson continue, Soul fronce les sourcils. Ces notes de piano lui rappellent quelque chose. Elles le renvoient quelques années plus tôt, mais où ? Petit à petit, toute la chanson se transforme en machine à remonter le temps. Il se rappelle un été vers la fin du collège. Ses copains de l'époque qui partaient en BEP. Pas lui. Ils avaient foutu le bordel pendant quatre ans. Ils s'étaient bien marrés. Les profs ont eu beau les prévenir. Ils ont tous payé l'addition. Pas d'avenir. Certains se sont faits à l'idée. Les autres ont vu leur avenir dans la boule de cristal de la street. Soul est parti se faire chier au lycée. Pas plus d'avenir là-dedans. Il voulait la street. Il a peut-être tout gâché. Ces notes lui rappellent tout ça quand soudain « *it makes it easier, easier to bear* » provoque l'épiphanie.

— Mais oui !

— Quoi ?

— Henri, c'est quoi cette chanson ?

— *Try a Little Tenderness*. Otis Redding.

— Eh, Henri, tu vas péter un câble. Attends.

Soul sort son téléphone et commence à tapoter dessus. Henri veut voir ce qui se passe sur l'écran. Soul lui dit de continuer de faire le guet au cas où son lycéen débarquerait. Ça va bientôt être la récré de 10 heures. Là, Soul lance une chanson qui démarre par la phrase qui a provoqué son épiphanie. Otis par Jay-Z et Kanye West à l'époque de *Watch the Throne*. Pour Henri, c'est une découverte.

— Putain, c'est génial. C'est qui ?

Soul lui fait le pedigree. Suivant les couplets « lui c'est le mari de Beyoncé, tu vois c'est qui ? » et « lui, c'est le mari de Kim Kardashian ».

— Ils aiment les gros culs.

— Pas toi ?

Henri lui sourit. Un sourire de crapule. Soul éclate de rire.

— Tu vois, ça t'a pas tué de me tutoyer.

— Non. Mais c'est parce que t'es mon gars de musique, ça y est. T'en veux une autre ?

— Allez.

Soul, le sourire jusqu'aux oreilles, lui met *Niggas in Paris*. Il lui raconte qu'au concert à Bercy ils avaient fait cette chanson plus de dix fois pendant le rappel. Il regrette de pas avoir vu ce concert. Des grands de la cité le lui ont raconté. À l'époque, ils lui ont montré des vidéos sur leur BlackBerry mais c'était pas pareil. Henri veut bien le croire. Mais il y a un truc qu'il ne comprend pas, là.

— Ils ont vraiment fait celle-là quinze fois ?

— Nan, onze ou douze.

— Au même concert ?

— C'est ouf non ?

— Mais pourquoi ?

— Je sais pas. Pour marquer le coup ? Regarde, ça va faire genre dix ans que c'est passé et on en parle encore. C'est mortel.

Henri réfléchit à ce qu'ils viennent de se dire. Il continue de tapoter son volant. De la musique qui le fait bouger sans qu'il s'en rende compte, c'est de la bonne musique. C'est tout ce qu'il demande.

— Tu me trouverais le disque ? Je te payerai.

— T'inquiète, je te l'offre.

Depuis le parking et malgré la musique, on entend sonner l'heure de la récré. Des groupes de gosses arrivent sans discontinuer. Ça rappelle à Soul l'époque où il suivait ses cours ici. À part qu'il se faisait chier chaque jour des trois années qu'il y a passées, c'était un bon lycée malgré son terreau explosif. Le lycée accueille des mecs de la cité des Glaïeuls, des mecs de la cité Malraux de Ratigny Est et aussi des cassos des quartiers nord de Ratigny. Le quartier des dégénérés. Pour certains pas assez cassos pour les cités, pour d'autres beaucoup trop cassos pour le reste de la ville.

Henri scanne les visages comme un mec de boîte de nuit. Soul n'ose rien dire. Il n'a pas intérêt. Il sait qu'il va être reçu. Henri regarde les gamins passer. Il pense à Clara. Elle aurait dû être là. Quoique non, elle n'a pas cours le samedi. Henri se demande ce que ses parents ont raconté au personnel du lycée. Il se demande si le lycée s'est même inquiété de sa disparition. Henri plisse les yeux. Soul secoue la tête.

— J'ai pas besoin de lunettes, c'est pour mieux me concentrer que je fais ça.

Soul pense qu'il ne vivra pas assez vieux pour développer ce genre de pouvoirs télépathiques et ça lui fait mal au cœur. Henri regarde toujours le lycéen qu'il a repéré. Soul lui demande qui il regarde. Est-ce que c'en est un qui rentre ou un qui sort ? Un qui sort. Lequel ? Henri ne sait pas le décrire. Soul sort son téléphone et le met en mode caméra.

— Montre-le-moi.

Soul zoome un peu et bouge le téléphone pour filmer les élèves sortants qui croisent les entrants. Henri finit par toucher l'écran.

— C'est lui.

— OK, prends les feuilles, on va le voir en brr.

Comme un seul homme, Henri et Soul sortent de la voiture. Une chose est sûre, c'est qu'ils ne ressemblent pas vraiment à des keufs qu'on mettrait sur l'affiche d'un film. Des jeunes les regardent. Ils regardent surtout Soul. Ils savent qui il est. Soul se voit comme un gentil. Ces gosses le voient comme un problème parmi d'autres. Henri, ils ne savent pas trop. Il a l'air trop vieux pour être keuf mais en même temps, pour eux, toute personne de plus de cinquante ans a déjà un pied dans la tombe. Le truc, c'est que si Soul est avec ce vieux keuf c'est que c'est une balance et ça, ça va les faire parler.

Le lycéen ne fait pas exception à la règle. Quand il voit Soul avec Henri, il comprend qu'une perturbation nuageuse survole dangereusement son samedi branlette. Henri joue l'anticyclone.

— Salut. J'ai encore besoin de toi.

— J'ai pas trop le temps là, désolé.

— Écoute, ça va te prendre deux minutes.

Le lycéen sent les regards sur lui. S'il leur parle, il est cuit. Ce sera lui la balance. L'autre jour, ça allait, là ce n'est pas le bon jour pour parler au vieux. Surtout que ça a parlé dans le lycée. On a évoqué ce vieux keuf à la retraite qui aide les keufs normaux pour retrouver une meuf disparue. Et voilà qu'il revient un samedi matin. Avec une grosse kaïra qui taffe avec Doums et Sofiane, ces bâtards. Si Soul savait que les lycéens de Ratigny le voient en grosse kaïra, il ne se sentirait plus pisser, alors gardez ça pour vous.

— Wesh, frère, t'as peur de quoi là ? On veut juste te parler deuspi.

Ça, c'est la contribution de la grosse kaïra. Le lycéen devient blême. Heureusement qu'il a fait l'impasse sur le petit déj sinon il serait en train de le vomir. Henri le voit bien et tente de calmer le jeu alors qu'un attroupement se forme. Henri brandit ses trombinoscopes.

— J'ai juste besoin que tu regardes ces photos et que tu me dises s'il y a le gars dont tu m'as parlé l'autre jour.

Soul serre les dents. Faut vraiment qu'il donne des cours à Henri. Tu viens de traiter le gamin de balance devant une assemblée de casse-couilles qui vont passer le mot et le faire changer de lycée.

— Fiston, comment tu t'appelles ?

— Eh, Lucas, lui réponds pas.

Ça, c'est la contribution d'un futur prix Nobel présent dans l'assemblée. Henri regarde les ados les plus vindicatifs. Quelques-uns baissent les yeux, ceux nourris par la haine ne lâchent pas un pouce de terrain. Bien au contraire. Henri ne se démonte pas. Ils ne lui font pas peur. Il préfère se concentrer sur Lucas.

— Écoute, on va te forcer à rien, mais cette petite qu'a disparu, y a du monde qui la cherche, ses parents l'attendent à la maison, des gens qui tiennent à elle, tu vois ?

Dans l'assemblée, l'empathie fonctionne à plein. Du moins du côté des gentils. Les autres arborent leur plus vilaine tronche. Pas d'âme, rien ne doit dépasser. Soul s'approche d'eux. Si ça doit dégénérer, il sait qu'il ne fera pas le poids. Chez Lucas, ça fonctionne aussi. Il doit se mettre à la place de Clara. Si c'était lui qui ne rentrait pas à la maison, il aimerait bien qu'on se démène pour lui et qu'on donne un coup de main à ces gens-là. Henri se sent en veine.

— Toi, t'es l'un des derniers à l'avoir vue et là… (il agite ses trombis) il y a peut-être l'un des derniers à qui elle ait parlé. Tout ce qu'on veut, c'est que tu jettes un œil et que tu nous dises si tu reconnais le mec.

Ça murmure parmi les nerveux. Soul essaye de capter des mots mais ils sont vifs. Ils ont leur langage à eux. Lucas regarde Henri puis ses trombis puis encore Henri.

— C'est tout ?

— C'est tout. Je te les donne, tu regardes et, si un seul de ces connards te cherche des crosses, tu peux me croire qu'il entendra causer du pays.

En attendant, Lucas flippe. Soul se veut rassurant et regarde bien le meneur dans les yeux quand il parle à l'adresse de Lucas.

— T'inquiète pas, poto. Ils feront rien du tout et ils le savent très bien.

— Toi, on te connaît, fais belek aussi.

— Belek de quoi ?

— Tu joues le chaud quand t'es avec tes potes mais un jour tu seras tout seul, on va te monter en l'air. Toi aussi le ieuv, fais attention.

Henri ricane. Très humiliant dans son genre. Il hausse le ton. Narquois.

— Alors toi, le jour où tu me touches, t'as intérêt à venir t'excuser à la minute où tu te réveilles.

— Hein ?!

— C'est ça, va en cours, va gamberger, t'en as besoin.

Henri et Soul leur sourient. Les autres sont désemparés. Ça amuse les lycéens plus sympas qui sont restés dans les parages. Ils intéressent Henri.

— Ils vous font chier ces types-là ?

— Vite fait. Ils se croient chauds mais ils font pitié en fait.

Des clébards qui aboient plus fort qu'ils ne mordent. Henri se rend compte que ces « sauvageons » dont on parlait dans le temps aux infos, ce n'est que ça pour la majorité d'entre eux. Des grandes gueules. Petits discours et grandes menaces. Il sent qu'on lui tape le bras. C'est Lucas qui a plié l'un des trombis. Il pointe du doigt un métis à la peau et aux yeux très clairs. Un *lightskin* comme on dit. Des locks bien entretenues. Le genre de beau jeune homme au visage presque féminin auquel Henri aurait sans problème attribué une ou deux couleurs du drapeau LGBTQI+.

— C'est lui ? T'es sûr ?

— Certain.

En voyant l'heureux élu, Soul fait la gueule. Henri ne le remarque pas. Son nom fait éclater de rire Henri.

— Killian Jupiter ? C'est une blague ?

Parmi les connards et les lycéens présents, une rumeur court. Henri veut savoir ce qu'il en est.

— Vous le connaissez ? C'est quoi ce mec pour Clara ?

— Je crois qu'ils sortent ensemble.

Henri se demande s'il n'est pas le mec avec qui elle est sortie il y a quelque temps.

— Ils ont pas rompu ?

— Je sais pas.

Parmi les connards, on sort les téléphones et on pianote. Ça n'échappe pas à Soul. Il regarde l'heure. 10 h 8. Il a peut-être un coup à jouer.

— Il est en cours là ?

Ça s'inquiète.

— Eh, vous allez lui faire quoi à Killian ?

Soul l'ignore d'une grimace, comme si cette question n'était qu'une nuisance sonore, et se concentre sur les autres élèves.

— Vous l'avez vu ou pas ?

Une petite hésite à parler mais elle prend son courage à deux mains et hoche la tête.

— Jure, *wallah*, tu l'as vu dedans ?

Elle confirme. Des « toi, t'es morte », « poukave », « sale pute » fusent. Soul la rassure en secouant la tête et va voir Henri, à qui il parle la main devant la bouche comme un coach de foot.

— Ce gars, c'est des problèmes. Je vais essayer un truc mais ça va peut-être partir en couille.

Henri, pris au dépourvu, ne sait pas quoi répondre. Soul le fait à sa place en désignant Lucas et la petite qui a confirmé la présence de Jupiter à l'école.

— Garde un œil sur eux. Moi, j'en ai pour cinq minutes. Je t'explique après.

— D'accord, d'accord. Fonce.

Hochement de tête des deux compères. C'est parti.

Soul met la capuche de son sweat et se dirige vers l'entrée du lycée au petit trot. « Wesh, tu vas où comme ça ? » En avançant vers le lycée, Soul remarque qu'il y a maintenant des barrières aux abords de l'établissement. Sans doute un signe de l'époque. Derrière lui, ça gueule à qui veut l'entendre que Soul n'a rien à faire là et qu'il faut l'arrêter. Les autres élèves se marrent et croient qu'ils déconnent.

Une fois les grilles passées, Soul est de retour au lycée. *21 Jump Street* sans le badge. Il jette un œil alentour. Pas de Jupiter. Il se dirige vers un groupe pour leur demander s'ils ne l'ont pas vu. Non. Un autre groupe. Idem. Un dernier groupe. Pas plus de chance. Les autres sont derrière lui, ils sont plusieurs à avoir le téléphone à l'oreille ou à brailler des notes vocales à leurs potes. Ils rameutent des mecs des autres quartiers de la ville pour faire un exemple. La chasse est ouverte.

À son époque, les surveillants faisaient copain copain avec les élèves et surveillaient que dalle. Si bagarre il y avait, elle avait tout le temps de se finir d'elle-même. À vrai dire, ça ne se battait pas beaucoup. Rien n'a changé. Toujours le même carrelage au sol. Toujours la même odeur. Toujours le même attroupement de meufs qui parlent fort aux toilettes.

Soul sait où il va. Il croise des mecs de RoRo qui le reconnaissent. « Wesh, Soul, t'as redoublé ou quoi ? » Il leur explique la situation tout en continuant de marcher. Il ne leur en fallait pas plus pour qu'ils se redressent et soient soudain intéressés par la vie scolaire. Ils se mettent sur ses talons.

Échange de regards avec les mecs de l'autre côté de la ville. Soul repère aussi des mecs des quartiers nord. Ça se défie comme dans les westerns avec Clint Eastwood et les Mexicains. Ils traînent tous trop de rancœurs qu'ils ont héritées de leurs potes, de leurs grands frères, de leurs pères ou d'autres types. Ils se les sont appropriées. Ces rancœurs sont devenues leurs haines, leurs phares, leurs boussoles. Ça monte pendant des années et des années. Tu côtoies le cousin du frère du mec qui a tendu un guet-apens à un mec de chez toi que tu connais pas mais qui arrive plus à marcher normalement depuis ce jour-là, alors ça te travaille, tu te dis que ça aurait pu être toi ou quelqu'un que t'aimes bien.

Ça va faire vingt ans que ça traîne. En étant là, tu contribues à faire monter la pression. La cocotte siffle. C'est de plus en plus aigu. Ça va péter. Ceux qui sont dans ce game n'attendent que ça parce qu'ils n'ont que ça. Un conflit né avant eux.

Soul connaît la réputation des Jupiter. Qui ne la connaît pas ? Si Killian est comme les autres, ça doit être un fouteur de merde. C'est même étonnant qu'il soit venu en cours un samedi. Il y a qu'un endroit où il peut être. C'est aux distributeurs. Soul débouche dans ce qui fait office de hall du lycée et si les distributeurs ne sont plus là, ça reste le point de rendez-vous des emmerdeurs. Il repère vite Killian. Il est au téléphone, l'air agité, et quand il se retourne pour se barrer, c'est pour voir Soul. Et pour se dire que c'est pas son jour. Il essaye de lui dire d'attendre comme s'il voulait s'expliquer sur un truc, mais Soul n'a pas l'air décidé à lui en laisser le temps et quand la sonnerie de fin de récré retentit, c'est aussi celle du début du bordel.

Alors que toutes les forces en présence se foncent dessus, prêtes à se la donner comme des figurants de films coréens, Soul se lance à la poursuite de Killian, prêt à y laisser ses poumons et son cœur, prêt à faire ce qu'il faut pour savoir où est Clara, à commencer par désinstaller à grands coups d'extincteur, chbing, chbang, bong, les trois mecs qui essayent de lui barrer la route vers l'étage supérieur où Killian disparaît en répandant le pugilat comme une traînée de poudre que Soul suit alors qu'autour de lui tous les points cardinaux de la ville s'affrontent dans un remix de *300*, de *La Haine* et des *Guerriers de la nuit*.

Les chaises volent comme les tables et les jeunes hommes et les sacs à dos financés par le conseil général du Val-de-Marne et les insultes destinées à des arbres généalogiques complets. Même des meufs veulent leur part de cette orgie d'érotisme musculaire, se fondant dans cette marée humaine de violence dont Soul sort presque indemne, alors qu'un surveillant qui habite aux Glaïeuls rentre dans la bagarre pour protéger les siens et son quartier.

Pêches, patates, coco, châtaignes et le reste du verger sont distribués. Un ado passe par une fenêtre. Soul couche un mec de plusieurs droites vite placées. Un gars, fou volant inspiré par Jorge Masvidal, en éclate un autre, qui insultait sa daronne de pute depuis un moment, d'un coup de genou en pleine tronche. Soul manque s'étaler dans une mare de sang, il se rattrape à temps. Des os craquent, d'autres cassent sous les yeux choqués, médusés et surtout impuissants de profs pas assez payés pour ça et de surveillants, étudiants en langues à Créteil ou ailleurs, en khâgne, hypokhâgne mais pas en Gengis Khan, ni en élèves à mettre en PLS.

Soul ne lâche pas sa cible qui a vu tous ses plans de fuite contrecarrés par les bagarres faisant rage ici et là, mais il lui reste le bâtiment A, la sortie vers le lac, et avec son cardio incroyable il y a moyen qu'il l'atteigne, pas comme Soul qui sent le sien pas loin de l'abandon de poste, sans préavis, ni entretien préliminaire, tout va s'arrêter mais il fait l'effort, le dernier, il se pousse à bout, il claque une porte coupe-feu sur un mec qui lui fonçait dessus avec de mauvaises intentions et c'est à bout de souffle, haletant, presque mort qu'il rattrape Killian dans une salle de classe où s'étaient réfugiés des élèves et une prof paniquée tandis que Killian balance une chaise par la fenêtre pour se créer une issue que Soul ne va pas le laisser emprunter si facilement, il s'accroche à lui, il ne le lâche pas, faut qu'il lui fasse cracher ce qu'il a fait de Clara, même si l'autre a l'air plus en forme, comme s'il avait une extension de batterie face à Soul, pugiliste épuisé, accroché à lui comme à un radeau, la salle se vide, il n'y a plus qu'eux, des coups qui n'arrivent pas à destination, des gémissements et un bris de glace assourdissant quand Jupiter balance Soul par la fenêtre.

C'est qu'un étage mais putain, ça fait mal quand même. Il a atterri à moitié dans un parterre de fleurs et l'autre moitié sur le bitume. Il n'a rien de cassé mais il est bien sonné. Il entend Killian atterrir près de lui et se barrer vers le lac. Tranquillement. Comme si de rien n'était. Une barrière à escalader et il va disparaître quelque temps… Toujours par terre, Soul le voit qui s'arrête. Cette silhouette floue qui le regarde. Il réfléchit. Il doit se demander ce qu'il doit faire de lui. Si tout s'arrêtait maintenant, il aurait des regrets. Killian semble se dire que ça n'en vaut pas la peine et il poursuit sa route. Soul se relève, tout doucement. Comme s'il testait chaque articulation et chaque membre qui va avec. Se préparant à pousser un cri de douleur à chaque fois mais contre toute attente il arrive à se remettre debout, sans bobo, sans boitiller. Ça viendra plus tard. Il a juste du sang sur le visage et sur les mains. C'est pas que le sien. Ça ira.

Henri prend du recul depuis sa bagnole. Il a envie d'un Coca. Il accompagne Sam Cooke sur le refrain de *Good Times*. Il voit des élèves sortir en courant de l'établissement. Il sent que ça chie à l'intérieur. Le chbing chbing chbing est revenu tout doucement et il ne peut pas l'ignorer parce que cette fois il vient du plus profond de son être. Il pense à son arsenal dans son coffre de bagnole et il hésite à aller prêter main-forte à Soul.

En même temps, d'autres élèves sortent. Ça crie, ça pleure, ça téléphone. S'il débarque avec un fusil dans le lycée, c'est lui qu'on va prendre pour un malade. C'est lui qui va devenir la star de CNews : « Un loup solitaire ouvre le feu au lycée

Georges-Marchais de Ratigny lors d'une rixe entre élèves musulmans ». Ces fumiers de flics le descendraient. Mauvaise idée. Trop de trucs à faire. Il reste là et fait un geste que peu de gens sur cette planète font encore : il rembobine sa cassette pour se refaire *Good Times*.

Voir cette horde de lycéens, choqués et apeurés, quitter l'établissement : ça lui gâche un peu la chanson. Parmi eux, Soul se faufile en faisant profil bas. Surveillants, profs et CPE aux aguets. Ils la jouent keufs de l'immigration américaine mais ils sont aussi efficaces que les douaniers de Roissy. Soul monte en voiture. On entend des sirènes. Mi-keufs, mi-secours. Soul dit à Henri de démarrer. Vite. Faut se barrer. Henri stresse en entendant Soul lui parler sur ce ton. En voyant le sang sur ses mains. Sur son visage. Il fait crisser les pneus. Démarrage hold-up. Ça ajoute à la panique ambiante. Soul s'enfonce dans son siège. Il ferme les yeux. Repos bien mérité.

12

À son réveil, Soul a devant lui Ratigny et une glace de chez Burger King. Henri sirote un Coca. Ils sont sur le parking d'une ZAC en périphérie de la ville. Tranquille. Musique éteinte. Henri a tout fait pour le mettre bien. Soul se rend compte que même sa mère ne s'était plus occupée de lui comme ça depuis des années, depuis bien avant qu'elle retourne au bled. Il sourit à Henri, le remercie pour la glace.

— Je sais pas trop ce que t'aimes alors… j'ai pris au hasard.

— Henri. C'est pas bon. Ce gars, Jupiter, comme je te disais, c'est les problèmes.

Chbing chbing chbing.

— Pour Clara ?

— Pour Clara et pour nous.

Chbing ! Chbing ! Chbing !

Henri attend la suite. Soul hésite à se lancer. Il prend la glace et la regarde comme si elle allait lui souffler les mots justes.

— Comment te dire ça sans que tu sortes tous tes fusils du coffre pour aller guitariser la ville entière…

Henri hausse un sourcil, Soul commence à touiller la glace.

— Tu vois le petit Jupiter ? Sa famille et lui, ils sont des quartiers nord de Ratigny, limite Villeneuve.

— Je connais pas trop ce coin-là.

— C'est normal, c'est éclaté. Comme c'est entre Ratigny Est et Ratigny Ouest, genre tellement limite limite, on sait pas vraiment à qui c'est. Alors ils se font leurs bails entre eux. Sans vrai chef. Sans règles. Chacun pour soi, le diable pour tous. T'as les jumeaux Paravilla qui vendent du shit, qui volent des trucs et rackettent des mecs…

— Paravilla comme le gros enflé de la mairie ? L'ancien truand ?!

— C'est ses fils.

Henri secoue la tête de dégoût.

— Et t'as les Jupiter. C'est un peu le même délire. Ils rackettent des commerçants, ils volent des conneries, tout le monde le fait ça, mais eux, c'est pas des stups qu'ils vendent… C'est des filles. Plutôt fraîches. Plutôt mineures.

Henri serre les dents très fort tandis que le chbing chbing chbing lui vrille l'âme.

— Ou en tout cas, à peine majeures.

Soul hésite à continuer. Il sent le tsunami sous le crâne d'Henri. Il le voit regarder au loin. Regarder Ratigny. Prêt à retourner ce tas de fumier et y foutre le feu s'il le faut. Prêt à déclencher une dinguerie qui servirait à rien. Ce que Soul peut faire, non, ce que Soul doit faire, c'est lui expliquer qui sont les Jupiter et où ils mettent les pieds.

— Ils sont beaux gosses. Toujours à attendre la *golden hour* pour faire leurs stories et insulter tout le monde en se mordant les lèvres. C'est des gros charos aussi. Ils traînent avec des grosses têtes. C'est des voyous. Ils font de la musique. Ils font des trucs graves. C'est des mecs dangereux. Ils attirent des fugueuses. Ils leur parlent un peu créole. Ils leur promettent la belle vie. Les vacances. L'argent. Pareil pour leurs copines, leurs vraies copines, ils leur parlent de plan oseille facile et t'en as qui sautent le pas. Plus facilement que tu crois.

— Pas Clara. Enfin, je pense pas. Comment ça se passe après ?

— Pendant quelques jours, ils tiennent leurs promesses.

Soul montre à Henri un petit florilège des comptes Insta des mecs Jupiter. Gros gamos, restos, grandes marques : de l'oseille dans tous les sens. De la pub pour un mode de vie qu'ils leur font miroiter mais qu'elles vont leur offrir en se louant.

— Pendant ces premiers jours, ils les font fumer, ils les mettent sous ballon…

Henri fronce les sourcils.

— C'est un gaz qui te vide le cerveau quand tu le respires. Tu penses plus à rien, t'es bien mais ça dure que quelques secondes, alors t'es obligé d'en prendre encore, encore et encore. À force, tu sais plus qui t'es. Et eux, c'est ça qui les intéresse.

Henri pose son Coca. Il respire au même rythme que le chbing chbing chbing.

— Qu'est-ce qu'ils en font de ces filles ? Elles sont où ?

— C'est là que ça se complique : les filles, ils les baladent quasiment tous les jours. Ils leur font des annonces sur Internet, à l'ancienne t'avais Vivastreet, maintenant t'as Wannonce ou SexeModel... Les sites surveillent et virent les annonces quand ça sent les mineures, mais ils en remettent. Ça arrête jamais.

— Comment tu sais tout ça toi ?

Soul répond pas.

— T'as quand même pas bossé pour eux ?

— T'es un ouf, Henri, dis pas ça. Non. On m'a raconté des histoires, c'est tout.

Henri commence à regarder dans le vide à en devenir flippant.

— Comment ça marche ?

— Les têtes que t'as vues affichées au commissariat, tu les reverras sur ces sites. Ils te demandent de passer par SMS pour gérer les modalités. Pas de numéro caché. Si t'as mis ta gueule sur WhatsApp, ça les arrange.

— Et pour les filles ?

— Ils les mettent deux par deux ou trois par trois dans des Airbnb qu'ils louent quelques jours, ils recrutent un ou deux gars pour surveiller, s'occuper d'elles et gérer l'oseille. Des fois c'est carrément le mec d'une des meufs qui gère l'affaire... Sinon ça se passe en voiture ou à l'hôtel. Tu vois le Première Classe là-bas ?

Henri hoche la tête.

— Doit y avoir des meufs à eux.

— Ils les gardent combien de temps ?

— Ils les usent et ils les jettent.

Henri cogite à plein de choses au rythme des chbing qui le tordent dans tous les sens alors qu'il est assis. Stoïque. Clara. Ces enfoirés sur les photos. Clara. Les parents de Clara. Chbing. Chbing. Chbing.

— Je sais pas si c'est vrai, mais on m'a dit qu'une fois, une meuf du 9-1 qu'avait fugué, ils l'ont récupérée, ils ont fait une tournante avec elle pendant trois jours, enfermée dans la maison du cousin de Killian… C'est un peu leur Brahim, tu vois. Et bref, ils l'ont bousillée. Puis ils l'ont louée à des mecs sur un chantier et elle est morte parce qu'ils ont oublié de lui donner à boire et à manger. Le cousin de Killian, il leur a dit d'en faire ce qu'ils voulaient, alors ils l'ont mise dans une bétonnière.

Henri est dégoûté. Il ne sait pas quoi dire.

— Après, tu vois, on raconte cette histoire aux petites pour qu'elles aillent pas traîner là-bas et surtout pas avec eux. Mais…

Ça lui fait mal d'y repenser. C'est à cause de ce genre de trucs qu'il aurait voulu être keuf et aider les gens.

— Y a longtemps, y a les sœurs de mon gars Abdel, des jumelles, qui sont tombées là-dedans. On a fait le tour de la ville en bécane chacun de notre côté pour essayer de les griller mais ils sont forts ces fils de pute, ils se cachent bien. Tu vois le bail ?

Henri est suspendu à ses lèvres.

— Un jour, mon gars les a retrouvées. Il a prévenu les keufs mais ils sont dans la combine. Ils touchent leur part et en échange ils leur cassent pas les couilles. Je suis sûr que t'en as qui tapent dans les meufs aussi.

Henri n'en serait pas étonné. Il repense au mur d'avis de recherche. Qui sait s'il ne sert pas de catalogue à ces fumiers.

— Qu'est-ce qu'il a fait alors ?

— Une connerie. Il a voulu se les faire solo. Il est allé foutre un bordel et après, je sais pas comment ça s'est passé, je pense qu'ils l'ont défoncé. Y en a qui disent qu'un des Jupiter l'a forcé à choisir une de ses sœurs et lui faire des trucs. *Starfoullah.* En tout cas, on sait tous comment ça a fini. Ils les ont alignés les trois, Abdel et ses deux sœurs et ils leur ont mis une balle dans la tête chacun. Y en a une qu'a survécu.

Soul marque un temps, pas pour ménager ses effets mais pour se remettre de cette histoire qui le remue encore.

— Elle est à Villejuif, à l'HP. Elle a toujours la balle. Elle est devenue schizo. Sa famille vient même plus la voir… Ça sert à rien. Elle est là mais elle est pas là.

Henri se met en pause un instant. Il regarde droit devant lui. Son rythme cardiaque au diapason du chbing chbing chbing dans son crâne. Cet appel à se bouger. À faire comme a dit Soul avant de cavaler dans le lycée : une dinguerie. Soul le voit serrer et desserrer les poings. Ses jointures qui blanchissent fort chaque fois qu'il contracte. Ses poings qui craquent. Son seum qui monte. Sa respiration qui se fait de plus en plus forte. Puis qui s'apaise. D'un coup.

— Bon, si je comprends bien, va falloir qu'on réfléchisse et qu'on soit malins si on veut pas que ça tourne au gâchis complet cette histoire. Pour Clara, pour nous et même pour ton boss.

— Tu veux quand même y aller ?

— Maintenant qu'on a tâté la température, faut se jeter à l'eau, non ?

Soul regarde sa glace qu'il a tellement serrée entre ses mains que ce n'est plus que du lait sucré dans lequel flottent des bouts de chocolat et de cacahuètes.

13

Brahim doit prendre des précautions pour aller de l'autre côté. Non pas qu'il soit interdit de Ratigny Est, mais sa présence là-bas ferait parler. Et en général, quand des gens qui n'ont rien d'autre à foutre de la journée se mettent à parler, c'est pour inventer des histoires auxquelles ils se mettent à croire parce qu'elles sont bien plus malléables et donc plus intéressantes que leurs vies éclatées, rythmées par leurs magouilles du moment, le prochain match ou un autre truc sur lequel ils n'ont aucun contrôle. Le mieux, c'est encore de faire faucher une voiture la veille, de préférence immatriculée dans un département bizarre que personne ne sait situer, aller chercher Brahim chez lui pour qu'il se couche à l'arrière et se fasse conduire où il veut par Claude, Nassim ou les deux. Avant que son esprit ne s'évapore, deux précautions valaient mieux qu'une. Maintenant c'est trois. Et même comme ça, il a l'impression d'être suivi. D'être observé par un chat qui le prend pour une souris.

Là, couché à l'arrière de la bagnole, regardant le monde à travers la vitre teintée déformante du toit ouvrant, Brahim est contrarié par ce qui s'est passé au lycée. Nassim lui a fait le topo. Rien de méchant, c'est des gamins qui se sont foutus sur la gueule. Ils ne savent pas trop pourquoi. Une dizaine d'histoires différentes tournent sur la genèse de ce bordel. Reste que ça va donner du grain à moudre aux flics qui bossent contre eux et non pas avec eux. Ça va être des problèmes. Des avocats à fournir aux demeurés qui bossent pour lui, qui vont être reconnus à cause des vidéos qui tournent déjà sur les réseaux et BFM et que les keufs honnêtes du coin vont essayer de faire parler sur ses affaires. Brahim en est à espérer un attentat ou un truc grave pour que d'autres Arabes prennent la lumière.

En roulant dans cette partie de Ratigny, Nassim se rappelle que, plus jeune, il trouvait que l'est de la ville manquait de charisme. Avec les années, il s'est rendu à l'évidence. Le prix du mètre carré était plus cher à l'est et ce qu'il considérait comme un manque de charisme et un manque d'ambiance, c'était de la tranquillité. À part la cité Malraux tenue de main de fer par Youssef et le stade où se jouent les matchs de foot locaux et les bagarres qui vont avec, l'est de la ville est calme.

Trop calme quand t'es jeune parce que tout se passe en cachette. Les comptes se règlent sous cape. Les gens meurent comme à l'ouest sauf que personne ne les entend râler. Parfait quand t'as quelqu'un dans ta vie et des gamins que tu refuses de voir traîner et déraper. Une ville où il ne se passe rien dans les rues, c'est parfait pour ça. Nassim sait que pour ses gamins c'est trop tard, ils sont déjà matrixés par RoRo. Comme des dingues après ce qui s'est passé au lycée Marchais. À chercher toutes les vidéos qui traînent sur Internet et les regarder en boucle. Ils disent que ça a déjà détrôné la Bataille d'Orly. Encore quelques années comme ça et, s'il évite le trou ou le grand trou, ses gamins ne vont rien comprendre le matin où Nassim les réveillera pour remplir deux valises chacun et dire au revoir à Ratigny.

À l'avant, Claude n'a pas d'avis sur l'est, l'ouest de la ville ou ce qui s'est passé au lycée. Déjà, il a arrêté l'école avant. Il conduit où on lui dit de conduire, il passe son temps à changer de station de radio, incapable de se fixer sur une chanson, une pub ou un flash info, incapable de respecter le code de la route, souvent sur le trottoir ou à contresens mais toujours prêt à sécher les keufs. Pour ça, tout le monde lui pardonne ses bizarreries, ses coups de folie et qu'on ne sache jamais s'il écoute ce qu'on lui raconte ou s'il n'en a vraiment rien à branler parce qu'il pense à ses exploits passés ou futurs.

Là, on lui a dit d'aller chez les Russes.

Quand ils croisent des mecs de Malraux, Claude se contente d'un hochement de tête. Un salut ? Une provocation ? Nassim est incapable de déchiffrer ce qui vient de se passer. Brahim, lui, il a déjà son idée. Bizarre, il se dit, Claude doit bosser pour eux. Il se dit qu'il devra creuser ça mais Claude a de la chance, dans dix secondes, Brahim aura oublié ce hochement de tête.

Brahim l'oubliera parce que ce qu'il voit en arrivant chez les Russes, ça lui plaît pas du tout. Si Claude a vu juste, et il ne se trompe jamais, les Russes se seraient installés dans des préfabriqués construits en urgence par la mairie pour les Roms qui ont envahi la ville il y a quinze ans et contre lesquels Youssef et Brahim, les seigneurs de Ratigny, se sont alliés une dernière fois pour les dégager. Ils mendiaient partout. Ça rendait fous les gens. Des pauvres plus pauvres qu'eux qui leur réclamaient de l'oseille et leur rappelaient qu'ils étaient trop pauvres pour leur lâcher ne serait-ce que des pièces rouges. Certains traînent encore aux abords de la ville. Après ça a été les Syriens mais, à l'époque, Brahim avait vu sur Internet qu'il y avait de faux Syriens qui étaient des Roms déguisés. Pour les tester, il fallait leur parler arabe et, une fois démasqués, ils redevenaient alors des moins-que-rien qui ne méritaient pas la petite monnaie que Brahim ne leur aurait de toute façon pas filée même s'ils avaient vraiment échappé aux armes de Bachar.

Et donc maintenant, ce seraient les Russes qui se seraient installés ici ? Rien qu'à voir les sourcils froncés de Brahim, Nassim sait qu'il a intérêt à garder la main sur son Glock et la sécurité levée. Là, ça peut chier à tout moment. D'ailleurs, ça ne traîne pas, puisque le boss sort son .38 et commence à faire des moulinets avec tout en réfléchissant. À le voir comme ça dans la cour des Russes, on dirait le professeur Tournesol quand il se met à déconner. Nassim se demande pourquoi ils n'ont jamais fait *Tintin au Congo* en dessin animé. Pendant ce temps, Brahim marmonne à moitié. Il se tourne vers Claude qui regarde les alentours comme un mec qui se verrait bien passer le week-end ici.

— T'es sûr que c'est là ?

Claude ne répond pas mais il a l'air sûr de lui, les bras croisés, adossé à la bagnole, batte de base-ball à portée de main. Nassim qui se dit « pauvre con, on en est tous aux calibres et toi, tu prends une batte, qu'est-ce que t'as dans le crâne ? ». Certains disent qu'il est sorti quelque temps avec une meuf des cartels colombiens et qu'elle l'a complètement bousillé. D'autres que c'est une autre meuf qui l'a rendu dingue quand elle lui a fait retirer les cordes vocales par un chirurgien esthétique corrompu parce qu'il parlait trop. Nassim est sûr qu'il était déjà taré quand il a commencé à sortir avec cette meuf. Brahim n'a pas d'avis sur la question et il n'en aura jamais. Pour Nassim, il y a de grandes chances pour que Brahim et Claude finissent ensemble à l'asile de Villejuif.

— Ils peuvent pas être là par hasard... Regarde, y a des logos de la ville partout. S'ils sont là, c'est qu'on les a mis là, si on les a mis là, c'est que Youssef ou le maire, ou même son clébard Francis Paravilla, l'a dit. C'est pas des réfugiés, c'est des fils de pute, ils ont rien à foutre ici. Si c'est Paravilla, c'est le maire et c'est Youssef quand même. Il me faut de la musique sinon je vais oublier ça alors que c'est important... Nassim, oublie pas ce que je dis.

Nassim hoche la tête, il essaye de suivre au cas où Brahim lui ferait un contrôle surprise mais il va sans doute zapper. Heureusement. Des gamins, menés par un petit de dix piges qui a essayé de se tatouer un poignard sur la joue, se mettent à sortir des baraques et viennent voir ce qui se passe. La mère de l'un d'eux les suit. Legging Nike et haut de survêt, XS. Blonde, yeux bleus, des tatouages ici et là, plus fraîche qu'un Mr. Freeze un jour de canicule. Tout comme les Yulia ou les Olga qu'ils pouvaient acheter sur Internet et faire venir en France en échange d'un mariage et de la carte d'identité qui va avec. Elle est beaucoup mieux que ce que Nassim a à la maison et il n'a pas honte de le penser. Elle lui lance un regard noir malgré ses yeux bleus comme l'eau des îles lointaines où Nassim n'ira jamais.

Après un crachat par terre qui excite Nassim plus qu'il ne devrait, elle appelle quelqu'un à l'intérieur. Ce qu'elle dit ne ressemble à rien, mais la réponse qui vient de la baraque ressemble à ce que pouvaient dire les hommes de main qui se faisaient éclater par Arnold et Stallone dans les films d'action de la guerre froide. Elle répond un autre truc. Ça doit vouloir dire « ils sont trois ». Claude lui jette à peine un œil, Nassim a les siens collés à elle et, quand le mec à qui elle s'adresse sort de la baraque, Nassim s'en veut mais il baisse les yeux un instant avant de se forcer à les relever pour contempler l'ampleur du problème.

Un grand type blond portant cheveux courts et boxer comme s'il rejoignait l'octogone pour y défoncer deux ou trois mecs. Son téléphone coincé entre le boxer et sa bite. Les cicatrices sur son corps et même sur sa gueule rassurent Nassim. S'il en a, c'est qu'il saigne et qu'il peut souffrir comme tout le monde. Les cicatrices sur son corps et même sur sa gueule effraient Nassim. S'il en a autant, c'est qu'il ne doit plus rien sentir. En plus de ça, il a des tatouages sur tout le corps comme Viggo Mortensen dans ce film de mafieux russes qui se battent à poil au hammam. Sur sa toile de peau, des églises russes comme celle du pont de l'Alma, des croix, des yeux partout, des meufs, des crânes, la faucheuse et d'autres que Nassim prendra le temps d'étudier pendant la conversation qui va suivre. Il sait que tous ces tatouages ont un sens et une histoire. Quand cette galerie d'art mourra, il emportera son histoire avec lui et ceux qui savent lire cette langue pourront se la raconter une dernière fois avant de la donner à manger aux arbres.

Brahim n'est pas chef pour rien, alors il prend la main. Direct. Vif comme il ne l'est plus que rarement. Ça va l'épuiser pour le reste de la journée. Il sait qu'il ne sera plus bon à grand-chose après cette confrontation mais faut le tenter.

— C'est toi le chef ?

— Pas de chef ici, je suis juste celui qui parle.

Il suffit qu'il dise ça pour qu'une bonne quinzaine d'autres mecs sortent des mobil-homes avec d'autres femmes et leurs enfants. Brahim a entendu dire qu'ils étaient en tout une quarantaine d'hommes. Où sont les autres ? Celui qui a fait le copier-coller pour envoyer tout ce petit monde sur Terre s'est pas fait chier. Les gamins, des canevas encore vierges. Les femmes se ressemblent toutes à quelques détails près : mensurations, longueur des cheveux et type de tatouages. Pour les mecs, ils sont tous costauds, torse nu histoire d'intimider les visiteurs et l'air méchant. Quasiment les mêmes tatouages pour chacun d'eux mais pas disposés de la même façon. Certains se distinguent avec des épaulettes de soldat de guerre gravées dans la peau. Certains se sont fait tatouer des armes sur le corps. Brahim les regarde, pas impressionné. Claude n'est pas plus impressionné. Nassim flippe, parce que, arme de guerre ou pas, il commence à penser que contre ces mecs-là, des balles ne suffiront peut-être pas.

— Si t'es celui qui parle, c'est que t'es celui qui me comprend et qui leur dit ce que t'as envie de leur dire. C'est que c'est toi le chef.

— Je suis Petr.

— Petr le chef.

Petr veut bien laisser ça à Brahim.

— Qu'est-ce que vous cherchez, monsieur ?

— Brahim Chokri. Mais fais pas semblant de pas savoir qui je suis. Moi, je sais ce que vous êtes et je sais ce que vous voulez, mais je suis venu régler ça calmement avant que vous vous fassiez des idées sur ce qui pourrait se passer ici.

— On est réfugiés politiques.

Les autres qui se sont rapprochés en un demi-cercle oppressant autour de Brahim et Nassim, ignorant totalement Claude, toujours dans les bons coups, répètent « réfugiés politiques » avec des accents qu'on pourrait croire forcés et en hochant la tête. Ça commence à faire chier Brahim.

— Les gars, faut pas croire tout ce qu'on vous raconte sur la France. Je sais ce qui s'est passé, vous vous êtes dit que ça servait à rien de se faire chier à traverser l'océan pour arriver au pays de la liberté. Ici vous pouvez avoir la liberté, la fraternité et vos préfabriqués pour le même tarif. Mais ce qu'on vous a pas dit, c'est que tout ça, c'est terminé. Ça fait longtemps qu'on est en rupture de stock. Déjà, l'égalité et la fraternité, vous pouvez oublier, c'est juste pour faire beau sur les bâtiments. Quand tu te lèves le matin et que tu respires notre air et que tu regardes autour de toi, t'en vois, toi, de la liberté ? Et de l'égalité, t'en vois quand tu marches dans les rues ? Et de la fraternité, t'en vois là dans mes yeux ?

— Ici on fait ce qu'on veut quand on veut comme on veut. Chez nous… Pas tout ça. Ici, chacun mange sans regarder ce que l'autre a. On a tous la même chose. On partage tout. On est ensemble. Si un a mal, tous a mal. Si un est menacé, tous est menacés.

L'un des mecs exhibe ostensiblement une kalach qu'il manipule comme on manipulerait son smartphone sur un quai de RER. Nassim est à plus grand-chose de se chier dessus, Claude regarde le mec et se contente de ricaner sans un bruit en voyant l'arme. Brahim voit l'arme de guerre puis d'autres armes qui surgissent ici et là, des pistolets, des couteaux, des fusils. Ça le fait marrer.

— Ça, je comprends. Et là-dessus, je te suis. Mais je t'ai pas menacé moi à ce que je sache, si ?

Pas de réponse de Petr qui soutient son regard tandis que ça s'agite sans l'assumer autour d'eux. Comme des pions qu'un mec qui sait jouer aux échecs déplace l'air de rien pour mieux tomber sur les tiens.

— Alors pourquoi vous avez posé ça chez moi ?

Brahim brandit la grenade qu'il a trouvée dans sa boîte aux lettres. Personne ne l'a vu mettre la main à la poche, ni dégoupiller la grenade. Ils étaient tous suspendus à ses lèvres, Nassim le premier. Il a retrouvé le Brahim de la grande époque dans ce discours. Et maintenant, il a sa grenade dans une main et la goupille dans l'autre et Nassim, ses couilles à zéro, tandis que Claude remet les siennes en place avant d'exercer son swing à la batte.

— Juste ré…

— Ouais, ouais, « réfugiés politiques », mon cul ouais. Des réfugiés politiques armés jusqu'aux gencives qui braquent des supermarchés. Tu croyais qu'on savait pas ? C'est pas de la police qu'il faut avoir peur ici : c'est de nous. Tu crois que je suis pas au courant pour le fourgon blindé que vous avez essayé de faire il y a quelque temps ? Tu crois que je sais pas pour la galerie commerciale ? Et le four que vous avez retourné à Villeneuve ? Tous ces problèmes que vous déclenchez, tu crois qu'ils vont éclabousser qui ? Et cette grenade, quand elle va nous exploser tous les deux, tu crois qu'on va éclabousser qui ?

Petr laisse passer un moment. Derrière lui, son clan fait front. Même les enfants. Petr laisse passer un autre moment. Celui qui suffit à rendre la situation gênante. Surtout pour Brahim, bras toujours levé et l'air de plus en plus con à mesure qu'il réalise que les secondes passent et que le frémissement qu'il attendait en dégainant l'explosif n'arrivera pas. Petr ne va plus rien laisser passer.

— Tu viens chez nous, tu veux faire peur, mais maintenant qui a peur ?

— Pas moi.

— Ton camarade, il a peur.

Petr désigne Nassim qui lui fait un doigt. Petr sourit et reprend.

— Mais nous, si tu sais d'où on vient, tu sais ce qu'on a vu et ce qu'on a fait. Tu arrêtes d'essayer de faire peur à ceux qui ont vaincu la peur.

— Et toi, tu sais d'où je viens ?

— Un bel endroit. Sûr.

Petr dit un mot dans sa langue et trois mecs sortent du rang pour venir à ses côtés. Quatre mecs monumentaux comme un quartier d'affaires qui aurait été recouvert de graffitis menaçants. Brahim les jauge un à un. Personne n'a peur de personne. C'est bien le problème.

— Avant, on était sept. Pas des mêmes pays mais on a fait connaissance au même endroit. Tu sais ce que c'est le goulag ?

— Je croyais que ça existait plus.

— Tu crois tout ce qu'on te dit ?

Petr regarde Brahim d'un air dédaigneux. Grenade ou pas, c'est pas le problème de Petr, pour le moment, il met tout en œuvre pour faire de Brahim son petit.

— Tu connais la recette. Tu cuisines le chaos. Tu sers aux innocents. Tu réveilles des monstres. Tu voles des avenirs. Un jour, les forces spéciales détruisent ma porte. Elles tuent mes camarades. Ma famille d'avant aussi. Devant mon regard. Paix à leurs âmes.

Quelques mots dans sa langue, les yeux vers le sol comme s'il s'adressait aux Enfers.

— Mais moi, ils ne tuent pas. Ils auraient pu. *Ziak.* Une balle, c'est quoi ? Non, moi, pour eux, je suis un *zek.* Avec tout ce que je fais au pays, ils m'emmènent loin, dans un wagon. Comme une bête. Avec d'autres bêtes comme moi. Des hommes forts morts pendant le voyage. Je vois Tarkov la première fois, je pense aux morts.

Tarkov. Le nom évoque quelque chose à Nassim. Il a dû voir un documentaire là-dessus et s'endormir devant. Ou quelqu'un lui en a parlé. En tout cas, le nom lui évoque quelque chose. Ça doit être sérieux. Pas sûr qu'en ex-URSS des mecs aient entendu parler de Bois-d'Arcy ou Fleury.

— Le camp. Quatre petites maisons. Cinquante hommes dedans. Odeur de pisse, de merde, de mort, de sexe, de peur. La pire odeur. Des hommes transforment autres hommes en femmes. Se réchauffent comme ils peuvent. C'est là que je vois nouveaux camarades. Premier cercle.

Des mots dans leur langue sont cette fois adressés au ciel par les quatre cavaliers des salons de tatouage.

— Sept hommes au départ. Un trop fort pour vivre comme ça. Il ne peut pas supporter. Le travail forcé. La torture. En combat honorable, il tue tout le monde mais là... Les gardes ont plaisir à humilier, taper, rappeler qu'il n'est plus rien. Juste un numéro comme nous tous. La punition quand tu fais peur à Poutine.

Petr regarde Brahim comme s'il n'était qu'un bandeur de dictateur que ce nom allait émoustiller.

— Notre camarade, ils l'attachent à une croix dans la cour. Il est nu. Les autres *zeks* lisent son corps. Ce n'est pas n'importe qui. La couronne sur son cœur dit ce qu'il faut savoir. Le reste... Anecdotes, contes, histoires de feu de camp. C'est l'hiver. Il fait trop froid mais il tient un jour, deux jours, trop de jours. Tu sais comment ils le tuent ? Ils jettent un seau d'eau sur lui. Il gèle dans la nuit. Je dois le détacher et le mettre dans Caddie pour le camion qui l'emmène en dehors du camp. La procédure, c'est planter un grand clou dans la tête des morts. Assurance que rien vivant quitte le camp. Ils m'obligent à le faire pour lui. Je verse une larme ce jour-là. Les gardes croient que c'est pour mon ami. Ils proposent me planter le clou dans la tête pour que je parte moi aussi. Mais non, moi, je ne pleure pas pour mon ami. Je pleure en rêvant à tout ce que je vais leur faire.

— C'est long.

Petr sourit. Brahim soutient son regard.

— On est six et on boit ce soir. L'alcool fait avec la nourriture mise de côté. S'affamer pour s'enivrer. On décide partir. Devoir. Demain. On en a parlé aux autres *zeks*. Deux cents contre vingt gardes. L'avantage pour nous, vrai ? On prend comme armes les pointes de glace sur les gouttières des baraques.

Nassim pense à intervenir comme Brahim, histoire de montrer qu'il a de la culture, mais il sait plus si ça s'appelle des stalagmites ou des stalactites ceux qui vont vers le bas.

— Les *zeks* pas d'accord, on tue aussi. Les gardes, on tue. Je dis pas comment mais moi, je n'approche jamais d'un nuage du paradis. On prend leurs armes. Ils tuent beaucoup des nôtres. L'alerte donnée. Pas de véhicules à Tarkov. Les gardes vivent avec nous dans leurs baraques. Des camions échangent les gardes une fois par semaine. On peut attendre mais l'envie s'en va. Comme l'alcool. Du sang sur la neige, du sang dans le camp. Je laisse gardes transformés en épouvantails. Leurs blessures racontent l'histoire. Elles racontent nous. Elles font peur à tout le monde. On espère. On prend ce qu'on peut et on part dans la forêt.

Brahim fait le mec mais il commence à avoir froid dans le dos comme s'il était dans la steppe avec eux.

— C'est peut-être la Sibérie. Peut-être pas. On sait pas où aller. Les provisions finissent. La nuit, des hélicoptères et de la lumière pour nous traquer. Des mitrailleuses sur les arbres. On dort sur les étages des arbres. Éviter d'être noyé par la neige de la nuit. Le matin, des morts tombés des arbres ou coupés en deux par les cartouches 7.56. Sur le chemin, d'autres meurent encore. Les blessures, le froid, la faim, la folie. Ceux qui meurent : on mange.

Brahim fait le mec pas impressionné mais il sent son bras faiblir. Il se sent officiellement con avec sa grenade.

— Ceux qu'on mange font partie de nous. Leurs histoires sont les nôtres. Elles sont là. Pour toujours. Beaucoup meurent. Même premier cercle. Pas plus forts que les autres cercles. Il ne reste que nous et les *zeks* qui ont tenu.

Une invocation dans sa langue et les autres mecs de la bande qui éructent comme des hooligans.

— Enfin, on arrive ailleurs. On cherche un endroit sans goulag, sans froid, sans neige. On avance. On arrive dans une ville d'Union européenne. Dans une maison, des femmes de chez nous mais pas pour les hommes de chez nous. Pour les gens comme vous. Contre de l'argent. Prisonnières comme nous. Humiliées. Torturées. Gardes, clients et filles contre la liberté à l'intérieur du grand incendie.

Brahim se souvient de cette histoire. C'est arrivé en Bulgarie. On n'a jamais eu le fin mot de l'histoire à la télé. Il vient de l'avoir. Il garde son petit sourire à chier des limaces mais, au fond de lui, il se dit que ces Russes qui ne sont même pas russes, c'est du sérieux.

— On se marie tous. On est ensemble. Pour toujours. On leur apprend à se défendre. Elles nous apprennent aussi en retour.

Les femmes racontent aussi leurs histoires avec leur corps. L'une d'elles parle à Petr. Il sourit et lance quelques mots. Elle rigole. D'autres suivent. Brahim et Nassim n'aiment pas trop ce genre d'ambiance.

— Allemagne. France. Ratigny. On arrive ici. On aime ici. Internet dit ville sans neige. Record de chaleur l'été d'avant. Parfait.

— C'est juste le réchauffement climatique.

— On s'installe ici. Oui, on vole. On se partage tout. On rend hommage à ceux morts en route. On vit et on mange comme des tsars pour eux. Les nôtres. Pour nous. Eux et nous. Pareil. C'est nous tous. Nous, on voit qu'ici il y a assez de pain pour tout le monde. Sans prendre ton pain. Pas besoin du nôtre. Pas besoin d'amis, pas besoin d'ennemis. Fais ta vie, on fait notre vie. On se voit pas. Ton histoire. Notre histoire. D'accord ?

— Pas d'accord.

Petr fait un pas vers Brahim. Un pas qui suffit à faire monter la tension de Nassim de quelques unités et faire lever un sourcil à Claude.

— Nous, on veut pas être tes ennemis.

Petr regarde derrière Brahim, vers RoRo.

— Tes ennemis, ils sont déjà chez toi.

Brahim se demande s'il lui dit ça en connaissance de cause ou juste pour lui mettre un rat dans la tête. Nassim regarde Petr en se demandant s'il sait pour ses affaires dans les affaires. Ça devient chaud pour sa gueule mais, s'il veut partir d'ici, il faut ce qu'il faut. Brahim regarde Petr et les autres Russes rentrer dans leur niche alors qu'il regoupille sa grenade. Puis il regarde Claude et Nassim. L'air méfiant.

Les derniers mots de Petr se sont installés dans sa tête et ils n'y payeront aucun loyer.

En rentrant à la maison ce soir-là, Kamel trouve son père en train de tout retourner. Julien Clerc plein pot et personne dans le voisinage pour parler du volume. Eux aussi n'attendent qu'une chose, c'est que Brahim crève, se fasse buter ou coffrer pour que le prix de l'immobilier puisse enfin remonter.

Brahim qui se promène avec une masse. Qui touche les murs comme s'ils lui parlaient. « Qu'est-ce que tu cherches ? » Vague réponse sur des rats, des taupes et tout un zoo de seconde zone. Son père qui éclate un mur. Kamel a entendu parler du concept de mur porteur, son père semble l'avoir oublié. Brahim parle d'ennemis qui seraient déjà là. Kamel ne cherche même pas à en savoir plus. Il regarde juste son père en slip et marcel, sa masse à la main, dégoulinant de sueur.

« *Loco Loco Loco* » qui résonne alors qu'il se met à défoncer le sol. Il reprend son souffle en éructant et en insultant le carrelage du salon dans lequel il creuse. Puis « *Loco Loco Loco* » et BANG BANG BANG et le carrelage qui vole. Kamel dans sa chambre qui sait comment ça va finir. Son père qui va s'écrouler sur le canapé et finalement dormir. Son père qui explose le carrelage alors qu'on peut ramper sous la maison. Ils y ont même caché du liquide et de la came à une époque. Son père qui ne se souvient même plus de la maison qu'il a bâtie lui-même.

Sauf qu'au « *Loco Loco Loco* » suivant Brahim est sous la maison et trouve ce qu'il cherchait. Ses ennemis ne sont pas là mais ils l'ont maudit, c'est sûr. Ce qu'il a face à lui, c'est un monstre. C'est la tête pourrissante de Boomer, qu'il a enterrée il y a quelques jours, fixée au corps empaillé d'un chat noir. Brahim ne sait pas ce que signifie cette chimère, mais ce qui est sûr, c'est qu'elle n'est pas là pour lui porter bonheur.

Et comment le Russe savait ça ? Et si c'était lui ? Et s'il savait qui a mis ça là ? Et merde, je suis où là ? C'est quoi ce monstre ? Qui a fait ça à Boomer ? Qui l'a tuée ? C'était un bon chien, bande d'enculés ! Kamel ! Kamel ! Kamel !

Des cris, des sanglots, son chien mort, son chien à venger. En plus de tout le reste. Une lumière au bout de ce tunnel de Vietcong : un visage. Celui de Kamel. Sa main tendue. Papa, c'est moi. Brahim a entre-temps repris ses esprits pour l'envoyer promener. Lui dire qu'il n'a pas besoin de lui. Le frapper, au passage. Lui dire qu'il n'est pas un homme. Kamel ramasse ces coups qui lui font beaucoup plus mal que tous ceux qu'il a pu prendre jusqu'ici. Kamel ne veut plus encaisser. Il a peut-être une solution. Radicale.

14

Ce jour-là, Henri se félicitera plusieurs fois de ne pas avoir d'enfants qui lui auraient pondu des petits-enfants de cet acabit. Déjà qu'il est en rogne à cause du réveil en fanfare prodigué par Sofiane et Doums venus le chercher à l'aube. Vision de cauchemar que d'avoir ces deux-là dans sa rue, moteur tournant, usage très libéral du klaxon et haut-parleurs diffusant les ébats des vidéos de cul qu'ils regardent en Bluetooth. Henri ouvre sa fenêtre, à moitié à poil, l'air mauvais. Doums fait le malin dès le matin.

— Eh, nous tirez pas dessus, chef !

Éclats de rire de la plus lugubre et nébuleuse des sitcoms.

— Vous dormez pas le matin ?

— On dort même pas la nuit ! Vous venez ?

Henri n'ose pas regarder l'heure. C'est donnant donnant cette histoire. Il a fait une promesse et, hier soir, Brahim l'a appelé pour collecter sa dette. Henri irait entraîner des petits au tir d'urgence. Il y avait eu de nouveaux développements dont il ne voulait pas trop parler au téléphone. Une vague évocation de Russes cannibales. Clairement, ça ne s'arrange pas.

Henri les suit en bagnole jusque dans une forêt du 7-7. Leur première rencontre faisait déjà partie du passé pour Sofiane et Doums. C'était qu'une anecdote qu'ils racontaient à droite à gauche en l'amplifiant plus ou moins. Parfois ils calmaient le vieux en lui mettant un ou deux coups de pression. Parfois le vieux avait le dessus. Ça dépendait des jours et de l'interlocuteur. En tout cas, quand ils lui ont proposé de lui prendre un café et qu'il a dit qu'il préférait un Coca, à cette heure-là, ils ont apprécié son style. Surtout Sofiane.

— Ahhhhh vous vivez, vous !

Qu'est-ce qu'ils voulaient qu'il fasse d'autre ?

Tandis qu'Henri écoute *Just the Two of Us* par Bill Withers tout en regardant le soleil se lever, il se dit que ça faisait longtemps qu'il n'avait pas vu une journée naître. Du côté de Sofiane et Doums, ils s'ambiancent sur *Dynamite* de Taio Cruz, leur chanson culte depuis bientôt dix piges, en s'embrouillant sur les performances de Wolf Cutler. Sofiane soutient qu'il doit prendre des produits pour tenir de telles érections, Doums qu'il n'a pas besoin de ça parce que dans le porno c'est considéré comme du dopage et qu'il risquerait d'être disqualifié. Sofiane trouve ça complètement con vu que c'est du cinéma. Doums est au contraire content que ça soit le seul cinéma vrai alors que même les documentaires « *wallah*, en vrai, on sait pas si c'est la vérité ». Pour trancher, Doums envoie sur Instagram un message audio à l'acteur américain en lui demandant s'il prend des produits pour tout le temps avoir la barre. Et pas que pour y arriver avec les mecs cheums, tient à préciser Sofiane. Tout ça en français.

Si Henri savait ce qui se passe dans leur Clio, il ferait sans doute demi-tour. En arrivant au bois, des camionnettes blanches quittent les lieux. Grands coups de klaxon de Sofiane pour saluer les prostituées qui rentrent dormir tandis que d'autres restent sur place. Deuxième service pour les mecs qui sèchent la messe dominicale. Henri, déjà hors de lui, note dans un coin de sa tête de lui saboter son klaxon. Il ne supporte plus ce bruit. Ni même le mot klaxon.

Sur place, il y a déjà du monde. De grosses bagnoles pour les petits de Brahim. Soul avec tout un tas de mecs, mi-hommes, mi-ados, le même dégradé sur la tête, des petits marines de la street. Des soldats sans uniforme, juste un arc-en-ciel de joggings de clubs de foot de villes dans lesquelles ils n'iront jamais.

Soul lui présente ces mecs un par un. Des prénoms qu'il va oublier avant de les confondre d'ici deux minutes. Il décide de les appeler par la couleur du jogging ou ce qu'il peut lire dessus. Ça sera plus simple. Des Noirs, des Arabes, un Blanc.

Il y a un type plus âgé, à peu près de l'âge de Soul, qui se tient à l'écart. Surtout de Soul, dont il évite le regard. Il se présente à Henri sous le nom de Kamel. Son père, Brahim, l'a envoyé pour qu'il apprenne à vraiment bien tirer. Au moins aussi bien que son frère que ça n'a pas empêché de mourir lors d'un règlement de comptes. Henri compatit au fait d'avoir un père pareil avec une simple moue. Quand Henri lui propose une petite carabine, Kamel demande s'il ne peut pas essayer le fusil avec la lunette. Henri le prévient que ce n'est pas aussi facile qu'à la télé, mais ça va très bien à Kamel. Pour ce qu'il a en tête, plus loin il sera, mieux ce sera.

Soul ouvre le coffre d'une des bagnoles avec laquelle ils sont venus. C'est plein d'armes. Des armes qu'Henri n'a vues que dans des films. Des armes que certains gamins n'ont vues que dans *Warzone*. D'autres qu'ils ont juste vues entre les mains des grands de la cité. Ils ont les munitions qui vont avec. Henri ouvre son coffre et sort ses fusils et les boîtes de munitions. Cette ambiance prof-élèves lui rappelle ses mercredis avec Clara.

Henri leur apprend les bases. Charger. Recharger. Décharger. Sécuriser. Viser. Tirer. Et la base.

— Si vous pointez le canon vers quelqu'un, c'est pour le tuer. Sinon, vous faites jamais ça, compris ?

Des hochements de tête. De la fébrilité. Des vannes. Ils sont dissipés. C'est normal. C'est l'envie de tirer. Henri se rappelle sa première partie de chasse avec son père, son grand-père et son oncle. Quand ils lui ont enfin donné le fusil, il était prêt à défourailler. Il voulait juste tirer. Voir ce que ça faisait. Faire du bruit. Il était comme eux. Il s'est amusé à tirer sur une branche pour montrer qu'il savait bien viser. La branche n'était pas encore tombée qu'il se prenait déjà une peignée du grand-père. Méritée. Il ne sera pas aussi dur avec eux qu'on l'a été avec lui. La vie est trop courte.

Avant de les envoyer dans la nature, Henri les place sur une ligne. Il veut qu'ils se rendent compte de ce qu'ils ont entre les mains. Sofiane et Doums font les anciens. Évidemment qu'ils ont déjà tiré. À les écouter, ils ont tout fait. Sauf le lycée. Henri tend une carabine à Soul qui la refuse.

— Pas d'arme pour moi.

— Je croyais que tu voulais être flic… ?

— Et alors ? C'est pas pour ça que je l'aurais utilisée. Tu me prends trop pour un mec bizarre, Henri, c'est pas bon.

Henri, rattrapé par ses préjugés, tend la carabine à un autre jeune. Bayern. Au Blanc, il file un fusil qui a un recul du feu de Dieu. Il espère qu'il se bousillera l'épaule. Il n'aime pas sa façon de le regarder. Les autres chargent leurs armes comme Henri leur a dit. Ils prennent la leçon au sérieux. Celui qui galère à casser son fusil pour le charger, Henri lui donne un coup de main. Il ne le fait pas à sa place, il lui montre comment on fait et le laisse le faire lui-même. Même Sofiane et Doums sont concentrés et ne déconnent pas trop. Henri et Soul observent.

— Qu'est-ce que t'es venu faire là si tu veux pas tirer ?

— Je suis venu m'assurer qu'ils cassent pas les couilles.

— C'est gentil.

Soul hausse les épaules comme si ça tombait sous le sens. Une fois assuré qu'ils ont tous bien chargé leurs armes, Henri les invite à tirer où ils veulent. Comme dans *Predator* quand l'équipe d'Arnold pense avoir vu le monstre et qu'ils s'adonnent à la déforestation de la moitié de l'Amazonie pendant deux minutes. Là, c'est pareil. Ça tire. Ça hurle. Ça insulte des mères qui n'ont rien demandé à personne. Henri a le sourire. Soul se bouche les oreilles et fait la grimace.

— J'aime vraiment pas ça.

Les petits se checkent, se félicitent, se congratulent.

— Tirer sur des arbres qui ne bougent pas, c'est facile. Enfin, pas pour tout le monde. J'en ai vu deux ou trois là, genre PSG, Real Madrid et le Blanc, vous feriez bien d'aller chez un ophtalmo.

Des vannes commencent à fuser. Il les laisse s'amuser quelques secondes et reprend la main.

— Ce que je veux dire par là, c'est que vos cibles risquent de bouger, alors ce qu'on va faire, c'est qu'on va s'enfoncer dans les bois. Si vous voyez des animaux, tentez votre chance. Je pense pas que vous toucherez quoi que ce soit. Soyez pas trop durs avec vous-même si vous foirez, c'est plus compliqué d'avoir une bête qu'un homme. Nous, on est cons, face à la mort, on se fige. Les animaux, ils pensent qu'à la vie. Si vous voulez faire des groupes, faites-vous plaisir.

Henri regarde Soul genre « ça va ? c'est bon ? ». Soul fait une moue genre « bah ouais, je pense ». Puis Henri lève la main.

— Une dernière chose. C'est la saison de la chasse. Vous allez croiser d'autres chasseurs. C'est des gros cons. Bon, moi, je me soigne mais la plupart des chasseurs, c'est vraiment des gros cons. Si vous en croisez, qu'ils vous soûlent parce que vous avez pas de gilets fluo ou s'ils veulent voir vos permis de chasse, envoyez-les chier. Surtout leur donnez pas l'occasion de se faire l'un de vous et de faire passer ça pour un accident de chasse.

— Et si c'est nous on fait un accident de chasse avec eux ?

Doums. Évidemment.

— T'as pas de permis de chasse et t'es noir. Tu penses que l'histoire va se finir comment pour toi ?

— Mal ?

— Très mal.

Un temps.

— Bon, reprenez des munitions, on sait jamais et allez-y. Faites pas les abrutis.

Alors que les chasseurs d'un jour se fondent dans la forêt en nuées de bleu ciel, de jaune pisse radioactive, de rouge qui pète et de rose fluo armés pour une guerre qui n'est pas la leur, Soul sort un pack de six Coca de sa voiture. Henri sourit. Il regarde Sofiane et Doums ouvrir la marche. Avec leurs allures d'animateurs du pire des centres aérés. Si la guerre de Brahim venait à éclater, ils seraient ses généraux. Henri espère ne jamais voir éclater la croisade des enfants.

Kamel ferme la marche. Henri remarque son regard appuyé sur Soul, qui l'ignore avec un peu trop d'enthousiasme, alors qu'il dégoupille une canette.

— T'es sûr que tu veux pas essayer de tirer ?

— Ça m'intéresse pas trop.

— Essaye. Vu ton mode de vie et ton entourage, ça pourrait te servir.

— J'ai envie de tirer sur personne, moi.

— Personne a envie de tirer sur personne. Personne de normal, j'entends. Mais peut-être qu'un beau jour, t'auras pas le choix. Et j'aimerais pas me dire que tu vas claquer parce que tu sais pas utiliser un flingue.

— Ça a l'air trop facile avec ça.

— C'est facile.

Henri échange la canette contre un revolver que Soul regarde avec appréhension. Déjà conscient de son pouvoir. C'est bien. Henri est content de voir l'effet que ça lui fait. Il ne fera pas n'importe quoi. Soul regarde en direction de Kamel qui quitte le groupe et part dans une direction opposée au gros de l'équipe. Henri descend la moitié de son Coca et le pose sur le toit de la Clio de Sofiane et Doums. Il tend le pistolet à Soul.

— Explose-moi ça. T'as pas intérêt à te louper, sinon ils vont te faire chier.

Soul le regarde. Henri sent qu'il le met mal à l'aise mais ce n'est pas le but.

— Avec ce qui se passe là, c'est juste que ça me rassurerait de savoir que tu peux t'en tirer.

Soul comprend la situation d'Henri. Ça lui fait chaud au cœur qu'il semble tenir à lui à ce point. Alors qu'ils se connaissent à peine. Soul pense à Kamel. Il avait l'air bizarre. Pas bien en tout cas. Ils avaient dit qu'ils ne devaient pas se côtoyer sans Camélia mais il a senti son regard sur lui. Il veut faire plaisir à Henri mais il veut savoir ce qui se passe.

— Fais voir. Je vais pas tuer des canettes.

— T'as surtout peur de bousiller leur bagnole.

— Un peu ouais.

Grand sourire de Soul, le même d'Henri. Soul part à petites foulées vers les bois. À la grande surprise d'Henri, aucune détonation n'a encore retenti.

Parmi les arbres, Kamel marche. Doucement. Il fait attention où il met les pieds. Feuilles ou bouts de bois, il ne veut pas faire de bruit. Dans ses AirPods, *Che* de Suicide. Ça l'aide à se concentrer. Ces paroles sur ce leader mis sur un piédestal qu'il ne mérite pas, même après sa mort, lui rappellent son père.

Kamel s'est éloigné des autres pour avoir la paix. Lui et son fusil. De Niro le *Deer Hunter* dans un coin de sa tête, Soul dans un autre. Camélia n'était pas là mais le voir lui a fait le même effet. Il va être temps de faire une fusion-acquisition. Il va être temps de faire quelque chose. Pour ça, faut que son père s'efface de sa tête dès qu'il pense à la vie qu'ils doivent mener à trois. Lui, elle et Soul. Mais pour ça, faut que son père s'efface tout court. Pour ça, faut que Kamel apprenne à tuer.

Pendant ce temps, Henri se pose sur le capot de sa voiture. Il s'allonge carrément. Du mieux qu'il peut vu sa taille. Du mieux qu'il peut sans se faire mal. Il ferme les yeux et écoute les sons alentour. Les pas de Soul qui s'éloignent. Le vent qui souffle jusque sur sa peau. Les oiseaux qui piaillent comme Sofiane, Doums et les autres quand ils sont partis chasser. Enfin « chasser »... Il n'y a ni bêtes ni chasseurs dans ce bois. Il a parlé de tout ça pour leur faire un peu prendre conscience de ce qui les entoure. Ils vont juste apprendre qu'avoir une arme entre les mains ne veut pas dire qu'il faut l'utiliser. Henri est bien. Il ferme les yeux. Il va rattraper sa nuit. Essayer, en tout cas. Juste dormir sans les vapeurs de crack de la voisine. Sans les rêves bizarres qui vont avec. Des rêves sans Marie-Line à la grande époque où ils se sont connus. Des rêves qui ne valent même pas la peine d'être faits.

Au cœur des bois, Sofiane et Doums mènent leur armée. Les insultes fusent dès qu'il y en a un qui ose parler. Real Madrid, qui n'était jamais venu en forêt, ne se sent pas bien.

Il trouve qu'il respire bizarrement. Sofiane qui lève le poing pour les faire arrêter de marcher et le rouvre pour leur dire de repartir. Doums qui rompt le silence pour le charrier. Lui demander si c'est son gros daron qui lui a appris tout ça après son service militaire au bled. Les autres qui ferment leur gueule mais n'en pensent pas moins. Bayern subjugué par la cime des arbres. Ça le fait penser à des fusées. Le Blanc vise des cibles imaginaires, il fait des pow pow avec sa bouche. Doucement. Tout doucement. Les autres suivent. Concentrés. Prêts pour leur croisade.

À quelques centaines de mètres de là, Soul marche flingue à la main. Par mesure de sûreté, il préfère retirer les balles et les garder dans sa poche. Il regarde le pistolet dans sa main. Il fait aussi peur vide que plein mais, au moins, pas de risque que ça parte et qu'il nique une vie et la sienne au passage. Ça le rassure. Il regarde le pistolet de face, canon pointé sur lui. Louche dessus. De mémoire, Soul n'a jamais vu son père avec une arme. Pourquoi il devrait en avoir une ? Il sera mieux dans sa poche.

Kamel avance lentement. Il a cru voir un truc bouger. Il a peut-être rêvé. Il épaule le fusil et jette un œil dans la lunette. Il n'y connaît rien, mais fait semblant de régler la mire comme un tireur d'élite. Il tourne le bail comme il a vu des mecs encore moins experts que lui le faire dans des films. Il arrive à quelque chose de potable. Il calque ses gestes sur ceux de Jude Law dans *Stalingrad*. Il regardait souvent ce film avec son père. Avant. Maintenant, il essaye de l'éviter en se réfugiant dans une autre vie que la sienne. Une vie qu'il maîtrise. Une vie qui le fait rêver. Une vie dont il parle au futur. Puis la rencontre qui peut tout changer. Un animal qui n'aurait jamais dû être là. Aussi loin de chez lui que peuvent l'être Kamel et Camélia. Un animal que Kamel ne saurait pas nommer autrement que Bambi parce qu'il ressemble au dessin animé est à quelques mètres de lui. Fusil épaulé, pas besoin de la lunette, il le voit très bien. Juste là. À une petite pression de détente de le libérer de ses questions sur ce que ça fait d'ôter la vie à un animal. Qu'il puisse parler ou pas, c'est pareil pour Kamel. Les uns ne valent pas forcément les autres.

La partie de chasse de Soul s'est transformée en footing forestier. Ça lui plaît aussi. Sentir son cœur battre. Ce fils de pute de cœur. Il a l'air de fonctionner. Il ne lui fait payer aucun de ses excès en tout cas. Comme si la vie que lui faisait mener Soul lui plaisait bien au fond. Il suffit de dire ça pour que ça se mette à déconner. Il fatigue. Il ralentit et marche pour reprendre son souffle… Comme si son cœur l'avait guidé pour qu'il ne puisse pas louper le spectacle qui s'offre maintenant à lui. Soul a envie de prendre une photo mais il a peur de bouger. Paralysé par ce qu'il voit.

Kamel a Bambi dans sa ligne de mire. L'animal ne bouge pas. Il a vu Kamel. C'est sûr. Ils se regardent. Bambi a l'air d'attendre que l'humain se décide à faire quelque chose. Il a dû voir plusieurs des siens se faire tuer par des types comme Kamel. Bambi attend. Kamel sait qu'il peut pointer le canon où il faut. Il ne sait juste pas s'il peut le tuer. C'est qu'une pression du doigt. Le moment venu, il y arrivera. Il a son Glock. Il le connaît par cœur. La prochaine fois qu'il l'utilisera, ce ne sera pas pour survivre, ce sera juste pour vivre. Là, Kamel baisse son fusil et Bambi, rassuré, s'approche de lui. Là, Kamel esquisse le geste de le prendre dans ses bras et, comme Bambi ne cille pas, il le fait. Les yeux fermés. Une larme et son cœur battant au même rythme que celui de l'animal.

Puis, des coups de feu au loin. Bambi se barre. Kamel le regarde s'éloigner et revient sur ses pas. Soul reste caché derrière un arbre, conscient qu'il n'aurait pas dû assister à ça. Sofiane, Doums et les autres se traitent de tous les noms parce que Barça a voulu faire flipper PSG et il a tiré en l'air et ils ont du coup tous tiré n'importe où par réflexe. Bambi cavale aussi loin que possible et ne s'arrêtera que quand il se sentira à nouveau en sécurité. Comme Kamel. Comme Soul. Comme tout le monde.

15

C'est barbecue à la cité. Sur les grils : merguez, poulet, steaks, brochettes, crevettes et poissons pour les amateurs, des légumes et même une poupée Barbie. Sur les tables : des baguettes, des pains à burger, des sauces, celles qui existent et plus encore, des boissons en tous genres, du Coca au Selecto en passant par toutes les gazouzes les plus exotiques possibles. Une poignée d'habitants de la cité sont venus profiter du banquet : surtout des ados, filles et garçons, futurs employés de Brahim et ses sbires. Personne n'est dupe, le repas n'est pas gratuit, c'est une opération séduction moins balourde que le recrutement de l'armée de terre. C'est tout.

Des gosses se renseignent auprès de Sofiane et Doums, qui reviennent du grec, histoire de se distinguer du petit peuple qui se contente du barbecue général, pour savoir quand ils pourront aller tirer eux aussi. Car les chasseurs du jour ne lésinent pas sur leurs exploits. Certains racontent même qu'ils ont pu tirer sur des ours. Ça fait sourire Henri. Lui aussi avait, il y a bien longtemps, menti à ses camarades de classe sur sa première partie de chasse. On lui avait demandé des photos de son tableau de chasse comme font maintenant les petits qui réclament des snaps. Lui aussi avait inventé cette excuse bidon d'appareil photo manquant. Un gosse était allé demander au père d'Henri s'il avait vraiment tué un élan. Il avait dit la vérité au gosse qui s'était empressé de la répéter à tout le collège, puis il avait filé une rouste à son fils pour lui passer l'envie de mentir. Il s'était contenté de dire le plus possible la vérité après ça.

Henri, canette à la main, reste à l'écart avec Soul qui leur confectionne des sandwichs à la merguez. Il a remarqué les noms et les adresses inscrits sur les murs de la cité. De nuit, il ne pouvait pas voir ça. Ce sont les noms et les adresses de keufs qui sont *wanted*. Parce qu'ils ont déconné avec quelqu'un du nueve cuatro ou juste pour avoir fait leur boulot. Ça, Soul le déplore et Henri le voit bien. Si un vaillant est prêt à faire une dinguerie, il a le nom et l'adresse du keuf à qui faire la misère. Lui ou sa famille. Henri pense que certains méritent ce genre de choses. Au moins un bon coup de flip. Mais des appels au viol sur leurs femmes ou leurs filles, c'est trop.

Avant de croquer dans son sandwich et pour se changer les idées, Henri parle à Soul des manifs de la CGT. C'est tout ce que ça lui évoque de bouffer ça. Alors qu'ils discutent, une bagnole tourne et tourne et tourne sur le parking. De grandes accélérations, de violents dérapages au frein à main, que du boucan. Henri jette parfois un œil à la bagnole mais il ne voit pas le conducteur. Une voiture fantôme ? Il n'y a pas que dans les histoires de Stephen King que ça peut arriver ces conneries-là ? Il revient à son sandwich et croque dedans. De la mayonnaise sort de tous les côtés. C'est vraiment comme aux manifs. Soul s'approche sur le ton de la confidence car il ne veut pas que Sofiane et Doums s'en mêlent.

— J'ai regardé sur les sites de petites annonces. J'ai vite pisté les annonces des Jupiter.

— Alors ?

— J'ai pas vu Clara.

Sofiane qui n'en a, évidemment, pas perdu une miette se sent obligé d'apporter son expertise.

— Mais y a des meufs, ils les mettent pas en photo comme ça. Les vraiment fraîches, ils les gardent en VIP et ils partagent les photos qu'avec certains clients sur leurs groupes WhatsApp de diksa. Y en a même, comme ils pensent qu'elles sont encore vierges, ils les vendent aux enchères.

Doums n'en revient pas.

— Comment tu sais ça toi, sale clochard ? Tu payes des crasseuses comme ça ?

— Non, on m'a raconté, c'est tout.

Henri est outré par cette nouvelle info que Soul lui confirme d'un hochement de tête. Ils poursuivent leur conversation comme si les deux autres n'étaient pas là.

— Où est-ce qu'ils sont allés pêcher ça, ces fumiers ?

— Dans *Taken*.

— Le film avec l'autre là ?

— Ouais, Liam Neeson.

Celui-là, plus il vieillit, plus il casse des gueules. Dans l'idée, ça plaît à Henri de vieillir comme ça.

— Tu crois qu'elle est sur les annonces de luxe ? Les ventes aux enchères ?

— Je sais pas. Je sais pas trop comment ils fonctionnent, mais si elle est avec eux et qu'ils l'ont pas encore mise dans les annonces normales, c'est qu'ils lui ont peut-être encore rien fait. Et ça c'est bien, non ?

— Bien, oui. Mais ça veut dire que le temps presse.

Soul baisse les yeux. Penaud. Henri se fait rassurant.

— Eh, je dis pas ça pour t'engueuler. C'est déjà super ce que tu fais. Moi, j'aurais été incapable de faire ça, j'ai même pas d'ordinateur ni de cellulaire. Qu'est-ce que tu veux que je trouve les annonces qu'il faut ? Je serais paumé.

Il ricane et Soul le suit dans la rigolade. Henri mate Sofiane et Doums qui entament leur grec avec l'air du père déçu de voir ses gamins manger du McDo. Sofiane boit une gorgée de Fanta, rote et regarde Soul.

— Quand tu parlais des Jupiter, c'est lequel qu'est dans la sauce ?

— Elle sortait avec Killian apparemment.

Ce nom insupporte Doums.

— Ce fils de pute de tismé là. Dès que je pense à lui, je suis yomb. Un jour, faudra le goumer.

— T'inquiète pas que j'ai essayé, mais il court vite ce bâtard.

Sofiane et Doums se regardent. Ouvrent de grands yeux. Lâchent le même « noooon ?! » de concert.

— C'est toi qu'as déclenché au lycée ?

Petit sourire de Soul, faussement timide, faussement modeste. Henri comprend qu'il gagne des lettres de noblesse. Sofiane n'en revient pas.

— Dis *wallah* c'est toi ?

— Je vais pas jurer pour ça.

Il lève la main pour checker Soul qui ne se fait pas prier pour lui donner l'accolade. Idem avec Doums que toute l'affaire semble contrarier. Sofiane est plus intéressé par la bagarre générale.

— T'as endormi des mecs ?

— Ouais un peu.

Sofiane sourit, fier de Soul.

— *Masha'Allah* !

— Ouais, je sais pas, hein.

Soul n'est pas sûr que le bon Dieu ait quoi que ce soit à voir dans tout ça mais Sofiane hoche la tête. Apparemment, ça méritait un *Masha'Allah*.

Doums se tourne vers Henri.

— C'est une meuf de ta famille qu'ils ont pris, ces fils de pute ?

— Non. Juste ma…

Doums le coupe en levant la main et en grimaçant. Dans l'incompréhension totale.

— Pourquoi tu te casses les couilles comme ça alors ?

Henri pèse le pour et le contre avant de répondre. Comment évoquer de façon accessible des concepts aussi simples que ceux qui l'animent mais qui doivent être totalement étrangers à son interlocuteur ?

— C'est juste que je l'aime bien cette gamine. Tu vois, en vieillissant, tu perds tes amis. Un jour, peut-être que Sofiane et toi, vous serez séparés. C'est même sûr, si vous avez la chance de tenir ensemble si longtemps, qu'un jour c'est la mort qui vous séparera.

Sofiane et Doums se regardent, mi-flippés mi-sûrs que ça n'arrivera jamais et qu'il y aura des médicaments contre la mort d'ici là.

— Et tu vois, petit à petit, j'ai perdu mes parents. Mais j'ai rencontré ma femme. Puis je me suis éloigné de certains amis. J'en ai perdu un qui m'était cher. Mais j'ai rencontré Clara. Puis j'ai perdu ma femme. Et là, je vais peut-être perdre Clara et ça, je peux pas. Je veux pas en fait. Elle me rappelle des choses d'avant la mort de ma femme et si elle partait elle aussi, alors j'aurais plus rien. Enfin j'aurais mes souvenirs, mais ça reste pas.

Soul pense à son père. Il pense à sa mère. Il pense à Camélia. Il pense à ce qu'il a eu, ce qu'il croyait avoir et ce qu'il a. Sofiane pense que ça le ferait chier de perdre Doums et Doums pense qu'il n'y a pas moyen qu'il perde Sofiane. Il se dit qu'au pire, s'ils doivent mourir un jour, ils mourront ensemble. Doums tend la main à Henri qui va pour la serrer timidement mais se rend compte qu'il a la main pleine de sauce et rien pour s'essuyer. Il finit par lui prendre la main.

— Allez, on s'en bat les couilles nous, on est des bonhommes, on a eu des trucs plus dégueu que ça dans la main.

Ça ne rassure pas Henri du tout. Doums le regarde droit dans les yeux.

— Eh, le ieuv, *wallah* elle me touche ton histoire et j'ai envie de t'aider. Déjà parce que si un jour y a *haja* avec Sofiane, j'aimerais bien que tu viennes m'aider si faut tirer sur des gens, d'accord ?

Henri hoche la tête, ça y est, on est dans un western.

— Et après parce que juste toi et lui, vous arriverez à rien. Soul il est chaud pour réfléchir mais sinon, il pue la merde.

— J'avoue même si tu déclenches des bagarres au lycée, t'arrives pas à marbrer le seul gars qu'il faut marbrer. T'abuses, frère. Moi aussi je suis chaud pour aider, *wallah*.

— Comme ça, on fait des descentes chez les Jupiter et si votre meuf elle est chez eux, on vous la ramène. Et si j'attrape Killian, je lui baise sa mère.

Henri est intrigué par ce qui a pu déclencher cette ire.

— Qu'est-ce qu'il t'a fait ce mec ?

— En vrai, il m'a rien fait. C'est juste que je l'aime pas. Dieu le Tout-Puissant me soit témoin, j'aime rien de lui. J'aime pas sa gueule. J'aime pas comment il s'habille. J'aime pas comment il parle. J'aime pas son accent de mwaka. J'aime pas comment il marche. J'aime pas comment il se tient. Il me véner, c'est tout.

En temps normal, Henri aurait trouvé ça bizarre mais là, ça l'arrange bien qu'il ait un ennemi commun avec ce sociopathe en puissance.

— Et moi, t'aimes bien ma gueule ?

— Ouais, ça va. J'aime pas trop comment tu marches. Tu marches trop en nerveux… J'ai envie de te dire de marcher gentiment mais ça va, si ça part en couille, tu peux assumer, t'as le droit de marcher comme tu veux.

Doums regarde autour de lui.

— Mais y en a ici, ils marchent en nerveux. Ils marchent comme s'ils avaient des grandes mains alors que c'est des salopes. Si ça part, ils feront rien.

À l'écart, la voiture fantôme continue de tourner comme si c'était un rallye à Daytona. Henri, apaisé quant à la suite des opérations, demande à Sofiane ce qui se passe avec cette bagnole.

— C'est Rayane. C'est un tipeu, il kiffe faire le pilote. Dis-toi, il a onze piges, il conduit mieux que des mecs d'ici qu'ont le permis. Il conduit mieux que moi-même.

— Et c'est la voiture à qui ça ?

Sofiane hausse les épaules.

— Quand il a envie de conduire, il en démarre une, c'est son daron qui lui a appris avant d'aller au *hebs*.

Henri a obtenu la réponse à sa question. Encore un mystère de résolu. Ça le satisfait. Il boit une belle gorgée de Coca mais son sourire s'efface à cause de ce qu'il entend. C'est pas le chbing chbing chbing qui refait parler de lui, c'est une sirène de police. Quelques têtes se sont tournées vers l'origine du son. Beaucoup d'autres vivent avec sans s'en soucier car ils n'ont et n'auront jamais rien à se reprocher. Tant mieux pour eux.

Il y a dix minutes, une patrouille de bleus a parlé sur Keufs FM du petit con qui se fait un énième rodéo en bagnole à la cité des Glaïeuls. Le capitaine Crolet n'en peut plus de ce môme qui les nargue depuis trop longtemps. Aujourd'hui, ils vont lui tomber dessus. Quand ils débarquent dans leur banalisée, c'est toujours avec *Your Fuckin' Head Split*, le morceau de Necro, joué à un volume infernal. Une manière de laisser aux moins téméraires un peu de temps pour se planquer. Attention, les croque-mitaines arrivent.

La voiture folle en vue, Crolet se fait carnassier.

— Vas-y, Laura, touche-le s'il faut, mais cette fois, il se barrera pas, ce fils de pute.

Au volant, Laura Huysmans est crispée.

— Y a du monde dans la cour.

— Y a toujours du monde dans cette putain de cour mais ils feront rien. Enfin, rien de méchant.

Sourire mauvais. Au fond, il est comme les autres, il n'attend que ça, que ça dégénère. Il aime quand ça sent le soufre. Sur leurs écussons de baqueux, une tête de diable. Une devise en latin. À l'arrière, le costaud qu'on appelle Jericho pour une raison que tout le monde ignore et le nouveau se passent des protège-dents et s'accrochent à ce qu'ils peuvent pour se préparer au choc. Une fois que Laura a installé le sien, elle fonce dans la bagnole de Rayane qui fait plusieurs 360. Airbag déclenché, gamin sous le choc. Le sourire de Crolet n'a pas bougé.

En deux secondes, ils sont dehors, arme à la main. À Ratigny, leur réputation de cow-boys n'est plus à faire. Des gros durs de la tess ont déjà perdu des bagarres contre cet équipage. Des tête-à-tête sans triche. Aucune plainte recevable. Ça la fout mal. Leurs noms sur les murs de tout un tas d'immeubles de la ville. Savoir qu'ils emmerdent leurs ennemis à ce point, cela vaut toutes les médailles.

Rayane essaye de s'extirper de la bagnole, mais quand il voit les flics, il s'enferme à l'intérieur. Pas moyen qu'il sorte.

Depuis le barbecue, Henri, Soul et les autres assistent à tout ça. Doums pressent que ça va partir en couille. Henri lit vite la situation. Il donne ses clés de voiture à Soul. Lui dit de la bouger, discrètement, au cas où, ce serait bien qu'elle ne soit pas dans les parages.

— Henri, tu vois quand les gens disent qu'il y a quand même de bons flics ? Bah eux ils en font vraiment pas partie.

— Je sais. Tiens.

Soul récupère les clés et se met à trottiner vers l'attroupement qui se forme là-bas. Henri sur ses talons. Le voyant si déterminé, Sofiane et Doums cavalent après lui.

— Il va faire quoi encore, ce baisé ?!

Les flics auraient aucune raison de fouiller sa bagnole, Soul se dit qu'Henri lui dit ça pour ne pas être tenté d'ouvrir son coffre. Le vieux commence à le faire flipper. Comme si lui aussi voulait que ça dérape par moments. Comme si lui aussi avait des litres de sang à faire couler. Arrivé au parking, Soul se fond dans l'attroupement et va comme si de rien n'était vers l'armurerie roulante. Le nouveau de la BAC n'est pas d'accord. Il fait du zèle et l'empêche de passer.

— Wesh, chef, y a quoi là ?

— Tu vas où comme ça, toi ?

— Je vais au taf, je suis en retard.

— Vas-y, fais voir tes papiers.

— Sérieux ?

Soul regarde les autres flics qui surveillent la foule tandis que Crolet gueule après Rayane pour qu'il sorte de la voiture. Il menace de péter la vitre s'il ne sort pas. D'un signe de tête, Jericho fait céder le nouveau qui laisse passer Soul. Il le remercie mais le keuf pense qu'il se fout de sa gueule et l'envoie chier.

Là-dessus, Henri arrive et dégage les badauds et les petits qui insultent les flics pour aller foutre sa merde à lui.

— Qu'est-ce qui se passe ici ?

Leur chef avise Henri. Ça le change de son public habituel. Il ravale ses insultes. Pour le moment.

— Monsieur, je vais vous demander de vous écarter. Laissez-nous faire notre travail.

— Ouais, ouais, demandez-moi ce que vous voulez, j'ai pas à le faire. C'est quoi vos matricules ?

La flic est à cran.

— Eh, on a pas à vous les donner !

— Un peu que vous avez à me les donner, c'est mes impôts qui vous payent, c'est moi votre patron.

Le costaud l'a mauvaise mais Henri peut gérer.

— Quoi ? C'est pas vrai ? Je dis des conneries peut-être ?

Pour l'instant, ils tiennent en respect Sofiane, Doums et le reste de la foule qui commencent à s'exciter… Le nouveau sent le doux fumet de la merde dans laquelle ils viennent de se foutre. Si ce vieux con ne s'était pas pointé, ce serait déjà réglé. Rayane serait déjà à l'arrière de leur bagnole, sur le plancher, et ils auraient leurs gros pieds dégueulasses sur lui.

— Monsieur, je vous le dis une dernière fois : éloignez-vous. Ce gamin est en infraction, il met en danger tout le quartier.

Huées aux alentours, gueulements de « rien du tout », « Rayane Gosling il conduit mieux que le vrai ».

— On doit l'embarquer et parler à ses parents. Voilà, content le contribuable ? De l'argent bien dépensé ?

Henri regarde le petit dans la bagnole. Il est terrifié. Ça aurait été d'autres flics, il aurait assumé sa connerie mais là, il flippe. Henri n'a pas besoin d'entendre les histoires sur cet équipage de la BAC, il les voit dans le regard du gamin. Là-dessus, une femme d'à peine trente ans débarque, c'est la mère, catastrophée. Elle plaide auprès des flics. Elle fait du bruit. Laura se charge d'elle. L'empêche de passer. Se fait plus bonhomme qu'un bonhomme pour asseoir son autorité. Le ton monte chez les flics et dans le public. Ça part en couille, ça y est. Bien vu, Doums. Henri regarde Soul sortir du parking avec sa voiture. Il hoche la tête. Pour lui-même.

Il n'a pas suivi ce qui se passait avec la mère mais elle finit projetée au sol et menottée par la flic. Le genou dans le creux des reins. Elle appuie fort. La mère de Rayane en chie. Son fils pleure en voyant ça. Le nouveau appelle du renfort. Le costaud épaule son Flash-Ball et pointe des gens au hasard. On sent que ça monte aux alentours. Sofiane et Doums sont à deux doigts de déconner. En train de mesurer leurs chances d'être plus vifs qu'un tir de Flash-Ball. Mauvais plan. Surtout que tous les portables sont de sortie, si ça dégénère, tout sera filmé, alors pas besoin d'en rajouter.

À capter tout ça, Henri, toujours en duel de regard avec Crolet, décide de saper définitivement l'autorité du flic pour s'approcher du môme.

Henri fait signe à Rayane de baisser la vitre. Il accepte après une courte hésitation.

— C'est bien. Écoute, t'as fait une bêtise mais c'est une petite bêtise. Eux, c'est des enculés, ils veulent te faire croire que c'est grave mais t'as fait de mal à personne, d'accord ? Ils veulent t'emmener mais ils vont rien te faire. Pour ta maman, c'est pareil, elle a rien fait. Mais si tu restes là, ça va chauffer pour tout le monde et tes copains aussi auront des problèmes, alors je te demande : tu veux bien sortir ?

Rayane fait non de la tête.

— T'as peur d'eux c'est ça ? Moi, t'as peur de moi ? J'ai quand même une meilleure ganache que ces cons-là, non ?

Henri sourit au petit qui le lui rend bien. Au sein de l'équipage de la BAC, il y en a au moins une qui aimerait bousiller Henri mais qui prend sur elle, deux qui aimeraient être ailleurs et Crolet qui garde son sang-froid. Ça fait un peu peur à Henri d'ailleurs. Il sent que ce mec est dangereux. À l'inverse de Soul qui aurait pu faire un bon flic, enfin aussi bon que possible, mais qui fait un piètre voyou, ce flic-là doit être très bon parce qu'il aurait fait, ça se sent, un excellent gangster. De la méchanceté et de la malveillance jusque dans les doubles nœuds de ses Reebok. Henri regarde le flic puis retourne à Rayane.

— Moi, tu me fais confiance ou pas ?

Henri attend la réponse. Une éternité. Où sont les balanceurs de frigos du *Droit de savoir* spécial banlieues chaudes quand on a besoin d'eux ? Personne pour détourner l'attention. En revanche, les renforts sont arrivés, il y a même un fourgon et une autre voiture de flics d'où descendent des créatures mi-flics mi-soldats prêtes à en découdre. Henri hausse les sourcils pour interroger le petit qui finit par acquiescer. Il lui fait confiance mais les autres, non.

— Sors, je viendrai avec toi là-bas, je veillerai à ce qu'ils fassent leur boulot comme il faut. Il t'arrivera rien.

Crolet hausse le ton.

— Hors de question.

— On verra ça.

Le flic attrape le bras d'Henri qui voit rouge mais se contient.

— Monsieur. Pourquoi vous faites ça ?

Il pourrait lui parler de Mehdi. De ce qui s'est passé sur les quais ce jour-là. De son manque de courage qui l'a fait partir sans se retourner et qu'il regrette chaque jour. Du fait qu'il n'ait pas eu la chance d'empêcher cette connerie d'arriver et que maintenant, il ne veut plus laisser passer une occasion de faire ce qu'il faut quand il faut et quand il peut. Il pourrait lui parler de tout ça mais il préfère lui parler d'autre chose.

— Parce que j'aime pas ce qui se passe là et encore moins ce qui va se passer pour ce petit et sa mère si je vous laisse les emmener. Vous débarquez comme ça, votre musique de merde à fond... Le carton sur la bagnole et les insultes en préambule... Pas de raison pour tout ça... C'est pas parce qu'il y a un neuf et un quatre sur les plaques d'immatriculation des gens d'ici que c'est pas les mêmes lois qui s'appliquent pour eux. Alors si vous les embarquez, faudra m'embarquer aussi.

Henri tend les poignets aux flics.

— Petit, c'est bon, tu peux sortir. Ils te feront rien.

Rayane sort et Crolet l'attrape vite pour le donner au nouveau qui le menotte sous les insultes et les questions du quartier. Pendant tout ce temps, Crolet regarde Henri qui lui tend toujours les poignets. Il lui parle tout doucement à cause des portables braqués sur eux.

— Espèce de vieux fils de pute, à quoi tu crois que tu joues ?

Henri sourit, il a dû passer un cap dans la hiérarchie de l'humanité pour que Crolet se mette à le tutoyer.

— J'ai aucune raison de t'embarquer.

Henri lui crache un mollard en pleine face. Crolet ne réagit pas tout de suite ce qui laisse à Henri le temps de parler, alors qu'autour d'eux on rit et on célèbre ce crachat comme un but de finale de Champions League.

— Frappe un vieil homme devant tous ces téléphones et tu deviens la star du film pour les trois prochaines semaines.

Crolet serre les dents, il attrape Henri et le menotte. Doums fait savoir à Henri qu'ils vont lui envoyer un avocat. Il n'y croit pas une seconde mais lui fait quand même un clin d'œil. Sofiane filme tout ça. Puis il ferme le poing et le tend comme un micro à Crolet.

— Chef, pour 9-4 News, vos impressions après vous être pris la purée en pleine gueule : ça fait quoi d'être une future star de xHamster ?

Éclats de rire dans l'assemblée. Doums en rajoute.

— Prochaine fois, il se fait ken par Wolf Cutler.

Nouveaux éclats de rire.

— Profitez-en, moi, la prochaine fois, je vous garantis que vous tous là, vous vous marrerez moins.

Trente secondes plus tard, le calme est revenu dans la cité. Comme s'il ne s'était rien passé. Seuls les copains de Rayane cavalent après le fourgon en gueulant plus fort que les sirènes et jusqu'à en perdre haleine.

Dans le fourgon, la mère de Rayane remercie Henri. Elle pense que, sans lui, ça se serait plus mal passé que ça. Elle lui dit qu'elle s'appelle Sandra. Que depuis que son mari s'est fait arrêter Rayane veut le remplacer. Qu'il lui fait vivre l'enfer avec ses conneries. C'est pas sa première arrestation. Mais c'est la première par la Suicide Squad. Dans le quartier, on les appelle comme ça parce qu'ils sont aussi moches et nazes que ceux du film. Henri sourit mais ne voit pas de quel film elle parle.

Au poste de police, il croise la flic qui l'avait empêché de se garer où il voulait. Elle ne le reconnaît pas. Ça le fait sourire. Une fois qu'on a les menottes, on doit passer dans une autre CSP. On fait partie des tutoyés.

Il suit la procédure comme un train fantôme. Pour les faire chier à court terme, dit qu'il ne peut pas se baisser et qu'ils vont devoir lui défaire ses lacets eux-mêmes.

Puis alors qu'il est là, son cœur s'arrête, son corps se vide. Tout ça à cause d'un visage qui était devenu flou et incertain comme celui de ces gens qu'on n'oublie pas mais dont les contours se floutent. Il est là, des années plus tard, avec du bide et du galon et moins de cheveux mais c'est lui. Le flic qui avait dit à Henri de rentrer chez lui et qui a sans doute balancé Mehdi à l'eau. Il est là. C'est devenu le commissaire Antoine Lavey. Et il félicite Crolet qui lui désigne Henri. Le commissaire l'avise. Ne le reconnaît pas.

En cellule, Henri ne pense qu'à ce visage qu'il emportera dans la tombe et, si l'enfer existe, il le placardera partout pour lui préparer une arrivée aux petits oignons. À moins que ce soit lui qui l'attende. Savoir que ce mec est toujours là ne le surprend pas, mais ça le dégoûte quand même. Ça le conforte dans ses opinions sur tout ça. Il n'en parlera même pas à Soul. Il ne veut pas pisser sur ses dernières croyances.

À bavarder avec son compagnon de cellule, mort bourré, Henri ne se rassure pas pour son avenir.

— Mais là, ce que t'as fait, gars, c'est chaud. Eux les keufs, c'est comme une équipe, surtout ici. Ils font comme les mecs qu'ils doivent arrêter. Ils volent, ils braquent, ils font même disparaître des gens. Toi, c'est sûr que tu vas être *wanted* maintenant.

Qu'ils viennent se dit Henri, qu'ils viennent. Il a retiré ses pompes, il saigne encore du pied. De toute façon, si c'est pas eux, ce sera le diabète.

Quelques heures plus tard, Henri est dehors. Pleine nuit. Doums lui a effectivement envoyé un avocat de Brahim. Il lui a évité la comparution immédiate. Il sera jugé plus tard mais il n'aura sans doute que du sursis – donc rien, vu qu'il ne fera plus jamais de conneries de ce genre. Henri sait qu'avec un peu de malchance, quelques années de moins et une autre couleur de peau, il dormirait sans doute en prison. C'est pas mal d'être vieux et blanc.

La mère de Rayane dort en prison. Elle avait de vieilles casseroles qui traînaient, de vieux mandats au cul et les conneries de son fils l'ont rattrapée. Elle est tombée parce qu'elle fait la nourrice pour des grossistes de Brahim depuis que son mari est enfermé. Ses deux trois autres activités illicites pour tenir la baraque n'ont pas aidé. Elle a bien géré mais elle savait que ça arriverait. Un autre avocat a bossé comme il pouvait mais il n'a rien pu faire. Rayane est parti chez son oncle à l'est de la ville. Pas de suite pour lui. Son rodéo est considéré comme un gentil écart de conduite. Il n'est pas violent ni méchant et il regrette (pas vraiment) ce qu'il a fait. Ça a suffi au juge pour le laisser tranquille. Il savait qu'ils se reverraient.

De retour dans sa rue, un peu crevé, rêvant de se boire un Coca, à l'air libre de son jardin malgré les effluves puants de la voisine, Henri est surpris par ce qui se passe chez Clara. La porte d'entrée s'ouvre et le père, les mains chargées de papiers, fonce vers Henri. Les avis de recherche pour sa fille. Il en a décroché une bonne quarantaine.

— C'est quoi ? Pourquoi vous avez fait ça ?

Henri veut répondre mais les mots ne viennent pas. Il est crevé.

— Faites plus jamais ça. Surtout pas. Vous nous mettez dans la merde là ! Vous savez pas ce que vous faites ! Alors arrêtez !

— Mais je comprends pas, vous avez reçu des menaces ? Qu'est-ce qui se passe ? Parlez-moi…

— Arrêtez, c'est tout. Ce qui se passe avec Clara vous regarde pas, vous vous rendez pas compte de ce que vous avez démarré. Arrêtez.

Kryczyk balance les avis de recherche en pleine face d'Henri qui reste là à contempler le visage de Clara qui le regarde de sa multitude d'yeux dispersés. Mais qu'est-ce qu'elle voit vraiment à cette heure-ci ? Et d'ailleurs, est-ce qu'elle voit encore quelque chose ?

16

Rapidement, salement, proprement. C'est comme ça que Sofiane et Doums voulaient se faire de l'argent et ils ont passé la nuit dans leur Clio à y cogiter en regardant des vidéos de cul de Wolf Cutler.

— Tu sais on devrait faire quoi ?

— Vas-y, dis.

— Tu vois les influenceuses mythos là ? En boucle sur des bails de développement personnel, de bienveillance, je sais même pas c'est quoi ce truc encore. On en attrape une, on la met dans un coffre et on dit à ses abonnés de payer.

— Viens, on tape des vraiment riches, non ?

— Non, elles, elles font que de mentir et faire croire aux gens qu'ils vont péter le score alors que rien du tout. Celles-là, elles me foutent vraiment le seum.

— Et s'ils veulent pas payer, les abonnés ?

— T'inquiète pas qu'ils vont payer pour que leur pote, leur fausse pote, elle revienne leur raconter des conneries. Et s'ils paient pas : live Insta et meuf ou pas meuf, on lui baise sa grand-mère en direct. On verra si le positif attire toujours le positif là.

— T'as des adresses ?

— C'est marqué sur Internet. Tous les gens connus, ils ont leur société et comme c'est des bouffons, ils se font domicilier chez eux et ça, c'est public.

— Ah ouais, t'es chaud...

— On fait une ou deux comme ça, après on fait tous les autres fils de pute d'Instagram et de TikTok.

— Tous les petits zemels de la French House.

— Si tu veux.

— Après on attrape la meuf de Shauna Events, on va dans leurs locaux avec des coupe-coupe et on les rackette.

— Vas-y.

— Tu crois Brams il sera chaud pour ça ?

— Bien sûr qu'il sera chaud. Mais eh, fais belek toi, un jour, il va savoir que tu l'appelles comme ça, il va t'en-cu-ler.

Doums hausse les épaules.

— Il aura zappé avant. Mais si un jour il fait ça, tu sautes ou pas ?

— Je rentre dedans direct, le premier qui te touche, Brahim pas Brahim, il est mort.

— La même.

Ils se checkent, poing contre poing, avec le sourire. À penser à tout cet argent facile. Comme tous leurs autres coups de génie, ils auront trop la flemme de lever le petit doigt pour le mener à bien. Si la flemme n'existait pas, les stats de la criminalité seraient bien différentes.

Sur ces beaux projets, Dumb & Dumber ont contacté des mecs sur des annonces. Ils se sont organisé tout un tas de rendez-vous et sont allés foutre la merde dans les baraques à putes des environs. Insultes, intimidations, passages à tabac, les macs amateurs ont découvert ce que c'était que de se faire livrer l'enfer sauce Sofiane et Doums à domicile. Encore ados ou adultes sur le papier, lycéens qui ont jeté l'éponge ou entrepreneurs que les errements de Parcoursup arrangent bien, ils en ont eu pour leur argent. Se faire balancer du deuxième étage, se retrouver avec la jambe en flammes ou se faire démolir sa bagnole, ce n'était pas dans la fiche de poste.

Côté Jupiter, ça s'est mis à gueuler à cause de l'avalanche de SMS, de notes vocales et de vidéos qu'ils ont reçus de leurs employés violentés. Impossible de laisser passer ça, c'était une OPA, une déclaration de guerre, ce n'était jamais allé si loin avant ça. Ce qui les faisait le plus chier là-dedans, c'était pas les mecs tabassés ou les meufs violentées, non, c'était l'oseille qui s'envolait à chaque fois.

Après quelques visites de Sofiane et Doums, des milliers d'euros gisent à même le sol de leur voiture. Mi-véhicule d'intervention de la BRI de la street, mi-succursale du Crédit Kaïra. Soul qui a vent du bordel qu'ils sont en train de foutre leur demande des comptes. On lui a dit que ça avait tiré. Effectivement, ils ont déclenché une fusillade dans les bas quartiers de Ratigny, à la frontière de la ville. Y en a un qui a sorti une arme, ils ont répondu, ça a tiré. Oui. Doums le rassure en lui disant qu'il n'y a rien, que c'était juste des bouffons. Le « c'était » fait un peu peur à Soul. Ils lui disent de se détendre. Ils lui disent qu'il aura une part de l'oseille qu'ils se font. Ils oublient pas de chercher Clarita.

— C'est Clara, les gars.

— T'inquiète, c'est pareil.

— Vous leur avez montré la photo au moins ?

— Tu nous prends pour des teubés ou quoi ? On est en train là, *wallah*.

Pas besoin de répondre. Soul les laisse poursuivre. Au moins, ils remuent la merde, c'est toujours ça de pris. En revanche, il ne parlera pas de ça à Henri tant qu'il n'y aura pas un résultat concret. Doums raccroche tandis que Sofiane continue de conduire comme un malade sur le parking désert d'une zone d'inactivité commerciale. Inspiré par Rayane Gosling, il tourne en rond, tape de grands coups de frein à main ou de frein tout court. C'est bien la première fois qu'ils attachent leur ceinture. Finalement, Sofiane coupe les gaz. Ils sortent de la bagnole, hilares et titubants comme des gamins qui se seraient amusés à tourner sur eux-mêmes en regardant le soleil droit dans les yeux. Sofiane est à deux doigts de se casser la gueule en se dirigeant vers le coffre, Doums se tient à la bagnole pour ne pas tanguer. Doums arrive au coffre et l'ouvre. Il en sort un type qui s'est gerbé dessus, qui saigne du nez, plein de contusions et d'hématomes. Le mec vomit le rab de son dernier repas. Assise sur un plot de béton, la meuf du mec torturé regarde tout ça d'un air las. Aucune peine, aucune compassion, juste un bon vieux « bien fait pour sa gueule ». Si elle pouvait, elle lui enfoncerait le talon de sa chaussure à donner le vertige dans le cul, et elle le bousillerait.

Ayant toujours eu la gerbe communicative, Sofiane se bouche le nez. Pas Doums qui attrape le mec et commence à lui gueuler dessus et le sort, d'une main, du coffre de la bagnole pour le jeter sur le sol du parking. La tête cogne le sol mais pas de bobo, juste un nouveau cri. Doums s'accroupit près de lui et lui montre un truc sur son téléphone. L'autre regarde. Sofiane s'éloigne et se plie en deux. Doums est en mission mais, si son pote vomit, il va le charrier comme jamais. Ça l'intéresse mais, alors qu'il regarde Sofiane, il sent que l'autre va parler. Le pauvre type ne sait même plus où il est. Il doit plus savoir comment il s'appelle. C'est un traitement digne de Guantanamo qu'ils lui ont fait subir. Surtout avec Taio Cruz en boucle depuis qu'il est dans le coffre.

Ce qu'il fait c'est qu'il leur donne une adresse. Une adresse avec des filles qu'ils ne louent pas à tout le monde. Ça pourrait être là qu'ils gardent Clara. Avec ces filles qu'ils vendent plus cher. Ils laissent le mec là, sa meuf, qu'il a passé des semaines à draguer en dormant dans ses DM Instagram et qu'il a mise sur le trottoir après un mercato agressif des Jupiter, finit malgré tout par l'aider à se relever. Elle précise qu'il ne le mérite pas et, à peine debout, il la balaye et lui tape dessus pour se venger de ce qui vient de lui arriver.

En voyant ça dans leur rétro, Sofiane et Doums ont des remords ou des scrupules… Ils font demi-tour, tamponnent le mec qui retourne par terre et Sofiane attrape la machette que Doums garde sous la place du mort en cas d'embrouille sur la route pour la donner à la meuf. Il désigne son fils de pute de mec et il lui dit qu'elle a le choix. Elle décide.

Une fois à l'adresse indiquée, ils pariaient encore sur l'état actuel du mac de Schrödinger. Mort ou pas mort ? Sofiane pense qu'elle l'a tué, Doums pense que non même s'il espère que si. Pendant qu'ils se bouffaient le nez à ce sujet, les Jupiter étaient à cran. En plus de Soul, c'est maintenant Sofiane et Doums qui sont *wanted*. Le Jupiter en chef a fait une story sur Snap où il explique en postillonnant sur la caméra frontale de son téléphone pas étanche qu'il va les retrouver et qu'il va les remplir. Ça tourne dans tout Ratigny. Tous les mecs de Brahim, de son quartier ou de sa cité, tous ceux qui sont liés de près ou de loin à ce mec sont dans le collimateur. Avant ils s'ignoraient, maintenant ce sont des cibles. Doums prend le temps de lui répondre en story pour lui dire que « remplir des mecs », ça sonne comme un gros truc de dep mais qu'il ne s'inquiète pas, il n'y a que les montagnes qui ne se croisent pas et, quand ça arrivera, Doums l'enculera. Sofiane lui dit qu'enculer c'est autant un truc de dep que remplir. Doums hausse les épaules.

Arrivés au deuxième étage, ils savent qu'ils ont fait bingo. Comme au McDrive, il y a le guichet où tu causes dans le téléphone pour dire ce que tu veux et après il y a le guichet où tu khalass. C'est celui-là qu'ils ont sous les yeux. Le mec assis contre la porte d'un appartement doit avoir vingt ans. Il regarde Netflix sur son téléphone. Extensions de batterie à portée. Les journées sont longues. Quand il voit débarquer Sofiane et Doums, il a la gueule du mec à qui on a parlé du grand méchant loup, qui a balayé toutes ces conneries d'un revers de la main et qui n'arrive pas à croire que le bestiau est en train de lui tomber dessus.

— Eh les gars, on veut pas de problème ici.

Doums ne lui laisse même pas le temps de répondre. Il prend appui sur Sofiane pour coucher le caissier d'un chassé et part le mettre K-O. Pendant que Sofiane le fouille et lui fauche la recette, le deuxième chassé de Doums sert à enfoncer la porte. À l'intérieur, les meubles du studio ont été déplacés au max et on se croirait à L'Éléphant Bleu. Il y a trois matelas par terre, des draps accrochés à des cordes à linge servent de cloison pour séparer les trois filles et leurs clients. L'irruption de Sofiane et Doums sème la panique. Ça gueule encore plus fort que la *Moula Max* de L'Algérino et Heuss l'Enfoiré supposée ambiancer tout le monde et couvrir les sons de baise. Un client, un grand renoi costaud, veut jouer le chaud avec eux. Bite à l'air ou pas, il demande des comptes. Un autre se barre en sautant par la fenêtre. Il a dû zapper qu'ils étaient au deuxième et qu'il a pas pris ses affaires. Vu les hurlements une seconde plus tard, il vient de se rappeler que ça fait haut et que le sol est dur. Sofiane met une grande gifle au client nerveux plein de gneu gneu gneu typiques d'un client mécontent. La mandale venue du jurassique le fait plier. Humilié. Ça ne passe pas. Vraiment pas. Sa voix tremble plus que lui.

— Vous faites les malins là, vous croyez que vous êtes des oufs mais si on était à égalité, ça serait pas pareil.

— Ça veut dire quoi ça ? Tu veux qu'on voie qui est qui ?

Sofiane ricane. Doums retourne au troisième client, une vraie tête de iencli du genre à se faire facturer trente euros ses vingt balles de shit au pneu, qui cherche à protéger sa pute. Cet acte chevaleresque ne l'empêche pas de se faire insulter et de rester où il est. Doums se concentre sur les trois filles. Bien flippées par ce qui se passe. Quand il leur montre la photo de Clara, elles ne savent pas. Bien briefées, elles répondent sans même avoir regardé. Pendant ce temps, le iencli se pisse dessus. Doums le rassure. Il le console presque.

À côté, la bagarre démarre. Pour honorer les volontés d'égalité du renoi grand modèle, Sofiane s'est foutu à poil lui aussi et on n'entend que le bruit de la chair qui tape contre la chair. Doums ne s'inquiète pas pour son pote. S'il perd, il prendra la main. Il remontre la photo de Clara aux filles. Ça ne leur dit rien. Côté bagarre, bruit sourd et sans équivoque de deux masses qui tombent au sol. Des insultes. Des grognements. Des souffles. Toujours ces sons de viande contre viande.

Comme ça ressemble à la bande-son des vidéos qu'ils regardent depuis des jours, Doums se doit de partager l'observation qui lui est venue.

— Si on savait pas, on pourrait croire que c'est juste deux mecs qui baisent.

Doums leur demande si elles sont sûres de pas avoir vu la meuf en photo. Elles en sont sûres. En revanche, le iencli, lui, il est sûr de l'avoir vue.

— Jure *wallah* la vie de ta mère, tu l'as vue ?

La bagarre continue à côté. De plus belle. Il y en a un qui a dû avoir très mal vu son gueulement à déclencher un conflit de voisinage. Ça arrête le iencli dans son élan. Pas Doums qui le menace… en brandissant son téléphone. Tout à fait. Doums doit hausser le ton alors que le combat se poursuit lui aussi à plein volume.

— Tu l'as vue où ?!

— Dans… Dans une maison où y a plein de filles.

— C'était quand ?

— Avant-hier. Non ! Attends, pardon, avant-avant-hier.

Doums éclate de rire.

— Mais wesh, frère, tu te payes des crasseuses comme ça tous les deux jours ? T'as pas de main ou quoi ?

Doums regarde les filles.

— Ah ouais, elles sont dégueulasses, gros, pourquoi tu fais ça ? Économise wesh, je sais pas moi, achète une vraie escort, non ? Regarde elle là, ses vieux einss éclatés. Eh toi, c'est le gros renoi là qui te tartinait ?

Elle hoche la tête.

— Vas-y, Sofiane, baise-lui sa mère à lahuiss, il se la raconte, il se prend pour Daniel Cormier alors qu'il paye pour des vieilles meufs.

Doums les considère encore une fois, une par une, comme du bétail.

— *Wallah wallah wallah*, même avec une bite volée, je vous touche pas.

L'insulte leur passe au-dessus. Doums leur assure que c'est la vérité en secouant la tête et en ouvrant de grands yeux. Il ne se rappelle même plus la dernière fois qu'il a baisé avec une meuf. Ou même d'en avoir trouvé une à son goût.

Puis la bagarre s'arrête. Du sang coule sous le paravent et touche bientôt le Radeau de la Puterie sur lequel les filles et le client sont réfugiés. Doums tourne lentement la tête, prêt à féliciter son gars ou bousiller l'autre mais il voit Sofiane émerger. Et cracher un bout de chair noire sur le sol. Doums considère le bout de viande.

— Tu crois c'est halal ?

— Il est circoncis en tout cas.

— T'aurais pu le manger.

Sofiane hausse les épaules et commence à se rhabiller tandis que Doums revient à ses moutons.

— Mon gars, remets tes affaires deuspi, tu vas nous montrer où tu l'as vue.

Ils traînent le iencli rhabillé à l'arrache et passent par les escaliers. Arrivés au rez-de-chaussée, ils voient une horde de mecs qu'ils ne connaissent pas cavaler vers le bâtiment. Ils sont une bonne dizaine, ça fait beaucoup pour deux. Ils décident de passer par le sous-sol. Les autres ont l'air d'avoir compris leur manège et se mettent à cavaler vers le parking souterrain. C'était compter sans Doums qui ressort des escaliers menant au parking souterrain.

— C'est bon, vous pouvez venir. Je savais qu'ils allaient nous croire ces bouffons.

Sofiane tire sur le bras du iencli.

— Dépêche-toi wesh.

— J'arrête de vous suivre, j'ai rien à voir là-dedans moi. Ils vont croire que je suis avec vous !

Sofiane et Doums se regardent.

— Il est sérieux ? Il croit que c'est lui qui décide ?

— Il va nous ralentir.

— Vas-y, dis-nous où t'es allé quand tu l'as vue la meuf de la photo ?

— Hein ?! Ah ouais. Je réfléchis.

Quelques secondes passent. Grande claque dans la tête.

— Réfléchis vite !

— C'est bon, c'est bon, je l'ai. C'était un pavillon.

— Où le pavtard ? Ici ou de l'autre côté du pont ?

— Euh ici. Ici !

Doums va jeter un coup d'œil dehors. Personne. Sofiane demande l'adresse.

— Je sais plus moi, mais y avait un truc sur la porte, tu peux pas le louper.

— C'est quoi ?

— Y a marqué « ici ça baise » sauf qu'eux ils l'ont juste écrit *b-z*.

Grimace de Doums qui revient.

— Et tu veux l'écrire comment sinon, gogol ?

Nouvelle claque dans la tête du iencli. Par Sofiane cette fois.

— Et nous on est deux fils de pute de *Pékin Express* ? On va faire toute la ville pour trouver une porte avec marqué « ici ça baise » ? T'es un ouf toi.

— Mais putain, vous voulez que je vous dise quoi ?

— T'as une gov ?

— Je vous donne pas ma voiture.

— T'en as une ou pas ?

— Ouais.

— T'as Waze ?

— Bah ouais.

— Bah donne ton téléphone avant que je t'enclenche ta race là.

L'autre cherche son téléphone dans ses poches, en panique, alors que Sofiane lève la main, prêt à frapper.

— Me dis pas que tu l'as laissé là-haut.

L'autre sort son téléphone et ouvre Waze. Doums regarde Sofiane avec les yeux de l'amour.

— Quoi ?

— T'es chaud, toi.
— Pourquoi ?
— J'aurais pas eu l'idée de Waze comme ça là.
— C'était l'autre fois avec la grosse du bat 7, tu te rappelles ? Elle m'avait emmené à un bail de poulet archi-lourd mais je me rappelais plus le blaze du truc, juste que c'était dans le 9-1. Et c'est en ouvrant Waze l'autre fois sur la route pour insulter des gens pendant l'embouteillage, j'ai revu l'adresse et je suis retourné au poulet direct.
— C'était toujours bon ?
— Bof.

Le iencli leur tend le téléphone. C'est cette adresse.

Sofiane sort le sien pour photographier l'écran du iencli quand soudain il prend feu. C'est le mec qui gardait l'appartement qui a surgi de l'ascenseur pour leur tirer dessus avec un pistolet de détresse. Le même que sur les bateaux. Le iencli hurle et déclenche un début d'incendie dans l'immeuble tandis que Sofiane et Doums s'enfuient.

L'autre recharge son lance-fusées quand les mecs qui étaient à la recherche de Sofiane et Doums débarquent par les escaliers qui menaient au parking. Enragés. Comme des zombies vindicatifs, ils cavalent après eux, qui sont déjà en train d'évacuer les lieux tandis que le mec qui a sauté du deuxième étage est à poil, sur le bitume, fractures ouvertes et en train de gueuler à s'en vider les poumons alors que personne à la ronde n'a rien à foutre de sa souffrance.

Alors qu'ils font la queue dans un vrai McDrive et qu'ils payent en ramassant de l'argent des bordels démantelés à leurs pieds, Doums tient Soul au courant de leurs avancées. Très fier de lui.

— Regarde, là on graille, après on va aller checker deuspi l'adresse et on te dit.

— Ouais, ouais, c'est lourd.

Un temps.

— Mais attends, il avait l'air sûr de lui, le gars ?

— Il a juré la vie de sa mère. Deux fois. C'est bon.

Au bout du fil, Soul se demande quoi penser du bilan de la journée de Sofiane et Doums. Une piste sérieuse pour Clara. Les Jupiter et leur bande de gamins sur les dents. Un peu de thune d'apporteur d'affaires pour lui. Un mec qui jure sur la vie de sa mère. Deux fois. Après tout, pourquoi pas y croire ?

17

Au coucher du soleil, ils se sont fait un point au Nueve Cuatro. Henri s'est rendu compte que, comme dans tous les boulots, il y avait ces moments chiants. Ces pertes de temps. Rien de concret n'est arrivé mais il faut discuter.

Soul flippait de raconter ses exploits au lycée mais Brahim s'est montré conciliant. Un drôle de train est passé dans son regard. Le genre Runaway Train sans frein et qui court à la catastrophe. Il a eu des mots étranges avant d'en arriver à des conclusions très claires. Les Russes font les malins. En plus de ça, ils sont cannibales, alors attention. Les Jupiter ont déclenché quelque chose qu'ils ne maîtrisent pas. Les keufs ne peuvent rien faire mais qu'ils essayent. Qu'ils continuent d'arrêter des petits et leurs daronnes. Ils verront bientôt. Henri remercie Brahim pour l'avocat. Pour la sortie rapide de garde à vue. Brahim hausse les épaules. Lui dit qu'ils sont ensemble. Ça aurait dû faire peur à Henri mais ça lui a plutôt fait chaud au cœur. Cette impression de faire partie de la bande. Au bout du comptoir, Claude a levé son verre à son attention. Henri en a fait autant avec son Coca.

Quand ils sont partis, Brahim a pris des notes sur son carnet de commandes. Il pensait tenir la ville, mais au fond ce qui se passait c'est que tout le monde voulait d'une façon ou d'une autre lui tomber dessus. Et cet ennemi déjà là, qui c'est ? Ça peut être n'importe qui. Quelqu'un qui cherche à le baiser de l'intérieur. Il en est même venu à se dire qu'il était son propre saboteur en croisant son reflet dans les bouteilles du bar.

Sur le parking, Henri hésite quant à la suite de la soirée. Il est déjà tard.

— Tu veux venir regarder un film chez moi ?

— Je devais voir ma meuf.

— Dis-lui de venir.

— Je sais pas si elle voudra.

Soul sourit à Henri. Un peu embêté. Il avait clairement d'autres projets. Mais en même temps il aime bien traîner avec Henri. Le pauvre vieux, ça se voit qu'il ne doit rien faire de ses soirées. Il sort son téléphone.

Au bout du fil, c'est Kamel qui répond depuis le Ratigny Shry Market.

— C'est toujours bon pour ce soir ?

— Justement, je voulais te demander… Y a Henri qui nous invite chez lui.

— Il invite qui ?

— Ben toi et moi.

— Qu'est-ce que tu lui as dit ?

— Ben que je devais passer la soirée avec ma meuf et il a dit « elle a qu'à venir ».

Kamel marque un temps. Tiraillé entre lui-même et Camélia. Flippé et ravie à la fois. Flippé de ce que Soul a pu laisser échapper à son nouveau pote mais ravie qu'il ait dit ces mots-là. Ma meuf. Que faire ? Le temps se fait long. De son côté du téléphone, Soul commence à mal le sentir. Il ne veut décevoir personne. Il aimerait kiffer la soirée avec Henri et Camélia. Elle lui parle parfois de se voir à l'extérieur mais n'ose jamais franchir le pas.

— Tu veux pas qu'on te voie avec moi ou quoi ?

— T'es sérieux Soul ?

— Je sais pas. Dis-moi.

— C'est pas ça. Tu sais très bien.

Kamel se fait tout timide. Il change. Il baisse les yeux. Il ne se tient même plus pareil.

— Moi je pense que ça va être une bonne soirée. Tu me fais confiance ou pas ?

— C'est pas ça, c'est juste que…

— Camélia. Je viens te chercher, on y va en bécane, ni vu, ni connu.

— Pour que je nique mes cheveux ? T'es un baisé toi.

Depuis l'arrière de son volant, Henri regarde Soul rigoler mais il n'écoute pas sa conversation. Il écoute une de ses vieilleries qu'on croirait sortie hier. Il regarde aussi Brahim derrière son comptoir. En train d'essuyer des verres. En train de se rendre compte qu'il tient que dalle en vérité. Henri cogite à tout ça. Il se dit qu'ils ont finalement ce point commun là tous les trois. Lui, Brahim et le môme. Le compte à rebours est enclenché. Il est enclenché pour tout le monde. Alors quand Soul se retourne vers lui et lève le pouce avec le sourire, ça réchauffe son cœur, son âme et l'endroit où il y avait son orteil pourri quelques jours plus tôt.

— Faut que je repasse chez moi, t'as reçu un truc.

— Vas-y bien vu, ramène-le, c'est pour Henri.

— Tu veux me proposer un bail de trouple avec vous deux ou quoi ?

— C'est quoi ça ?

— Laisse tomber. Envoie-moi l'adresse après.

— Vas-y.

Kamel raccroche. Il est passé par la boutique histoire de démarrer l'amitié à entretenir. C'est sa façon de faire quand il promet de protéger un endroit. Après l'épisode Ashley, il est parti un peu à l'arrache, fallait qu'il décompresse mais, depuis qu'il a vu Ejaz, il a senti que ça pourrait être son pote. Quelqu'un avec qui parler de comics, de films et de conneries comme ça. De choses qui comptent mais qui ne comptent pas vraiment. OK, Camélia a Soul mais Kamel n'a pas de potes. Juste des gens qui ont peur de lui à cause du sang qui coule dans ses veines.

Son père les avait élevés comme ça, son grand frère et lui. Il leur avait seriné son haïku de la street.

Vous n'avez besoin que de l'un et de l'autre.
Laissez personne se mettre entre vous.
Pas d'amis, pas de potes, que la famille.

Puis Nabil est mort et c'est la moitié de l'univers qui s'est éteinte. Plus personne à qui parler. Avec qui rigoler. Ton père, t'as peur de lui. Alors tu fais quoi ? Tu t'inventes un copain. Ou une copine. Mais ça a ses limites de se parler à soi-même.

Là, Kamel voulait juste tuer le temps avec quelqu'un. Sans jouer de rôle. Et c'est ce qu'il a fait en allant à la boutique ce jour-là. Il s'est posé devant la multitude de canettes que propose l'épicerie et il a demandé à Ejaz ce qu'il lui conseillait. Ils ont bu ensemble. Ils ont discuté. De comics surtout. Un peu de mangas mais c'est moins le truc de Kamel. Ejaz lui a montré des photos de sa femme et de son fils de quelques mois. Kamel lui a dit qu'il y avait bien une femme dans sa vie mais que c'était compliqué. Puis il a reçu l'appel de Soul.

— J'ai une soirée. Je rapporte quoi à ton avis ?

— À boire, c'est bien ?

— T'as quoi comme glaces ?

Après avoir pris les préférées de Soul, ils ont parlé des DVD sur le présentoir. Ces films qui intriguaient Kamel l'autre jour. Ejaz lui a dit de prendre celui sur la jeunesse de Ben Laden et de le rendre plus tard. Il n'a même pas voulu lui faire payer les glaces mais Kamel a insisté. C'est comme ça que son père, ses potes et même lui ont ruiné des commerçants. Maintenant Kamel veut faire les choses bien. Ça passe par là. Pour Ejaz, c'était un test. Les deux l'ont passé. Kamel n'est pas un forceur, Ejaz n'est pas un suceur. Ils peuvent être potes. Kamel le checke et se barre. Ejaz lui souhaite une bonne soirée. Ils vont se revoir. Ils parleront comics et ciné.

Comme un bonheur n'arrive jamais seul, Henri a aussi invité Samira. Il lui a dit que ce ne serait pas comme d'habitude. Qu'il voulait juste passer une belle soirée en sa compagnie.

Qu'il voulait lui présenter des amis. Ils ont traîné ensemble, dans le jardin, une bonne partie de la soirée. Henri a tenu la main de Samira. Quand ils buvaient, quand ils riaient, quand ils se parlaient.

Camélia est arrivée, plus belle que jamais aux yeux de Soul qui n'en revenait pas. Henri a vu la fierté dans ses yeux. Il a vu Kamel sous les traits de Camélia mais, en même temps, le jeune homme qu'il a rencontré l'autre jour n'était pas là du tout. Henri ne savait pas quel mot mettre sur ce qu'était Camélia. Il avait croisé des trav et des trans au cours de ses errances dans les hauts lieux de la puterie francilienne mais ça ne l'avait jamais tenté. Si c'était le truc de Soul, tant mieux pour lui.

Tandis que Samira et Camélia discutaient dans un coin, Henri et Soul arrangeaient la sono pour avoir du son dans le jardin. Henri voulait étrenner le cadeau de Soul rapporté par Camélia. Le vinyle de *Watch the Throne*, qu'ils écoutaient l'autre jour. Il a demandé à Soul le numéro de piste du morceau d'Otis Redding et il a fait glisser le diamant dessus. Le sourire d'Henri a élargi son visage quand la voix d'Otis a résonné dans la nuit de Ratigny.

— Marie, écoute ça ! Ça te dit rien ?!

Puis Henri a mesuré son erreur et a rougi.

— Merde.

Mais c'est pas grave, Samira sait bien qu'il a eu une vie avant ce qu'ils ont maintenant. Il y a un vrai truc entre eux. Elle en est sûre. À son âge, elle est contente d'avoir ça. Même si ça vaut ce que ça vaut, c'est son petit trésor. Elle pense à tout ça en parlant avec Camélia. La jeune lui parle d'Internet et des ordinateurs et de l'argent qu'elle fait avec une caméra. Samira ne comprend rien mais ça lui fait plaisir de l'écouter. Elle aime bien cette fille. En voyant qu'Henri et Soulaymane les regardent, elle lui fait un petit sourire. Camélia se retourne aussi pour leur faire un coucou.

— Elle a l'air chouette ta copine.

Soul ne sait pas d'où ça sort mais ça lui fait plaisir qu'Henri pense ça. C'est comme s'il avait présenté Camélia à son père et qu'il l'avait validée.

— Elle tue. Je la kiffe trop.

— Continue comme ça, ce sera jamais trop. Je te le garantis.

Camélia dit à Soul de mettre un truc qui bouge plus. Elle a envie de danser. Soul retourne le disque et met une autre piste. Des *la la la la* retentissent, la voix d'un des deux rappeurs parle de meurtre sanglant. La chanson démarre vraiment sur fond de *la la la la*. Camélia retire ses talons pour danser sur la pelouse, d'abord seule puis avec Soul qu'elle invite avec un peu d'insistance à la rejoindre. Samira regarde Henri avec des points d'interrogation dans les yeux.

— Oublie-moi. J'ai même pas dansé à mon mariage.

— Tu veux mourir idiot ?

Henri lui sourit et la rejoint. Il commence à bouger sur la musique. Tant bien que mal. Il se dit qu'il a l'air d'un con mais il n'y a que Samira qui le regarde et, vu le sourire et la lumière dans ses yeux, elle n'en a rien à branler qu'il ne sache pas danser. Côté Soul et Camélia, c'est plus chaud et, quand la musique change mais que la chanson continue, ils commencent à s'embrasser. Cela fait d'abord sourire les deux vieux puis ils en font autant. Henri aperçoit les fleurs de Marie-Line dans ses angles morts. Il pense à elle en embrassant Samira. Une pensée fugace d'une demi-seconde dans laquelle plusieurs idées se rencontrent. Ils ont vécu ensemble en ne voulant que le bonheur l'un de l'autre. Marie-Line n'aurait sûrement pas validé les visites chez les putes. Elle avait dit à Henri de pas s'en faire et de profiter parce qu'il la rejoindrait bien assez tôt. Pour Henri, ça commençait à faire long mais rien ne l'attendait après. Pour lui, toutes les religions ne sont que des assurances-vie béton puisque impossibles à remettre en question. T'as déjà vu quelqu'un revenir d'entre les morts pour dire qu'il n'y a rien derrière ? Mais si ça fait du bien à tous les effrayés de la mort de croire qu'il y a quelque chose derrière : grand bien leur fasse. Lui, il a décidé de faire avec ce qu'il a sous la main.

C'est au tour de Soul et Camélia de sourire en voyant les deux vieux se kiffer à ce point. Impossible pour eux de ne pas se dire qu'ils aimeraient être comme ça plus tard. Impossible pour Soul de ne pas se dire qu'il y a peu de chances pour qu'il devienne si vieux. Impossible pour Camélia de savoir ce que sera sa vie ne serait-ce que dans quelques mois. En attendant, elle est intriguée par les *la la la la* de la chanson d'avant et elle cherche d'où vient le sample sur son téléphone. *La la la* par les Indiggo Twins. Et les premières paroles d'origine la touchent au cœur. Je suis pas un garçon, je suis pas une fille, je suis comme personne que tu connais. C'est Camélia. Ni l'un, ni l'autre, juste Camélia. Une larme coule sur sa joue alors que Soul rigole avec Henri et Samira. Elle ne regrette pas d'être venue.

Henri croit entendre sonner mais les autres lui disent que ça ne peut pas être ça. Puis ils entendent des voix qu'ils connaissent bien.

— Wesh, Soul, t'es là fils de pute ?!

— Je t'avais dit le ieuv il voulait le ken.

Rires gras. Sofiane et Doums sont dans la place. Camélia regarde Soul qui regarde Camélia. Le débat est rapide. Un jour, ils sauront. Un jour, tout le monde saura. Mais pas aujourd'hui. Camélia s'excuse pour aller aux toilettes et y rester un bon moment. Henri envoie Soul leur ouvrir pendant qu'il dit à Samira qu'il lui expliquera. Qu'il lui racontera tout. C'est en rapport avec la petite d'à côté qu'il cherche. Pour faire simple, ça s'est compliqué. Elle préfère avoir une histoire avec la fin. Henri hoche la tête pour la remercier de ne pas l'emmerder maintenant. Soul fait entrer les deux autres qui découvrent le jardin d'Henri et la petite sauterie.

— Ah ouais, ça fait des petites soirées sans nous.

Sofiane regarde Samira de bas en haut avec blocage sur ses seins.

— Psahtek ta meuf, Henri.

Samira lui balance quelques mots bien sentis en arabe. Sofiane lève la main pour s'excuser. Doums se fout de son pote qui s'est fait mettre à l'amende par Henri et la meuf d'Henri. *Starf.* Henri sait que ça peut durer des heures. Il demande ce qui les amène.

— On a trouvé l'adresse, on sait où c'est « ici ça baise », c'est juste à côté.

Henri regarde Soul puis les autres.

— Vous avez vu quelque chose ? Elle était là ?

— Eh gros, on leur a tellement fait la misère c'est mieux gardé qu'un four leur KFPutes là.

— Qu'est-ce qu'on attend ? On y va ?

Sofiane et Doums sont chauds. Pas Soul.

— Les gars, doucement. Je sais pas si vous avez regardé les stories mais les Jupiter ils vous cherchent.

— Ouais, on a vu, j'ai répondu, il a pas répondu. Il a peur.

Moue de Soul. Sofiane embraye.

— On les attend.

— Eux aussi, ils vous attendent. Si Clara est là-bas, et vous avez assez montré sa photo, tu crois pas qu'ils vont faire une dinguerie avec elle s'ils vous voient arriver ?

— Ils auront pas le temps.

Soul n'a pas l'air convaincu du tout. Henri non plus. Il ne veut pas prendre de risques. Soul regarde Sofiane et Doums.

— Vous avez rien vu du tout de ce qu'il y a à l'intérieur ?

— Ils ont tout fermé, frère.

Soul cogite. Il semble peser le pour et le contre. Henri le voit bien.

— Moi aussi je suis *wanted* à cause du lycée, sinon j'y serais allé moi-même.

Cela énerve Doums.

— Eh c'est bon toi, arrête de faire crari le héros, tu te prends pour Arrow ou quoi ?

— Toi des fois, tu casses tellement les couilles, j'ai envie qu'il t'arrive des choses graves, *wallah.*

Soul dit ça à Doums avec un tel sourire que les deux éclatent de rire. Soul retourne à Henri.

— Tu serais chaud d'y aller toi ? Tu rentres, tu te fais passer pour un client et tu nous dis si elle est là ou pas et là, on tente un truc.

— Bien sûr.

Henri n'a même pas réfléchi. C'est pour ça qu'il fait tout ça. Sofiane et Doums sont heureux, c'est le genre d'ambiance qui leur plaît. Soul veut effacer ce sourire avant que ça parte en couille bêtement.

— Eh les gars, vous, vous êtes grillés de ouf. Là, vous êtes sur le banc. Faites pas de la D.

— C'est bon, on a compris. Enfin, moi j'ai compris, Sofiane je sais pas.

— J'ai compris avant toi, sale clochard. On y va ?

— Moi je viens pas, si on y va à quatre, on va être grillés.

Henri jette un œil à Soul qui d'un petit signe de tête désigne l'intérieur de la maison. Camélia. Il reste pour elle. Par contre, il s'inquiète pour Henri.

— Ça va aller ?

— Si je me retrouve dans la merde, j'ai plus confiance en eux qu'en toi pour faire ce qu'il faut.

Ça fait mal mais Soul ne peut rien dire. C'est vrai. Henri va chercher son blouson adoré. C'est du sérieux. Ça lui fera du bien d'avoir un peu de Marie-Line avec lui. Sur lui. Samira vient l'aider à l'enfiler. Elle lui dit de faire attention. Elle l'embrasse.

Si Soul n'est pas allé avec les autres alors qu'il en avait envie, c'est parce qu'il avait surtout envie de parler à Camélia de ce qu'il a vu la veille dans la forêt. Ils marchent dans le quartier d'Henri, la main dans la main, se partageant des écouteurs pour avancer au rythme d'un remix de *Shadows* de Warpaint. Direction la cité, chez elle, le QG. L'autre main sur son téléphone prêt à checker la moindre notif vibratoire en rapport avec l'opération en cours, Soul se demande comment aborder le sujet. Il n'est pas si tard que ça. Il y a encore des passants. Des gens tout juste descendus du RER, en route pour aller recharger leurs batteries avant de repartir pour un tour demain. Personne ne sourcille en les croisant. Cela fait plaisir à Camélia. Elle se sent bien.

— T'as eu raison de me faire venir.

— Faudra qu'on refasse ça.

— Grave. J'ai kiffé.

— Peut-être chez nous, un jour.

Camélia ne répond pas. C'est tout le problème que tu viens de soulever, Soul. T'es plus malin que t'en as l'air. T'as été à bonne école. Vraiment.

Ils marchent encore un peu. Sans un mot. Puis Soul se lance.

— Je t'ai vue dans la forêt l'autre jour.

— Et alors ? Moi aussi je t'ai vu.

— Avec la bête je veux dire.

Camélia ralentit un peu. Soul sait qu'il a vu juste.

— Je sais ce que tu veux faire mais tu peux pas.

Camélia retire sa main de celle de Soul.

— C'est pour moi que je dois faire ça. Pour nous. J'ai pas d'autre solution.

— C'est pas toi. Tu peux pas faire ça.

— Tu sais qui je suis moi ?

— Ouais je le sais parce que c'est toi que j'aime. Et je suis pas amoureux de quelqu'un qui va tuer son reup.

— Pourtant c'est ce qu'il faut que je fasse. Y a que comme ça que je pourrai être moi.

— Y a d'autres façons de faire. C'est sûr.

Camélia s'arrête. À pas grand-chose de craquer.

— Dis-le-moi alors, moi j'ai pas d'autre idée. Je peux pas lui dire qui je suis vraiment. Je peux rien faire tant qu'il est là.

Elle pleure pour de bon. Soul la prend dans ses bras. Il s'excuse d'avoir déclenché ça.

— C'est juste que… J'ai pas trop eu mon papa. Et je le regrette tous les jours. Je sais qu'il aurait pas été parfait. Y a pas de père parfait je crois, mais j'aurais aimé l'avoir et profiter avec lui. Et si tu fais ça, tu vas tout effacer d'un coup, les mauvais trucs ouais mais aussi les bons, et je suis sûr que y en a eu.

Camélia ne répond pas. Brahim… C'est devenu une dent cariée qu'on laisse pourrir parce qu'elle ne fait pas trop chier mais qu'on doit finir par arracher quand elle commence à faire mal. Soul la tient toujours dans ses bras. Fort. Très fort. Peut-être trop. Mais ce n'est pas grave. C'est de ça qu'elle a besoin là. Elle lui glisse quand même un mot à l'oreille.

— T'as dit que tu m'aimais, baltringue.

— Parce que toi tu me kiffes pas peut-être ?

Elle lui sourit. Il l'embrasse. La cavalerie de bécanes avec laquelle Soul ride de temps en temps passe à ce moment-là et fait du bruit pour les amoureux.

Dans la tête de Soul, c'est mieux qu'un mariage.

18

À force de l'observer, Henri doit l'admettre. Cette casbah est parfaite pour ce genre d'activités. Banale. Tous volets fermés. Barricadée. À l'avant de la bagnole, toujours pleine des billets de leurs braquages, phares éteints mais écran en luminosité maximale histoire que même les Martiens y voient quelque chose, les deux débiles en train de mater une énième vidéo de cul.

Vautré à l'arrière, dépité, Henri profite du spectacle. Ça fait toujours un truc à regarder. Cette fois, ça se passe dans un bar américain comme on en voit dans les films, plein de camionneurs moustachus ou barbus, les casquettes qui vont avec, chemises à carreaux grandes ouvertes, pilosités variables, et un mec, toujours le même, un court-métrage après l'autre, leur idole Wolf Cutler, à croire qu'ils allaient pondre une exégèse sur lui, en train d'en enculer un autre qui a l'air d'en chier.

À l'avant, entre anthropologie, sociologie et critique du réalisme de cette vidéo, c'est un cours magistral de l'Anal Football Club.

— Comment ça dans leur bar de camionneurs au Kentucky ou je sais pas où, ils sont tous en train de le cheb parce que c'est un dep ? Il a ramené la Ligue des Champions ?

— C'est des oufs. Tu crois c'est vraiment comme ça aux États-Unis ?

— C'est pour ça Donald Trump il voulait réparer les trucs d'Obama. Y avait pas ça avant, *wallah*.

Les oreilles perdues dans cette décharge mentale, les yeux rivés sur la maison, Henri attend qu'un client sorte pour aller prendre sa place. Il se dit qu'il y a encore quelques jours, il aurait été chez lui à s'endormir devant la télé et maintenant, il est là avec deux bitologues attardés à attendre le bon moment pour aller jouer les espions. Comme s'il était devenu un personnage de *Mission impossible* (la série dans le temps, pas les films) mais qu'au lieu de se passer dans un endroit sympa, un palace ou une planque de la CIA, ça se passe juste dans une rue claquée de Ratigny et un pavillon qui l'est tout autant.

Un type sort de la maison. Henri fait ranger le téléphone aux esthètes à l'avant mais ça les soûle. Fausse alerte devant la maison, c'est juste un des macs amateurs qui vient se poser dehors. Il regarde son téléphone. Il regarde au bout de la rue. Qu'est-ce qu'il attend ? Un client ? Une fille qui va leur être livrée ? Non, un scooter arrive, le pilote a sa boîte à bouffe sur le dos. Il s'arrête devant le gosse et lui donne des sacs estampillés d'un fast-food du coin. Ça fait bien marrer les deux cons. Le petit vérifie la commande.

— Fermez vos gueules.

— Non mais ils leur prennent à graille dans le bail le plus claqué, leurs tainps elles auront zéro force avec ça.

— J'ai juré, le prochain qui va aller se faire sucer, elles vont lui graille la bite. T'as vu comment c'est un crevard sur la viande lui quand tu prends un grec ?

Henri sait qu'il les fera pas taire, quand ils sont lancés, ils sont lancés. Et en vérité, il a envie de se marrer. Où est-ce qu'ils vont chercher toutes ces conneries ? Il ne le saura peut-être jamais. Il commence à s'avouer qu'au fond, même s'ils le fatiguent, il les aime bien. Le livreur se barre. Pas de pourboire. Ça aurait été étonnant. L'autre rentre avec ses victuailles et croise un client qui s'en va d'un pas léger.

— Il s'est vidé, il est croc lui, regarde-le.

Henri ramasse sur le plancher une poignée de billets que les deux autres ont taxés aux Jupiter. Ça fera l'affaire. Il essaye d'ouvrir la portière mais la fermeture centralisée est enclenchée. Doums se tourne vers lui. Il lui tend un .38. Du scotch de chantier sur la crosse. Le numéro de série limé à l'arrache. Tout comme dans les films mais en bâclé.

— Qu'est-ce que tu veux que j'en foute ?

— On sait jamais. Imagine ça part en couille à la Donnie Brasco, ils te fouillent et tout, faut que tu te défendes.

Henri sent que ça monte.

— Tu te rappelles que dans le film il avait un micro sur lui ?

Doums cogite deux secondes.

— Il a raison.

C'est Sofiane qu'a l'air de tomber des nues.

— Henri, jure *wallah* t'as vu *Donnie Brasco* ?

— Au cinéma.
— Pourquoi t'as payé, il est sur Netflix.
Henri sort de la bagnole. Il les aime vraiment bien mais, un jour, il en frappera un des deux.

Il passe la grille et approche de la baraque. Il monte les marches. Un truc écrit sur la porte. Le fameux ICI SA BZ. Il sonne. Il se tourne vers Laurel et Hardy qui le regardent comme s'il allait braquer Fort Knox. Doums brandit le .38 une dernière fois. T'es sûr de pas le vouloir ? Henri lui fait signe de ranger ça. On vient lui ouvrir. C'est le loufiat qui a récupéré la commande. Il regarde Henri deux secondes. Surpris par sa taille mais pas par le reste. C'est qu'un ieuv. Il le prend en photo avec son téléphone.
— Eh, j'aime pas trop ça.
— Sécurité.
Henri hausse les épaules et l'autre le fait entrer.
C'est un taudis. Selon Sofiane et Doums, le gars était formel. Clara est dans cette maison. Ça valait la peine de venir vérifier. Si elle est là, Henri le fera savoir à la cavalerie, c'est-à-dire Sofiane, Doums, un canon scié et le .38. Tu parles d'une cavalerie. Ça va mal finir. Mais si elle est là, ça calmera Brahim, ça voudra dire que les rouges n'ont rien à voir dans cette histoire et qu'il n'a pas à cheminer sur le sentier d'une guerre qui pourrait le dépasser. Celle avec les Jupiter, des branleurs et des lycéens a l'air plus jouable. Ce serait mieux pour tout le monde. Vraiment mieux.
Dans le salon, un des mômes joue à un jeu de foot sur une gigantesque télé. Les commentaires plein pot. De la

musique. Ses insultes contre un autre joueur mais il est seul à jouer. Il doit jouer avec un mec d'Internet. De l'étage, Henri entend des bruits. La porte n'a pas menti : ici, ça baise. Tous ces sons disparates font chier Henri mais, en même temps, ils le forcent à se concentrer sur tout ce qui se passe. Un autre môme met de côté le repas qui vient de lui être livré pour accueillir Henri. Il réalise qu'à part les clients, et encore juste ceux qu'il a vus entrer, personne n'a plus de dix-huit ans dans cette baraque. Le loufiat qui lui a ouvert revient avec des filles en lingerie. De la lingerie de femmes, qui savent ce qu'elles font en portant ça, sur des gamines de quinze-seize ans. Le loufiat les mène au pas avec une sorte de bâton qui les effraie toutes. Ça accentue l'impression qu'elles ont des têtes de vieilles sur des corps de jeunes. Qu'elles ont pris cinquante ans depuis qu'elles sont là.

Henri est dégoûté. Pas de Clara parmi elles. Pas même une qui lui ressemble. Une Arabe aux cheveux bouclés, une autre aux cheveux lisses, une Blanche et une métisse. Elle a l'air au bout du bout du bout. Du sang séché le long de sa cuisse… Henri regarde bien les filles. Il croit reconnaître des visages des avis de recherche qu'il a vus chez les flics ou dans les annonces que Soul lui a montrées. Mais pas de Clara. Peut-être à l'étage avec un fumier.

— Y a qu'elles ?

— Ça te suffit pas ? Tu vas me dire y en a aucune qui te plaît ? Ta vieille bite là, tu fais le connaisseur ?

— Justement, vu ce qu'elle fonctionne ma vieille bite, quand je graille, je préfère me faire un gastro.

Ça fait rire le patron. C'est déjà ça.

— Tu vois, je suis un vieil homme, j'ai mes habitudes, j'ai mon type de filles. J'ai un copain, un pied-noir, tu sais ce que c'est ?

Évidemment que non vu la moue vide de tout qu'Henri obtient pour toute réponse.

— Il a jamais remis les pieds en Algérie, alors elles là, je suis sûr qu'il t'aurait pris les deux. Mais moi mon truc, c'est plutôt les blondes. Yeux clairs. Pas trop grandes.

Le gérant, l'air las du gars qui n'a pas un catalogue infini dans son établissement hard discount, soupire.

— Y a qu'elles de dispo là, les autres elles taffent. Si tu veux tester autre chose, choisis-en une, tu montes avec elle et tu la démontes ou je sais pas ce que tu peux encore faire. Si tu veux attendre de voir ce qu'il y a d'autre, tu te poses avec nous, on te fait un zbir, tu bois un truc, tu joues à FIFA, tu fais ce que tu veux mais tu casses pas les couilles, d'accord ?

Henri hoche la tête. Il n'a surtout pas envie de se poser avec eux. Il a repéré la carabine sous la table basse. Les cartouches sous le meuble télé. Ils vivent comme des bêtes là-dedans. La machette contre le mur derrière lui, dans son angle mort, il l'a vue aussi. Henri regarde les filles. Elles, elles osent à peine le regarder. Elles savent ce qui les attend. Il doit leur rappeler leurs grands-pères. Et encore, si elles les ont connus. Il ne va pas se poser avec eux. Il a une idée. Ça va être vite réglé. L'une des filles, l'Arabe aux cheveux lisses, se tourne vers le loufiat.

— Y en a encore ou pas ?

Il lui fait signe de se taire.

— Dis-moi, j'en veux…

Il brandit le bâton, l'actionne, un petit éclair bleuté et le pointe sur elle. Ça lui fout un coup de jus. Une pique à bestiaux. Elle hurle et finit par terre. Henri a rarement ressenti ce qu'il ressent à ce moment-là. Il pense à Clara. Il pense à Mehdi. Il pense injustice. Il pense justice. Il se tourne vers le patron.

— Oh ! c'est quoi ça ?

— T'inquiète pas, c'est comme ça qu'on gère ici.

— Qu'est-ce qu'elle veut ?

— Des ballons. T'as ça toi ?

Le patron croit qu'Henri ne sait pas ce que c'est et il se marre. Puis s'arrête d'un coup. Presque terrifiant. Si jeune et déjà si pourri.

— Eh au fait, chef, t'as combien sur toi ?

Encore dans son plan, Henri ne répond pas assez vite au goût du jeune entrepreneur et de son business à faire tourner. Il hausse le ton. Henri aurait eu quelques années de moins et tous ses orteils, il l'aurait démoli. C'est plus *Mission impossible* qu'il a en tête, c'est Charles Bronson ambiance carré blanc. En attendant, il se contente de lui répondre.

— J'ai assez. Enfin je crois. Mais comme ça a pas l'air d'être La Tour d'Argent ici, je pense m'en sortir sans avoir à taper dans ma prévoyance obsèques. C'est combien ?

Le patron sourit.

— T'es prêt à goûter autre chose ?

— Peut-être. Ça dépend.

— Elle c'est cent, elle cent, elle quatre-vingts et elle, elle est éclatée au sol, alors y a une promo, c'est cinquante.

Henri sait déjà comment tout va se passer. Il sort sa liasse de billets de sa poche, fait mine de compter et tend ce qu'il faut au gérant. Il désigne la fille qui s'est fait électrocuter.

— C'est elle que je veux.

La métisse, usée, souffle de soulagement. Le loufiat lui jette un regard noir. Elle va en chier. Le patron fait signe à la fille qu'il a choisie de partir avec Henri. Elle se force à lui sourire et se dirige vers lui. Titubant sur ses talons. Elle vient se frotter à lui.

— T'es prêt pour moi, bébé ?

— On y va ?

— Tu t'appelles comment ?

— Charles. Et toi ?

— Samia.

Le regard noir du loufiat, c'est lui le fils de pute de la baraque, le capo, la fait instantanément changer de prénom.

— Enfin Houda. Ouais, Houda. Tu viens ?

Elle lui prend la main et le tire avec elle vers les escaliers menant à l'étage. Ça rappelle à Henri les premières fois avec Samira. Rue Saint-Denis ou Blondel, ça dépendait d'où elle créchait. Il la trouvait et montait avec elle. Elle prenait sa main et ils montaient les escaliers comme ça.

À l'étage, quatre chambres, portes même pas fermées sur la plupart, des draps tendus qui servent de paravents entre les paddocks. La visibilité est claire, ça va le faire. En avançant, Samia se retourne et lui sourit. Faussement commerciale. Le lavage de cerveau à coups de pique à bestiaux et de substances ronge-crâne a bien fonctionné. Elle a l'air d'être là et ailleurs en même temps. Henri lui rend son sourire. Qu'est-ce qu'il peut faire d'autre ? Ce sourire, il a l'impression de l'avoir vu placardé sur le tableau de liège du commissariat mais pas sûr.

Il jette un œil à ce qui se passe dans la première chambre. Une Noire chevauche un corps pâle comme une feuille A4. Deuxième chambre, une Blanche, tatouée ici et là, à genoux devant un jeune type qui regarde Henri droit dans les yeux. Samia ouvre la porte de la troisième chambre et, galante, veut faire entrer Henri, mais lui, il regarde derrière elle. Vers la dernière chambre. Halètements, bruits de claques et gémissements. Il faut qu'il sache ce qu'il y a derrière cette porte close.

— Installe-toi, mets-toi à l'aise, moi faut que j'aille pisser.

Il lui sourit, la fait entrer dans la chambre et referme derrière elle. Il se dirige vers la dernière chambre. Vers sa dernière chance. Sa dernière carte à jouer. En tout cas ici. Doucement. Il avance doucement. Conscient de ce qui se joue. Il s'arrête devant la porte. Il était prêt à ouvrir pour en avoir le cœur net rapidement mais, en même temps, il a les foies. De se retrouver nez à nez avec un client énervé. De trouver Clara dans une situation qu'il ne supportera pas. De réagir comme une bête sauvage et foutre un bordel qu'il ne pourra pas assumer. Sa main à quelques centimètres de la poignée… Et…

— Eh chef, t'as donné trop…

Henri se tourne vers le loufiat, qui débarque, pique à bestiaux dans une main et deux billets dans l'autre. La monnaie d'Henri. Ce sont des ordures mais ils respectent le client comme les plus grandes enseignes. En voyant ce vieux géant en train de bugger devant une poignée de porte, le loufiat se dit qu'il se passe un truc chelou.

— Vous faites quoi là ?

Le ton a changé. Réagis vite ou sois baisé.

— Je cherchais les toilettes. Je suis pas Donald Trump, je vais pas pisser sur la petite.

Le loufiat le mate un instant. Comme s'il avait grillé le mensonge.

— Je crois que Donald Trump il se faisait pisser dessus, c'était pas lui qui pissait.

Henri va vers la pièce du fond. Ça va lui laisser le temps de respirer et revenir à un rythme cardiaque normal. Malheureusement pour ce qui est de respirer, il repassera. C'est pas des chiottes mais une salle de bains et l'odeur, digne d'un 11 Septembre, l'attaque. Comparé à cette odeur, le crack de la voisine c'est du *Gris Montaigne*. Y a pas de toilettes là-dedans mais la baignoire en fait office, remplie de pisse et de merde et de capotes. Il n'a jamais vu un truc pareil. Quoi qu'il arrive, va falloir faire quelque chose, faut sortir ces filles de là, faire payer ces fumiers. Malgré tout ce qu'il a vu depuis le début de cette histoire et même depuis qu'il est en âge de se faire des bons comme des mauvais souvenirs, c'est cette baignoire qui lui fait se dire que ces gamins ont donné leur préavis et qu'ils se sont retirés du monde des hommes pour devenir des bêtes.

Henri regrette de pas avoir pris le .38 de Doums. Un truc l'a traversé à l'instant. Un truc qui lui a fait se dire que ouais, ces trois gamins qui terrorisent et prostituent ces filles qui pourraient être leurs sœurs ou leurs copines et qui pourraient être ses petites-filles à lui, il pourrait les buter. Faut qu'il se barre d'ici. Faut qu'il appelle les deux autres et qu'ils prennent la baraque d'assaut puis tous les fiefs des Jupiter.

— Elle t'a pas dit qu'elle avait des toilettes dans sa chambre l'autre pute ?

Henri regarde bêtement le loufiat. Il n'est plus dans son rôle depuis trop de temps et ça, l'autre le capte tout de suite. Le vieux est pas là pour baiser. Il est là pour foutre la merde. Sauf qu'ici ça baise et c'est tout.

À peine le temps de lever un bras pour se protéger d'un coup d'aiguillon qu'Henri a le loufiat sur lui. Heureusement qu'il est plus grand et plus costaud que lui et qu'il peut le maîtriser. Sa seule terreur, c'est de se prendre un coup de jus. À son grand âge, il ne sait pas ce que ça lui ferait et préfère ne pas le savoir. L'autre commence à l'insulter parce qu'il n'a pas le dessus. Henri entend les insultes, mais son cerveau est trop occupé à survivre pour les traiter et penser à leur teneur. L'aiguillon par-ci, l'aiguillon par-là, Henri finit par réussir à lui faire lâcher et le faire voler dans le lavabo. Ce que le loufiat n'a pas physiquement, il le compense en rage et en énergie. Il prend appui sur un mur et se projette sur Henri. Il est à pas grand-chose de le faire tomber dans la baignoire. Tout sauf ça. Le loufiat lui attrape le cou, il l'étrangle. Henri se sent vite partir. Il ne va quand même pas crever ici.

Henri lui met des taquets dans les côtes. Le gamin baisse d'un ton. Un coup dans le foie. Le classique qui fait mal et coupe le souffle. Henri en profite pour se relever complètement et pousser le gosse vers la baignoire mais il se défend toujours. Alors il le cogne contre le miroir. Trop de boucan, ça va rameuter les autres, c'est sûr. Henri chope le petit par le cou et un bras et lui balaye les pieds. Cette fois, il plonge la tête la première dans le punch à la saloperie. Henri pourrait juste le calmer mais il est ailleurs. Il lui maintient la tête là-dessous. Ado ou pas, il veut lui faire payer. Il ira au bout. Le gamin se débat. Normal, à seize ans, dix-sept ans max, personne ne se dit qu'il va crever. Il va payer pour tous les autres minables. Ses potes. Les flics. Le père de Clara. Tous. Y a tous les jours un chanceux qui gagne à la loterie, aujourd'hui c'est son tour. Il a beau se débattre, c'est en train d'arriver. Henri attrape l'aiguillon et l'enfonce dans les flancs du petit. Il aurait pu se contenter d'une décharge mais non, il lui fait perdre conscience. Il pourrait lui sortir la tête de là mais non, il lui laisse là-dedans. Il le regarde un moment. Il n'a jamais tué un homme. Ça tient toujours.

Avec le bordel qu'ils ont foutu, Henri s'en doutait mais ça se matérialise, les deux connards du dessous débarquent. Le gérant ouvre la marche avec la carabine, Tourette juste derrière avec la machette. Une première volée de plombs qui finit dans la porte de la salle de bains. Des cris dans la baraque. Panique à bord, les adolescentes et leurs clients se barrent. Henri a refermé la porte de la pièce. Il sait que l'autre va tirer une deuxième fois, puis une troisième et une quatrième et que ça finira par avoir raison de la porte ou du mur et il va finir découpé à la machette. Cette fois, c'est la bonne, c'est le dernier arrêt avant la morgue.

C'est peut-être la cinquième fois de sa vie qu'il regrette de pas avoir de portable. Deuxième décharge du fusil, à moitié dans le mur, à moitié dans la porte. Henri peut apercevoir des choses par les ouvertures nouvellement créées et entendre le gérant râler qu'il doit recharger. En tendant l'oreille, il l'entend redescendre les escaliers. Henri a compris. Le gosse est monté avec le fusil chargé mais sans munitions. C'est leur connerie qui le sauvera.

Pas le temps de crier victoire, Tourette attaque la lourde à coups de lattes. Henri est dos contre la porte et un pied contre le lavabo en *no pasarán* total. Il ne sait pas combien de temps il va tenir mais c'est ça ou le tombeau. La main crispée sur la pique à bestiaux, il est prêt pour la prochaine étape. Sauf que Tourette pousse un cri. Ça l'énerve, alors il se met à attaquer la porte à la machette. La lame finit par traverser le matériau merdique. Aux coups de lame et aux trous dans la porte, Henri répond en dardant sa pique électrique mais l'autre esquive. La porte est à deux doigts de céder et il commence à croire que c'est fichu quand il y a une pétarade et un bruit sourd. Tourette se barre voir ce qui se passe. Des cris. Un bruit de fusil mais pas le même que la carabine. Un énorme cri collégial suit ce coup de fusil. Quatre coups de feu. Un type qui tombe. Deux autres coups de feu. Puis le silence.

Henri regarde ce qu'il peut par l'un de ses judas improvisés. Il respire. Il reprend son souffle. Même s'il se fait bousiller dans deux minutes, c'est toujours un sursis de plus. Il n'aurait pas cru que ça lui arriverait un jour mais il sourit en voyant Sofiane. Il se lève et sort de son bunker dégueulasse. L'odeur de la poudre dans toute la baraque apaise ses narines souillées par la baignoire maudite. Sofiane, son sauveur, tout sourire, ahuri, canon scié à la main, en train de brailler parce qu'il n'entend plus rien à cause de toutes les cartouches qu'il a tirées.

Henri jette un œil dans les chambres mais il n'y a plus personne. Il descend les escaliers et doit faire un petit détour, en se tenant à la rampe, vraiment comme un vieux, pour pas se casser la gueule en esquivant le cadavre de Tourette, criblé de balles par Doums qui fouille le salon.

— T'as vu, je l'ai bien flingué ce bâtard.

Dans le salon, le match de foot en ligne continue. Le mec au bout du fil a continué la partie et l'a gagnée 12-2. Le corps du gérant est au sol, le mur repeint en rouge Cobain avec sa tête. Contre le mur opposé et encore vierge, toutes les filles, en état de choc. La dernière fille est blonde comme Clara mais c'est une fausse blonde, pas comme Clara. Il comprend que le gars de Doums et Sofiane ait pu la confondre avec la photo de l'avis de recherche. Merde. Et les clients qui se demandent ce qui va leur arriver. Henri regarde ces minables. Il veut les faire souffrir autant qu'ils font souffrir. Il veut faire quelque chose.

— Rentrez chez vous.

Ils ne se font pas prier.

— Attendez, videz vos portefeuilles avant. Le premier qui cache de l'oseille, je lui baise sa mère.

Doums ne perd pas le nord, Henri laisse faire. Ça leur fera les pieds. Henri s'adresse aux filles. Aussi doux qu'il peut l'être. Presque mal à l'aise d'être comme ça, alors que ça lui vient naturellement.

— Vous aussi les filles, prenez vos affaires et rentrez chez vous. C'est fini.

La plupart filent vers les étages et croisent Sofiane qui essaye de se déboucher les oreilles. Deux filles n'osent pas bouger. Henri se baisse, difficilement, jusqu'à leur niveau. Ça craaaaque dans ses genoux.

— Vraiment, vous devriez partir, y a rien de bon pour vous ici.

Elles le regardent un moment, il soutient leur regard et les aide à se relever l'une après l'autre. Sofiane mate l'une d'elles avec insistance en rejoignant son acolyte.

Doums ouvre un tiroir et l'arrache du meuble. Il le montre à Sofiane et Henri. C'est bourré de fric. L'argent des clients. L'argent des filles. Henri tente un truc.

— Vous voulez pas le laisser aux gamines ?

— Qu'elles aillent se faire enculer. T'en veux, toi ?

Henri ne répond pas. Il se dirige vers l'extérieur mais Doums le retient par l'épaule.

— Quoi ?

Doums sort de sa poche le fameux .38 qu'il voulait lui donner tout à l'heure. Henri regarde l'arme puis Doums.

— On sait jamais, gros.

Henri accepte l'arme. On sait jamais.

Les poches alourdies, il va prendre l'air. Respirer. Fort.

Depuis la fenêtre de sa chambre, son Coca sur le rebord, Henri regarde la maison où ça bz-ait ravagée par les flammes. Il a conseillé aux deux autres de marquer le coup. « Une fois que les filles seront toutes parties avec leurs affaires, vous me les foutez dans des taxis ou des Hubert ou je sais pas quoi, je veux pas en revoir une seule dans le quartier, je vous préviens. Après ça, foutez le feu à la baraque. Que les Jupiter sachent que leurs jours sont comptés et que les prochains petits fumiers qui voudront jouer les macs y réfléchissent à deux fois avant de se lancer dans ces conneries-là chez nous. » Il s'est senti bien en leur donnant des ordres et il se sent encore mieux de voir qu'ils lui ont obéi. En regardant la maison brûler, Henri se dit que, s'il était resté le mec normal qu'il était encore y a quelques jours, il aurait peut-être vu les mêmes flammes sans se douter de qui les avait déclenchées, ni même de ce qui se passait dans cette maison à deux pas de chez lui. L'odeur de brûlé se mêle à celle du crack et vient par moments jusqu'à lui. Il ne croit pas à l'enfer, mais que de tels démons aient fini ainsi et qu'on leur offre de telles funérailles, ça lui semble bien. Leurs mères, s'ils en ont, diront à qui veut l'entendre que c'était de gentils garçons et ne voudront pas croire la vérité qui finira bien par arriver à leurs oreilles. Pour Henri, même s'ils n'ont pas trouvé Clara, le monde est un meilleur endroit sans ces trois fils de pute et il sait qu'il ne va pas mettre trop de temps à s'endormir.

19

Les journées qui ont suivi ont été plutôt banales pour les gens qui se couchent tôt.

Des articles sont sortis dans *Le Parisien 94* pour parler de la maison incendiée trois nuits plus tôt et affirmer que la piste du règlement de comptes était envisagée dans le cadre d'une affaire liée au proxénétisme. Rien sur les justiciers qui ont libéré les filles coincées là-bas. Rien sur les filles libérées non plus. Henri espérait qu'elles allaient bien. En attendant que ça bouge, il passe ses journées sur son matelas gonflable. Il se refait le film de la descente chez les macs amateurs en écoutant la BO de *Truck Turner*. La nuit, gentiment envapé au crack de la Déesse de la Puanteur, le film se fait encore plus vif et troublant. Comme quand ils étaient allés au cinéma avec Marie-Line et qu'ils s'étaient trompés de séance et retrouvés à porter des lunettes 3D, dans des sièges qui les avaient secoués dans tous les sens à se faire souffler dessus et arroser. Il ne manquait que les odeurs mais Henri avait encore toutes celles d'ICI SA BZ dans les narines. Le shit. Les parfums bon marché. Le cul. La baignoire. La poudre. La mort. La justice.

Brahim obsédé, jusque dans ses rêves, par ses Russes cannibales. Brahim obsédé par sa chimiste et ses fragrances automne-hiver pour les tox franciliens. Brahim obsédé par la charogne mi-chat, mi-Boomer qu'il laisse pourrir dans le jardin et à qui il parle, des heures durant, de tout, de rien et du reste. À côté de ça, il a profité du vide créé par Sofiane, Doums et donc Henri pour se positionner sur le marché de la prostitution. Il a évidemment mis son gars sûr Nassim sur le coup. Trop heureux de se la jouer manager.

Écœuré par la situation, Soul s'est dit qu'il valait mieux ne pas parler de ça à Henri. Tu démantèles une maison close, tu rends leur liberté à des gamines qui ne rêvaient que de ça et à qui on a tout volé, tu crois que t'as fait un truc bien et en fait, non, t'as juste éliminé la concurrence. Ça le bousillerait.

À la place, il sillonne Ratigny sur sa bécane en écoutant le premier album de Jul, son préféré, celui qui lui rappelle une époque où tout était encore possible. Où tout était plus beau parce qu'il voyait encore sa ville avec des yeux d'enfant. Maintenant, il tourne en ville avec ses soucis, nostalgique de choses qui n'ont jamais eu lieu, tourmenté par ce qui pourrait arriver.

Tourmenté par Henri qui l'a appelé un soir pour lui proposer de lui tenir compagnie et de regarder un ou deux films. Comme Camélia n'était pas là, Soul a accepté. Entre deux règlements de comptes d'un western italien dont le titre était, comme souvent, mieux que le film, *Creuse ta fosse, j'aurai ta peau*, Henri a dit qu'il avait hâte de s'y remettre. Il parlait de Clara mais pour Soul, au ton de sa voix, c'était autre chose qu'il voulait retrouver. C'était le goût du sang. Et ça ne plaisait pas à Soul. La mort partout, Clara nulle part.

Tourmenté par Camélia qui l'évite. Kamel qui passe ses journées à parler de comics avec Ejaz. En relire certains. À parler de ces hommes, de ces femmes et de ces mutants qui vivent plus d'une vie à la fois. Leurs préférés : Daredevil, Batman et Green Arrow. Fascinés par le trou que Bakari a fait en tirant dans le plafond de l'épicerie. La balle toujours logée dedans.

Les rares nuits qu'elle passe avec Soul, Camélia fait bonne figure. Elle élude ses projets parricides en baisant encore et encore. En se shootant aux orgasmes. En se purgeant de son jus de maudit. Elle prend l'eau de partout. Tout ébréchée. Soul est là pour la réparer. Il n'a pas les bons outils et c'est pas le meilleur des bricoleurs, mais il fait tout pour colmater les brèches et mettre de l'enduit où il faut pour éviter que toute la baraque se casse la gueule. Si Camélia croyait au ciel, elle le remercierait. Soul veut juste être là pour elle. Au maximum.

À un feu rouge, Soul s'arrête. Il secoue la tête au rythme de *Tu la love* quand il remarque Doums garé devant le Galatasaray. Il est dans sa bagnole, grec posé sur le tableau de bord, sourire jusqu'aux oreilles. Soul redémarre au vert sans savoir que Doums est extatique à cause de la notification qu'il a reçue de Wolf Cutler en personne. L'acteur répondait à sa question sur son utilisation de produits dopants. Évidemment, comme la réponse était en anglais et qu'il n'avait pas Sofiane sous la main pour traduire, il a passé le message dans Google Trad. Là, une voix robotique féminine lui a dit :

« Hey Doumze, j'ai dû demander à mon assistant de traduire votre audio pour moi. J'ai aimé ta voix, ça sonnait si drôle. Je suis content que vous ayez contacté. Pour répondre à votre question, je dois être pro, donc je fais ce que je dois faire pour être assez dur pour tous les gars avec qui j'ai pu jouer. Au fait, tu es très mignonne. » Sans réfléchir, il a laissé une note vocale à Wolf Cutler disant : *« Starf, I am not dep man. »* Le « très mignonne » l'a quand même bien fait bugger, alors il a rentré à la main les mots d'origine, *« mighty cute »*, dans l'appli. La voix lui a dit « puissant mignon ». Ça, ça lui a plu. Il s'est regardé en selfie sous deux trois angles. Doums Puissant Mignon. Un nom qui va résonner dans la street.

Puis un matin, Soul est venu chercher Henri.

Il y avait une fille morte sur une berge de la Seine. Un clodo est allé pisser par là-bas et quand il a vu le cadavre, sur lequel il s'était copieusement soulagé, il a eu peur d'avoir laissé son ADN, alors il est allé prévenir les flics pour se dédouaner. Au départ, ils ne l'ont pas cru et l'ont envoyé chier mais il a tellement gueulé qu'ils ont fini par y aller. Sofiane et Doums faisaient leur propre patrouille et sont tombés sur ce bordel accentué par la rumeur qu'un crocodile aurait dévoré une partie du corps. Dans la foulée, ils sont à leur tour allés emmerder les keufs pour savoir ce qui se passait. Ils l'ont jouée à la Henri. « On paye des impôts, on a le droit de savoir ce qui se passe. » Quand ils ont entendu les mots « jeune fille décédée », « homicide », « criminelle », ils ont prévenu Soul qui a tout de suite prévenu Henri. Ils avaient tous le même nom en tête. Clara.

Parmi d'autres curieux, Henri et Soul essayent d'apercevoir le cadavre. Selon les keufs, le crocodile est toujours dans les parages et ça fait flipper tout le monde. Dans la foule, Henri reconnaît les mecs qu'il a croisés lors de sa première sortie. C'est leur croco, c'est sûr. Ils sont fébriles parce que ça va être difficile de le récupérer alors que les keufs sont déjà à cran. Des flics reconnaissent Henri. C'est lui, le vieux qui a mollardé à la gueule de Crolet. Sa petite réputation impressionne Soul mais ils doivent se concentrer. Sur ce qu'ils peuvent voir du corps. C'est difficile et frustrant.

Quand le crocodile apparaît à la surface, surgissant d'un bidon de plastique bleu qui flottait au bord de l'eau, la foule se fait entendre comme celle d'un remake type *Les Dents de la Seine* avant de reprendre sa litanie d'histoires, d'askip et de rumeurs. Parmi elles, on parle d'un Malien devenu mi-renoi mi-crocodile parce qu'il ne s'est pas mis assez de crème. Les flics chargés du cordon de sécurité sont particulièrement désagréables. Henri se concentre sur les légistes au boulot. Il les regarde prendre leurs photos et faire des relevés. Tout ce qu'il veut, c'est voir le visage. S'il en reste quelque chose. Peut-être que tout va s'arrêter là. C'est peut-être la fin de l'histoire. Du moins pour lui. Soul regarde Henri plisser les yeux. Comme si le vieux avait une vision aux rayons X ou une connerie comme ça mais non, c'est juste qu'il y voit que dalle et qu'il ne veut toujours pas se l'avouer.

Arrive le moment d'embarquer le corps. Les préposés à cette tâche ont enfilé d'énormes cuissardes de pêcheur. Ils sont une dizaine entre ceux qui portent la civière, ceux chargés du corps et ceux chargés de le couvrir. L'argent du contribuable en action. Henri et Soul sont parmi les derniers à être restés pour suivre toute cette délicate opération. Les mecs ont l'air d'en chier mais ils parviennent à sortir le corps de l'eau. Henri pense que se faire passer pour le grand-père de la victime pour l'identifier est une vraie bonne idée. Tout semble bien aller jusqu'à ce qu'un des types trébuche. Stupeur dans la foule clairsemée. Les autres suivent. Henri et Soul concentrés. Tout le monde dans la flotte. Le cadavre à la vue de tous, le ventre ouvert et ce qui lui reste d'entrailles qui dégouline. Un œil en moins, la langue gonflée, c'est dégueulasse mais c'est pas Clara.

Soulagés que ça ne soit pas Clara, Henri et Soul, l'appétit pas complètement coupé, décident d'aller se faire un grec au Galatasaray.

Ambiance coup de feu. Les bagnoles en triple file. Les cuistots qui retiennent et exécutent toutes les variations de commandes qu'on leur envoie. Le brouhaha d'une salle de marché de Wall Street que la télé diffusant les clips de CStar ne peut couvrir. Des plateaux blindés de gras et de sucre en quantité à faire se foutre en l'air des promos entières d'apprentis diététiciens. L'un des meilleurs endroits sur Terre. Même pour Soul.

Il se demande par où attaquer son Superstockos. Un sandwich avec quatre steaks, un cordon-bleu et du bacon (de dinde). Henri est pour sa part devant le frigo à contempler les boissons. Il a l'impression de découvrir un nouveau monde. Quand un petit le bouscule, Henri lui lance un regard noir. Pendant une fraction de seconde, Soul flippe. Il flippe qu'Henri sorte un calibre et explose la tête du petit en plein milieu du grec. Il y a deux canons de .357 dans ce regard.

À table, le sandwich d'Henri l'attend. Un grec normal sans tomates. Avec du ketchup pour le sandwich et de la mayonnaise pour les frites. Ils se disent bon appétit mais Soul ne sait pas comment attaquer la conversation. Soul a même envie de dire à Henri que c'est ici que son père est mort mais, en même temps, il se dit que ça serait bizarre de balancer ça, là, comme ça, alors il part sur le sujet moins polémique que lui offre Henri, contrarié, alors qu'il exhume une tomate de son grec. Il regarde autour de lui, prêt à foutre la merde, mais il se résigne et met la tomate de côté.

— Qu'est-ce qu'il y a ? T'aimes pas les tomates ?

— Pas à cette époque de l'année. Et pas dans un casse-dalle.

Il se rince les boyaux d'une gorgée de Coca avant de poursuivre la démonstration.

— Les tomates, c'est plein de flotte. Ça se répand dans tout le sandwich, c'est dégueulasse. On a pas besoin de ça. Essaye sans tomates la prochaine fois, tu verras la différence.

Soul sourit. Henri a rarement eu l'air aussi sûr de lui depuis qu'ils se connaissent. Soul croque dans son sandwich aux allures d'installation d'art contemporain tandis qu'Henri trempe ses frites dans sa mayonnaise. De la mayonnaise… Ça attriste Soul qui est prêt à se lancer sur tous les sujets sauf celui qui l'a amené à inviter Henri ici.

— Eh, Henri.

— Qu'est-ce qu'il y a ? Pourquoi tu me regardes comme ça ?

— T'aimes bien la mayonnaise ?

Henri ne voit pas où il veut en venir. Surtout qu'il a à la main une frite qui ploie sous l'émulsion.

— Et donc ?

— T'as jamais goûté la sauce algérienne ? Là ton grec, il boude. Ketchup mayonnaise. C'est bon, Henri, on est plus au collège, faut être sérieux.

— Tu bouffes un truc qui ressemble à une décharge publique et tu me dis ça ?

Soul éclate de rire.

— Non, sérieux, tu veux pas essayer d'autres trucs ? Attends. Passe-moi ton plateau.

Henri laisse Soul embarquer son plateau. Il le regarde interpeller le chef et lui dire quelques phrases qu'il n'entend pas. Distrait par une embrouille à l'extérieur, des mecs en double file qui cherchent les mecs en triple file qui les empêchent de sortir. Des bras tendus, des gestes vifs, des insultes. Henri se concentre sur la télé qui passe un clip de rap. À peine le temps de repérer le plus gros cul de la vidéo que Soul est déjà de retour avec son plateau. Des échantillons de toutes les sauces disponibles.

— Tu vas kiffer.

— Tu veux pas me dire « bonne dégustation » tant qu'on y est ?

— Vas-y goûte.

Henri a suivi Soul. Biggy. Cheezy. Poivre. Andalouse. Samouraï. Barbecue. Blanche. Soul qui lui fait la vieille blague de la sauce blanche et ce qu'elle contient vraiment. Mimant une branlette du chef. Henri, navré de le décevoir, lui dit qu'il avait un pote, Mehdi, qui lui faisait exactement la même blague.

— Comment ça « t'avais » ? Qu'est-ce qui lui est arrivé ?

— Je sais pas.

Ça jette un petit froid qu'Henri réchauffe en goûtant la sauce algérienne. Son expression veut tout dire. Soul a gagné. Il lui a encore fait découvrir quelque chose. Henri se fait une autre frite à la sauce algérienne.

— Je sais pas ce qu'il y a dedans et je veux pas le savoir mais ça, j'achète.

— Je t'avais dit.

Henri a l'air tellement refait que Soul sort son téléphone et le prend en photo.

— Tu me fous pas sur Internet, hein.

— Non, t'inquiète.

— Tu vas envoyer ça à qui ?

— À personne.

— Ça te sert à quoi alors ? Tu vas te palucher dessus à la nuit tombée ?

— T'es vraiment un baisé, Henri.

Ils ricanent ensemble.

— Tu reveux à boire ?

— Non, c'est bon, j'ai même pas commencé celle-là.

— Ouais ? Ben moi, je m'en vote un deuxième.

L'expression fait marrer Soul. Il aura fallu qu'il attende plus de vingt ans avant d'avoir une meuf et un meilleur pote, mais il n'aurait pas pu mieux tomber qu'avec Henri et Camélia. Vraiment pas. Et quand Henri se rassoit, le sourire jusqu'aux oreilles, Soul se jette à l'eau.

— Henri. Depuis l'autre soir, t'es bizarre.

— Quel autre soir ?

— Ici ça baise.

Henri marque un temps. Soul sait qu'il l'a percé à jour.

— Et donc ?

— Tu sais très bien de quoi je veux parler. T'as kiffé d'être avec Sofiane et Doums. T'as kiffé de fumer ce mec. T'as envie d'être comme eux.

Henri, en train de mâcher une énorme bouchée de grec, lève le doigt genre « attends, laisse-moi avaler ça et je t'explique ».

— C'est bon, force pas, on est pas dans un resto de ouf où tu dois faire gaffe à tes manières et tout. Regarde avec qui on mange.

— C'est juste que je suis pas une bête.

Il rince tout ça avec une gorgée de Coca avant d'étouffer un rot, ce qui fait sourire Soul malgré tout.

— Dans cette salle de bains, c'était ce mec ou moi. Et moi, je voulais pas finir noyé dans une baignoire pleine de pisse, de merde et de capotes pleines.

Henri marque un temps. Il regarde ses mains. Ses vieilles mains qui n'ont fait quasiment que de la calculette toute leur vie.

— Après, oui, j'avoue, ça m'a plu. Pour une fois, j'ai eu l'impression de faire un truc bien. Pour la première fois depuis longtemps. Tu vois ? Comme si j'avais coupé ce petit con dans son élan avant qu'il fasse d'autres saloperies. Maintenant, avec ce qu'on a vu ce matin, cette pauvre gamine éventrée, je me dis que j'ai fait tout ça pour rien parce qu'il y aura toujours d'autres connards pour reprendre le flambeau…

Henri désigne des collégiens en train de passer commande en braillant parce qu'ils n'ont jamais appris à parler. Déjà en guerre juste pour se faire entendre. Se sentant observé, l'un des gamins leur demande ce qu'il y a. Henri soutient son regard mais Soul désamorce et le petit retourne à sa commande. Pour le reste, c'est totalement ce que craignait Soul. Henri continue.

— Oui, c'était des gamins et on les a éliminés. Mais c'était surtout trois fils de pute qui ne feront plus jamais de mal à personne. Et ça, moi, ça me fait me sentir plutôt bien dans mes pompes. Ça m'a même fait du bien… En fait, je vais te dire, j'ai jamais aussi bien dormi que ces derniers temps.

Soul secoue la tête.

— Ah ouais, tu dors bien ? Même avec le changement d'heure ?

— Qu'est-ce que tu veux que ça me foute qu'on gagne ou qu'on perde une heure ? Je suis retraité. On m'attend nulle part. Je peux dormir et me rendormir pour rêver un peu plus.

— Et tu te dis pas que tu dors autant pour éviter d'avoir à être éveillé en te disant que t'es une merde toi aussi ?

Henri tique. Soul pourrait presque voir l'enfant boudeur qu'il a été il y a bien longtemps.

— C'est pas pour te casser les couilles que je te dis ça. C'est juste que toi, t'es un gars bien. T'es censé être le gentil et là, dans tout ce que tu me dis… tu parles même pas de Clara.

Soul a l'air à deux doigts de pleurer.

— C'est facile de tuer, de détruire et de démolir, mais aider et sauver les gens, c'est dur. Y a personne qui fait ça.

Et si même toi t'arrêtes de le faire, qui va le faire ? Quand tu vas te réveiller mort à cause de tout ça, tu vas faire quoi ?

— Je te remercierai de m'avoir prévenu.

Soul secoue la tête. La vanne d'Henri ne passe pas.

— T'as pas envie de mourir comme ça.

— Mais est-ce que j'ai envie de vivre comme ça ?

Henri désigne les alentours. Il sent qu'il déçoit son jeune ami mais, en même temps, il ne veut pas lui mentir. Il a l'impression d'être dans cette vieille chanson de Murray Head, *Say It Ain't So*. Sur ce joueur de base-ball banni à vie de la ligue car soupçonné de ne pas avoir dénoncé un scandale et ce gamin, son plus grand fan, qui lui aurait dit ça à la sortie de son témoignage au tribunal. Joe, dis-moi que c'est pas vrai. Dans les yeux de Soul, il voit tout ce que le gamin a pu projeter en lui depuis le début. Henri, dis-moi que t'es pas comme eux. Dis-moi que tu vaux mieux que ça. Sauf qu'Henri ne veut plus mentir. Il veut être lui-même.

— Je suis peut-être pas un si brave type que ça.

— Me dis pas ça. S'il te plaît.

Henri n'a pas les mots justes, alors il se contente de ceux qu'il a.

— Tu veux un dessert ? Je régale.

— C'est dégueulasse les desserts ici. Glace, non ?

Allez, c'est bon, Henri croit que tout est réglé. Sauf qu'avant de sortir Soul se plante devant la porte du grec.

— Sérieux, Henri, on tue plus personne. Sinon j'arrête.

Henri le regarde un moment. Il n'aime pas jurer sans savoir si la promesse est tenable. Mais a priori, ce meurtre, c'était de la légitime défense. Il ne devrait plus être mêlé à quoi que ce soit. Plus de morts. Que des sauvetages. Ça lui va.

Henri sourit à Soul et hoche la tête. C'est bon.

À peine Henri et Soul sortis du grec, des mecs capuchés, cagoulés et armés fondent sur eux. Henri reconnaît les mecs de la triple file. Des menaces fusent. Soul essaye de se défendre mais on lui tord le bras. À deux doigts de le péter. Clairement, ça ne rigole pas. Henri a depuis le départ les mains bien écartées du corps et bien en évidence mais pas en l'air pour ne pas attirer l'attention des badauds. De toute façon trop aveugles pour voir ce qui se passe tous les jours sous leurs yeux. On les fait avancer, monter dans une camionnette et on les enferme dans le noir.

Au bout d'un petit moment, sans doute au premier feu rouge, Henri rompt le silence.

— Ça va ?

— Ils m'ont enculé le bras. Toi, c'est bon ?

— Ouais. Je me dis que si on meurt, au moins, on aura fait un dernier repas correct.

20

Sortis de l'obscurité du camion, leurs yeux doivent faire face à de nouvelles ténèbres. Après une minute, ça va mieux mais, pour ce qu'il y a à voir, c'était peut-être pas la peine de faire tant d'efforts. Leurs kidnappeurs les font avancer parmi d'autres bagnoles dans un parking souterrain. Tout ça à grands coups de « bougez-vous ». Entre eux, ils se parlent un patois qui ressemble à du français sans en être. Du créole ?

Ils traversent des caves. Certaines éventrées. Il n'y reste que de vieux meubles décrépits ou ce qui ne méritait même pas d'être volé. Personne dans les parages. Ça n'aurait de toute façon rien changé. Soul comme Henri savent que les bons Samaritains sont rares. En attendant l'ascenseur, Henri observe une cave sans porte dans laquelle il n'y a qu'un matelas posé contre un mur. Constellé de sang et de pisse. Il essaye de ne pas penser à Clara. Il ne dit rien. Il pense à Clara. Il ne regarde personne. Il pense à Clara.

À cinq dans l'ascenseur, Soul se dit que ça sent comme les coffrets Scorpio offerts à Noël. Il ignorait que des gens les utilisaient vraiment. Il croyait que c'était offert pour faire chier ceux qui les reçoivent. Arrivés à destination, on les fait avancer vers un appartement dont la porte est grande ouverte. Une musique. Du bouyon. Cela rappelle à Henri des vacances au soleil qu'il ne s'est jamais payées.

Pas de meubles, à peine de quoi s'asseoir. Les volets sont fermés. Quoi qu'il se passe ici, ils se cachent. Des lampes de chantier posées ici et là, une télé branchée à une console, des sacs Deliveroo et Uber Eats à droite à gauche. Des sacs de sport dans l'entrée, pleins de fringues et d'oseille. Prêts à se barrer en moins de dix secondes.

L'un des mecs capuchés toctoctoque à une porte pour annoncer leur arrivée. Derrière Henri et Soul, l'un des mecs ferme la porte de l'appartement. Un verrou, deux verrous, trois verrous. Comme à Fort Knox sauf que l'or, c'est eux. Leurs kidnappeurs retirent capuches et cagoules et Henri reconnaît les Jupiter d'après les photos que Soul lui a montrées. Des locks blondes, rousses et noires. Des tatouages sans équivoque. Des larmes ici et là. Des bondieuseries. Des dates. Leurs punchlines préférées de la Bible. Dommage qu'il n'y ait pas Killian parmi eux.

Un quatrième mec, petite bouteille de Coca en verre à la main et téléphone calé entre la bite et le boxer, sort de la salle d'eau. Il ressemble à Killian Jupiter en plus vieux. Plus méchant. Il jette un œil à ses deux convives, tchipe en faisant la moue et s'adresse au reste du syndicat du string.

— *Zot' trompé. C'est pas lui.*

— *Vié boug la ?!*

— *Non, lot' la. Koumaniè zot pé trompé ? Li est toujours avec l'autre nèg là. Si ou trapé yan' ou ka trapé lot.*

Henri et Soul ne parlent pas créole mais, de ce qu'ils attrapent au vol, ils comprennent qu'Henri est recherché au même titre que Sofiane et Doums pour le coup d'éclat de l'autre soir. L'oncle Donald Jupiter doit l'avoir mauvaise depuis quelques jours. Soul doit se croire tiré d'affaire mais l'un de ses Castors Juniors le charge. Il ne parle pas créole mais son accent est si épais que c'est tout comme.

— De toute manière, lui aussi, il traîne toujours avec eux.

Le chef désigne une porte fermée de l'extérieur par un cadenas.

— *Aye chèché ti i'salop la.*

Il regarde Henri et Soul droit dans les yeux.

— Je vais vous montrer qui est le *fucking boss* ici.

Pendant que Riri Jupiter s'occupe du cadenas, Fifi se cale dans un fauteuil et Loulou part se chercher à boire dans ce qui fait office de cuisine. En attendant qu'on lui rapporte ce qu'il veut, l'oncle Donald Jupiter donne soif à Henri avec sa bouteille de Coca mais il ose pas lui en demander un. Il remarque d'autres bouteilles, tout aussi vides, ici et là. Ils ont peut-être un point commun. Loulou revient avec une canette d'Old Jamaica qu'il dégoupille assez fort pour s'attirer un regard noir de Donald. Pendant ce temps, Henri et Soul trouvent le temps long. Henri commence à se dire qu'Einstein avait raison sur la relativité. Sa vie lui semble être passée en un éclair comparée à ses deux minutes dans ce taudis. Finalement, Donald leur adresse la parole. Sourire satisfait sur la tronche.

— *Zot croyiez qu'on vous attraperait jamain ? Bonda Manmanw !*

Henri va pour répondre mais Soul lui fait signe que c'est bon, ça sert à rien. Surtout que l'attention est attirée par Riri qui ramène un autre mec, un petit gars, complètement nu à l'exception des plaies, des ecchymoses et de la panique totale qui le parsèment. Il le place près d'Henri et Soul. Le nouvel arrivant, soucieux de cacher ce qu'il lui reste d'intimité, plaide sa cause.

— Frère, pourquoi tu fais ça ?

Donald l'ignore. C'est à Henri et Soul qu'il s'adresse.

— Ce boug-là, c'est le premier que vos camarades ont attrapé. Ils l'ont menacé : il a pas dit rien. Ils l'ont frappé : il a pas dit rien. Quand ils l'ont dit qu'ils allaient couper son *fucking bwa* pour mettre dans son *twoudéyé* : il a parlé. Toutes nos adresses parties, tous baisés. Et comme si venir nous braquer était pas suffisant, tuer nos gérants était pas suffisant, vous venez tuer nos tipères ?

Là, Loulou fait la grimace, les autres regardent le sol, seul Donald maintient le contact visuel. Dur. Tout ce qu'Henri voit là, ce sont des mecs qui ont peur. Des mecs qui ont tout perdu. Passe encore qu'on s'attaque au business, mais qu'on tue leurs filles, c'est trop. Comme s'ils se disaient que ça pourrait être leur tour dans pas longtemps. Une vraie tristesse traverse le regard de Donald.

— Les voler, d'accord, mais pourquoi les tuer ?

— Si tu parles de la fille de ce matin, nous on a rien à voir là-dedans.

Donald sort un cutter d'on ne sait où, les clicliclic font jaillir la lame rouillée ou imbibée de sang séché qui se retrouve sous une paupière d'Henri.

— *Finmé djelou !* Amina, c'est la cinquième là, alors me fais pas chier !

Ce développement surprend Henri autant que Soul. Même sans cutter sous l'œil, Soul se tend avec la même raideur qu'Henri. Donald éloigne le cutter du champ de vision d'Henri.

— Mais avant de m'occuper de vous… Je vais vous montrer de quelle manière on traite nos bougs à nous.

Il boit une dernière gorgée de son Coca, secoue la bouteille pour dégager les dernières gouttes et la balance au nudiste malgré lui.

— *Pa fè sa, timal.*

Donald se contente de lui jeter un regard torve tandis qu'il ramasse deux autres bouteilles et qu'il en pose une devant Soul et une autre devant Henri. Soul fait une petite grimace de dégoût parce qu'il sent que ça sera la suite. Henri a peur de comprendre. Quoi qu'il arrive, ils seront les suivants. La pauvre petite star du pire des conseils de discipline regarde la bouteille droit dans le goulot.

— Soit tu t'assois, soit on t'assoit. *Sèl choix.*

Ambianceurs macabres, Riri, Fifi et Loulou se font soudain plus présents dans la pièce : petits gestes, frémissements de fringues, os qui craquent. Donald regarde son futur ancien employé en se léchant les lèvres.

— *Atan' !*

Il sort son téléphone de son slip et pianote dessus. Lance une musique enjouée. Trop enjouée. Rythme latino. *BEBE* par 6ix9ine.

— *Dansé, salope.*

Une larme coule sur la joue du mec. Donald ressort son cutter. Il joue à sortir et rentrer la lame au rythme de la chanson, au rythme d'un coït.

— Je t'ai pas dit de danser ? *Allez, dansé tibrin !*

L'autre commence à bouger ses hanches. Les Jupiter commencent à chantonner « snitcher n'est pas bon, snitcher n'est pas bon » tandis que l'un d'entre eux filme toute la scène. Le petit danseur regarde la bouteille.

— Y a quelqu'un qu'a du gel, même pour les mains, ou un truc ?

— *Bomboclaat !* On est à la pharmacie ? La bouteille, c'est ta tipère on t'a dit. Tu lui ferais comment ?

Le petit lui fait signe que c'est bon. Il met la bouteille dans sa bouche et commence à sucer le goulot comme on sucerait une bite. Les autres rigolent.

— *Ou ni intéré bien bavé, an bonda manmanw…*

Il continue de sucer la bouteille, il pleure vraiment. Henri se dit que s'il avait voulu voir des trucs de pédés il serait resté avec Sofiane et Doums. Surtout, il regrette de pas avoir pris son flingue avec lui. Il aurait réglé ça depuis longtemps. Quand il pense que les autres les ont même pas fouillés… Le spectacle qu'il a sous les yeux lui laisse le temps de réfléchir à la suite. Pour le moment, le seul truc dont il est sûr, c'est qu'il ne boira plus jamais de Coca dans une bouteille en verre.

Après avoir salivé tout ce qu'il pouvait sur la bouteille, le petit la pose par terre et s'accroupit au-dessus comme s'il allait chier. Le petit se crache dans la main et se tartine copieusement la raie. Soul détourne le regard. Henri veut intervenir mais qu'est-ce qu'il peut faire de plus que regarder ? Le petit seigneur n'en perd pas une miette, les autres se marrent, le petit reprend la bouteille pour la sucer encore un peu et saliver un max dessus avant de fermer les yeux et de la guider vers son rectum. Les yeux fermés et concentré comme jamais. L'un des Jupiter se fend d'un conseil.

— *Respiré boug mwen, ou pé ké rivé fè ça sinon.*

Des rires. Le petit commence à respirer fort. Henri espère qu'il ne va pas faire ce qu'il s'apprête à faire, et Donald, toujours à se lécher les lèvres et se mordre la lèvre inférieure, n'attend justement que ça. Après s'être enfoncé le début de la bouteille dans le cul, le petit se laisse tomber dessus. Un hurlement. Ce genre de hurlement que seul un bruiteur peut créer en mixant ensemble six cent soixante-six cris différents.

En position fœtale, du sang qui lui coule entre les jambes, le petit est pris de spasmes et de hoquets de larmes. Parce que c'est pas fini. Donald hoche la tête et Riri, Fifi et Loulou se jettent sur le petit pour le rouer de coups au niveau du cul et du bassin. Jusqu'à ce que la bouteille pète et lui lacère les entrailles. Le cri précédent était terrifiant, mais ce n'était rien comparé à celui-là.

Donald se tourne vers Henri et Soul.

— À nous.

Henri lève une main.

— À nous, ouais, Patrick Sébastien. On a regardé ton numéro de cirque dégueulasse et on t'a écouté. Alors à moins que tu veuilles nous chanter *Le Petit Bonhomme en mousse*, toi, tu vas nous écouter.

Donald est surpris par les propos mais Henri ne lui laisse pas le temps de se ressaisir. Soul se fait tout petit. Il écoute son cœur battre en le remerciant d'avoir tenu le coup jusque-là et en s'excusant de ne pas aller plus loin, mais apparemment Henri a décidé que tout allait s'arrêter dans ce squat sordide.

— Premièrement, pour ce qui est de Sofiane et Doums, leurs affaires, c'est pas les nôtres. Qu'ils vous braquent, vous pillent, ça, c'est entre vous, c'est vos problèmes.

— Je crois que vous faites tous partie du *fucking* problème.

— Je suis pas leur père et lui, c'est pas leur frère. Tu veux nous faire payer pour ce qu'ils vous ont piqué ? Très bien. C'est pas ça qui les fera sortir du bois. Les seuls sujets qui intéressent Sofiane et Doums sont Sofiane et Doums.

Donald regarde Soul qui sait très bien qu'Henri a raison. Donald peut leur foutre tout ce qu'il veut dans le cul, les buter ensuite et faire des bokits avec eux, tout ce que ça inspirera à Sofiane et Doums, c'est une longue session vannes.

— Il a raison. Ils roulent que pour eux. On les connaît mais c'est pas nos potes.

— Alors pourquoi ils cherchaient la tipère que vous cherchez ?

Henri hausse les épaules. Il reste très sûr de lui. Soul voit ce que c'est de ne vraiment plus avoir peur de rien, ni de personne.

— Parce qu'ils savent que tous les deux, on cherche cette fille qui s'appelle Clara ? Parce que ça leur donne une excuse tordue pour s'attaquer à vous ?

Soul doit reconnaître qu'Henri est convaincant et qu'il pourrait bien sauver leurs culs, dans tous les sens du terme. Henri ne s'arrête plus.

— Nous, tout ce qu'on veut, c'est retrouver cette fille ou savoir ce qu'elle est devenue. Et la piste qu'on a, c'est que la dernière fois qu'on l'a vue à Ratigny, elle était avec un de vos cousins. Killian. On s'est dit, vu les activités familiales, qu'il avait fini par la mettre sur le trottoir et c'est pour ça qu'on le cherche et que nous tous là, on se croise.

Éclats de rire à la limite du fou rire pour tous les Jupiter présents. Ils se parlent en créole en rigolant. L'un d'eux répète la même phrase en boucle.

— Killian le *makoumé* ?!

— Ce fragile-là.

— *Fucking battyman.*

Henri se demande en quoi Killian peut être un bâtiment. Il regarde Soul dont les yeux ne lui renvoient que des points d'interrogation encore plus gros que les siens. Donald se calme un peu. Par terre, l'autre continue d'en chier et de réaliser qu'il est beaucoup plus solide qu'il ne le pensait. Ni la mort, ni même l'évanouissement ne viennent le sauver. Donald s'approche d'Henri.

— Dix mille euros par-ci par-là qui s'envolent. Des bougs à nous blessés. Des cases en feu. Des tipères dans la nature. T'appelles ça se croiser ?

— J'appelle ça « t'avais qu'à bosser dans un domaine couvert par la Macif ».

Donald regarde Henri droit dans les yeux et tchipe longuement.

— Killian, c'est une baltringue. C'est la famille mais il est pas avec nous.

De nouvelles hypothèses naissent et meurent à toute vitesse dans la tête d'Henri. Aucune ne tient la route. Côté Donald aussi, il y a un problème. Chez les cousins aussi. Ils se parlent encore en créole. Henri capte quelques mots. Ils semblent dire que Killian est bizarre. Que c'est peut-être lui qui tue les filles. L'un d'eux soutient cette thèse. Il parle des yeux de Killian. Soul est d'accord avec ça. Le Killian qui paye pas de mine, c'est pas celui qui l'a balancé du premier étage du lycée. Henri s'immisce dans leur conversation.

— Tu me dis qu'ils ont tué cinq de vos filles, mais à part celle de ce matin, j'ai pas entendu parler de meurtres par ici.

— Une dans une déchèterie y a un mois. Toute pliée dans un frigidaire. T'as pas vu ça ?

Ni Henri ni Soul ne se rappellent avoir entendu parler de ça.

— Les trois autres, on les a pas retrouvées.

— Elles se seraient pas juste enfuies des fois ?

— Nos tipères, elles s'enfuient pas.

En disant ça, il affiche un sourire aussi satisfait que terrifiant. Par terre, le petit a fini par s'évanouir mais il respire encore. Son sang se répand sur la moquette. Il rappelle à Henri que son pied s'est remis à saigner. Il sent qu'ils ne sont pas loin de faire une nouvelle avancée. Il veut croire à un lien entre les Jupiter, tous les Jupiter, et Clara. Il ne lui manque qu'un élément qui lui permettrait de relier tout ça mais lequel ? Ça commence à l'énerver. Il se sent comme les enquêteurs dans certains bouquins qu'il a lus. Si Marie-Line était encore là, peut-être qu'elle mettrait le doigt sur l'élément manquant.

— Et ces filles, elles ont disparu comment ?

— À chaque fois, elles allaient voir des clients et on les revoyait jamais.

— Personne les accompagnait ?

Soul se fait foudroyer du regard pour cette question.

— Pas jusque dans la chambre, imbécile.

Henri cogite.

— D'accord, d'accord. C'était que par annonces j'imagine ?

Donald hoche la tête. Il ne voit pas où Henri veut en venir. Henri fait la gueule. Si ça avait une seule fois été dans un de leurs bordels VIP, il aurait suffi de remonter les clients VIP et ça aurait été plus simple. Ça le sera pas. Soul voit où Henri veut en venir mais il est sur son propre fil. Il lève la main et pose une question sans attendre qu'on lui donne la parole.

— Bon, OK, Killian c'est une zoulette et tout ce qu'on veut mais je sais qu'il a fait des dingueries un peu. Donc même si vous, vous le faites pas croquer, y a rien qui l'empêche d'avoir fait ses bails lui-même, en cachette ?

Donald se gratte les couilles puis le ventre, avec nonchalance, rendant ces gestes plus cool qu'ils ne méritent de l'être.

— Rien l'empêche mais on aurait su.

— Il aurait pu maquer des meufs donc.

Les Jupiter se regardent. Des *kounia manmanw* fusent. L'un des Jupiter sort son téléphone et compose un numéro. Henri voit où Soul veut en venir et poursuit.

— Vous, à force, vous avez fait gaffe et avez pas refilé trop de nanas à n'importe qui, j'imagine ?

— C'est pour ça qu'on préfère faire venir les clients chez nous plutôt que faire en Deliveroo.

Soul reprend la main.

— Mais Killian, s'il s'était lancé là-dedans, sans expérience sans rien, c'est possible qu'il se soit fait baiser, non ?

Henri enchaîne sans attendre la réponse.

— La fille qu'on a retrouvée ce matin… Ça faisait combien de temps qu'elle avait disparu ?

Donald regarde l'un de ses cousins qui réfléchit un peu.

— Deux semaines peut-être.

Elle n'avait pas l'air d'être morte depuis longtemps. Elle a été séquestrée. Clara a disparu depuis moins longtemps. Y a encore une chance.

— C'est la dernière à pas avoir donné de nouvelles ?

Donald hoche la tête. OK, ça tient la route. Le ou les mecs qui fument les filles des Jupiter ont dû finir par changer de crémerie. C'est déjà ça. Loulou Jupiter range son téléphone.

— *I koupé ! Niméro lan pa bon.* Pas attribué.

— Ou alors il lui est arrivé quelque chose. Depuis quand vous l'avez pas vu ?

Pas de réponse. C'est que ça date. C'est la merde. Malgré tout ce qu'il peut dire de son cousin, ça fait chier Donald. Henri et Soul sont sur la même longueur d'onde. Henri comprend que c'est le moment ou jamais de jouer leur va-tout.

— Messieurs, je vais vous proposer une chose très simple.

Henri lève ses deux poings, il montre d'abord le gauche.

— Ça, c'est vos problèmes avec Sofiane et Doums. Moi, j'en ai rien à foutre, donc on oublie.

Il tend ensuite le poing droit.

— Ça par contre, c'est Clara. C'est vos filles tuées ou disparues. C'est Killian. C'est notre problème commun. Et avec votre aide, nous, on se propose de le résoudre pour vous.

Un peu de créole est parlé à toute vitesse. Plus doux que tout à l'heure. Le deal leur paraît correct. Soul regarde les bouteilles de Coca par terre. Henri se décale avant que le sang qui se répand sur la moquette ne touche ses chaussures. Donald finit par prendre sa décision et, en un éclair, Henri et Soul sont ceinturés par Riri et Fifi. Donald, cutter à la main, passe la lame sur les gorges de l'amputé et du cardiaque.

— Vous avez intérêt à me ramener mes filles, mon zinc ou la tête du *ti bomboclaat* qui les a fumées, sinon, c'est les vôtres que je prends.

Petite pause avant de leur faire une entaille chacun. Henri pense immédiatement au sida.

— Quand votre Sofiane, votre Doums ou votre Brahim vous demanderont ce qui est arrivé : dites rien. De toute façon, on va leur *rangé l'bonda* bien comme il faut bientôt. Ils sont pas prêts.

Il joue du cutter dont la lame brille salement.

— Si vous parlez, si on voit n'importe lequel de vos camarades traîner trop près de nous, on a vos adresses.

— Et si on règle l'affaire ?

— Je vous oublie. Et sinon, vous irez du mauvais côté de l'herbe.

Avec le sourire, Donald passe le cutter sur son cou tatoué de pointillés ordonnant de « découper ici ».

Deux minutes après, Henri et Soul sont dehors. À la gueule de l'arrêt de bus local, ils comprennent qu'ils sont loin du nueve cuatro. Perdus dans une cité du 91. La planque des Jupiter. Leur QG pour préparer la contre-attaque. Ils ont tout perdu mais ils sont prêts à tout recommencer. Comme Henri et Soul. L'enquête n'avançait plus mais ils repartent pour un tour. Henri se dit que tant qu'il se réveille le matin il ne lâchera rien. Soul râle : ils ne peuvent pas bosser pour les Jupiter. Henri le rassure : ils ne roulent que pour eux.

Il s'agissait de sortir de cet enfer. Si Henri avait sa bagnole, il prendrait un fusil et remonterait pour tous les descendre. Soul est déjà sur son téléphone à regarder les itinéraires que propose la RATP et il fait la gueule. Les distances ne paraissent jamais aussi longues que d'une banlieue à l'autre.

À croire que des galaxies entières les séparent.

21

Ce soir-là, un salon de coiffure supposé être sous la protection de Brahim se fait braquer. Deux mecs cagoulés entrent avec des marteaux. Il va y avoir du monde en réa. Coiffeurs et clients s'en prennent plein la gueule. La caisse disparaît, mais aussi l'argent plus sale que Brahim entrepose là-bas. C'est à peu près vingt mille euros qui s'envolent. Normalement, on n'attaque pas un salon de coiffure à dix balles.

Lorsqu'il apprend ça, Brahim rentre seul de l'hôpital de Ratigny. On vient de lui annoncer que la situation empire dans sa tête et là, on lui annonce qu'elle empire dans sa ville. Il rentre à pied pour se donner le temps de réfléchir. Dans ses écouteurs, de la musique à Kamel, *Slip In Electro Kid* de Timo Maas, l'aide à garder le cap. En faisant des tours et des détours dans son labyrinthe, une main dans sa poche de blouson, l'autre sur sa grenade, le pouce dans la goupille qu'il titille, conscient de son pouvoir, il se convainc d'une chose. La visite qu'il a rendue aux cannibales n'a servi à rien. Ils lui ont dit que ses ennemis étaient déjà chez lui. Ils ont posé la tête du chien chez lui. Ils s'attaquent à ce qui lui appartient. À son argent. Il faut que ça s'arrête. Cette fois, plus possible de reculer, faut qu'il parle à son homologue de l'autre côté du fleuve, son vieil ami Youssef.

Ce genre de rencontres, c'est toujours très politique et rien ne doit être laissé au hasard. Déjà, il ne faut pas que ça ressemble à une convoc. Le passif-agressif, ça ressemble qu'à de l'agressif-agressif pour ces mecs-là. Donc aller voir le grand manitou de Ratigny Est chez lui, c'est mort. Encore plus si ça donne l'impression de demander une faveur qui fait que des gens vont mal parler de Brahim et l'obliger à niquer des mères alors que ce n'est pas la priorité. Et le coup de téléphone, c'est hors de question. Déjà parce qu'il est persuadé d'être sur écoute et ensuite parce que ça ne se fait pas de s'appeler pour des trucs comme ça. Il faut se voir, pouvoir se regarder droit dans les yeux, pouvoir jauger si le mec d'en face te bourre le mou ou pas.

Le mieux, c'est de réquisitionner le Galatasaray. C'est le meilleur grec de la ville mais c'est aussi celui qui n'est géographiquement problématique pour personne. C'est une règle tacite vis-à-vis de cet endroit, faites-y ce que vous voulez, profitez-en tant que vous voulez mais n'essayez pas de mettre la main dessus. Avec le temps, c'est devenu une zone franche. Un endroit où le ton peut monter mais où rien ne doit se passer. Jamais. Tant que cette règle est respectée, le chef, Hazim, laisse faire. C'est pas le manque à gagner qui le tuera, il sait que les deux grosses têtes assises au fond de son établissement lui laisseront un billet pour le dérangement. En attendant qu'ils terminent, il coupe de la salade, des tomates et des oignons.

Du thé à la menthe et des baklavas industriels offerts par la maison devant eux, le fameux Youssef, la petite soixantaine classe, visage marqué de chibani sans une minute de travail pénible à son actif, droit comme un I, l'air du mec que ça fait chier d'être là ; Brahim, un écouteur dans une oreille, un album qui s'appelle *Castration Anxiety* à l'intérieur, quelque chose qu'il n'a jamais écouté pour ne pas oublier ce sommet de la plus haute importance. Youssef se demande ce que c'est que ce truc avec l'écouteur, mais en même temps, ça ne le surprend pas, ça fait un moment qu'on lui dit que Brahim est bizarre. Si quelqu'un se pointe, il est accueilli par Claude ou un mec de l'Est qui lui fait signe de dégager. Vu la gueule des mecs à l'intérieur, le McDo devient vite une option.

Les deux caïds ont longtemps été potes. Ils ont grandi ensemble. Ils ont fait des coups ensemble. Ils ont fait le coup de leur vie ensemble. Ils auraient pu continuer ensemble mais leurs ambitions respectives les auraient amenés à s'entretuer. Ils ne se parlent plus vraiment. Un pont les sépare. Et bien plus encore. Là, chacun est venu avec des mecs de son équipe. Ses hommes à tout faire, Nassim et Claude pour l'un, des grosses têtes de la cité Malraux de Ratigny Est pour l'autre. Brahim connaît presque tous ces mecs. Il les a vus grandir et il les a gardés à l'œil comme il garde tout le monde à l'œil. Tous ces fumiers et leurs ambitions trop grandes pour eux.

Le petit Akim, parano et traître en intérim, du genre à toujours arriver à ses fins, sans armes, ni haine, ni violence. Mourad, le violent, l'impulsif, tout juste sorti de taule après un séjour qu'il y a fait à cause de son grand pote Akim. Brahim n'a plus les détails en tête mais ce qu'on lui a raconté sonnait comme une solide histoire de trahison. Et il y a ce troisième gars que Brahim connaît à peine. Il a capté que c'était Ousmane, le fils de Moussa, son vieil ami. Il a bien grandi depuis la dernière fois qu'ils se sont vus. Cet Ousmane regarde Youssef d'une telle façon que Brahim ne sait pas s'il veut lui sucer la bite ou lui couper et l'étouffer avec. Il va falloir se renseigner sur ce gosse qui enregistre tout ce qui se passe. Celui-là, Brahim l'entend biper fort dans son radar à emmerdes.

— Brahim, mon frère, t'entends ce que tu dis ? S'ils avaient voulu t'attaquer toi et qu'ils se sont trompés et qu'ils ont pris la petite gouère là, pourquoi tu te casses la tête ? Ils se sont trompés, ils sont nuls, oublie-les.

— T'as pas compris. Ils voulaient attaquer mon labo et ils se sont trompés parce que le 6 de chez ces gens s'est dévissé et il s'est retourné pour faire un 9. Ils ont cru que c'était chez ma chimiste et quand ils ont vu la petite sortir, ils ont dû croire que c'était sa fille et ils l'ont prise. C'est tout.

— Et ils ont pas demandé de rançon ? Ils ont pas fait passer de message ? À quoi ça sert de kidnapper quelqu'un si tu demandes rien derrière ? C'est quoi l'intérêt pour eux ? T'as réfléchi à ça ?

— Ils l'ont fait pour me montrer qu'ils pouvaient le faire. C'est tout. La petite, j'ai des gars qui la cherchent partout là mais moi, je pense qu'ils l'ont déjà tuée. *Allah y rahmo.*

Youssef hoche la tête et marmonne histoire d'accompagner Brahim mais, clairement, le cœur n'y est pas. Ça tourne à deux cents à l'heure dans sa tête parce qu'il sait où Brahim veut en venir. Il sait que Brahim va lui annoncer quelque chose qui ne va pas lui plaire et que tout ce qu'ils se disent depuis dix minutes, c'est juste du bruit. Ce que Youssef entend depuis quelque temps sur les frasques de Brahim ne lui plaît pas du tout. Des trucs qu'il avait du mal à croire lui semblent tout à fait plausibles quand il voit le mec en face de lui.

— J'ai été les voir, vos Russes.

— Je sais, des gars à moi vous ont vus rouler chez nous.

Ça n'arrange pas la paranoïa de Brahim – qui l'a vu ? –, mais il embraye.

— Ils ont braqué mon coiffeur. C'était une banque à moi.

— Combien on t'a pris ?

— Beaucoup.

Brahim sourit à Youssef qui sait très bien qu'il n'est pas assez idiot pour donner des chiffres et qu'on se foute de sa gueule dans son dos. Ses oreilles sifflent bien assez comme ça. Là, Brahim sort sa grenade et la pose sur la table. Excitation aux alentours. Youssef les calme.

Dans la goupille, son pouce le démange. Youssef regarde Brahim comme s'il voulait comprendre ce qui se passe derrière ses yeux en télé déréglée mais il n'y a qu'une tempête de neige.

— Tu m'expliques ?

— Si tu fais rien, moi je vais m'occuper d'eux. Je te demande même pas de prendre mes patins et d'aller les fumer pour moi. Je sais que tu le feras pas. T'es pas comme ça.

— Ça veut dire quoi ça ?

— Tu sais très bien ce que ça veut dire. Dans la vie, y en a qui bougent et d'autres non. Toi, tu bouges pas, tu laisses faire, t'attends de voir. Moi j'aime avoir un coup d'avance. C'est tout.

Un coup d'avance alors que t'en as déjà dix de retard, espèce de taré. C'est tout ce que pense Youssef quand il entend ça. Brahim laisse passer un ange ou deux. Il regarde Youssef avec un sourire que le boss de Ratigny Est ne sait pas comment interpréter. Il n'aime pas ça.

— En fait, si je t'ai fait venir, c'est juste pour te prévenir que si tes Russes refont un…

— *Mes* Russes ? C'est mes Russes maintenant ?

— Ils ont posé leurs valises de ton côté de la ville, non ? Donc c'est tes Russes, oui.

— Les gens posent leurs valises où ils peuvent. Je suis pas l'office HLM.

Il n'est pas littéralement l'office HLM mais en vrai, il n'en est pas si loin. Si quelqu'un lui demande un logement, il peut vite avoir un toit au-dessus de sa tête. Brahim ne lui fait pas remarquer.

— Si la situation était différente et que t'étais assis à ma place, ce serait mes Russes et j'en ferais pas une histoire. Au contraire, moi je te rendrais peut-être service et j'irais exterminer les cafards avant que t'aies à le faire et avant qu'ils deviennent une galère pour tout le monde. Je m'en occuperais avant qu'ils débarquent chez toi et que tu les sentes sur ta peau et même sous ta peau et que tu puisses plus rien y faire parce que t'as pas traité le problème à temps, ouais, c'est ça que je ferais moi si j'étais à ta place.

Alors que Brahim boit une gorgée de thé à la menthe, Youssef reste impassible, mais maintenant, il a la confirmation que face à lui il n'y a plus la lumière à tous les étages. Il commence à croire aux rumeurs comme quoi Brahim se balade parfois en ville la nuit et qu'il tire sur des gens qu'il croit responsables de ses soucis imaginaires du moment. Il ne va même pas lui parler de ce dont il voulait lui parler. Ce serait comme pisser dans un violon.

Brahim voit bien que Youssef le regarde en bizarre alors il éclate de rire. Comme à l'époque où ils étaient encore tous potes.

— J'ai pas dit « tes potes les Russes », détends-toi.

Youssef sourit, histoire de donner le change et Brahim continue.

— Tu feras rien pour notre ville donc ?

— C'est pas notre ville. C'est la ville à personne, c'est la ville à tout le monde.

C'est au tour de Brahim de regarder Youssef en bizarre. Il n'a de toute évidence jamais entendu une connerie pareille et pourtant, il en a entendu. Et après, on va lui dire que c'est lui qui perd la tête. Ou alors y a un sens caché dans ce qu'il vient de dire mais Brahim n'a pas envie de creuser.

— On est d'accord que tu feras rien pour eux ?

— Comment ça « pour » eux ?

— Tu les aideras pas ? Quoi qu'il arrive.

Brahim fait tourner la grenade comme une toupie. Ça stresse Nassim, Ousmane et tous les autres.

— Ils sont là avec leurs femmes et leurs enfants. Moi, ils m'ont rien fait. Et toi… Je crois qu'ils t'ont rien fait non plus.

— Ça t'en sais rien. J'ai parlé avec leur chef. Tu sais que…

Brahim baisse d'un ton et se rapproche de Youssef pour lui glisser à l'oreille :

— Tu sais que c'est des cannibales ?

Brahim recule. Il attend la réaction de Youssef qui le regarde un moment. Impassible. Brahim confirme d'un coup de sourcils que c'est vrai. Que c'est chaud. Et là, Youssef explose de rire. Brahim le prend mal. Très mal.

— Attends, ils t'ont dit ça ? Brahim, faut être sérieux là. Ils ont raconté ça pour se gonfler. Tout le monde fait ça ici et toi tu les crois ?

— Moi, je crois à l'incroyable. Et toi aussi t'y croyais à l'époque.

Brahim désigne l'extérieur du grec, il montre derrière lui et derrière Youssef.

— Chez toi, chez moi. Ça nous a réussi de croire à l'incroyable. C'est quand on arrête de croire qu'on meurt.

— Tu te rends compte que tu crois que des mafieux russes cannibales ont fait dix mille kilomètres direction Ratigny, tout ça pour enlever une petite babtoue et braquer un coiffeur avec un marteau ? T'es complètement baisé.

— Leurs bleds, ils sont pas si loin que ça. Ils sont même plus près que tu le crois. Ils ont pas besoin de passeport pour venir chez nous. Ils ont pas besoin de visa non plus. Tout ce qu'ils ont à faire c'est venir et se poser. L'Union européenne leur a ouvert toutes les portes sauf celles de chez eux. Par contre, elle leur a ouvert celles de nos chiottes, chez nous, et elle leur a dit que s'ils voulaient foutre la merde, c'était ici qu'il fallait le faire.

— OK, Brahim Le Pen.

— Retire ça.

— Je retirerai rien du tout. Par contre, moi aussi je vais te dire un truc. Si tu décides de foutre un bordel chez moi, je te promets que passé commun ou pas, c'est avec nous que vous aurez un problème.

— Et moi, comme je sais que tu feras rien, je te dis juste que s'ils s'attaquent de nouveau à moi, à un de mes gars, quel qu'il soit, même un merdeux qui dépend à peine de moi, je laisserai rien passer et ce qui doit arriver arrivera. Alors préviens tes potes.

— Non, je te préviens toi. Je sais pas qui te souffle toutes les conneries que t'as en tête, si c'est ton ami imaginaire au ciel ou les ennemis que tu t'inventes ici-bas ou si t'as ton marabout au bout du fil, mais moi, mes amis et mes ennemis sont bien réels et je sais les reconnaître. Ça me ferait mal de te voir passer dans la mauvaise partie du tableau.

Ils se regardent un moment. Brahim fera ce qu'il a dit et Youssef sait que Brahim fera ce qu'il a dit. Youssef sait aussi que les Russes font des coups ici et là mais pas à Ratigny. Ni à l'Est, ni à l'Ouest. C'est le deal qu'il a passé avec eux. Faites vos coups où vous voulez, mais ne chiez pas là où vous dormez.

Youssef regarde Akim qui hoche la tête. Il est sur la même longueur d'onde que lui. Il va falloir aller parler aux Russes et voir s'ils se foutent du monde ou pas. Peu de chances que ça soit le cas mais, si Brahim a raison, il va falloir faire quelque chose avant que ça dégénère. Personne ne veut la guerre. À part un mec qui joue avec une grenade comme si c'était un accessoire de cinoche.

Là-dessus, Youssef se lève et quitte l'établissement avec ses gars. Brahim les regarde partir. Youssef ne se retourne pas. Ousmane le suit comme son ombre. Mourad toise Brahim et son équipe du plus sale œil qu'il ait en stock. Mais c'est Akim qui le dérange vraiment. Il prend son temps pour partir, comme s'il était déjà chez lui et, une fois dehors, il regarde aux alentours comme un nouveau propriétaire qui réfléchit à comment il va arranger la déco.

Brahim reste posé là un moment. Dégoûté que son vieil ami n'ait pas compris que c'est pour leur avenir à tous les deux qu'il sc démène. Pour que rien ne change jamais, ni pour les seigneurs de Ratigny, ni pour leurs descendants.

Kamel, tout ça, c'est pour toi.

22

La musique des *Feux de l'amour* fout le cafard à Henri car il pense à tous les vieux qui canent sans avoir la fin de l'histoire. Ce matin-là, Soul a allumé la télé en attendant qu'Henri se prépare. Pour lui, ce feuilleton c'est comme la vie. On arrive tous en cours de route et on repart tous avant la fin. Le seul fin mot qu'Henri veut avoir concerne Clara. Il espère vraiment que c'est une histoire avec une fin qui finit et pas comme certains films qui se terminent « comme ça », sans fin mot, sans morale, sans conclusion. Sans aucun sens. Soul est de l'école inverse. Il aime qu'on le laisse écrire sa propre fin. Comme ça, suivant son humeur du jour, il peut revoir un film et lui trouver une autre conclusion. Henri le trouve bien philanthrope. Si ça ne tenait qu'à lui, les gens qui ne savent pas finir une histoire ne devraient plus jamais avoir le droit d'en raconter.

— Et la nôtre d'histoire, tu crois qu'on aura la fin ?

— Franchement, je sais pas. Mais on va tout faire pour.

— Merci au fait. Pour tout ce que tu fais.

— J'ai peut-être une idée pour mettre un grand coup d'accélérateur à tout ça.

Henri se suspend aux lèvres de Soul, trop heureux d'avoir quelque chose à raconter.

Soul a passé la journée de la veille avec Loulou Jupiter.

Il a dû faire ça en loucedé et éviter d'attirer l'attention des autres sur ses déplacements. On commençait à regarder bizarrement quiconque n'était pas du quartier et quiconque s'éloignait un peu trop alors qu'il n'avait rien à faire à l'extérieur du fief.

Soul ne comptait pas se lancer dans un truc de hacker pour remonter le client-tueur. Il espérait juste qu'il ait commis une erreur. Genre utiliser le même profil pour vendre les merdes qui encombrent son garage et chasser de pauvres filles. Soul était conscient qu'il comptait sur un coup de chance incroyable digne des séries ou des romans de gare, mais Henri l'a encouragé à le faire quand même. Selon Henri, la vraie vie est bien plus con que la fiction. On ne sait jamais.

Soul avait un plan qu'il a soumis à Henri au cas où il aurait zappé un truc important. Son idée, c'était de réunir un maximum d'informations sur les cinq victimes. Comme ils savaient que le tueur était passé par les annonces postées par les Jupiter et leurs gars, il devait y avoir des traces des utilisateurs qui les avaient contactés. Des pseudos qui revenaient le plus souvent. Des adresses et des numéros de téléphone. Il devait bien y avoir quelque chose pour remonter jusqu'au bon mec. Tout le monde laisse des traces sur Internet. Soul le sait depuis gamin. Depuis qu'il a visité des sites de cul sur l'ordi du taf de sa mère et qu'il a découvert le mot « historique ».

Soul a contacté Loulou Jupiter qui s'appelle en fait Rodrigue. Il lui a fait la liste de tout ce dont il avait besoin pour avancer. Les divers pseudos des filles, leurs boîtes mail, les téléphones et les ordis des mecs qui géraient ces filles, les mots de passe qui vont avec. Bref, tout pour exhumer des pistes qui leur permettraient d'avancer. Pour gagner du temps, Soul a sollicité Rodrigue pour qu'il l'aide à tout compulser, déchiffrer les codes et le langage de ce monde-là. Amina, à moitié dévorée par le crocodile, c'était sa meuf, alors il a accepté.

Il a donné rendez-vous à Soul dans un KFC de l'A6, coincé entre Lisses, Corbeil et Villabé. Là où aucun mec de Ratigny n'irait les chercher. Soul s'est posé dans un box, casquette sur la tête, comme un flic infiltré venu rencontrer son contact. Rodrigue était en retard mais il a fini par arriver avec un sac de sport blindé d'ordinateurs portables, de téléphones et de canettes d'Old Jamaica. Les boissons du KFC ne rivalisaient pas. Un bucket familial pour deux et au boulot.

En préambule, Rodrigue a dit à Soul qu'il pouvait remercier Sofiane et Doums pour le manque d'infos car ils avaient bousillé ou fauché pas mal de matos au cours de leur OPA hostile sur les établissements Jupiter. Soul s'est contenté de hausser les épaules et dire à Rodrigue qu'il ne faisait pas de SAV. Puis ils ont galéré. À lire les chats que les macs, se faisant passer pour les filles, ont eus avec des clients potentiels. À relire des kilomètres de SMS. Difficile de savoir quel était le client qui avait finalement sollicité la fille. En moyenne, elles recevaient toutes une cinquantaine de messages par heure.

Pour certaines filles disparues il y a déjà trop longtemps, le site n'a rien gardé en mémoire. Ni les mails, ni les chats.

Et même s'ils ont des sauvegardes quelque part, Soul n'avait pas de juge à qui demander un mandat. C'est dans ces moments-là qu'il regrette de pas être flic. À force, ils ont isolé les clients correspondant aux victimes. Les clients, au pluriel, même si le mec qui a sollicité les victimes a juste créé de nouveaux comptes à chaque fois. De ce côté-là, il n'a rien laissé au hasard…

Mais s'ils en croient les messages échangés par le client avec Amina, la dernière victime en date, et Djénéba, l'avant-dernière fille, ils ont repéré la même approche dans les deux cas. Avec l'une, il se fait appeler H, avec l'autre L, mais il a la même façon de s'exprimer. La même manie de doubler les points d'interrogation et d'exclamation et de les coller aux mots. En plus de ça, les mêmes protocoles ont été mis en place par le client avant la rencontre. Tout ce qu'il faut pour établir le mode opératoire du kidnappeur slash tueur slash fils de pute.

Après des échanges classiques, le client leur a demandé si elles avaient des jouets. Quel genre ? « Menottes », « cordes », « poppers », « de quoi frapper ». Côté Jupiter, on lui a répondu que non, mais si lui avait ça, il pourrait les utiliser sur elles contre une rallonge de fric. Bien entendu, le client acceptait de mettre au bout.

Soul lui a demandé pourquoi ils ont continué d'envoyer des filles si le gars semblait à ce point être un diksa et Rodrigue lui a ouvert les yeux. La plupart de ces mecs sont des putains de pervers avec de vrais problèmes de mecs baisés de la tête. Certains sont mariés et ont des gamins, d'autres sont encore puceaux mais déjà bien atteints : leur point commun, c'est qu'ils sont prêts à payer pour se faire kiffer aux dépens de ces filles. Ils recevaient tellement de messages de ce genre (et des pires encore) qu'ils ne faisaient même pas attention à tout ça. Après tout, à chacun ses délires. Qui sont-ils pour juger ? Qui ne fait pas de dingueries en cachette ? À toutes ces questions, Soul ne voyait que l'argent des clients comme réponse.

Une fois Djénéba, Amina et les Jupiter ferrés avec ces promesses de passes à cinq cents balles, le client se montre un peu plus exigeant. Après tout, comme il va se montrer très généreux, il a bien le droit d'imposer des garanties. Ce qu'il a fait à chaque fois, c'est qu'il a demandé une visio. FaceTime ou webcam. Lui n'apparaissait pas mais il voulait s'assurer que la fille était bien la fille. Que ce n'était pas un guet-apens. Selon Rodrigue, il a dû se faire dépouiller une fois et ça l'a assez matrixé pour qu'il prenne ses précautions.

Une fois le contrat établi, le client donne rendez-vous dans un hôtel low cost à la fille. Il sait que les mecs-macs ne les suivent pas jusque dans la chambre. Le client paie si bien qu'on ne peut pas lui refuser l'*outcall*, la livraison à domicile, à l'inverse des autres crevards qui se contentent de l'*incall* et se pointent dans les Airbnb dévoyés en lupanars de la street. Une fois la fille entrée dans l'hôtel : silence radio. C'est là que tout se joue.

D'après Rodrigue, le client accueillait les filles dans sa chambre d'hôtel. Sans doute qu'il les attachait vu que c'était ce qui était prévu. Donc pas de surprise de ce côté-là. Ensuite, il devait les mettre K-O d'une manière ou d'une autre. Et de là, toujours selon ce cadre des Jupiter, il devait les mettre dans un grand sac de sport ou carrément une valise pour pouvoir sortir avec et les transporter où il voulait. Ni vu, ni connu.

Pour Henri, ça se tenait. Soul avait le sourire jusqu'aux oreilles.

— Pour moi, c'est facile, faut qu'on trouve une meuf qui voudra bien faire semblant d'être une tainp pour attirer ce fils de pute.

— Un appât quoi.

Henri cogite une seconde, pour la forme, mais il a déjà son idée.

— Camélia ?

Pour Soul, c'est une mauvaise idée.

— Ah, Henri, je sais pas. Et les meufs des Jupiter ?

— Tu leur ferais confiance ? T'as vu dans quel état elles sont ?

Pas de réponse de Soul. Henri doit enfoncer le clou.

— Je sais que tu veux la protéger, mais a priori, elle n'a pas besoin de toi pour ça. C'est peut-être même elle qui te protège, non ?

Soul rougit un peu. Henri le voit bien.

— Pardon. J'ai pas dit ça comme ça.

— Non, t'inquiète, mais c'est juste que ouais, elle est plus grande que moi. C'est vrai que normalement, c'est pas comme ça. Je le sais bien.

Henri sent que tout cela gêne Soul.

— Eh, tu t'en fous de tout ça, des « normalement », des « il faut que ». Des ceci, des cela. Tu sais qui c'est les types qui bossent de 9 heures à 17 heures parce que c'est comme ça, qui se marient parce qu'ils ont passé l'âge de s'amuser et qui font des gamins parce que « il faut » ?

— Non ?

— Des gens qui peuvent se carrer leur avis bien profond parce que tu peux être sûr d'une chose, à part pour les destinations de vacances en août, ils seront à la masse quel que soit le sujet. Sois qui tu veux. C'est la meilleure façon de vivre ta vie.

— C'est ce que t'as fait toi ?

— Non. Enfin si, un peu. Mais pas assez. Là, je rattrape le temps perdu.

Soul sourit. Il pense à cette phrase de Damso qui donnait un truc comme « *j'suis ni des vôtres, ni des nôtres* ». Il a pas pu être flic, il sait pas être une kaïra. Il sait pas trop ce qu'il est, mais il sait qu'on lui dira jamais quoi être et qu'il sera avec qui il a envie d'être. C'est Henri qui a raison.

— Je vais lui demander. Je crois savoir où elle est.

— Tu veux que je vienne ?

— Non, vaut mieux pas.

À vrai dire, ça arrange bien Henri, qui a ses propres projets dont il ne peut pas parler à Soul.

Pas ceux-là.

23

Tandis que Soul monte sur sa bécane, Henri se dégoupille une canette de Coca. Soul met ses écouteurs et s'envoie une playlist que lui a préparée Camélia. Henri l'accompagne dehors en déconnant avec lui. Soul le salue, Henri lui rend et, une fois la pétarade au bout de la rue, Henri se plante au milieu de la chaussée. Le bunker des Kryczyk, l'usine à came de la chimiste et sa propre maison. Les barricades des Kryczyk, les hauts murs de la chimiste, la banalité de chez Henri. Il se demande si on peut s'imaginer quel genre de petit vieux habite là-dedans. Si on peut s'imaginer ce qu'il est devenu. Ce qu'il va devenir. Il cherche le lien entre leurs trois baraques mais ne le trouve pas. Il cherche encore un peu.

Il repense au coup de fil qu'il a passé à Clara ce matin parce qu'il était à deux doigts de craquer. Désespéré de trouver le fin mot de cette histoire. Incapable de tricher et d'aller directement au dernier chapitre du livre pour avoir la solution. Il repense à ce long message bordélique qu'il lui a laissé. Ce message où il lui demande où elle est. Où il lui demande avec qui elle est allée traîner. Encore un message pour la faire culpabiliser. Encore un message pour faire redescendre l'adrénaline qu'il a accumulée ces derniers temps. Un message où il ne fait qu'évoquer tout ce que sa disparition a déclenché. Presque avec le sourire aux lèvres. Presque fier de lui en racontant ça. Un message pour lui raconter qu'il a passé son dernier mercredi dans sa piscine à penser à ce qu'il a fait. Au gamin qu'il a éliminé. Et qu'il en descendrait autant qu'il faudrait pour la retrouver. Qu'il ferait tout ce qu'il peut pour la ramener dans le bunker de ses parents. Qu'ils rouvrent leurs volets et leur porte. Qu'ils refassent tous partie du monde. Leur monde. Parce qu'elle lui manque. Beaucoup.

Toujours planté au beau milieu de la rue, Henri ne pense plus à personne. Quand un coup de klaxon le sort de sa rêverie, il espère juste qu'il aura le courage d'aller au bout de ce qu'il a prévu.

Alors qu'Henri se décide enfin à lever le camp de chez les Kryczyk, Soul arrive à la frontière sud de Ratigny Ouest. Content d'avoir retenu le programme de Camélia et qu'elle s'en soit tenue à son plan. Enfin, au plan de Kamel de rendre visite à Ejaz et ses potes, devenus les siens, dans leur cité. Un territoire qui aurait dû être sous la coupe de Brahim, mais qui était tellement mal foutu et à la limite de n'être qu'un dortoir de la cité industrielle courant entre Ratigny et les deux villes frontalières que l'endroit n'appartient à personne. Une cité sans histoires. Le cauchemar de Soul. Un endroit où il ne se passe rien. Le rêve de Soul. Une grande partie de la communauté pakistanaise des environs est installée ici. À coups de pots-de-vin à la mairie, ils ont obtenu ce qu'ils voulaient. Un immeuble au cœur de la cité Tabarly. Little

Jalalabad, disent certains. Un HLM comme un autre pour tous les autres sauf que c'est le leur. Un HLM qu'ils entretiennent eux-mêmes quand le bailleur traîne à faire venir les gens chargés d'entretenir l'endroit. Un HLM où il fait bon vivre. S'il y a embrouille, ça se règle en interne.

Là, Kamel joue avec eux au cricket. Posé à l'écart, Soul suit le ballet sans trop comprendre ce qu'il regarde. On parle un mélange d'anglais, de français et de leurs langues. Pour Soul, ça ressemble à du base-ball. Il se souvient du collège et des cours d'EPS où ils ont passé quelques trimestres à jouer à une version simplifiée du sport roi des Américains. Il entend encore les zbong des balles qui cognaient sur les battes en alu avant de partir en orbite. Il se souvient qu'il n'y a pas eu de base-ball en troisième après que des élèves ont fauché les battes pour en tabasser d'autres. Pour une fois, Sofiane et Doums étaient innocents.

Soul regarde Kamel, les cheveux attachés, hyper concentré dans la partie et hyper épanoui parmi cette nouvelle communauté. Il discute beaucoup avec Ejaz qui lui explique ce qui se passe avant chaque action. Kamel qui secoue la tête et se replace comme il faut. Qui sue. Qui donne tout. Qui s'amuse. Soul ne l'a jamais vu aussi heureux. Il n'a même jamais vu Kamel heureux tout court. Il ne voit que Camélia. Soul ça le dérange pas de le côtoyer quand il est en Kamel. Bien sûr, ils ne se tiendront pas la main, ne s'emballeront pas ou quoi que ce soit du genre, mais tout ça, il ne le faisait même pas avec les autres meufs avec qui il est sorti.

Lors d'une pause dans le jeu, Kamel repère Soul. Il tique, ça se voit. Soul se dit qu'il n'aurait pas dû venir. Kamel échange quelques mots avec Ejaz, fait signe qu'il revient. Le *body language* du « t'inquiète, ça va être vite fait ». Soul regrette de ne pas avoir juste envoyé un SMS. Kamel avance vers lui au petit trot. L'air contrarié. Soul se dit qu'ils auraient pu parler de ça plus tard. Puis Kamel est là. Face à lui. Inquiet.

— Qu'est-ce qui se passe ? C'est mon daron ?

— Non, non, il va bien, enfin je crois.

— Alors pourquoi t'es là ?

— Je voulais te parler d'un truc. D'une idée qu'on a eue avec Henri. Pour retrouver la petite là. C'est Camélia. Elle pourrait nous aider.

Kamel réfléchit un peu même s'il sait que ni lui ni Camélia ne peuvent refuser quoi que ce soit à Soul. Au loin, Ejaz appelle après Kamel qui lève le pouce pour lui dire qu'il arrive. Tout coule pour eux comme s'ils étaient potes depuis la primaire.

— Tu me racontes après ? Je finis la partie.

— Vas-y, ouais. C'est encore long ?

— *Wallah* je sais pas, je comprends rien.

Soul ricane. Kamel aussi. Derrière eux, Ejaz gueule un truc que Soul ne comprend pas mais que Kamel traduit.

— Tu veux jouer avec nous ?

— J'ai jamais joué à ça.

— C'est comme le base-ball au collège, c'est lourd.

— Vas-y, je veux bien essayer.

Soul suit Kamel, trop heureux de lui présenter tous ses nouveaux amis.

Attablé au Nueve Cuatro, face à un Coca que Brahim lui a dit d'aller chercher derrière le comptoir, Henri attend. Ce qu'il a à dire à Brahim, Sofiane et Doums, Soul ne doit pas en entendre parler. Déjà parce que ça va aller à l'encontre de la promesse qu'il lui a faite. Il adore le gosse mais son côté peace & love, cet admirable trait de personnalité qu'il entretient envers et contre tout, ne cadre pas avec ce qui se passe. Henri y a bien réfléchi. Il aurait pu ne rien dire et laisser les Jupiter s'attaquer au clan de Brahim et ce qui devait arriver serait arrivé. Mais combien de morts inutiles dans un camp comme dans l'autre ? Henri et Soul ont été prévenus. La menace qui pèse sur eux ne plaît pas du tout à Henri qui préfère sauver sa peau et celles de dommages collatéraux éventuels plutôt que de laisser faire.

Une fois Sofiane et Doums arrivés en grande pompe, en déposant l'argent des paris sportifs sur la table, Brahim émerge du sous-sol. Souriant et apaisé. Il a regardé ses vidéos de famille pour la énième fois. Il s'est téléporté à cette époque où les digues de son crâne n'avaient pas encore cédé. Il est retourné auprès des siens l'espace de quelques minutes qui lui ont semblé durer aussi longtemps qu'à l'époque. Il a même prié son Dieu pour qu'il l'envoie dans un paradis qui ressemble à ça. De bonne humeur, il se sert un verre de glaçons, sans aucun breuvage à l'intérieur et convie Claude à la discussion.

Henri explique qu'à cause de l'enquête pour Clara ils ont déclenché quelque chose qu'ils ne maîtrisent pas. Brahim enfourne une gorgée de glaçons qu'il se met à croquer aussi fort qu'il le peut. Il skrunchskrunche sans sourciller alors qu'Henri parle des sacs d'argent et des armes dans l'appartement du 91. Il raconte que les Jupiter sont prêts à s'attaquer à Brahim et les siens en représailles de ce que Sofiane et Doums ont fait. Brahim n'a pas l'air au courant de tout ça. Il les interroge sur cette Clara dont tout le monde parle. « Pauvre vieux », se dit Henri. Sofiane et Doums demandent des détails à Henri. Il leur dit qu'il n'est pas censé parler de ça car les Jupiter les ont menacés, lui et Soul, s'ils en parlaient. Il leur répète les termes utilisés par Jupiter Pointillés Sous La Gorge. Si n'importe lequel des Jupiter voit ou sent un mec affilié à Brahim dans les parages, c'est Soul et lui qui trinquent.

— Henri, mon frère, ça fait vingt ans que t'es avec moi et que tu m'as jamais lâché. Nous tous, nous tous, on sera là pour toi et ton fils.

Brahim déconne totalement mais ce qu'il dit va dans le sens de ce qu'Henri espérait. Il regarde Sofiane, Doums et Claude genre « on est bien d'accord, on a tous entendu ce qu'on a entendu ? ». Sofiane et Doums avancent que les Jupiter sont du genre à ne pas rester tous ensemble au même endroit très longtemps. Gros débat entre eux pour savoir s'ils seront plutôt dans le 9-1, à Ratigny, dans un de leurs bleds de Martinique, de Guadeloupe, d'Haïti, du Wakanda ou plus loin encore.

Brahim regarde le plafond tout en mastiquant de nouveaux glaçons. Henri pense aux mâchoires du monde qui avalent tout un tas de pauvres cons avant de les chier. Sofiane et Doums se parlent en langage des signes, visiblement dégoûtés de ne pas s'être vu proposer à boire. Claude pense à la suite.

— Je sais ce qu'on va faire. Henri, mon gars sûr, tu m'as dit qu'ils étaient quatre ? On est quatre ici, non ? On va monter une opération secrète. On va tous en prendre un.

On va les chercher et dès qu'on les trouve, on s'appelle, ou on s'écrit et on les fume. Tous en même temps. Les quatre envolés, ils pourront rien déclencher. Pas de représailles, pas de *shahada*. Rien du tout.

Éliminer ces branleurs, c'est bon pour les affaires de Brahim. Il annexera leur territoire. Il reprendra ce qu'il reste de leurs activités. Mais surtout, il enverra un message fort aux autres. À Youssef. Aux Russes. Aux keufs. Aux extraterrestres. À tous ceux qui voudront lui casser les couilles.

Henri n'est pas fier de lui. Il vient de signer l'arrêt de mort de quatre mecs qui ont fait preuve de bien plus de pitié pour lui qu'il n'en a eu pour eux en provoquant ce meeting. Vu la pendule qu'il lui a chiée pour un mec qu'il a tué en état de légitime défense, Henri sait que Soul ne comprendrait pas ce concept de mal nécessaire. En même temps, il ne veut pas qu'il le comprenne. Jamais. Il ne veut pas que Soul ait à utiliser une arme. Il veut qu'il soit innocent le plus longtemps possible.

Henri veut juste avoir l'esprit libre pour se concentrer sur Clara. Ce dont il est sûr, c'est qu'en refilant le bébé à Brahim et aux autres il sauve sa peau, celle de Soul et celle de tout un tas de gamins qui auraient pu se retrouver dans une guerre qui n'est clairement pas la leur et dont lui, Henri, se serait senti responsable. Henri, dont la pire des responsabilités était de gérer des audits, vient d'appuyer sur la détente. Quatre fois. Il a franchi des caps. Comptable à la retraite, détective amateur, complice d'assassinat, menteur.

24

Faux cuir, talons aux semelles rouges, maquillage hors de prix et résilles bas de gamme. Tandis que Camélia enfile ses tenues les plus fraîches, Soul sélectionne les photos qui serviront à illustrer son annonce. Il a déjà créé le compte de Camélia. Elle a choisi Dahlia94666 comme pseudo. Soul est sûr que, si le nom n'avait pas été dispo, elle aurait tout annulé. Une nouvelle tenue sur Camélia. Fringues transparentes et cuissardes qui en font une géante. Soul l'appelle d'Artagnan. Elle sourit mais le menace malgré tout. Ça fait une heure qu'il a envie d'elle. Ça fait une heure qu'elle se déguise en objet de désir pour qu'il craque. L'annonce attendra.

Dehors, Claude sillonne la ville. Avant de ne bosser qu'avec Brahim, Claude n'était qu'un petit entrepreneur indépendant. Un mercenaire sans affiliation officielle, capable de bosser avec n'importe qui vu qu'il ne racontera à personne ce qu'il a pu faire. Du coup, Claude connaît un peu le mode opératoire des Jupiter. Il a fait quelques jobs pour eux. Il a souvent joué du cocktail Molotov contre des mecs qui pensaient se lancer dans le monde merveilleux de la puterie, comme si la vie, c'était *Risky Business* alors que c'est plutôt *There Will Be Blood*. En roulant, Claude ouvre les yeux. Toutes les heures, il fauche une autre voiture. Il roule. Il change de radio. Il traque. Il chasse. Invisible.

Une fois l'annonce postée, ça va vite. Les messages et les demandes de chats se bousculent. Le jardin d'Henri transformé en Taxiphone. Soul répond sur son ordi. Camélia répond sur son téléphone. Après un court tuto du couple, Henri s'attelle à répondre sur l'ordinateur de Camélia. Rodrigue a dit à Soul que les rendez-vous étaient pris le jour même. Les mecs localisés trop loin sont éliminés d'office. Ceux qui donnent trop facilement leur numéro de téléphone ou qui envoient d'entrée de jeu une photo de leur bite aussi. Camélia les vanne un peu. Henri n'était pas prêt pour tout ça mais il fait bonne figure. Toutes les demandes plus fantaisistes les unes que les autres y passent. Des mecs veulent lui chier dessus comme s'ils étaient de riches Dubaïotes, d'autres veulent qu'elle leur chie dessus. Idem avec la pisse. Il y en a un qui veut lui faire un lavement avec sa pisse et la forcer à boire ce qui ressortira. Le trio pense que ça pourrait être leur homme. D'autres veulent sauter le pas de l'inceste mais pour de faux. Puis un certain HLHLHL, localisé dans un rayon de deux kilomètres sept, envoie « bonjour !! » sur l'ordinateur de Soul.

Claude sort même de Ratigny pour trouver ses cibles. Il remonte chaque fil jusqu'au bout. Il visite la cité du 9-1 par où Henri et Soul sont passés. Il monte au sixième étage et ne tombe que sur un appartement vide. Tout a été nettoyé. Comme si personne n'était jamais passé par là. Ils bougent de planque en planque. De véritables nomades. Claude a plusieurs téléphones portables. Il déclenche ses réseaux pour trouver ces mecs. Ça ne se bouscule pas pour renseigner. Il offre une récompense : en came tout droit sortie du four de la voisine d'Henri ou en thune pure et dure. Ça ne mord pas encore mais ça va venir. Il le sait.

Devant l'ordinateur, Henri et Soul sont fascinés par la conversation que Camélia entretient avec HLHLHL. Pour le moment, il coche toutes les cases. Il a parlé de l'attacher et de jeux un peu plus violents que ce qu'elle propose dans son annonce. Il a accepté de payer le supplément demandé. Camélia lui a rappelé ce qui est précisé sur son annonce. Elle n'est pas une femme, ni un homme. Ça ne dérange pas son interlocuteur. Bien au contraire. « Encore un fils de pute de fétichiste. » Camélia pianote et, quelque part dans Ratigny, quelqu'un lui répond. Quelqu'un qui sait peut-être où est Clara.

Lorsque Claude repère un Jupiter, il envoie son ping, c'est-à-dire sa localisation, à Brahim, Sofiane et Doums sur le groupe WhatsApp qu'ils se sont créé et qu'ils ont appelé Jupiter Descending et décoré d'émojis pistolet à eau, cercueil et pierre tombale. Une fois un Jupiter localisé, Sofiane et Doums envoient des petits le coller comme des morpions. Discrets, les gamins doivent se contenter de surveiller le mec, ne surtout pas le lâcher et prendre des photos de toutes les adresses où il va. Pour synchroniser leur élimination, le rôle de ces gosses est souverain. Heureusement pour le quatuor, certains de ces sycophantes sont déjà plus forts, plus malins et plus insaisissables que les génies surdiplômés recrutés par la DGSE…

Quand HLHLHL demande à voir Camélia en visio, c'est le bingo. Elle se fait un peu prier pour se montrer. Le mec explique qu'il fait ça pour sa sécurité. Il a eu de mauvaises surprises. Et pas juste des personnes qui ne ressemblaient pas à leurs photos. S'il ne la voit pas débarquer au rendez-vous, il saura que c'était un piège et il pourra foutre le camp. C'est lui. Ils sont sûrs que c'est lui. Camélia accepte de se montrer. Elle allume sa webcam quelques secondes. L'autre coupe tout de suite et la remercie. Une heure après, elle est dans la voiture d'Henri, garée sur le parking de l'hôtel Première Classe qui surplombe la ville. HLHLHL a dit à Camélia qu'il allait prendre une chambre et qu'il lui donnerait le numéro et le code pour entrer dans l'hôtel. Pour le moment, toujours rien. Henri et Soul ont une vue imprenable sur tout cela depuis la terrasse du Courtepaille adjacent. Ils ont commandé de la glace et du Coca et ils observent…

Le plan est simple. Camélia a un Taser qu'elle compte bien utiliser dès que leur gars lui ouvrira la porte. De là, ils entrent à leur tour dans l'hôtel, cagoulés, et ils l'embarquent. Ils vont chez lui. Il parle ou c'est le 17. Ils sont en lien avec Camélia par SMS. Toujours rien. Des voitures vont et viennent sur le parking de la ZAC mais il y a peu de mouvement au niveau de l'hôtel. Pour Soul, le gars est peut-être déjà parmi eux. En train de les observer. Camélia n'a pas de nouvelles de son futur client. Il est en ligne mais il ne répond pas. Ce qu'a dit Soul travaille Henri. Si le gars est très malin, il a flairé le piège et, effectivement, il voit Camélia et il n'attend qu'une chose : c'est que ses complices la rejoignent pour se barrer. En fait, c'est exactement ce qu'il aurait fait pour ne pas se faire avoir par des minables comme eux. Henri finit par trancher : il dit à Camélia de s'en aller, ils se débrouilleront pour rentrer. Rendez-vous chez lui.

Une fois tous les Jupiter localisés et filés, ça doit aller très vite. Pour Riri, Sofiane ne fait pas dans le détail. Quand Riri rentre de l'école avec ses gamins, une fille et un garçon, deux et trois ans, Sofiane tire sur la culasse de son calibre, laisse sa portière ouverte, *Dynamite* faisant pulser l'habitacle, il marche vers Riri qui ne se doute de rien et lui met trois balles dans la tête. Il disparaît avant que les gamins aient lâché la main de leur père.

Doums, inspiré par leurs visionnages, ne veut pas mourir idiot. Depuis quelques jours, il se demande ce que ça ferait de se faire sucer par un mec. Sachant qu'il va tuer Fifi et que celui-ci ne pourra le raconter à personne, il se dit que c'est le bon plan. Il attrape Fifi dans son parking souterrain et, après l'avoir bien fait flipper, il lui propose un marché qu'il ne compte pas honorer. Si tu me suces, je te laisse partir. L'autre ne réfléchit pas longtemps. Doums, qui ne veut pas de balance, filme malgré tout la scène tout en pointant son arme sur la tête de Fifi. Pendant tout le temps que ça dure, il se sent plus puissant mignon que jamais. Puis une fois qu'il a joui, il fait sauter la tête de Fifi. Sa bite toujours dans la bouche de sa victime. À part Doums lui-même, tout le monde se demande comment il a fait pour rester en vie si longtemps.

Claude étant plus près de la planque de Rodrigue, il s'occupe de lui. Il profite d'une allée et venue dans l'immeuble. Il frappe à une porte d'appartement. C'est une petite vieille qui répond. Une Blanche. Ça ne colle pas. OK c'est bon. Avec l'ascenseur, il s'est désorienté. Il frappe à la porte de l'appart d'en face. Il voit le judas s'obscurcir. Puis du bruit. Il colle son oreille à la porte. Trop de bruit. Il explose la poignée d'un coup de feu. Pas grave. Il se sera barré avant que l'appel aux flics soit passé. Rodrigue se cache dans un placard. Il prie. Il demande le pardon pour tout ce qu'il a fait. Il ne croit pas à l'absolution mais il croit en son Dieu. Il croit en Jésus. Il croit en Marie. Il espère être pardonné. Il espère avoir sa place au paradis, aux côtés d'Amina, pour lui demander pardon. Ça aurait pu se passer autrement pour eux. Il regrette. Ça se rapproche. La porte s'ouvre. « Attends ! » Deux éclairs. La foudre frappe deux fois au même endroit.

Brahim fait la courtoisie à Donald de lui rendre visite. D'un chef à un autre. Il se rend dans sa planque en transports en commun. Un pavillon anonyme d'une ville voisine de Ratigny. Brahim paye son ticket de bus et il s'assoit en regardant sa ville défiler sur *Je reviendrai à Montréal* de Robert Charlebois. Cette chanson passait à la radio il y a des années de ça alors qu'il roulait jusque chez un grossiste qui s'était senti assez chaud pour le baiser. Brahim avait méticuleusement préparé sa revanche. Écouter ça aujourd'hui le remet dans le même état glacial. À la tombée du jour, parmi les civils qui rentrent du boulot, personne ne le reconnaît. Il profite du voyage et de sa chanson en boucle. En contact constant avec le .45 dans sa poche. Arrivé à l'adresse donnée par Claude, il vérifie la photo de la baraque. Sonne. Une jeune femme vient lui ouvrir. Brahim, très pro, lui explique la situation. Le gars avec qui elle couche va mourir. Si elle fait quoi que ce soit qui ne va pas dans son sens, Brahim la tuera aussi. Il a six balles. Il aura du mal à la louper. Une fois dans la maison, il suit les indications de la fille et va se poser au bord du lit où Donald est endormi. Il fait signe à la fille de faire sa vie. Il lui a déjà dit d'aller faire un tour et que, quand elle reviendrait chez elle, elle ne se rendrait compte de rien. Elle prend ses affaires et s'en va, sans un regard pour Donald. Il reçoit sur son téléphone une photo de Rodrigue mort. Particulièrement bien flingué. Il reçoit les photos de Riri et Fifi dans la foulée. C'est bon. Il peut se permettre d'attendre que Donald se réveille pour avoir une conversation avec lui. Lui expliquer ce qui l'a amené ici. Charlebois en boucle. Donald qui rêve. Tous ces rêves qui ne se réaliseront jamais. Tout ce potentiel qui va se désintégrer.

Malgré leur échec, Batman, Robin et Batgirl mangent comme s'ils fêtaient quelque chose. Henri a mis un disque. Camélia et Soul ont commandé à manger chez plusieurs grands chefs locaux adeptes du gras et du sucre. Ils sont bien. Ils sont dégoûtés mais ils passent un bon moment. Ils n'ont pas envie de réfléchir à un nouveau plan. Pas déjà. Soudain, une notif sur le téléphone de Camélia. Elle tourne son écran vers Henri et Soul. C'est un message sur le chat du site :

Pardon, j'ai eu un empêchement. Toujours possible de se voir ??

Sourires autour de la table, ils sont toujours dans la partie.

25

Y a des jours comme ça où tout semble vous sourire.

Brahim n'a pas dormi mais il est heureux. Il sait que le bruit court concernant ce qui est arrivé aux Jupiter. Ce sera une belle journée. Soul et Camélia se sont réveillés pour faire l'amour. Programme du jour : serrer un serial killer. Ce sera une belle journée. Henri flotte dans sa piscine en écoutant le disque que Soul lui a offert. Ce sera une belle journée. Tout est calé. L'hôtel est calé. L'heure de rendez-vous est calée. HLHLHL ne se doute pas de ce qui va lui tomber sur le coin de la gueule. Ça aurait pu être une belle journée.

Sauf qu'à midi quelqu'un entre dans le Ratigny Shry Market, cagoulé, capuché, un marteau à la main, et il ne cherche pas à comprendre. Il attrape Ejaz, lui maintient le cou pour que sa tête soit comme sur un billot et il lui éclate le crâne à coups de marteau. Avant de se barrer avec la caisse. Une cinquantaine d'euros. Sans même descendre au sous-sol où des milliers d'euros du tripot étaient sans surveillance.

Kamel apprend la nouvelle en allant à la boutique pour rendre à Ejaz des comics que son ami voulait partager avec lui. En arrivant, il voit les flics qui plient bagage. Le sac mortuaire. Il sait. Son métabolisme s'arrête. Tout s'arrête. Il meurt et revient à la vie. Il s'approche de la boutique et de l'attroupement de badauds. Les flics restants lui disent de s'éloigner mais son air mauvais les fait baisser d'un ton. Kumail est anéanti. Kamel a appris qu'Ejaz était son neveu. Ses yeux noircissent à la vue de Kamel. Il s'approche d'un flic et lui dit de laisser passer Kamel.

De retour au sous-sol, Ali, Shadan et Ashley, enragés, sont prêts à abattre Kamel. Ils attendent qu'il parle. Qu'il fasse quelque chose. Mais Kamel ne saisit pas. Au-delà de la parole qu'il leur a donnée et qu'il n'a pas pu tenir, de ce désastre qu'il n'a pas pu empêcher, il vient de perdre un ami et il ne sait même pas comment réagir. Alors il décide de tout envoyer se faire enculer et il se met à pleurer. Pour de bon. À genoux. Comme jamais. Touchant l'injustice du doigt. Les autres le regardent faire, ils aimeraient pleurer mais ils n'ont pas la tête à ça. Pour le moment, ils n'ont qu'une idée en tête. Se venger. Kamel ne coupe pas les vannes. Il se relève et part prendre Kumail dans ses bras. Il tend un bras pour faire signe aux autres de les rejoindre. Contre toute attente, c'est Ashley qui y va le premier. Il pleure aussi. Il ne lui en fallait pas plus. Shadan et Ali se regardent. C'est clair qu'Ali pense au qu'en-dira-t-on. Pas Shadan qui les rejoint. L'émotion grandit à mesure que leurs sanglots se fondent les uns dans les autres. Kamel psalmodie qu'il va arranger ça. Comme pour lui-même. Les autres croient qu'il prie, alors ils se joignent à lui. Entendant des mots qu'il connaît et qui le rassurent, Ali finit par aller fermer le cercle. Aucun mot plus fort que la larme qui coule pour son filleul.

Asséché, exsangue et avec l'impression d'être essentimenté, Kamel émerge du Ratigny Shry Market pour aller chercher son père. Pas de musique dans les oreilles. Juste une douleur sourde. Une impression d'être là sans l'être. En pilotage automatique. Et de se retrouver face à Brahim en slip dans le jardin. À parler à son grotesque chat-chien maudit. Quand il voit Kamel, Brahim sent que quelque chose ne va pas et son visage change.

— Qu'est-ce qui se passe ?

— L'épicerie indienne… Ils se sont fait braquer. On a… On a tué le gérant.

Brahim prend l'info comme si Kamel était Laurent Delahousse et qu'il annonçait six cent soixante-six morts dans un glissement de terrain à Tombouctou. Il s'en fout car ainsi va la vie. Mais pour Kamel, ça compte. Ejaz compte. Tout le monde compte. Là-dessus, il rejoint Soul. Là-dessus, ce sont des âmes sœurs. Trop pures pour cet endroit.

— Tu pleures pour un pakpak ? T'es une pédale ou quoi ?

Kamel avance vers son père. D'un pas décidé. Brahim n'a pas le temps d'être surpris. Ce qu'il lui reste de cervelle n'a pas le temps d'analyser ce qui se passe. Kamel shoote dans la tête pourrie de Boomer qui décolle vers le jardin du voisin. La partie reptilienne de Brahim fonctionne encore assez pour qu'il saute sur son fils et commence à lui taper dessus. « Pourquoi t'as fait ça ? » Des coups dans les côtes, dans le foie, partout où il peut les placer. « Pauvre petit con de merde, pourquoi t'as fait ça ? » Puis Kamel qui répond aux coups. En se disant que son père aime plus sa chienne morte que son fils bien vivant. Kamel qui prend le dessus. Une fois sur lui, il a envie de continuer, ou plutôt de terminer, et de bousiller son père. Mais après l'avoir pilonné de coups de poing dévastateurs, Kamel s'arrête. Il s'écroule à côté de lui.

— C'est pas comme tu m'as dit.

— Quoi ?

— Quand j'étais petit. Le nueve cuatro. Ton royaume dans le royaume, toi qui régnais sur tout ça… C'est plus comme ça. Y a rien en fait. Tu règnes sur de la merde. Je sais pas ce que tu fais mais ça devrait pas être comme ça.

Brahim regarde le soleil droit dans les yeux. Il sent la chaleur sur son visage. Son sang qui sèche en accéléré. Il sourit. Il est immortel. Il crache un molard de sang et se tourne vers son fils.

— Je suis toujours là, petit. Je serai toujours là.

D'un index plein de sang, il désigne les alentours puis il touche une tempe de Kamel et son cœur.

— Que tu le veuilles ou non, je serai toujours là.

Kamel a de nouveau les larmes aux yeux mais il lui tient tête.

— Tu m'oublieras plus vite que je t'oublierai. Ça te fera plus mal à toi qu'à moi.

Le père et le fils se regardent. Des points d'interrogation dans les yeux de Brahim. Kamel lui répond.

— Si tu veux empêcher ça, fais ce qu'il faut. Sois un Roi.

Brahim a l'air terrassé par la tâche. Son poids le cloue au sol. Kamel sent qu'il doit faire quelque chose. Les mouches à merde volent autour de la charogne du chat porte-malheur.

Un peu plus et elles prendront Brahim pour un cadavre à coloniser. Kamel se lève et tend la main à son père pour l'aider à se relever. Brahim regarde cette main tendue. Il ne veut pas la prendre. Kamel revoit tout son apprentissage défiler dans cette défiance.

— Personne saura rien.

Brahim regarde son fils et finit par accepter son aide.

Ils prennent la voiture qui ne sort quasiment jamais du garage. Une Mercedes noire et rutilante. Longue comme un match qui se finit aux tirs au but. Kamel conduit, Brahim est à l'arrière. Il écoute le topo de son fils. Il écoute les nouvelles de son royaume. Il écoute l'histoire des Pakistanais. De la protection que Kamel leur a promise. Brahim promet de trouver qui a fait le coup. Il accuse les Russes cannibales.

Il demande à Kamel d'allumer la radio et de chercher Nostalgie. Ils sont en pleine session Hugues Aufray. *Hasta Luego* le renvoie à un trajet jusque dans les fins fonds du 91 pour se débarrasser de l'équipe de fumiers qui n'avaient pas versé la TVA sur un coup. Quel coup ? Pourquoi ? Il ne sait plus. Quel intérêt après tout ? Il ne sait plus s'il les a enterrés vivants ou s'ils ont fini noyés dans l'Orge. *Le Petit Âne gris* lui rappelle des vacances à bord d'un bateau. Il est allé en Amérique du Sud alors ? Il a réalisé ce rêve ? Comment a-t-il pu oublier ça ? À mesure que la chanson avance, il n'est pas sûr que ce soit des vacances. On jetait des gens à l'eau, pieds et poings liés. La radio à fond pour couvrir leurs cris et leurs supplications vu qu'ils n'avaient pas pris de quoi les bâillonner. C'était peut-être ses associés qu'il a éliminés pour être le seul à profiter de la cocaïne de Sinaloa. Les fondations du nueve cuatro. Enfin, *Céline* lui rappelle un jour qu'il ne peut pas oublier. C'est la naissance de l'un de ses enfants. Le premier. Le grand. Celui dont il a oublié le prénom.

Kamel regarde Brahim descendre dans les profondeurs du Ratigny Shry Market. Il le voit disparaître et se demande quand est-ce qu'il sera à son tour effacé de la mémoire de Brahim. Il se demande quelle est sa chanson. Et même s'il en a une. Pour le moment, il s'imagine son papa, écouteur dans l'oreille, qui atteint le sous-sol. Son papa reconnaître les quatre silhouettes dont il lui a parlé. Le chef, le nerveux, le mec de comédie musicale et le gros. Kamel voit son papa les saluer les uns après les autres. Leur présenter ses condoléances pour Ejaz à tour de rôle. En ayant retenu leurs liens de parenté avec chacun. Il entend son papa leur promettre qu'il va tout mettre en œuvre pour trouver qui a osé s'attaquer à eux au mépris de l'accord passé entre eux. Il voit le comité apaisé par cette visite. Il voit leurs regards satisfaits. Il les voit se sentir respectés. Il voit son papa poser une enveloppe bourrée de fric sur une table. Depuis la voiture, il voit son papa remonter à la surface et marcher confiant vers lui. Avec un sourire et un hochement de tête qui confirme que tout s'est bien passé. Comme Kamel vient de l'imaginer.

Puis le bug quand son papa touche la poignée de la porte. Une ou deux secondes d'hésitation, les yeux qui ne savent plus où ils sont, ce qu'ils voient ou même à qui ils appartiennent. Brahim fait demi-tour, il cherche quelque chose dans son blouson, Kamel s'attend au pire et sort tout de suite de la voiture pour éviter la catastrophe mais, quand il ouvre la porte du Ratigny Shry Market, il sent le sol trembler et s'ouvrir sous ses pieds, le tout accompagné d'un grand *BANG*.

Brahim, soufflé par l'explosion, se relève à peine. Kamel n'a que l'image et pas le son. Retour à l'époque du cinéma muet. Il a hyper mal aux oreilles. Il saigne. Les tympans explosés. Il insulte son père dont les oreilles sont tout aussi éclatées que les siennes. Il peut lui dire tout ce qu'il a sur le cœur, il n'entendra rien. Il se lâche. À en pleurer. Brahim, encore en état de choc, n'a rien à redire. Il ne sait même pas où il est ni ce qu'il a fait. Il voit ce garçon qui lui ressemble et qui l'engueule. Il se voit se juger aussi durement qu'il le mérite. Il aperçoit du sang et des gens en charpie en bas de l'escalier. Il a dû y avoir un attentat et, Dieu merci, il a survécu. Puis il remarque la goupille de grenade autour de son doigt. L'alliance de son mariage avec sa folie.

Kamel est descendu en enfer. Parmi les membres déchiquetés, les organes éventrés, les os plantés dans les murs, les tripes étalées et parfois vidées de leur contenu. À genoux dans une mare de sang, Kamel fait le vide. L'argent de la dernière partie clandestine du Ratigny Shry Market a été pulvérisé et des confettis d'euros volent encore autour de lui. Kamel s'imprègne de la scène. Il se force à remettre en place ce qu'il peut remettre en place de ces hommes devenus en une fraction de seconde de grotesques versions d'eux-mêmes. Des puzzles impossibles à résoudre. Kamel y voit surtout la manifestation du mal qui ronge son père. Maladie ou pas, ça a toujours été son ouvrage. Voilà ce qu'il fait. Vois là ton héritage, Kamel. Cet héritage dont il ne veut définitivement pas. Soudain, la balle qui était dans le plafond se déloge de son trou et roule jusqu'aux escaliers pour les dévaler et finir son trajet jusqu'à Kamel. Il la ramasse et cherche son reflet dans ce bout de ferraille difforme. Il se dit que cette balle lui ressemble après vingt ans à être quelqu'un qu'il ne veut plus être. Au cœur de cet enfer, il ne veut plus exister. À sa première rencontre avec eux, il a laissé une sombre partie de lui dans ce sous-sol. Cette fois, il laisse la meilleure. Avec un os qu'il arrache du mur dans lequel il s'est planté, il songe à en finir. Il approche la pointe de son poignet. Puis son cul vibre. C'est son portable. C'est un message de Soul.

Wesh ?

C'est son retour à la réalité. C'est son salut. Son sursis. Les mains pleines de sang, il se baptise. Ce n'est pas qu'il ne veut plus être, c'est qu'il veut être autre chose. Il va lui falloir un peu de temps pour ça. Loin de tout, loin des hommes.

À quelques kilomètres de là, Henri et Soul, en planque devant l'hôtel où Camélia doit servir d'appât, commencent à s'inquiéter. Chacun devait venir par ses propres moyens. Henri en bagnole, Soul en bécane et Camélia en Uber. Ça fait dix minutes qu'elle devrait être là. Soul essaye de l'appeler encore et encore mais elle ne répond pas. Il dit à Henri qu'elle ne voit même pas les messages qu'il lui envoie. Henri est stressé comme il l'a rarement été. Il avait Clara à portée de main et il la sent s'éloigner. Encore une fois. Toute cette histoire n'est qu'un puits sans fond de déception. Il dit à Soul de rappeler Camélia. Le pauvre est doublement inquiet. Pour leur affaire et pour celle qu'il aime. Henri ne sait pas quoi dire. Soul raccroche. Dépité.

— Messagerie direct. Son portable s'est éteint. Elle viendra pas.

Y a des jours comme ça où tout semble partir en couille.

26

Dans les westerns et les films d'action, ils ont toujours un plan B. Sauf que là, le plan B ne leur vient pas. Soul flippe pour Camélia. Il se pose plus de questions que n'en posaient Julien Lepers et Nagui réunis. Il se fait des films plus sombres que tous ceux qu'elle a pu lui faire découvrir. Il ne veut pas être là. Il veut être avec elle. C'est ça qu'Henri a ressenti quand Clara a disparu ? Il veut juste crier.

— Faut que j'aille la chercher.

Il met la main sur la portière mais Henri, plus vif, appuie sur la fermeture centralisée. Soul le regarde : vide d'incompréhension. Henri a du mal à se lancer mais tout se joue maintenant.

— Soulaymane, j'ai besoin de toi. Maintenant. Je te promets que s'il est arrivé quelque chose à Camélia, je te suivrai n'importe où pour t'aider, mais… Si ce mec est là-dedans et s'il peut nous amener à Clara ou même s'il nous amène pas à elle… Faut que je sache. Faut que j'en aie le cœur net.

La voix d'Henri se casse un peu.

— J'y arriverai pas tout seul. Faut que tu m'aides. Faut que ça s'arrête aujourd'hui.

Soul hésite un moment. Se dit que Camélia est plus forte que lui. A-t-elle vraiment besoin de lui ou l'inverse ? Il lâche la portière. Henri ne dit rien mais ses yeux disent tout. Merci. Soul regarde son téléphone. Il hésite à retenter Camélia même s'il connaît le résultat. Il oublie ça. Il se reconcentre en regardant l'hôtel dans lequel se trouve HLHLHL. Ils ont le numéro de la chambre. Ils ont tout ce qu'il faut. Henri cogite.

— On a qu'à y aller.

— Il nous ouvrira pas. Il va regarder dans l'œil, il va voir qu'on est pas Camélia.

Henri secoue la tête comme s'il pesait le pour et le contre. Soul sent qu'il doit l'arrêter. Ce fil de pensée n'est pas le bon. Du tout.

— Il va juste nous voir et il va appeler les keufs. Il va expliquer qu'il est victime d'une arnaque ou d'un guet-apens et y aura que nous dans la merde. Regarde les notifs.

Soul tourne son téléphone vers Henri. C'est la messagerie instantanée avec HLHLHL. Il en peut plus.

Je suis là.

Tu arrives bientôt ??

Ça tient toujours ??

??

??

Alors qu'il regarde les messages, une autre salve de points d'interrogation apparaît. Il commence à stresser. Ils vont le louper. Soul tient le téléphone comme un artefact radioactif.

— Je lui réponds ?

— Attends.

Un client sort de l'hôtel, un type d'une quarantaine d'années. Costume. Valise à roulettes. Il trimballe une veste sur un cintre. Il se dirige vers une voiture. Soul attend qu'Henri ait fini de l'analyser pour continuer. Henri cogite. Un couple entre dans l'hôtel, un homme et une petite meuf qui ne vont pas du tout ensemble. Ça sent la rencontre tarifée. Henri cogite toujours. Il y a beaucoup de passage. Ça tourne vite.

— Réponds pas. Il va se barrer et il faudra le suivre.

— Comment on saura que c'est lui ?

— On saura pas mais on aura deux chances. Un pour toi, un pour moi.

— À ton avis, il ressemble à quoi ?

Henri regarde l'hôtel. Bien emmerdé par la question.

— Ça pourrait être lui.

Ils regardent le commercial en train d'accrocher sa veste à l'arrière de sa voiture.

— Ce genre de gus tellement banal qu'il en devient ennuyeux aux yeux du monde entier.

— Tu crois que c'est lui ?

Henri fait la moue. Ce type a une tête de suspect idéal mais Henri a du mal à y croire. En même temps, possible que la valise à roulettes serve à trimballer tout son matos de pervers. Mais la veste supplémentaire, à quoi elle sert ? Ça pourrait être le détail qui tue mais là, c'est juste le détail de trop. Soul n'aime pas qu'Henri ne lui réponde pas. D'accord il a son problème à régler, mais lui aussi en a un qui grossit comme une tumeur à l'arrière de son crâne.

— Il te dit quoi sur le téléphone ?

Soul jette un œil au chat.

— Il s'est déconnecté.

— Regarde.

Un homme sort de l'hôtel. Des lunettes de soleil de sport. Les mêmes que les flics américains racistes. Henri a remarqué qu'ils avaient tous ce modèle alors qu'il insultait sa télévision pendant une rétrospective des bavures policières aux États-Unis. Le type doit avoir la bonne quarantaine. Une casquette. Un pantalon avec des poches partout. Des chaussures de randonnée. Un énorme sac de voyage. Le genre à pouvoir contenir deux cents litres. Le genre à pouvoir contenir quelqu'un plié en quatre et toute une panoplie de kidnappeur.

— Alors lui, soit c'est un keuf infiltré, soit c'est un tueur. Mais c'est sûr que c'est l'un des deux.

— Prépare-toi. Démarre ta bécane. Te fais pas repérer.

— Euh… Ouais OK.

Avec un cross qui crache d'énormes BEUH BEUH BEUH au moindre geste de Soul et un boucan d'enfer même quand il ne fait rien de spécial, ça va être difficile de ne pas se faire remarquer. Mais d'accord. Soul sort du Manager et enfile son casque. Il rabat la visière et démarre sa moto. Le plus gentiment possible. Il fait mine de consulter son portable. Comme s'il rentrait un itinéraire dans son GPS. Il attend que le type monte en bagnole. Il lève les yeux vers Henri, plus déterminé que jamais, alors qu'il observe ce mec qui a l'air bien impatient. Le type regarde vers l'intérieur de l'hôtel puis vers le parking et sa montre. Henri comprend pourquoi ce type est dans cet état quand sa bonne femme et ses gamins arrivent à sa suite. Il se tourne vers Soul pour lui faire signe de se détendre.

Il remarque qu'il a failli laisser quelqu'un échapper à sa vigilance. Juste derrière la mère et ses gamins, un homme est sorti. Un peu vieux, grand, un peu voûté, peut-être trop grand pour son propre bien. Comme Henri. Calvitié à la Juppé. Ni lunettes, ni couvre-chef. Blue-jean et polo blanc. Deux sacs de sport. Un dans chaque main. Il penche sur la gauche. Henri regarde les sacs. Le sac de gauche est bien rempli, le sac de droite est vide. C'est celui dans lequel il avait prévu de mettre Camélia. C'est lui. Henri fait de grands signes à Soul qui n'a rien vu. Quand il le remarque enfin, il lui désigne le chauve. Suis-le. Suis-le. Suis-le.

Soul ne perd plus l'autre de vue. Avec Henri, ils s'échangent quelques phrases en langue des signes improvisée. T'es sûr que c'est lui ? Ça y ressemble. Tu le suis aussi ? Je vous rejoins. Comment ? Henri désigne la bécane de Soul puis ses oreilles. Soul relève sa visière pour lui sourire et faire rugir son moteur. Henri secoue la tête. Il lui fait signe de se concentrer. Il désigne ses yeux et l'énorme Range Rover dans lequel monte le chauve. Une vraie bagnole d'agent du FBI. Ou de méchant de n'importe quel épisode d'*Esprits criminels*.

Le Range démarre et quitte le parking. Henri fait mine de faire la sieste quand il passe près de lui. Soul est toujours sur son téléphone. Une fois le Range assez loin, c'est show-time et Soul se lance à sa poursuite. Henri espère que ça va marcher. À voir le père de famille attacher la ceinture de l'un de ses enfants tandis que sa femme s'occupe de l'autre, il sourit. Leur voiture est immatriculée en Belgique. Ça ferait loin pour tuer des filles. Les parents ont l'air de s'engueuler. C'est vrai que, vu la gueule de l'établissement et ses allures d'hôtel de passe, ils peuvent regretter d'avoir fait étape ici.

Est-ce que ça vaut le coup de rester là et d'attendre que quelqu'un d'autre sorte ? Il est quasi sûr que le chauve est leur type. En même temps, Soul est sur lui. Puis il se rend compte qu'il n'a pas de portable. Même si c'est le bon mec, il n'en saura rien avant un moment. Il entend encore la bécane de Soul mais il tend l'oreille. Il baisse sa vitre, le vacarme est encore plus clair. Mais ça s'amenuise. Merde. Si le prochain mec à sortir de l'hôtel n'est pas un bon tueur en série potentiel, Henri se lance sur les traces de Soul. Quelques secondes plus tard, il a du mal à croire qu'il voit ce qu'il voit. Le commissaire Lavey sort de l'hôtel avec une petite de la maison ICI SA BZ qui a repris ses activités charnelles. Il l'entend alors qu'elle le tanne pour qu'il la dépose en voiture. À contrecœur, il accepte. Le commissaire embobiné par une ado défoncée aux ballons. Henri éclate de rire alors qu'il démarre en trombe.

À une minute de là, Soul ne quitte pas le Range des yeux. Il sait que le chauve l'a grillé. Tout en vitres teintées, il sent sa cible qui le guette dans tous ses rétros. Soul se sent tellement observé qu'il décide alors de jouer le tout pour le tout. Il part en roue arrière et fait le con sur la chaussée. Concerto de klaxons. Soul sait qu'il attire trop l'attention sur lui. Si des keufs débarquent, c'est pour lui. Mais au moins, il ne passe plus pour le gogol qui fait la filature la moins discrète du monde.

Henri est à la traîne. Le bruit de son moteur l'empêche d'entendre le son émis par Soul. Quand soudain un rugissement de BRRRR BRRRR BRRRR le fait virer à droite. Les cinquante kilomètres-heure en ville, Henri s'assoit dessus. Il voit dans quelle rue se trouve Soul, mais des travaux l'empêchent de le rejoindre en vitesse. Il se tape une déviation. C'était déjà pas le jour mais il semblerait que l'univers entier se ligue contre lui.

Du côté de Soul, de petits amateurs de sports mécaniques l'ont rejoint au niveau du pont de Ratigny. Des ados en claquettes, short et T-shirt, sans casque sur un scoot, un quad pour deux et une minimoto. Soul croyait que ça se faisait plus. Faut croire qu'il s'est gouré. Ils s'arrêtent à son niveau. Admirent sa bécane. Sont sûrs qu'elle va vite. Sous-entendu : on fait la course ?

Soul regarde derrière lui. Pas de Henri. Il avait dit qu'il le rejoindrait. Qu'est-ce qu'il fout ? Il s'est perdu en route ou quoi ? Il a cartonné ? Soul décide de ralentir leur cible en répondant aux provocations des petits. Il fait hurler son moteur. Ceux qui sont sur le quad se prennent la giclée de CO_2 de leur vie en pleine gueule mais ils kiffent. Quand le feu passe au vert, Soul prend les devants, se cale devant le Range et se met en roue arrière. Les autres suivent. Le scoot est levé, la minimoto aussi et les gosses en quad galèrent un peu mais ils font des cascades d'enfer. Derrière eux, ça klaxonne. Leur spectacle ralentit la traversée du pont…

En débouchant vers le Galatasaray, Henri voit que ça bouchonne sur le pont. Il entend surtout le bruit qui émane de cet attroupement de ferraille et fonce pour les rejoindre.

Le feu tricolore pré-pont est vert depuis trop longtemps. Henri n'a pas envie de se taper les starting-blocks. Ça passe à l'orange. Il monte à quatre-vingts en ville. On le regarde comme un malade. Comme un de ces vieux cons à qui il faudrait retirer le permis. Lui, il trouve ça grisant. Ça lui rappelle les pointes de vitesse qu'il tapait sur l'autoroute avec Marie-Line. Ça avait le don de les exciter tous les deux.

Dans son rétro, Soul guette les bagnoles. Il n'y en a pas tant que ça mais leur bordel suffit à créer un merdier. Au bout du pont, deux choix s'offrent à lui. Il ne sait pas où va aller le chauve. Soit il descend du pont pour entrer dans Ratigny Est, soit il reste dessus et continue de longer la voie de bus pour aller vers la sortie de la ville. Le Range est sur sa voie, celle qui va dans l'Est. Il aperçoit le vert foncé de la bagnole d'Henri. Il se demande s'il doit faire confiance à son acuité visuelle. En même temps, vu le corbillard que conduit le chauve, difficile de le louper. Mentalement, il lui passe le relais. Henri, à toi de jouer. Il monte sur la voie de bus avec les petits, il met les gaz, et jouit de toute cette vitesse qu'il se prend en pleine gueule.

Henri comprend le manège de Soul. Il se fait une note mentale de le traiter de génie. Henri l'entend foncer sur la voie de bus avec sa horde sauvage. Il compte les voitures qui le séparent du Range Rover. Trois. Ça va le faire. Le feu passe au vert mais, comme ça bouchonne devant lui, le Range met son clignotant pour aller sur la gauche. Vers la sortie de la ville. Henri n'est pas sur la bonne voie. Va falloir qu'il foute lui aussi la merde et casse le flow de la circulation. Pendant un instant, il se dit que c'est peut-être un piège du chauve qui se sait suivi et qui guette ce qui se passe derrière lui. Comme dans les films. Mais non, le Range file vraiment vers le bout du monde. Ou au moins le bout de Ratigny.

Henri le suit et croise Soul et ses nouveaux amis qui roulent maintenant de l'autre côté de la voie de bus. Le Range ne quitte pas la ville, il bifurque avant ça et s'enfonce dans les profondeurs de Ratigny. Dans ses quartiers un peu plus huppés, proches de la cité Malraux mais en même temps si loin de celle-ci. Comme si une avenue et des voies de bus suffisaient à séparer deux mondes. Henri remercie sa bonne étoile que le chauve ne vive pas à la cité Malraux. Il ne se voyait pas rameuter encore une fois Sofiane et Doums comme s'ils étaient les ours en peluche de *La Guerre des étoiles*.

Henri ralentit, toujours à bonne distance du Range Rover mais il ne veut pas prendre de risques. Il n'ose s'engager sur les mêmes voies que sa cible que lorsqu'il la perd de vue. Ce petit jeu lui réussit tellement bien que le chauve finit par arriver à destination. Il s'arrête devant le portail automatique d'une belle maison sur deux étages. Henri regarde les alentours. C'est clairement dans cette partie de la ville qu'on paye le plus d'impôts fonciers. Une fois le Range de retour au paddock, Henri respire. Il a logé son mec. Mais est-ce que c'est le bon ?

En tendant l'oreille dans ce quartier ultra-calme, il reconnaît le moteur de Soul. Il doit être en train de le chercher. Pour éviter d'attirer l'attention de leur type, Henri fait marche arrière pour se mettre en plein milieu de la route, assez loin de la maison et à la croisée de quatre voies. Impossible de le louper. Il attend là. Il met ses warnings. Il regarde la maison du chauve. Tant d'espoirs fondés dans cette bâtisse. Et si Clara est là-dedans ? Morte ? Ou pire ? Ça va faire deux semaines qu'elle a disparu. Il a pu tout lui arriver. Qu'est-ce qu'il va faire ? Comment il va réagir ? Qu'est-ce qu'il va dire à ses parents ? Qu'est-ce qu'il va faire après ? Soul arrive juste à temps pour lui éviter de se répondre.

Henri lui dit de cacher sa moto. Lui-même part se garer dans une rue perpendiculaire. À pied, ils se retrouvent à l'intersection. Henri lui montre la maison.

— On dirait pas une maison de tueur.

— Ça doit ressembler à quoi une maison de tueur ?

— Je sais pas, ça doit faire plus peur que ça, non ?

— Pense un peu à toutes les saloperies qu'il peut faire là-dedans et tu me diras si t'as pas tous les poils qui se dressent.

Soul regarde encore la maison. Comme s'il se testait. Comme s'il essayait de se persuader de quelque chose en la regardant. Comme s'il essayait de voir l'invisible. Après tout ce qu'ils ont vu et entendu ces derniers temps, Soul se demande si chaque maison, chaque immeuble, chaque appartement et chaque foyer de la ville ne cachent pas leur lot de saloperies. Ça ne l'étonnerait pas. Il sourit rien qu'en pensant au nombre d'habitants de Ratigny qui se branlent sur des photos de pieds.

— T'as moyen de savoir à quelle distance on est de chez moi ?

Henri lui demande ça sans quitter la maison des yeux. Si elle s'envolait comme dans *La Soupe aux choux* pour rejoindre une planète lointaine, Henri serait prêt à se lancer à sa poursuite. Soul pianote sur son téléphone. Il voit où Henri veut en venir. Il ouvre Mappy et entre l'adresse du vieil homme qui n'a jamais paru en aussi bonne santé que maintenant. Il a un peu mal au pied mais rien à foutre, tant qu'il tient debout, ça lui va. Soul lui passe le téléphone.

— C'est lui.

La distance à vol d'oiseau entre l'adresse du chauve et celle d'Henri est de deux kilomètres sept.

— On fait quoi, Henri ? On le braque ?

— Viens.

Henri et Soul font quelques pas vers la maison. Ils la regardent depuis le trottoir d'en face. Tandis qu'Henri va voir la sonnette puis la boîte aux lettres, Soul essaye de voir à travers les fenêtres de la baraque. Elle ne lui inspire pas grand-chose cette maison. Henri revient. L'air satisfait.

— Hubert Larue. HL. C'est lui.

Henri jubile. Soul le rappelle à des considérations plus terre à terre.

— Tu penses qu'elle est là ?

Henri hausse les épaules.

— Il faut qu'on aille voir. Faut qu'on sache si elle est là.

— Tu veux que j'aille sonner et je me fais passer pour un mec qui vient installer la fibre ?

Henri a l'air d'y réfléchir.

— Je rigolais, hein.

— Faut le faire sortir de chez lui.

— T'as une idée ?

Henri regarde la maison. Il sèche. Soul regarde la maison. Il sèche pareil. Ils retournent sur leurs pas. Soul checke son téléphone. Pas de news de Camélia. Il pose son pouce sur le capteur pour débloquer son téléphone qui se rouvre sur le site de petites annonces. Sur son chat avec le chauve. Le point vert annonçant qu'il est en ligne dégoûte Soul.

— Regarde, il est déjà reparti à la chasse.

Henri accuse le coup mais ça lui donne une idée. Il réfléchit un peu. Pourquoi pas. Ça se tente.

— Qu'est-ce que t'as ?

— T'as des photos de Camélia sur ton téléphone ?

— Ouais, pourquoi ?

— Ça pourrait servir.

Posés dans la voiture, ils sont rivés au téléphone de Soul. Sur ordre d'Henri, il vient d'écrire « c'est quoi le numéro de la chambre ? » à HLHLHL. Soul fixe Henri comme un dément. Le point vert devant le pseudo de leur gars paraît plus vert que jamais.

— Tu te rends compte qu'il va jamais répondre, hein ?

— On verra.

Henri doit s'avouer que sur ce coup, il la joue un peu trop profiler des bacs à sable.

— Ce mec, il bandait tellement sur ta copine, désolé de te le dire comme ça hein, mais je suis sûr qu'il a dû se vider avant de sortir de l'hôtel. Juste pour pouvoir marcher normalement.

— Henri, toi aussi t'es un diksa en fait ?

— Bof.

— Et donc tu crois qu'il va répondre parce qu'il a kiffé sur elle ?

Quand les trois petits points se mettent à clignoter, signe que leur interlocuteur est en train d'écrire, Soul regarde Henri comme si c'était un grand mage.

— T'es un génie, Henri.
— Non, c'est toi le génie. La java sur le pont. Extra.

HLHLHL : ??

— Dis-lui un truc comme quoi t'es à l'hôtel, que t'es un peu en avance.
Soul s'exécute.
— Demande-lui s'il a réservé une chambre et le numéro et que tu vas aller l'attendre dedans.
Soul sourit.
— T'es un bâtard, Henri.

HLHLHL : on avait rdv il y a une heure Dahlia.

Soul regarde Henri genre : « Et maintenant, on fait quoi ? » Henri sourit. Regarde l'heure. 16 h 50.
— Dis-lui non, dis-lui qu'il se trompe, dis-lui qu'il est… 4 heures moins 10 et que t'es en avance. T'as qu'à rajouter un de vos trucs là, tu sais le bruit qu'il faisait le père Jupiter. Ce bruit de bouche très énervant.
Henri essaye de tchiper mais n'y arrive pas. Ça fait marrer Soul.
— Laisse tomber, Henri, ça s'écrit pas ça. Mais je vois l'idée.

Dahlia94666 : lol t'es sérieux ? il est 15 h 50, je suis en avance bb

— Tu l'appelles « bébé » ? Vous en êtes là ?
— Elles appellent tout le monde bébé les escorts.
— C'est beau. De mon temps, c'était plus « chéri ».
Soul s'en fout un peu. La seule qui pourrait l'appeler comme ça ne donne pas de nouvelles.

HLHLHL : tu te moques de moi ?? Il est 16 h 51. Nous avions rdv à 16 heures. Je suis rentré.

— Il a pas tort, Henri. Je dis quoi ?

HLHLHL : j'ai rendu la chambre que j'ai payée.
HLHLHL : pour rien.

Soul regarde Henri. Henri regarde Soul.

— Là, mon petit Soulaymane, ça passe ou ça casse. Dis-lui, je sais pas comment, débrouille-toi, dis ça comme tu le dirais toi mais dis-lui que, à cause du changement d'heure, tu t'es trompée, t'as oublié de changer l'heure de ta montre. T'as qu'à mettre pardon et vos bonshommes jaunes mignons, ça passera mieux.

— T'es sérieux, Henri ? Tu crois que c'est une petite qu'on calme avec des émojis lui ?

— T'as une idée plus futée que ça ? Moi, j'ai pas mieux.

— Putain…

Soul commence à taper. Puis il efface. Puis il tape à nouveau. Puis il efface encore. Henri lui donne un petit coup de coude.

— C'est bien ça, il va voir que t'hésites et que tu te sens minable d'avoir été aussi conne.

— Mais parce que je me sens conne, Henri, comment tu veux dire ça à quelqu'un ? L'heure elle se change toute seule sur les téléphones en plus. Il va pas y croire.

— Lui là, il est prêt à avaler toutes les couleuvres que tu vas lui servir parce qu'il a envie de toi.

Soul n'est pas convaincu mais il tape quand même.

— Voilà.

— Dis-lui que tu reprends une chambre de ta poche. Dans trois minutes, si t'as une photo de Camélia dans un lit, tu lui envoies. Tu vas le voir sortir de là-dedans, sa bite en boussole et il va foncer à l'hôtel.
— T'as l'air de t'y connaître.

HLHLHL : je peux être là dans 20 minutes.

Soul n'arrive pas à y croire. Il se tourne vers Henri. Bouche bée.
— Sous-estime jamais un mec qui a envie de baiser.

Cinq minutes après, VROOM VROOOOOM, le Range Rover repart vers Ratigny Ouest. Soul démarre d'un coup sa bécane et fonce vers le portail électrique du chauve pour l'empêcher de se fermer complètement. In extremis, il parvient à le faire se rouvrir pour qu'Henri puisse arriver tranquillement. Une fois dans la propriété, ils regardent les alentours.
— Vois si y a une alarme.
— Eh Henri, j'ai jamais fait ça de ma vie.
— Pardon. Faut qu'on trouve un moyen d'entrer.
Ils avancent vers le jardin à l'arrière de la maison. Une grande piscine. Des transats. Une table. Son parasol. Un barbecue en pierre. Sa bouteille de gaz. Des arbres. Des plantes. Une herbe bien coupée. Trois hauts bidons de plastique bleus au fond du jardin. Un robot tondeur de gazon faisant son office. Soul fait le tour de la maison mais Henri bloque sur ces bidons qui dénotent. Soul va chercher une chaise et la soulève à bout de bras.

— Fais attention. Si ça sonne, on a cinq minutes, même pas, avant que ça soit la merde.

— Si ça sonne, on se tire.

— Bien vu.

Soul explose une porte-fenêtre en y balançant la lourde chaise de fer forgé. Ils attendent. Se regardent. Pas d'alarme. C'est bon.

— On fait vite. Quand il va comprendre que c'est encore un lapin, il va foncer ici.

Henri entre dans la maison suivi de Soul. L'intérieur est banal. Sur la table du séjour, du courrier et des magazines. Histoire. Actualités. Politique. Rien de fou. Henri s'attendait à voir *Zoophilie Magazine* et les trucs rangés en hauteur et à l'abri des regards dans les maisons de la presse mais non.

Il envoie Soul jeter un œil à l'étage puis il passe en revue les photos de famille. Il appréhende d'aller dans la cuisine et de tomber sur un frigo à la Jeffrey Dahmer. Bourré de restes humains entre les bières et les yaourts. De tomber sur la tête de Clara dans une assiette. En attendant, il regarde les photos d'Hubert Larue. Il était marié. Il a eu des enfants. Des enfants qui ont eu des petits enfants. Plus jeune, il ressemblait un peu à Henri d'ailleurs. Cette photo lui fait réaliser qu'Hubert est une version de lui qui aurait fait d'autres choix. Une version de lui qui aurait construit autre chose. Laisse tomber, Henri, t'as pas le temps pour les regrets.

Il continue jusqu'à la cuisine. Il est face au frigidaire. Il n'ose pas l'ouvrir. Il va pourtant falloir l'ouvrir. Il réunit son courage et… c'est juste un frigo normal. Enfin presque normal : Hubert ne boit pas de Coca. Déçu, Henri referme le frigidaire et là, son regard est attiré par quelque chose d'anormal.

Dans un coin de la cuisine, il y a une alcôve. Au fond de cette alcôve, il y a une porte maintenue fermée de l'extérieur par trois cadenas.

— Soulaymane !

Pas de réponse.

— SOULAYMANE !

Cavalcade dans les escaliers, Soul qui débarque.

— Qu'est-ce qu'il y a ? J'ai rien vu là-haut.

— Regarde ça.

— Ah ouais, il est chelou lui. Ça, c'est grave un bail de me...

Henri ne lui laisse pas le temps de finir. Il a déjà sorti le .38 de son blouson et il dézingue les trois cadenas. Une balle chacun. Soul ouvre grand la bouche pour se déboucher les oreilles. Henri le rassure.

— Ça va sonner un peu mais ça va passer.

Henri ouvre la porte et une odeur dégueulasse lui monte aux narines. Il s'attend au pire. Dahmer, Fish, Kemper et Gacy dépassés. Hubert Larue ramène la coupe à la maison. Soul n'a pas l'air rassuré.

— Je vais y aller mais toi, rends-moi service. Tu vois les bidons bleus dans le jardin ?

Soul hoche la tête.

— J'ai un mauvais pressentiment. Tu veux bien aller voir pour moi ce qu'il y a dedans ?

Soul tape sur l'épaule d'Henri. Il a compris. S'il trouve en bas ce qu'il pense trouver, il vaut mieux qu'Henri soit seul pour encaisser la découverte.

En descendant dans la cave, Henri se prépare. Au pire, il a son .38 mais pour quoi faire ?

En marchant dans le jardin, Soul sent qu'il y a quelque chose de bizarre avec ces bidons. Il ralentit le pas.

Arrivé en bas de l'escalier, Henri est submergé par l'odeur. Quelque chose ou quelqu'un est en train de pourrir. Ça lui rappelle l'odeur quand un rat avait décidé de mourir dans leur jardin et qu'ils ne l'avaient trouvé que quelques jours plus tard avec Marie-Line. Déjà dévoré par d'autres bestiaux.

Soul toque sur les bidons. Ils ont l'air bien remplis.

Habitué à l'obscurité, Henri aperçoit d'autres bidons bleus au fond de la cave. Tout un tas de produits chimiques aussi. Il distingue une silhouette féminine, robe et cheveux longs, les mains attachées, enchaînée à un mur, sur la pointe des pieds, endormie… Clara ? Il fonce pour l'aider sans voir la cage qui fait face à la prisonnière.

Soul tourne le couvercle de l'un des bidons et le soulève. L'odeur le fait vomir dans la foulée. Il ne s'arrête plus. Ses dix dernières années sur le gazon coupé au laser.

Henri s'approche de la jeune femme. Il appelle Clara. Il lui lève le menton mais ses doigts touchent de la barbe. C'est un garçon habillé en fille. Grossièrement maquillé. Perruque de mauvaise qualité sur la tête. Du sperme séché dans la barbe, sang séché qui coule sur les cuisses, du pus ici et là. Le garçon demande pitié mais quand il ouvre les yeux et voit que ce n'est pas son bourreau il sourit. Henri flippe un peu. Il ne s'attendait pas à trouver quelque chose de vivant ici.

Soul renverse les trois bidons d'un coup de pied chacun. Il en sort des cadavres à divers stades de décomposition accélérée par des produits chimiques aux odeurs presque aussi atroces que celles des malheureuses qui étaient dans les bidons. Ce qu'il reste de cette soupe de gens se déverse dans le jardin.

Henri s'apprête à détacher le jeune homme à qui il a retiré la perruque mais il s'arrête. Il se retourne pour regarder cc sur quoi les yeux du garçon sont rivés. Derrière Henri, il y a une cage dans laquelle se trouve un matelas. Dessus, une jeune fille nue. À quatre pattes, écrasée sur elle-même. Morte. Des vers et autres mange-charognes sortent de ses orifices naturels et de ceux qui lui ont été ajoutés au couteau. Des capotes pleines ici et là. Henri la regarde. Elle est brune. Ça n'est pas Clara. Le garçon dit à Henri que ça allait bientôt être son tour, qu'il allait le remplacer par une nouvelle. Camélia.

Dans le jardin, Soul observe les cadavres mais impossible de reconnaître Clara. Il y a des cheveux longs, des cheveux moins longs. Ils vont avoir besoin d'une aide extérieure. Ils vont devoir faire le 17 et se barrer loin d'ici. Il cavale vers la maison pour prévenir Henri. C'est le diable qui habite ici ?

Henri a détaché le garçon. Il l'aide à se tenir debout, il l'aide à remonter les escaliers. Il lui promet qu'il va lui donner à boire, à manger et qu'il va s'occuper de lui. Le garçon le prend pour un flic. Il lui raconte tout. Le monsieur qui l'a trouvé sur Internet. Qui l'a convaincu de le rencontrer. Qui l'a amené ici. Qui l'a enfermé. Puis les viols. Sur lui et sur elle, déjà morte. Henri lui demande s'il y avait une

Clara. Il sait pas. Il comprend qu'il y avait un roulement. La dernière arrivée s'est battue. Il l'a tuée. Amina.

Soul tombe sur eux. Horrifié lorsqu'il voit le jeune homme et encore plus par le visage d'Henri. Lui-même horrifié par ce qu'il voit dans les yeux de Soul, un puits sans fond de noirceur. Soul dit qu'il a vu quelque chose, quelque chose qu'il n'arrive même pas à décrire.

Quand Soul regarde vers la cave, Henri secoue la tête pour lui faire comprendre qu'il ne doit pas descendre. Il lui fait servir un verre d'eau au garçon puis un autre et encore un autre. Il lui dit de l'emmener à l'hôpital. Il leur demande à tous les deux de ne pas prévenir les flics. Pas tout de suite en tout cas. Il veut avoir un mot ou deux avec le maître des lieux. Il demande à Soul de veiller à ce que le garçon ne dise rien aux flics. Le garçon, qui a encore l'esprit clair malgré tout, attrape le bras d'Henri.

— Je sais pas qui vous êtes mais faites-lui mal. S'il vous plaît.

Henri prend le garçon dans ses bras. Il ne lui dit rien mais il le serre assez fort pour lui faire comprendre que HLHLHL va en chier longtemps avant de finir sa vie de pervers. Et ça, ça ne dit rien qui vaille à Soul qui se contente de regarder Henri, inflexible, alors qu'il lui confie le garçon comme s'il était la chose la plus précieuse qui soit sur la planète à ce moment précis.

Henri attend, posé sur un transat. Les corps derrière lui comme des échappés de l'enfer. Le robot tondeur qui ne sait même plus par où passer pour éviter ces obstacles. Il regarde l'eau de la piscine. Il écoute le silence… Contraste total avec le vacarme incroyable dans sa tête et son cœur. Les jeunes, les vieux : tous des fumiers. Ils ont sauvé ce garçon. C'est déjà ça.

Il doute que Clara ait été dans l'un de ces bidons. Ces corps sont trop abîmés. Henri se rassure mais il n'est pas légiste. Encore moins expert en décomposition. Personne ne mérite une telle fin. Clara encore moins. Mais si elle n'est pas là, l'histoire n'est pas terminée. Henri ne sait pas s'il pourra continuer. S'il pourra explorer d'autres abysses. Son pied le lance là où il n'y a plus rien. Mauvais signe.

En fouillant la baraque, il a découvert qu'Hubert était un peu plus jeune que lui. Comment est-il devenu ce qu'il est devenu ? Est-ce qu'il tuait déjà quand sa famille était avec lui ? Est-ce qu'il s'y est mis à la mort de sa femme ? Est-ce qu'il est devenu ce qu'il devait devenir une fois qu'il s'est retrouvé face à lui-même ? Est-ce que c'est ça son histoire ? Est-ce que celle d'Henri est celle d'un justicier ? Le Charles Bronson du 9-4 ? Le Justicier de Ratigny ? Ou juste Henri ?

Le portail électrique finit par s'ouvrir. Le Range Rover se gare. Hubert en descend avec des sacs de courses. Il a rentabilisé son trajet. Il rentre chez lui sans un regard pour son jardin. Il pose ses commissions sur la table du séjour. Il met ses clés dans une coupelle. Il fait sa vie, comme si de rien n'était quand ça y est, en repassant dans la pièce, il marque un temps d'arrêt. Eh ouais, mon petit père, on t'a bousillé ta porte-fenêtre. Il contemple cette béance dans son intimité. Un coup d'œil vers la cuisine. Vers son sous-sol. Il déglutit. Il sait. Dehors, les bidons renversés, Henri dans le transat. C'est fini.

Hubert n'a pas la réaction qu'Henri attendait. Il espérait presque le voir cavaler ou tenter quelque chose mais non, il lui fait un signe de la main. Affable comme on dit dans les livres, mais jamais dans la vie. Ça fait un peu peur à Henri qui s'accroche à son .38. Hubert sort de la maison et s'approche d'Henri. Mains dans les poches.

— Dahlia ?

— Clara ?

Hubert ne laisse pas à Henri le temps de réciter le discours qu'il se répète depuis une heure. Il sort une lame de sa poche et se tranche la gorge. Sans hésitation. Du geste net et précis de celui qui n'en est pas à son coup d'essai. Comme si toutes les gorges qu'il a tranchées n'avaient été que des répétitions pour celle-ci. La sienne. Comme s'il savait que ça finirait comme ça. Un dernier plouf et il se vide dans sa piscine. Quand Henri était gamin, c'est comme ça qu'il imaginait la mer Rouge. Sans l'odeur de chlore ni de sang.

27

Réveillés de leur cauchemar, Henri et Soul ont besoin de se parler. Avec le garçon, Soul s'est mis d'accord. Il lui a dit de dire qu'il a eu une opportunité de se barrer et qu'il l'a saisie. C'est tout. Qu'il raconte tout aux keufs sauf l'intervention de Batman et Robin. Le garçon lui a promis de ne rien dire. Il avait une histoire toute prête. Après s'être assuré qu'il était entre de bonnes mains, Soul est parti se renseigner. Un Nueve Cuatro est fermé, l'autre est en ébullition. Sofiane et Doums en vadrouille. Il a traîné au quartier pour en savoir plus. Il a appris pour les Jupiter. Ça lui a fait mal. Il a appris pour le Ratigny Shry Market. Pour l'explosion. Ça lui a fait encore plus mal. Brahim a disparu. On dit que c'est lui qui les a tous vaporisés. Kamel n'était pas dedans. Chez Brahim, personne. Chez Camélia, personne. Esseulé, Soul s'est posé au McDo, dans le box où il a fait connaissance avec Henri, et là, il a regardé fondre son McFlurry.

Henri a passé le reste de la journée sur le perron des Kryczyk. Il a sonné. Il a tapé à la porte. Il n'a même pas entendu de bruit à l'intérieur du bunker. Il s'est quand même confié à la porte du pavillon. Désolé de ne pas avoir trouvé Clara. Il a trouvé autre chose. Des choses qu'il n'aurait pas voulu découvrir. Autant sur l'humanité que sur lui-même. Il a demandé pardon. À qui, à quoi, lui-même ne le sait pas. Puis il a boité jusque chez lui. Il s'est fait couler un bain. Il s'est mis un disque de Charles Bradley. Celui qui commence avec *The World (Is Going Up in Flames)*. Dans l'eau, il a fermé les yeux un instant. En se réveillant, l'eau était rouge. Son orteil fantôme fuyait.

Plus tard, il s'est posé devant la télé. Un film. Nul. Puis un autre. Moins nul mais de la merde quand même. Trop la tête ailleurs. Coup de fil à Soul.

— T'as des nouvelles de Camélia ?

— Non.

— Tu fais quoi ?

— Je galère. Et toi ?

— Pareil. Tu veux de la compagnie ?

— Ça te dit une glace ?

— Je prendrai qu'une boisson.

Henri se rend compte en roulant de nuit dans Ratigny qu'il est facile de louper toutes les bizarreries qui lui donnent tout son charme. Un charme qu'il mettrait entre une infinité de guillemets. Il récupère Soul sur le parking du McDonald's, maintenant fermé, où il a passé cinq heures à regarder fondre une glace.

— Tu sais où tu veux aller ?

— Prends l'A86. Y a un Quick ouvert toute la nuit.
— Ça existe encore ça ?

Au Quick ouvert toute la nuit, une longue file de bagnoles. Soul explique que c'est un Quick halal. D'où son succès. Ça ne désemplit jamais. Un employé passe d'une voiture à l'autre pour prendre les commandes et gagner du temps. Autour d'eux, des voitures foncent sur la nationale. Les enseignes des boutiques de la ZAC brillent de mille feux. Les derniers RER D vont et viennent avant la fin du service. Henri est heureux d'être là. Il sourit. Soul lui demande ce qu'il y a.
— Rien.

Quinze minutes plus tard, garés sur le parking d'un Conforama qui a fait faillite il y a un bail mais qui a encore les moyens de payer son éclairage, Henri et Soul se partagent leurs victuailles. Comme pour faire plaisir à l'autre, ils ont pris la même chose. La même glace et le même Coca. Henri remarque qu'il y a beaucoup mais alors vraiment beaucoup de caramel dans sa glace. L'overdose de sucre est proche. Un guili au niveau de ses orteils fidèles au poste lui rappelle que l'heure est proche elle aussi. Tant pis.

Soul mange sa glace en pensant à Camélia. Il regarde des lumières au loin vers Villeneuve, vers les bleds sur Marne, vers le 9-1, vers le 7-7, vers là-bas. Il regarde un avion prêt à atterrir à Orly alors qu'un autre se barre. Peut-être qu'elle est à bord. Peut-être qu'elle le pilote. Elle sait tout faire. Elle peut tout faire. Lui il est greffé au bitume.

Soul regarde Henri. Un abcès à crever. C'est le moment.

— Je sais ce que t'as fait.

Silence.

— Les Jupiter.

Henri pose sa glace sur le capot et boit une gorgée de Coca. Comme si ça lui remettait les idées en place. Soul continue.

— Brahim et tout, ils s'en battaient les couilles d'eux, mais on m'a dit que t'es quand même allé les voir pour parler d'eux.

— J'avais peur, d'accord ? J'avais peur que ça soit eux ou nous et j'ai préféré être sûr que ça soit eux.

— T'avais dit que tu tuerais plus. Et je sais que tu vas me dire que c'est pas toi mais c'est pareil. T'as donné une excuse aux autres pour le faire, c'est encore pire.

— Je sais. Mais je sais aussi que sinon, t'aurais jamais été d'accord. En leur faisant tuer ces quatre ordures, j'ai sans doute évité je sais pas combien de morts mais ça, toi, tu veux pas le voir. Tu vois que ce que t'as devant toi. Mais vois plus loin, ça te fera du bien. Crois-moi.

— Lâche l'affaire avec ça. Comment tu veux que je te croie ? Même quand tu me dis que tu vas plus tuer personne, tu le fais faire à d'autres. Même tout à l'heure, t'as pas pu t'empêcher. Tu mens, tu tues, tu détruis : ça y est, t'es comme eux. Un vrai mec de la street. Tu kiffes ?

— Je l'ai pas tué l'autre. Il s'est foutu en l'air tout seul.

— Tu pouvais pas appeler les keufs ? Tu pouvais pas les laisser gérer ? Et empêcher ça ?

Le silence. Le temps d'accuser le coup. Et tous les autres.

Henri qui regarde ses pieds. Soul couché sur le capot. Les yeux vers le ciel. Henri qui relève la tête. Vers la lune et les étoiles. Comme si Clara avait emménagé parmi elles. Il sourit.

— De toute façon, on la reverra pas.

Il secoue la tête. Il se tourne vers Soul.

— On saura même pas ce qui lui est arrivé. Y a des histoires qui finissent pas. Faut s'y faire.

Soul se relève. Dégoûté de voir son ami perdre espoir.

— Si on entend parler d'un bail, on ira voir.

— C'est fini. C'est trop. Moi, j'arrête.

Soul regarde Henri, qui baisse les yeux une seconde, s'avoue vaincu.

— C'est toi qui as raison.

Deux minutes plus tard, ils se marrent.

— Ils ont pas besoin de laisser tout ça allumé la nuit, ils nous polluent déjà assez toute la journée. Bousille-moi ça.

Soul regarde les fusils interdits qu'Henri brandit.

— Allez, te fais pas prier. C'est comme à la Fête à Neuneu. C'est pour jouer. C'est tout.

Soul sourit. Ils s'amusent à tirer sur les enseignes lumineuses alentour. Ils allument tout ce qu'ils peuvent éteindre. Sauf le Quick. Au fond, à Ratigny, des détonations, pétards ou coups de feu, c'est dur à dire, leur répondent. Ils tirent en l'air pour les accompagner. Henri se rappelle le mec qu'il a vu tirer sur la lune. Il est de cette humeur-là ce soir. Il la cale dans son viseur et il la flingue. Soul s'en donne à cœur joie lui aussi. Il se marre. Il décompresse. Il pense à autre chose.

Plus tard, trop tard ou trop tôt, embouteillage sur l'A86. Toutes les nuits, des travaux. Henri n'en peut plus. Il va crever et jamais profiter du fruit de ces travaux, en revanche, tous les désagréments, il y aura droit. Comme si le conseil général était contre lui. Soul est mort de rire. Un mec essaye de frauder et de remonter la file par la bande d'arrêt d'urgence. Henri en a trop vu faire ça depuis une bonne demi-heure qu'ils sont dans ce bordel. Il se décale, à moitié sur la bande d'arrêt d'urgence, à moitié sur sa voie. Personne ne passe. Ainsi Henri lance un concert de klaxons, toutes les bagnoles se répondent et jouent du warning. Ils souffrent. Ensemble. Unis par Henri qui s'en donne à cœur joie et invite Soul à tabasser le klaxon avec lui. Soul est hilare. Un feu d'artifice clandestin se lance dans Ratigny et fait taire les klaxons le temps qu'il dure. Heureux de sa soirée et de ce moment passé avec Henri qu'il ne compte même plus revoir après leur discussion sur le parking. Henri l'a bien senti. C'est pour ça qu'il fait tous ces efforts pour rappeler à Soul pourquoi il l'aimait bien au départ. Il ne veut pas le perdre, ni perdre ces moments avec lui. Il ne veut pas se retrouver tout seul. Encore.

Après une heure de cul à cul pour faire deux kilomètres et demi, Henri dépose Soul à la cité. Soul prend tout son temps avant de descendre de la voiture, comme s'il s'imprégnait de celle-ci, de son odeur et de ses sensations à l'intérieur. Henri lui donne une petite tape sur le dos quand il se décide à sortir. Soul se baisse pour le regarder et lui sourire.

— Allez, tchao pantin.

— Qu'est-ce que tu veux faire à Pantin ?

— Laisse tomber. À bientôt.

Pas de réponse de Soul, Henri démarre et s'arrête au rouge plus loin. Soul regarde ses feux stop s'allumer et s'éteindre. Il imagine bien Henri détendre sa jambe en jouant avec sa pédale de frein. Machinalement, il sort son téléphone. Il a des notifications de Camélia.

Trois messages. Très courts.

Attends-moi.

Je t'aime.

Kamélia.

[redacted]

[redacted]

[redacted]

28

Pas de cadavre, pas de mort : c'est la règle.

Dans tous les films, tant qu'on n'a pas vu le cadavre de quelqu'un, c'est qu'il n'est pas vraiment mort. Comme un chbing chbing chbing qui le chatouille où il ne peut pas se gratter, Henri s'est accroché à cette idée plutôt qu'à celle que c'est foutu. Tant qu'il ne voit pas le corps de Clara, il a de l'espoir. Ça fait cinq jours qu'il se fait des journées sucre, musique, piscine et qu'il sort toutes les nuits pour arpenter Ratigny. Ce soir ne fait pas exception à la règle. À la moitié du premier film, il décide d'aller tourner une heure en ville. Un regard au ciel au cas où Marie-Line le regarderait même s'il ne croit pas à toutes ces conneries. Il s'imagine qu'elle lui fait un clin d'œil pour l'encourager. Trouve-la. Clé dans le contact, moteur qui chauffe, la radio qui parle de la découverte morbide d'un charnier chez un citoyen de Ratigny au-dessus de tout soupçon. Henri tape sur son autoradio qui lui envoie la fin de l'intro de *We'll Find a Way* d'Edwin Starr et Llinky, puis il fait crisser ses pneus sur le hurlement d'Edwin alors qu'il s'élance pour sa partie de chasse.

Avec Samira, ils ont décidé sans vraiment le décider de se voir tous les deux jours. Avant la descente dans la maison de la bz, il a bien senti qu'elle tenait à lui plus qu'elle ne lui avait jamais dit. Vu son âge à elle aussi, elle se raccroche à tout ce qui peut repousser le formulaire d'admission en Ehpad. Ce dernier rempart contre la solitude avant la grande solitude. La veille, à la nuit tombée, il s'est posé avec elle dans le jardin et ils se sont gentiment défoncés aux volutes du crack de la voisine. Une fois Samira endormie, il a enfilé son blouson et il est parti faire un tour.

Tant qu'il est concentré sur Clara et sa disparition, il ne pense plus à sa maladie, ni à sa date de péremption imminente et encore moins à tout ce qui le fait chier et le retient en ce bas monde. Mais un nouvel orteil l'embête. Il saigne, il pue, c'est le préavis. Son toubib lui avait parlé de raison de vivre à l'époque pas si lointaine du premier orteil, Henri en avait trouvé une qui lui a fait complètement passer à côté du fait qu'il était en train de pourrir. Et il s'y accroche tant qu'il peut.

L'autre fois, devant un vieux western qu'il avait déjà vu cinq ou six fois, l'ennui aidant, il a sorti son flingue et se l'est mis dans la bouche. Le canon pointé vers le haut dans l'angle le plus droit possible pour vraiment tout bousiller et pas juste se défigurer. Il a pressé la détente. S'il fallait en arriver là, il le ferait. C'était facile. Restait à voir si ça le serait avec une arme chargée.

Ce soir-là, l'ambiance est bizarre dans le nueve cuatro. Des commerces normalement ouverts toute la nuit sont fermés. On marche en pressant le pas, sans la nonchalance habituelle. On charge des voitures, on en décharge d'autres. À la cité, c'est le désert total. Personne pour le saluer, le reconnaître ou faire semblant de le respecter. C'est mort. Fête religieuse ? Si c'est ça, Henri n'est pas au courant.

Les autres soirs, il a entendu des histoires. Surtout sur cette épicerie qu'on a fait sauter. Ce soir, alors qu'il doit faire un énième détour à cause des travaux qui handicapent la ville, l'atmosphère lui fait dire que l'horloge de l'Apocalypse prend de l'avance sur l'horaire.

Il se fait couper la route par une bagnole pleine d'ados qui foncent vers la cité. Il doit se passer quelque chose de sérieux. Il n'y a rien de religieux dans l'énergie de cet équipage. Henri aimerait avoir Soul sous la main pour en savoir plus. Il l'a appelé l'autre jour. Comme sa copine n'était pas rentrée, il était distant. En même temps, Henri le comprend. Ensemble, ils deviennent un aimant à emmerdes et les morts s'empilent. Si c'était lié à Clara, il espère que Soul serait venu le trouver.

Un soir, il est tombé sur Sofiane et Doums au McDo, alors qu'il regardait des gamins faire les cons dans la piscine à boules de l'établissement. Les deux autres lui sont tombés dessus avec fracas. Ils lui ont parlé de sa meuf. Lui ont demandé s'il ne voulait pas changer de voiture. OK il n'y aurait ni carte grise ni assurance, mais ils pouvaient lui en avoir une. Henri voulait juste savoir où était Clara mais ils n'en savaient pas plus que lui. C'était vraiment au point mort. Aussi mort qu'elle le point. Il faut qu'il se fasse à l'idée. Il a respiré quand ils sont allés chercher leur commande. Ce soir-là, il a quand même pris sa voiture pour tourner dans Ratigny et faire chou blanc. Comme ce soir.

En rentrant chez lui, Henri aperçoit une silhouette capuchée sur son perron. De loin, on croirait la faucheuse en jogging. Henri se dépêche de se garer et d'aller à la rencontre de son visiteur, mais là, c'est la descente d'organes, la sueur froide et tout ce qui va avec. Sur ses marches, sous la capuche et mains dans les poches, sans doute prêt à sortir un flingue pour le descendre, rien de moins que l'anguille ultime : Killian Jupiter.

— Je dois vous parler. De Clara.

Le cœur d'Henri bat encore plus vite que quand il croyait se faire tuer. Ce qui le détend un peu, c'est que l'ado semble aussi flippé que lui. Alors Henri lui ouvre la porte et l'invite à se poser dans son canapé. Et un Coca pour Killian qui se rafraîchit le front avant de l'ouvrir. Avec délicatesse. Veillant à ne pas faire trop de bruit en le dégoupillant.

À force de le regarder, nerveux, et n'arrêtant pas de scanner la rue, Henri doute. De toutes les mauvaises intentions qu'on lui a prêtées, aucune ne tient la route. Lui violent ? Lui un mac ? Il a croisé de vrais salopards tout au long de son odyssée et celui-là n'est pas de cette trempe. Rien que le regard d'un vieux type comme lui lui fait baisser les yeux. Pour se donner une contenance, il se lève, entrouvre les rideaux, jette un œil dehors et les referme aussitôt. Comme si la rue menaçait de lui péter à la gueule.

— T'as des vers ? Calme-toi.

— J'ai pas envie que mon cousin m'attrape.

— Mets tes pendules à l'heure. Ton cousin est mort. Ils sont tous morts.

Killian regarde Henri comme s'il était débile et Henri fait pareil. Finalement, il soupire.

— C'est elle qui m'a demandé de venir. Clara.

Le cœur d'Henri, dans les starting-blocks depuis qu'il a reconnu Killian, prend un départ fulgurant à l'évocation de ce nom. Le dernier des Jupiter sort un téléphone de sa poche. Un peu trop vivement pour Henri. Cela fait sourire Killian.

— C'est qu'un téléphone.

Henri hoche la tête. À son tour de boire pour se rasséréner tandis que le gosse pianote.

— On a cru que…

— Je sais pas ce que vous avez cru mais c'était pas ça.

— On nous a dit que vous étiez ensemble. Toi et Clara. En couple, je veux dire.

Killian ricane en secouant la tête.

— Qui vous a dit ça ?

Henri ne se le rappelle même plus. Il en arrive presque à penser qu'il a imaginé ce lien entre elle et Jupiter. Il cherche quelque chose à répondre. En se lançant dans sa croisade, il a fait de ce gosse une cible. Il a honte de lui. Il sent son visage le brûler, comme si son âme de mec bien forçait le passage au chalumeau pour être ailleurs. Il a beau chercher, Henri n'a rien de bon à ajouter. Il pourrait s'excuser mais Killian ne lui en laisse pas le temps.

— Elle m'a dit de vous faire écouter ça.

Le cœur d'Henri se met à battre plus vite et plus fort que jamais. Il le sent cogner contre sa poitrine. Sa tête dans un étau. Puis quand il entend la voix de Clara, cette voix qu'il avait oubliée mais qu'il reconnaît instantanément, son cœur s'arrête.

« Henri. »

Rien que de l'entendre dire son nom lui réchauffe le cœur et l'âme. Il sourit. Killian reste neutre, il sait à quoi tient sa présence ici.

« Avant que tu te fasses encore un film incroyable, je vais bien et personne me force à dire que tout va bien. Tu me connais, je suis plus futée que n'importe quel bouffon qui essayerait de m'enlever. Je suis partie de moi-même. C'est pas une mongolerie à la *Gone Girl*, je veux me venger de personne, je veux faire de sale coup à personne et personne m'a fait de sale coup. Il aurait pas fallu qu'ils essayent. »

Henri sourit. C'est sa Clara, ça.

« J'avais juste envie de partir d'ici. Non attends. Il fallait que je parte d'ici. Et j'avais pas envie qu'on essaye de me retenir. Ni mon père, ni ma mère. Enfin elle ou lui, c'est pareil de toute façon. Ni les profs. Ni toi. »

Henri fronce les sourcils. Killian ne le quitte pas des yeux. Il sent que le gosse enregistre toutes ses réactions pour les rapporter à Clara. Et puis merde, il n'a rien à lui cacher.

« Parce que si je suis partie c'est à cause de vous tous. Tous les mecs de cette ville. Et toutes les meufs qui jouent selon leurs règles. Déjà, t'as mon père qui voulait remplir à ma place mes vœux après le bac. Persuadé de savoir mieux que moi ce que je devais apprendre. De me guider comme il faut du haut de sa super expérience. Ma mère qui lui donne raison pour tout et qui va toujours dans son sens. Comme si elle voulait pas être la seule à tomber. Comme si elle voulait que moi aussi je me retrouve coincée avec un mari pas ouf, un pavillon à Ratigny ou Villeneuve-le-Roi… C'est quelle vie, ça ? »

Elle a raison. Henri n'a jamais osé le dire à personne. Ni à ses parents, ni à ceux qui l'ont mis sur la voie de la comptabilité, ni à qui que ce soit qui a mis sa vie sur les rails que la disparition de Clara a fait dérailler.

« Puis y a les autres mecs. Tu me diras que toutes les filles doivent les supporter. Quoique tu doives même pas remarquer ça toi. Tous les casse-couilles là, dehors. Ceux qui demandent les numéros de portable. Ceux qui te suivent jusque chez toi au point que tu fais des détours pour rentrer. Ceux qui t'attrapent le bras pour te parler *mieux* parce qu'ils croient que t'es sourde. Ceux qui sont capables d'aller loin pour avoir ce qu'ils veulent. Ceux qui s'en tapent que je sois mineure. Au contraire même… Toutes ces merdes qui croient que leur vieille bite est un cadeau du ciel. Toutes ces merdes qui nous voient comme leurs meufs d'un soir, leurs putes, leurs chiennes… Je dis ça mais t'as peut-être été comme ça toi aussi. »

Henri a eu une vie avant Marie-Line. Ça c'est sûr. Il ne dira pas le contraire.

« Même toi, Henri. Tu me regardais comme si je t'appartenais d'une certaine façon. La petite-fille que t'as jamais eue. La fille que t'as jamais eu le courage de faire. Ta réaction quand j'ai commencé à te parler de mecs. Tes conseils relous. Tu vas me dire que c'était pour me protéger. Mon père disait ça aussi quand il m'interdisait de sortir, sans se la jouer taliban, hein, mais en trouvant d'autres excuses. Que c'était pour me protéger. Mais de quoi ? Vous vous connaissez tous tellement bien que vous voulez tous me protéger de vous-mêmes. »

Un silence dans le message. Henri va mettre du temps à digérer tout ça.

« Toutes les meufs que j'aurais pu être, elles pourront même pas exister, elles en ont déjà marre en vrai. De vous et de vos attentes sur moi. De qui vous voulez que je sois pour satisfaire vos besoins et vos attentes à vous. Sans jamais vous demander ce que moi je veux. Et c'est ça le truc, c'est que je sais même pas ce que je veux être. Je sais même pas qui je suis. Mais je veux le découvrir par moi-même. Je suis nulle pour raconter les histoires. Même des blagues, j'y arrive pas. Ça part dans tous les sens et personne rigole à part moi. Le truc c'est que mon histoire, y a que moi qui peux l'écrire et en restant là, à Ratigny, elle allait mal finir. »

De temps à autre, la voix de Clara se brise. Comme si elle avait déjà de la nostalgie pour sa vie d'avant et, en même temps, aucune envie d'y revenir. Henri entend aussi de la fierté dans cette voix. Même pas majeure et déjà plus balèze qu'il ne l'a jamais été.

« Donc je pars de Ratigny. Je disparais, ouais. En tout cas, je décide de parler à personne. Que personne n'essaye de me rentrer dans le crâne pour me dire de rentrer parce que même moi, en vrai, je flippais de ouf de partir et il m'aurait pas fallu grand-chose pour que j'annule tout. Si je t'envoie ce message, c'est parce que je sais que je rentrerai pas. Je savais qu'on me pisterait pas vu où je suis. Moi, fallait que je me pose et que je démarre autre chose. Il fallait pas que je doute. Fallait pas que je vous écoute. Sinon j'aurais pu rentrer à la maison. Par facilité. Ça aurait pu foirer à plein d'endroits mais j'avais pas prévu que ça viendrait de toi, Henri.

« J'ai écouté tes messages. Tes messages de malade. En me disant "il est complètement défoncé ou quoi ?" Qu'est-ce qui t'a pris ? Qu'est-ce que t'as fait ? C'est n'importe quoi. Mais en même temps, toi et les autres, vous m'avez donné raison. Vous vous êtes fait un film sur moi, vous vous êtes tous dit que vous alliez être les héros du film en me retrouvant et en foutant un bordel incroyable dans toute la ville. Vous êtes tous partis en couille juste pour jouer à votre jeu préféré : qui a la plus grosse.

« J'ai entendu des trucs qui m'ont donné envie de vomir. T'as fait des trucs dont tu reviendras pas. C'est plié. Tu crois que t'as fait ça pour moi ou pour je sais pas qui, mais y a que toi qui dois vivre avec. Tout ce que je veux c'est que tu arrêtes ça. Je veux que tu ailles dire à tout le monde que c'est terminé. Qu'il y a rien. Killian et moi, vous nous laissez tranquilles. On fait nos vies, vous faites les vôtres. Mais vous arrêtez de croire que vous faites ça pour moi. »

Le message s'arrête. Henri reste sans voix. Killian le regarde un moment. Lui aussi a l'air secoué par le message. Henri n'a rien à dire. Faut qu'il encaisse. Ça lui fait mal parce que rien de ce qu'elle a dit n'est faux. Il aurait essayé de la retenir comme lui s'est retenu toute sa vie. Comme on lui a appris à le faire. Il aurait tout fait pour qu'elle reste là. Pour qu'elle soit là tous les mercredis. Pour son bon plaisir.

Il est dégoûté. Comme un héros de la Série noire, il a lancé une affaire, le Matt Scudder du Val-de-Marne dépassé par son enquête. Au moment de la grande révélation, après avoir bien perdu foi en l'humanité, on lui a juste dit « détends-toi, pépé, y avait rien, t'as cru donner un peu de sens à ta vie, poisson d'avril. Par contre oui, bien vu, y a des monstres à tous les coins de rue. » Killian rompt le silence.

— Vous voulez le réécouter ?

Henri croit que Killian se fout de lui mais il est désarmant de sincérité. Henri ne comprend pas. Tellement de choses auraient pu être évitées.

— Si t'avais rien à te reprocher, pourquoi tu t'es carapaté quand on est venus au lycée ?

— Parce que j'avais peur.

Killian craque. Ça a l'air de faire des jours que la pluie menace. Henri le prend dans ses bras parce qu'il sait qu'ils sont tous en tort, tous autant qu'ils sont. Brahim, Soul et Henri le premier. Qu'ils aient voulu aider ou non, tout ce qu'ils ont fait c'est semer la terreur, la haine et la violence, et maintenant, ils n'ont plus rien d'autre à faire que la regarder éclore.

— Tu me diras pas où elle est, hein.

— Non.

— C'est bien.

Ils restent encore comme ça un moment puis Henri le laisse partir. Killian n'est que le messager. Prêt à aider son amie jusqu'au bout. Tout ce qu'il reste à Henri, c'est de faire ce que Clara lui a demandé.

Mettre fin au bordel qu'il a déclenché en son nom.

29

Henri traverse la route, léger, pas loin de s'envoler. Clara est vivante. Elle a beau avoir dit tout ce qu'elle a dit, ses réflexes de mec remontent à la surface. Il se convainc qu'il n'a rien à se reprocher. Il a démantelé une maison close. Il a mis hors d'état de nuire un détraqué. Entre Soul et Clara, ils commencent à le gonfler, les jeunes. Alors oui, elle a raison sur deux ou trois trucs mais ça va aller. Henri sonne au bunker Kryczyk. Assez excité à l'idée de leur annoncer la bonne nouvelle.

En attendant que ça réponde, il essaye d'écouter s'il y a du bruit à l'intérieur. Rien. Il frappe. Toujours rien. Bon. Dix minutes plus tard, il éclate la porte d'un coup de feu à moitié étouffé par un silencieux artisanal bricolé vite fait. La maison est vide. Il n'y a plus rien à l'intérieur. Ou peut-être qu'il n'y a jamais rien eu. Henri a des souvenirs de repas chez les Kryczyk mais ils avaient mangé dehors. Il était passé par le parking menant directement au jardin. C'est vrai qu'il n'est jamais rentré chez eux. Il se pose toutes ces questions alors qu'il rentre chez lui pour appeler Soul.

Comme Soul ne répond pas, Henri ressort de chez lui pour lui annoncer la nouvelle en personne. Il n'avait pas prévu tout ça mais, ce qui est sûr, c'est qu'il ne trouvera pas le sommeil de sitôt. Il se voit déjà faire la toupie dans son lit en retournant dans tous les sens les propos de Clara. Il a beau se persuader d'avoir le beau rôle, ça le travaille. En partant, Henri repense au jour où Brahim et ses sbires sont venus à domicile. Il se rappelle que la dernière fois qu'il avait eu autant de monde chez lui, c'est quand Marie-Line était morte.

Elle ne s'était pas sentie bien, alors il avait appelé les secours. Ils savaient tous les deux depuis un moment que ce serait bientôt la fin, mais ils s'étaient promis longtemps avant, à l'époque où leurs parents à eux mouraient, qu'ils ne finiraient pas à l'hôpital ou une cochonnerie du genre. Alors elle était restée à la maison, mais son avion était là et il était temps d'embarquer. Henri n'avait jamais vu quelqu'un mourir et ça avait été plutôt apaisant à regarder. Elle n'était pas bien, elle se sentait partir et il lui a pris la main en attendant que les gyrophares éclairent la rue. Un film passait à la télé. La connerie du dimanche sur la une ou la 2. Ils avaient déjà vu l'enquête de Barnaby sur la 3 et ils se souvenaient de la fin. En attendant que les secours arrivent, ils s'étaient raconté des choses qui ne regardent qu'eux. Passé en revue de bons souvenirs. Henri voulait qu'elle meure avec le sourire. Qu'elle évite de penser à ce qui allait se passer. Personne ne le savait. Elle allait le découvrir. Mais comme elle était peureuse, il préférait faire diversion. Puis d'un coup, les pompiers et le Samu étaient dans la rue. Les voisins, ces fumiers, venus voir ce qu'il se passait. Pas les Kryczyk. Henri l'avait aperçue elle derrière les rideaux, mais elle n'avait pas plus regardé que ça. Les mecs en uniforme sont rentrés chez Henri comme une équipe de foot menée 3-1. Pour eux, c'est pas fini tant que c'est pas fini. Ils l'ont emmenée dans le camion du Samu. Le temps que le film se termine, à l'arrière de leur camion, ils ont essayé de la garder parmi nous. Le camion était petit et Henri n'avait pas voulu déranger en allant à l'intérieur. Mais ils lui ont proposé. Ils devaient savoir. Lui, il s'était dit que s'ils l'emmenaient dans le camion, c'était qu'il y avait encore une chance. C'était peut-être que du cinéma. Les gyros éteints, y avait plus d'urgence. Les curieux sont rentrés chez eux, c'était que la vieille du 8 qui canait, eux, ils étaient attendus à 8 heures au boulot. Henri était resté assis sur ses marches à regarder le camion. Il apercevait les médecins s'affairer. La nuit qui tombait. Les pubs à la télé. Le verre d'eau qu'elle ne finirait jamais. Puis la porte du camion qui s'était ouverte. Il a entendu des mots comme « désolé », « essayé », « perdue », « partie » et d'autres mais il n'avait pas à les écouter. Puis médecins et pompiers ont discuté entre eux. Ils ont ramené Marie-Line à la maison dans un grand sac rouge en caoutchouc et ils l'ont montée dans la chambre. Ils ont parlé à Henri de la procédure. Les flics sont venus. Deuxième fois de sa vie qu'il avait vraiment affaire à eux. Il avait signé des trucs. Spectateur de sa propre vie. Ils avaient géré pas mal de choses pour lui. Ils avaient appelé une entreprise de pompes funèbres pour le lendemain. Ils lui avaient fait signer d'autres papiers. Deux des flics s'étaient posés pour regarder le film pendant que la troisième s'occupait de tout. Puis ils étaient partis. La maison vide. Deux moins un. Henri avait peur de remonter dans la chambre puis il avait fini par y aller. Elle était là. Morte. C'était donc ça de mourir. Tout ça pour ça.

Qu'est-ce que c'était nul. Il avait passé la nuit allongé à côté d'elle. Une dernière fois. Au début, il ne voulait pas s'endormir mais le coup de sonnette des croque-morts l'avait réveillé. Il était encore vivant, Marie-Line était morte. C'est la dernière fois qu'il avait eu autant de monde à la maison.

La cité des Bleuets, deuxième tour. Encore plus calme que tout à l'heure. Quelque chose se trame, c'est sûr. Henri se met en warnings, phare dans la nuit ratignienne, et entre dans la cour de ce royaume dont on lui a remis les clés depuis qu'il a craché sur le flicard. À la faveur de l'éclairage public, de gigantesques silhouettes expressionnistes de gamins se font un goal à goal, leurs sacs du club de l'AS Ratigny et leurs manteaux délimitent les buts. Henri ne va pas les voir, ils sont trop jeunes, ils ne sauront pas où est Soul. Henri cherche d'autres visages qu'il connaîtrait ou qui le reconnaîtraient, ne serait-ce que de vue. Même sur le toit, il n'y a personne pour tirer sur la lune. Même elle n'est pas là. Comme un mauvais présage, Henri voit le crocodile traverser le terrain de jeux des gamins. Il a un lapin à la gueule. Plus loin, des cris. Il reconnaît la voix des mecs qui étaient supposés livrer ce bestiau à Brahim il y a déjà plus de deux semaines. Soul avait fait les présentations. Henri espère qu'ils sauront l'aiguiller. En allant vers eux, il croit entendre le hennissement d'un cheval.

En s'éloignant de la cité et de ses affaires courantes, Henri a loupé beaucoup de choses.

Il a loupé le retour de Kamélia. Soul a attendu et Kamélia est revenue trois jours après son message. Ils se sont retrouvés comme si ces trois jours avaient été trois ans. Ils se sont donné du plaisir et ont recommencé jusqu'à s'épuiser. Entre les rounds, ils ont parlé. De tellement de choses. Comme si trois ans de vie s'étaient condensés en trois jours.

Alors que Soul était derrière elle après l'amour, Kamélia lui a parlé de l'épicerie et de la grenade. De mort et de résurrection. De la mare de sang où se sont noyés Kamel et Camélia et d'où Kamélia a émergé. De son père, le responsable irresponsable. De l'absence de message pour savoir où se trouvait son fils. À partir du moment où tu quittes Ratigny, tu te rends compte que c'est possible d'être quelqu'un d'autre. D'être qui tu es vraiment.

Sur le père, une question.

— Et pour ton père ?

— Je verrai quand je le verrai.

Sur le père, une non-réponse.

Kamélia lui a dit qu'il n'y avait plus Kamel, ni Camélia, juste Kamélia. Tous ses noms écrits sur une feuille de papier. Les anciens et le nouveau. Kamel + Camélia = Kamélia. La fusion parfaite. Troublante pour Soul. Pour lui qui a toujours fait gaffe à ménager Kamel et Camélia et faire la part du masculin et du féminin, qu'implique ce changement de nom ? Vu l'apparence de Kamélia, toujours en legging, T-shirt large, maquillage et cheveux lâchés, Soul a sa réponse mais, entre son absence et ce nouveau nom, il sent que quelque chose a changé et il veut comprendre pour se sentir proche de la personne qu'il aime.

Sur son absence, Soul avait évidemment des questions mais pour le moment Kamélia n'avait rien à lui dire. C'était important pour elle de se barrer et faire tout ce qu'elle a fait. C'est tout. Soul s'imagine un rite initiatique d'où tu ne reviens ni homme ni femme mais tout cela à la fois. Il s'imagine que c'est comme passer de la 4 à la 5G. Il s'est contenté d'aller dans le répertoire de son téléphone et de changer une lettre dans la fiche de contact de celle qu'il aime et, à part ça, rien n'a changé.

Pour le reste, Kamélia a retourné la feuille de papier et a tiré un trait d'un bout à l'autre. Elle a fait un *M* et un autre *M* parfaitement identique.

— Mec et Meuf.

Soul a hoché la tête.

— La plupart des gens croient être totalement à une extrémité de la ligne. Totalement mec ou totalement meuf. Si ça leur fait plaisir… Et moi, ben, ça dépend.

Kamélia fait une croix à un quart de la ligne et une autre aux trois quarts puis, avec son feutre, elle relie plusieurs fois les deux croix entre elles.

— Moi, j'ai toujours été dans ces coins-là. Ni lui, ni elle, juste moi. Bon, j'avoue plus meuf que mec mais je suis pas une meuf. Et je suis pas un mec.

Elle gribouille aux trois quarts de la ligne, plutôt côté meuf.

Soul ne perd pas le fil. Il veut suivre. Il le doit. Kamélia le voit bien. Lui sourit.

— Tu vois les conjugaisons. Je. Tu. Il. Elle. Ben moi, c'est plutôt iel.

— Comme la chanteuse à l'ancienne ?

— Un jour, je vais te frapper, Soul. Iel donc. Le mélange des deux. Moi et moi. Mais va expliquer ça à Sofiane et Doums. Va dire qu'il faut tout accorder ni au masculin, ni au féminin à des gens qui savent déjà pas quand on met é-e à la fin d'un mot.

— Toi tu préfères quoi ?

Kamélia cogite un moment. Y aurait bien quelque chose qu'elle préférerait mais est-ce qu'ils sont prêts ? Même Soul, tout éveillé qu'il est, est-il prêt ou bien faut-il lui laisser le temps d'y arriver naturellement ? Est-ce que Kamélia veut même qu'il y ait un mode d'emploi à son égard ?

— Franchement, je m'en fous. Je m'appelle Kamélia, ni mec, ni meuf, il, elle, je sais pas quoi, je m'en fous. Qu'une règle : le premier qui me casse les couilles, je lui baise sa mère.

Un temps. Soul retrouve Kamel et Camélia chez Kamélia. Ça le fait sourire. Ça le fait réfléchir. Kamélia le voit se poser des questions. Ce qui se joue est important pour eux deux mais c'est clair que ça les dépasse. Au fond, ils ont tout le temps du monde pour apporter toutes les réponses qu'ils veulent aux questions qu'ils se posent. Kamélia le sait. Sa sérénité rayonne et irradie Soul.

— Toi, comment tu me vois ?

— Moi je veux juste qu'on soit ensemble.

— Alors appelle-moi comme tu veux. Je me verrai comme tu me vois et je sais que ça me plaira.

Mille et une façons d'être soi-même : voilà la sienne.

Après une journée retrouvailles, sexe et Deliveroo, Soul a décidé que les iel et tout, c'était pas encore au point. Il a regardé sur Internet, il a compris l'idée mais s'est fait des nœuds dans le crâne sur des choses simples. Du genre : si iel est en train de kiffer, iel est heureux, heureuse ou heureuxse ou encore autre chose qu'il n'imagine même pas ?

Avant leur troisième ou quatrième round, Soul tente un truc. Il prend Kamélia par les hanches, leurs sexes en érection l'un contre l'autre, et il la regarde un moment.

— T'es trop belleau.

Il a vu cet adjectif sur Internet. Il a réussi à le sortir sans éclater de rire. Kamélia se retient elle aussi de rire. Ou de le frapper.

— Je vais t'enculer, Soul.

— Littéralement ou façon de parler ?

Il lui sourit, elle aussi parce que c'est pour ce genre de conneries qu'elle est tombée amoureuse de lui et elle lui a fait l'amour. Elle l'a pris. Doucement. Elle l'a caressé. Sensuellement. Elle l'a mordillé. Gentiment. Elle l'a embrassé. Amoureusement. Et il a kiffé.

Alors qu'il redescend tout doucement et réintègre son corps, Kamélia lui propose qu'ils bougent dans le pavillon de son père. Comme il n'était toujours pas rentré depuis l'épicerie, ils pourraient profiter de la maison et du jardin. Dans l'idée, Soul est d'accord. Il suivrait Kamélia au bout du monde. Dans les faits, il sait que c'est un test. Elle, elle s'assume. Mais lui, est-ce qu'il va assumer ?

Alors qu'elle enfile ses bottes de combat Prada, Soul remplit les petites sacoches qui vont avec de balles de 9 mm. Tandis qu'elle charge son Glock, à genoux devant sa bien-aimée, Soul lui raccroche ses sacoches. Puis elle l'embrasse de ses lèvres goût pêche. Certaines choses ne changent pas. Glock dans le sac à main, Kamélia prend la main de Soul et elle ne la lâche pas de l'ascenseur à la bécane de Soul.

En traversant la cité, beaucoup de monde pour découvrir la meuf de Soul. Pour comprendre qui c'était depuis tout ce temps. Des messes basses mais rien ne dépasse. Pour Soul, une certitude. Il l'aimera plus que tout tant que son cœur lui permettra de le faire. Il assume. Et le premier ou la première qui cassera les couilles avec ça, il se joindra à Kamélia pour lui baiser sa mère. En traversant la cour, Kamélia garde la même expression. Elle sent les regards concupiscents. Elle voit bien lesquels sont du genre à écumer les sites de petites annonces à la recherche de travestis à aller niquer dans les départements voisins. Elle sait qu'ils ne diront rien. Et pour ceux qui la regardent comme une martienne : qu'ils ouvrent leur gueule, qu'ils tentent un truc. Elle ne baisse pas les yeux. Elle ne les baissera pas. Elle les attend.

— Tu veux un casque ?

— Non, c'est bon.

Brahim a élevé un roi pour lui succéder, mais un beau jour, c'est une reine qui va régner sur le nueve cuatro.

Pendant qu'ils foncent dans les rues de la ville, manquant de finir comme James Dean à cause d'un véhicule de chantier chargé de rénover la chaussée, Brahim est allongé sur le plateau d'une IRM avec une forte envie de mourir. Le *Cum Dederit* de Vivaldi qu'il a dans les oreilles lui donne l'impression d'être dans le tunnel avec la lumière blanche, le bon Dieu au bout et que le débrief va être salé. En même temps, il a envie de s'expliquer tant qu'il le peut à peu près. Tant qu'il peut encore mentir un peu.

Alors que le plateau s'enfonce dans la machine, il se détend autant que possible. Un dernier coup d'œil aux savants derrière la glace. Ils vont voir les cratères dans la Lune qui lui sert de cerveau. Le tunnel lui fait maintenant penser à un cercueil. Au trou dans lequel il finira. Aux trous dans lesquels il a envoyé tant de gens.

Il commence à se payer une crise d'angoisse. Il ne peut pas se le permettre. Les docteurs vont parler et dire que Brahim Chokri est une baltringue. Il ne peut pas laisser passer ça. Il a besoin que sa réputation soit intacte pour tout ce qui s'annonce. Il se concentre sur autre chose.

Depuis qu'il a dégoupillé la grenade, Brahim vit comme un fantôme dans sa propre ville. Persuadé que la prochaine qu'ils feront péter sera pour lui. Il change de planque presque tous les jours. Il est persuadé qu'il n'a rien à voir dans l'explosion du Ratigny Shry Market. Parfois, il dort à l'hôtel. Il se paye des escorts qu'il fait venir de Paris. Pas celles que ses administrés s'offrent pour cent balles maximum. Brahim lâche mille ou deux mille euros. Il se fait plaisir. Il croit leur faire plaisir. Il leur parle pendant des heures. Même s'il est ce que Brahim a de plus proche d'un véritable ami, Nassim n'ose pas lui dire qu'un psy lui coûterait moins cher. Surtout pour raconter à des Ukrainiennes qu'il est en fait un chien qui s'appelle Boomer et qu'un génie lui a accordé le vœu de devenir humain et que, depuis que c'est arrivé, il se bat pour que tout redevienne comme avant.

Jeudi dernier, il est quand même allé préparer son couscous au Nueve Cuatro. Flingue près des marmites, Brahim paré à toutes les éventualités. Plus parano que jamais, il a déjà tiré sur son ombre parce qu'elle le suivait partout. Il a demandé au professeur Samba de désenvoûter sa maison mais c'est pas pour autant qu'il y rentrait dormir. Il sentait le changement ambiant. Il sentait que Kamel ne reviendrait pas. Il pensait avoir arrangé les choses avec ce qu'il a fait avant cet examen. Il ne se le rappelle pas vraiment mais il a encore des sensations de tout ça au bout du doigt, comme le ressac d'une marée d'ultraviolence.

Ce midi-là, il a voulu tourner en ville histoire de montrer à tout le monde qu'il était encore là. Quoi de mieux pour marquer le coup qu'aller au Galatasaray, se poser dans la salle et commander un grec avec beaucoup de viande ? Le message passerait. Avec Claude dans une bagnole à une rue de là, pas trop voyant mais pas trop loin non plus, tout irait bien.

Une fois Brahim entré, les clients au parfum ont eu l'appétit coupé et les autres ont senti qu'il ne valait mieux pas traîner avec ce mec débraillé, les yeux injectés de sang et armé d'un fusil à pompe. Écouteurs branchés sur la playlist infinie de Kamel, Brahim mangeait son grec, un œil sur BFM, l'esprit sur ses ennuis actuels.

Il pensait qu'à ça depuis qu'il s'était mis en cavale. Aux cannibales qui avaient fait sauter l'épicerie pakistanaise à quelques rues d'ici. D'après ce qu'il avait compris, c'était à des amis de son fils. Kamel était parti pour punir son père de son inaction mais Brahim lui montrerait. Il n'attendait qu'une chose : le bon moment. Et quand un cannibale tatoué des pieds à la tête est entré dans le grec, Brahim a su que c'était son moment. Soit de mourir parce que le cannibale allait l'assassiner, soit de marquer le coup. Il l'a reconnu de la visite qu'il leur avait rendue il ne sait plus trop quand mais dont des bribes vont et viennent dans le cinéma de sa mémoire. L'autre ne l'a pas vu et a passé commande. Brahim a sorti son téléphone pour prévenir Claude de ce qui allait suivre. Ça a répondu sans répondre, c'est que Claude était au bout du fil.

Cinq minutes plus tard, Claude avait baissé le rideau de fer du grec et le Russe, juste en boxer, tout en muscles et tatouages contractés, était attaché à une chaise dans la salle du Galatasaray privatisé. Prêt à leur dire tout ce qu'ils voulaient entendre, prêt à inventer tout ce qu'ils voudraient entendre. Brahim a interrogé le Russe sur l'explosion à l'épicerie. Est-ce que c'était pour le provoquer en plus du meurtre de l'épicier ? Le Russe ne comprenait rien. Claude, qui regardait le nouvel échec du PSG sur BFM, a fait la gueule quand l'écran s'est éteint parce que Brahim venait de le débrancher pour y brancher la tondeuse électrique qui sert à couper la viande des sandwichs.

Le fil est assez long, la scie circulaire encore grasse et bruyante une fois actionnée par Brahim sous les yeux du Russe que rien n'avait préparé à ce qui allait suivre. Brahim a attaqué la cuisse. Le Russe a hurlé comme personne n'a jamais hurlé dans ce grec. Brahim a monté le son de la musique dans ses oreilles. Vashti Bunyan qui aurait aimé se balader dans son esprit. Bien la seule. Brahim a arraché le lambeau de chair sur lequel était tatouée une faucheuse armée d'une kalachnikov et l'a collé sur la table. Le Russe continuait de jurer dans son meilleur français qu'il ne savait rien. Ce qu'il ne comprenait pas alors que l'église orthodoxe sur son torse devenait un carpaccio de chair et de sang, c'est que Brahim avait juste envie d'envoyer un message et que c'était lui le message. Il faisait tout ça pour Kamel, mais au fait, c'est qui Kamel ?

Le Russe a été enroulé dans une bâche et mis dans le coffre de la voiture de Claude tandis que Brahim se nettoyait avec un jet d'eau glaciale dans la réserve. Il avait rendez-vous pour son IRM dans une heure. Ils fonçaient en ville et Brahim ne savait pas pourquoi.

Dans le coffre, quelqu'un en train de geindre, qu'est-ce qu'il s'était encore passé ? Dans le creux de sa main, un lambeau de chair avec le toit bombé d'une église dessus, des gouttes rouges comme si une pluie de sang était tombée dessus. Tout lui est revenu. Le plan, c'était de balancer le Russe chez eux, dans leur campement de préfabriqués de merde, qu'ils comprennent qu'il ne faut pas déconner avec lui ou ce qui lui appartient. À cause des bruits ambiants, Brahim n'entendait plus la musique dans ses écouteurs. Il a eu peur d'oublier tout ça, alors il a demandé à Claude de ne rien oublier de tout ce qui se passait, mais comment allait-il le raconter ?

Dans son cercueil high tech, alors que son cerveau faisait le strip-tease du siècle aux spécialistes en neurologie de l'hôpital de Ratigny, Brahim était persuadé d'avoir fait ce qu'il fallait.

Les Russes ont retrouvé leur ami à moitié mort. Avec l'aval de son épouse et malgré les pleurs et les hurlements de son fils, Aliocha, le gamin au poignard sur le visage, ils ont prié pour lui et avec lui. Pour chaque plaie, ils se sont souvenus de ce qu'il y avait avant. De son histoire et de ses histoires. Aliocha les a gravées dans sa mémoire. Et tandis que les vieux achevaient son père, il se faisait beaucoup de promesses pas de son âge. Après ça, les Russes sont allés voir celui qui fait la pluie et le beau temps pour eux et pour tout l'est de la ville : Youssef. Ils ne lui ont pas dit un mot. Ils ont juste posé les lambeaux de chair tatouée de leur ami sur la table du coin VIP de la chicha du boss de l'est de Ratigny. Là, le sort de Brahim s'est scellé et, avec lui, celui de Ratigny.

Brahim, l'homme mort, sort de son cercueil d'acier, de plastique et de technologie de pointe, bien vivant et bien décidé à terminer ce qu'il a commencé. Son prochain cercueil, il ne sera pas seul dedans. Il se barre sans même avoir les résultats de son examen. Il ne sait même pas ce qu'il foutait dans un hôpital. Téléporté dans le sous-sol de son restaurant, Brahim regarde des vidéos familiales depuis quelques heures ou quelques siècles quand Claude vient le voir. Personne n'osait pénétrer dans l'antre du patron. Si Claude a fait ça, c'est qu'il a une bonne raison. Sa raison, c'est la tête de Nassim dans un petit sac en cuir.

Les Russes ont eu l'autorisation de Youssef. Ils devaient venger leur frère. Ils voulaient régler cela rapidement. Éviter que leur petit Aliocha ne fasse bouillonner sa haine, sa vengeance et sa violence pendant des années et des années. Éviter de créer un nouveau monstre. Ils se sont donc lancés dans une chasse à l'homme dans Ratigny. Ils ont sillonné la ville à la recherche du caïd au crâne poreux qu'ils n'ont pas trouvé. Qui aurait pensé à le chercher à l'hôpital en plein examen IRM ? Ils se sont alors rabattus sur le niveau inférieur de l'organigramme. Son bras droit. Nassim.

Facile à trouver. S'il n'était pas dans sa maison close toute neuve, c'est qu'il était avec Claude. Ils géraient une livraison de drogue qu'ils ont récupérée chez une femme que les Russes appelaient la Sorcière de Cristal, en référence à ce qu'elle produisait dans son labo et qu'ils fumaient parfois le soir en se rappelant le pays. Pour niquer Claude resté au volant, ils ont fait simple, ils ont garé deux camionnettes sur les côtés de sa voiture. Impossible de sortir. Il ne pouvait même pas tirer vu que Nassim tenait à prendre la voiture blindée pour ce genre de transactions. Si les Russes le savaient, c'est qu'il y avait un traître parmi eux. Claude ne laisserait pas passer ça. Reste qu'il ne pouvait rien faire d'autre que regarder les Russes, armés de haches, cavaler après Nassim, l'attraper et le balancer sur le capot de la voiture. Claude a soutenu leurs regards autant que possible. Il a aussi soutenu celui de Nassim qui savait ce qui allait lui arriver. Il a pensé à ses gamins qui ne partiraient jamais de Ratigny. Il a pensé à toutes les raisons qu'il avait de se faire buter et que celle-ci n'en faisait pas partie. Il a pensé aux femmes des Russes. Puis la hache s'est abattue sur son cou. Il n'a alors plus senti ses bras, ni ses jambes. Nuque pétée. Un autre coup de hache lui a fait voir des éclairs blancs et le dernier a fait office de point final. Dans ses derniers moments de conscience, Nassim a capté qu'on lui tenait la tête par les cheveux et qu'on la brandissait à bout de bras. Il a vu Claude le regarder et regarder celui qui tenait sa tête en lui parlant. Il n'a pas entendu ce qui se disait. Il a vu un sac dans lequel on l'a mis. Il a vu encore un peu de ciel bleu puis plus rien.

La tête de Nassim posée sur une table du Nueve Cuatro en mode fermeture exceptionnelle. Récital Daniel Balavoine à la radio pour accompagner le conciliabule mené par Brahim après que Claude lui a fait passer le message des Russes. Tant que Brahim ne se rend pas, ils tueront des gens à eux. S'il veut la guerre, ils l'attendent. S'il veut la paix, ils l'attendent. Brahim a réuni ses généraux, ses lieutenants, ses gars sûrs et ceux en qui il a encore un peu confiance pour leur dire que c'est la guerre. Leur dire qu'il est temps de chauffer tout le monde. Les anciens. Les petits. Les bandes. Les gangs. Les affiliés. Brahim veut que tout le monde soit là pour reprendre Ratigny. C'est tout ce qu'il veut.

Claude a compris à ce moment-là que les dés étaient pipés depuis le début et qu'ils n'étaient que des pions. Chargé de la logistique, Claude doit réunir bagnoles, armes et munitions. Tous les autres, les chefs de bande, les gérants de points de vente, les grands des quartiers ouest, les petits entrepreneurs, bref tous ceux qui pèsent un peu, ont pour mission de rameuter tous leurs gars et lancer la propagande sur les réseaux. Quant à Sofiane et Doums, quand on mettra la main sur eux, leur mission sera de mener tout ce monde dans la bataille. Tous les pions de Brahim mis à contribution.

Brahim déterminé à marquer le coup. Sorti d'un cercueil mais prêt à y retourner. Il sait que ses jours sont comptés. Il sait que la musique va bientôt s'arrêter. Il sait que l'enfer l'attend et il veut y emporter du monde. Une armée pour combattre tous ceux qui se languissent de lui. Il veut aussi laisser l'enfer derrière lui. Qu'on n'oublie pas qui il était. Quel pouvoir il avait. La politique de la terre brûlée, c'est un concept qui lui parle. Après lui, le déluge mais bonne chance à qui voudra éteindre le brasier qu'il vient d'allumer.

C'est Daniel qui avait raison, la vie ne lui avait rien appris.

Henri roule vers le pavillon de Brahim. Les autres ont récupéré leur crocodile grâce à ses infos, alors ils lui ont lâché celle dont il avait besoin. Soul et sa meuf sont chez son père. Henri s'est dit que décidément ils étaient vraiment progressistes dans le coin. Il n'a pas cherché à comprendre. Il lui fallait juste l'adresse. Les éleveurs de maroquinerie ambulante ont commencé à lui parler de la rue où il y a eu tel braquage et telle bagarre mais Henri ne connaît pas cette topographie de la ville. Ils ont dû regarder sur l'application Plans les vrais noms des rues qu'ils arpentent depuis qu'ils sont nés et qu'ils ont rebaptisées à l'aune de leurs existences clandestines.

Arrivé chez Brahim, Henri voit la moto de Soul couchée par terre en travers du trottoir. Ça sent pas bon. Il trouve toutes les portes ouvertes. Il entre. Il n'a pas peur. Il a son .38 dans sa poche de blouson et la main dessus. S'il doit bousiller son blouson pour tirer sur un enculé : il le fera. Tant pis. À l'intérieur, pas un bruit. Il demande s'il y a quelqu'un. On lui demande : c'est qui. C'est Henri ! Là, il voit celle qui pour lui sera toujours Camélia. Elle a un fusil à la main et les cartouches qui vont avec. Elle a pleuré. Son maquillage noir a coulé sur son visage. Longues traînées de douleur sur les joues. Henri se prépare au pire.

— Où est Soulaymane ?
— C'est les Russes, Henri. Ils l'ont emmené.
— Comment ça, emmené ?

Ce qui s'est passé, c'est que Soul est sorti pour aller chercher à manger dans un resto qui ne faisait ni Deliveroo, ni déclarations à l'Urssaf. Et alors qu'il préparait sa moto, des mecs sont sortis de l'un des fourgons qui ont servi à coincer Claude dans sa voiture. Ils l'ont attrapé et l'ont mis dedans. Ça aurait pu être évité car Sofiane et Doums étaient en voiture à une vingtaine de mètres. S'ils n'ont rien fait, c'est parce qu'ils n'ont rien vu. S'ils n'ont rien vu, c'est parce qu'ils étaient bien occupés.

Kamélia leur avait demandé de surveiller la rue de son père, autant pour lui que de lui. Ils avaient accepté sans discuter. Vis-à-vis de Kamélia, ils ont peut-être été les plus surprenants de toute la bande jusqu'à maintenant. Tonton Nassim n'avait pas caché son dégoût mais il n'avait pas paru si surpris que ça. Toujours ça de moins à charge contre lui dans l'au-delà. Claude a accueilli la nouvelle comme une donnée qu'il n'a même pas cherché à analyser. Doums s'est fendu d'un « t'es archi-fraîche en vérité », secondé d'un « j'avoue » de Sofiane. Kamélia ne le dirait jamais à personne, même pas à Soul, mais ça lui a fait chaud au cœur.

Cinq minutes avant que Soul se fasse enlever, Sofiane et Doums étaient en pleine discussion à cœur ouvert, motivée par ces trois heures passées à rien foutre dans l'habitacle de leur Clio. Doums s'était retenu depuis des jours et des jours mais, devant une vidéo de Wolf Cutler en train de pratiquer le foot fisting sur un bodybuilder qui chantait des cantiques de plaisir, il a fini par lâcher le morceau à son compère.

— Tu vois le Jupiter que je devais fumer ?

— Ouais.

Micro-hésitation de Doums, mais comme un petit qui saute d'un plongeoir trop haut pour lui, il s'est lancé quand même.

— Je lui ai dit de me sucer avant.

Sofiane a ricané.

— *Starf.* Pourquoi tu dis ça ? T'es un ouf toi.

— C'était pas ouf en plus. Se faire sucer par un mec ou par une meuf, c'est pareil.

— Mais donc là, normal, tu me dis tu t'es fait sucer par un gars ?

— À force de regarder les vidéos je me suis dit fallait essayer. Regarde Wolf Cutler, il suce des mecs, pourtant c'est un bonhomme de ouf. Plus que nous, même.

— C'est pour ça justement que lui il suce des mecs et pas nous.

— Mais c'est un bonhomme quand même. Ça change rien. Je me suis dit : moi aussi je suis un bonhomme. Puissant mignon. Balek, je me fais sucer et comme ça, je sais.

Sofiane a un peu cogité.

— Et donc zéro différence ? Là, ambiance yeux bandés, tu te fais sucer par une meuf et par un mec, tu sentirais pas la différence ?

— Non.

— Wah t'abuses du bail quand même.

— Je te promets, zéro différence. Mais j'ai réfléchi, parce qu'on fait des histoires sur les meufs, sur les deps et tout. Mais je crois le vrai bail, c'est sucer un mec, *wallah*.

— Ah frère, je suce personne moi.

— Moi non plus, t'as cru quoi, toi ?

— Mais j'avoue t'as raison, y a beaucoup de *zemels*, ça peut pas être si pourri.

Ils ont regardé l'écran un moment. Puis Sofiane a rompu le silence.

— Si tu devais sucer un mec, genre c'est ça ou tu meurs. Tu suces qui ?

— Personne, je préfère mourir.

— Non mais là t'es obligé. Tu suces qui ?

— Personne.

— Allez, c'est pour jouer, on discute, réfléchis pas. Tu dois sucer un mec, tu suces qui ?

— Je suce que toi, y a que toi j'ai confiance. Et toi ?

— Pareil.

Ils ont gardé les yeux rivés sur l'écran. Doums a voulu parler mais Sofiane l'a arrêté.

— Mais *wallah* je te suce pas, frère, c'était pour parler.

— Et si on le fait en même temps ?

Ils se sont regardés. Accord tacite de ne jamais rien dire à personne. Les sièges baissés au max. Un peu d'hésitation, un peu de contorsions, beaucoup de trac et malgré tout, de l'excitation, pas encore forcément sexuelle. Plus du genre de celle qu'a dû ressentir Gagarine avant de conquérir l'espace. Tout ça sur fond de Wolf Cutler et d'une chanson lancée au hasard sur le Spotify de Sofiane qui voulait de la musique pour accompagner le moment. Les hasards de l'algorithme les ont fait se rencontrer comme ils ne s'étaient encore jamais rencontrés sur *Vesuvius* de Sufjan Stevens. Pendant ce temps, Soul se faisait embarquer à quelques mètres d'eux mais ils étaient bien trop loin pour s'en rendre compte. Quand la chanson s'est mise à psalmodier le nom de Sufjan, Sofiane l'a pris pour lui. Comme si la musique s'adressait à lui alors qu'il faisait l'ourobouros avec la personne qu'il aime le plus en ce bas monde. Il s'est dit que cette jolie voix lui parlait en direct des cieux et qu'il ne faudrait plus jamais faire ça.

— Ils sont sortis de leur camionnette et ils l'ont attrapé. J'ai essayé de les empêcher mais j'avais rien sur moi. Ils ont dit qu'ils voulaient juste le fils. Ils l'ont pris à ma place.

Elle continue de lui expliquer ce qui s'est passé ces derniers temps. Henri se dit qu'il n'aurait pas dû dire « tchao pantin » à Soul l'autre jour. Ça leur a porté malheur. Ça va tourner vinaigre comme dans le film. Ce vide qu'Henri a ressenti quand Clara n'est pas venue ce fameux mercredi, il le ressent de nouveau.

Kamélia lui montre son téléphone. Il y a une vidéo de Soul que l'on fait rentrer dans un coffre dans lequel se trouve déjà un corps sans tête. Avec ça, un message mal écrit qui explique que c'est la vie de Brahim contre la vie de son fils. Un père pour un père ou un fils pour un père. À lui de choisir. Henri accuse le coup. Brahim ne fera rien pour Soul. Ça, il en est sûr. Mais lui, il peut faire quelque chose. Il a déclenché une partie de ces événements, il peut au moins arranger celle-là. Il a sauvé Soul d'un tabassage, il peut le sauver de ce qui l'attend. C'est rien. Il peut tirer du positif de tout ça. Il peut ramener Soul et tout arrêter après.

— Demande-leur une adresse. Dis-leur que ton père arrive.

— Quoi ?

— C'est moi qui vais y aller, mais ça va pas se passer comme ils pensent.

— Y a pas moyen que je vous laisse y aller seul.

Henri l'a vue tirer dans la forêt. Elle savait ce qu'elle faisait. Bien plus que tous les autres réunis. Comme si elle avait fait ça toute sa vie sans trop savoir pourquoi. Juste en prévision d'une occasion comme celle-ci. Il pense à l'arsenal dans son coffre. Kamélia le regarde, inflexible.

— C'est à cause de moi qu'il est dans cette merde, c'est à moi de régler ça.

— Toute seule, t'y arriveras pas.

— Vous non plus.

L'adrénaline a fait pousser des couilles à Henri mais elle a raison. Il n'a jamais tiré sur quelqu'un qui pouvait lui répondre. Ce qu'il a en tête, son délire à la Charles Bronson d'y aller tout seul et tous les avoir, c'était complètement con. Combien de chances de réussite ?

— T'as déjà tiré sur des gens, toi ?

— Bah ouais. Et vous ?

Ça fait déjà beaucoup plus de chances de leur côté.

30

À la place du mort, Kamélia charge méthodiquement son fusil de chasse. Henri lui a sorti plusieurs modèles de lunette de visée pour qu'elle choisisse celui qui lui convient le mieux. Elle n'a jamais tiré avec mais elle va devoir apprendre en faisant. Pas le choix. Juste avant ça, Henri lui a demandé de lui charger un fusil à pompe. Du coin de l'œil, il a regardé Kamélia actionner la pompe du fusil pour le vider et recommencer le chargement de zéro. Plus carré comme ça. Il ne veut pas tirer sur des mecs, se croire blindé et se retrouver à sec devant le dernier fumier de la baraque. C'est ce qu'il a dit aux petits en les emmenant à la chasse. Kamélia a retenu la leçon.

Les échanges de SMS avec les Russes ont été brefs. Un « Il arrive. Vous êtes où ? » envoyé par Kamélia suivi de l'adresse de leur campement à l'est de Ratigny. Puis de l'avertissement classique : si Brahim osait venir accompagné, alors son fils mourrait. Henri compte bien respecter cette partie du marché. Il ira seul dans le campement. Il sait les Russes nombreux mais il sait aussi qu'ils se préparent à une guerre. Ils ne seront pas tous là. C'est déjà ça. Alors qu'il roule, cette ambiance nocturne et cette tension dans l'habitacle lui rappellent un épisode de *Deux Flics à Miami*. Il regrette presque de ne pas avoir la chanson de Phil Collins dans sa compil.

À cette heure, la traversée du pont se fait sans encombre. En terre sauvage, Kamélia guide Henri. Ils ont tâté le terrain sur le téléphone de Kamélia pour lui trouver un endroit intéressant d'où elle pourrait le couvrir pendant qu'Henri ira chercher Soul. Henri lui a expliqué qu'ils feraient comme le sniper de Washington. Père et fils qui avaient terrorisé la capitale américaine en descendant des gens au hasard. Ils baissaient le siège de la voiture, s'allongeaient aussi confortablement que possible et ils n'avaient plus qu'à attendre et tirer. L'un spottait, l'autre tirait. Là, Kamélia serait seule.

Depuis une rue en hauteur donnant sur le campement, ils pensent avoir trouvé l'endroit parfait. Ils ne se disent plus rien. Ils savent ce qu'ils ont à faire. Henri descend la rue, le fusil à pompe à la main, son .38 dans la poche, un cutter dans le pantalon et un couteau de l'autre côté. Vraiment des restes des séries B qu'il a vues au cinéma avec Mehdi puis qu'il a revues des années et des années plus tard, à la télé. La boule au ventre et les larmes prêtes à couler.

Pendant qu'Henri descend la rue, Kamélia l'ajuste dans sa lunette. Derniers réglages. Boîte de munitions à portée de main. Elle espère qu'elle n'aura pas à recharger. Les Russes s'attendent à un échange, ils vont se prendre une attaque frontale.

Avant d'entrer dans le campement, Henri jette un œil aux environs. Un Russe monte la garde près de la voiture dans laquelle doit se trouver Soul. Lui, il ne l'aura pas au fusil à pompe, trop risqué, il va devoir se le faire au .38. Il regarde un coup vers Kamélia.

Kamélia balaye le campement depuis sa lunette. Ça ne bouge pas. Elle sort son téléphone et allume et éteint la lampe-torche de celui-ci trois fois de suite. La voie est libre.

Henri a bien reçu le message. Il peut y aller. Il a peur. Il prend le temps de respirer un bon coup. De calmer son cœur. D'espérer que son corps ne le lâche pas. L'infarctus, l'AVC ou la rupture d'anévrisme devront attendre. Il inspire, il expire. Doucement. De toute façon, Soul n'est pas à deux minutes.

Dans le noir complet, Soul a peur de s'étouffer. Le cadavre sans tête commence à puer. Comme il ne voit rien, il s'imagine déjà les petits vers blancs et les autres saloperies qui vont avec. Il se demande si, mû par l'instinct de survie, il serait capable de manger des morceaux de ce type si rien ne venait à se passer d'ici trois quatre jours. Il y a une heure à peine, il espérait que son cœur flanche pour que tout s'arrête. Puis il a pensé à Kamélia et il a espéré avoir quelques heures, quelques jours, quelques mois, quelques années de plus avec elle.

Henri fait sauter la tête du Russe et se dirige aussi rapidement qu'il le peut vers le coin d'un mobil-home. Là, il remet son flingue dans sa poche et équipe de nouveau son fusil à pompe. Il respire. Il ne pense à rien. C'est lui ou eux. Il entend de l'agitation dans les préfabriqués.

Depuis son perchoir, Kamélia voit la porte d'un logement s'ouvrir. Prête à tirer. Grâce à l'éclairage public de Ratigny qui donne sur le campement, elle voit qu'elle a un client. Elle inspire et tire en expirant. Elle a vu ça dans un film. Ça lui réussit. Sa cible a un gouffre à la place de l'endroit où se trouvait son estomac. Elle tire sur la culasse pour évacuer la cartouche usagée et se tient prête pour le suivant qui ne tarde pas à sortir d'un autre logement. Elle ajuste mal sa deuxième cible. Panique. Elle tire et loupe son coup. Le mec a juste une main en moins. Le calibre est costaud.

Henri se prépare à l'assaut tandis qu'il aperçoit les éclairs crachés par Kamélia. Elle lui prépare le terrain, il finira le boulot. Depuis les cabanes de ferraille, Henri voit que l'on tire vers Kamélia. Avec ce qu'ils ont, ils ont peu de chances de l'atteindre. Il espère que Kamélia le sait et qu'elle va rester à le couvrir. Si elle ne le sait pas et qu'elle prend peur, il va falloir qu'il se bouge.

Depuis ce qu'il imagine être son futur cercueil, Soul entend les coups de feu. Il entend du russe. Ça crie mais ça ne panique pas. Ils ont l'air de savoir ce qu'ils font. Les mots sont entrecoupés de coups de feu. Il y a de moins en moins de voix différentes qui parlent. Il entend des balles siffler. D'autres s'écraser sur la voiture. OK, des gens sont venus le sauver, Brahim a dû envoyer la cavalerie pour lui, mais il espère juste que ce ne sont pas Sofiane et Doums, les connaissant ils vont le tuer en tirant n'importe comment sur la bagnole. Il les voit déjà ouvrir le coffre, le trouver mort, vanner son cadavre et le mettre sur Snapchat avant de se battre pour savoir lequel des deux l'a tué. La pire fin possible.

Dans la lunette de Kamélia, Henri qui entre dans un préfabriqué et fait de la lumière. L'écho des détonations vient jusqu'à elle. Elle n'ose imaginer l'enfer que ça doit être en bas. Henri passe à une autre baraque après avoir remis une cartouche dans son fusil. Kamélia tire sur la façade de l'endroit où Henri va aller ensuite. Avec un peu de chance, elle en aura un comme ça, au pire, ça leur fera peur. Elle voit Henri passer dans le deuxième baraquement et avoir un drôle de mouvement de recul mais il tire malgré tout. Une fois, deux fois, trois fois, jusqu'à pomper dans le vide. Elle tire jusqu'à être à sec. Faut qu'elle recharge.

Henri s'en veut d'avoir loupé un pas en rentrant dans le mobil-home. Putain d'orteil pourri. Il a fallu qu'il le fasse chier à ce moment-là. Il n'y a plus de bruit dans le campement. Il a tué quatre ou cinq mecs. Ils n'étaient vraiment pas tant que ça pour garder le petit. Les autres sont planqués dans Ratigny. Prêts pour le grand carnage. En tout cas, ici, c'est bon. Il peut aller chercher le môme. Mais alors qu'il se dirige vers la voiture, un Russe le suit à pas de loup…

Kamélia voit ça de loin pendant qu'elle recharge. Elle a bien quelques cartouches en stock, mais si elle le rate ?

C'est mort. Elle se contente de tirer vers eux pour prévenir Henri. BANG !

Henri sursaute. Il lève son .38 mais le Russe le fait valdinguer loin, trop loin. Ça va se jouer d'homme à homme. Henri sait qu'il est foutu. L'autre a la moitié de son âge et est en bien meilleure forme. Le Russe plaque Henri comme si c'était du rugby. Henri est sonné. Le Russe commence à l'étrangler. Ça lui rappelle quelque chose. Ça lui rappelle aussi qu'il a un cutter à portée de main. Deux secondes après, clikliklikliklik, la lame est sortie au max. Le Russe n'a pas le temps d'envoyer le bon message à son cerveau qu'il n'a plus de gorge. Elle se répand entre ses doigts et sur Henri, puis c'est à son tour de se répandre sur le vieil homme.

Soul n'entend plus rien. Ce n'est pas lui qui est mort, ce sont les autres. Ses sauveurs. Cette fois, il est foutu. Il entend qu'on s'approche de la voiture. Il se prépare à se prendre une rafale de kalach ou juste une balle en pleine tête. Il se prépare à la fin. Il cherche à penser à un truc intéressant. Un truc qui marque le coup. Mais il n'y arrive pas. Passé et futur qui n'auront pas lieu se mélangent trop vite. Il va mourir en pensant à un tacos trois viandes, il est dégoûté. Le coffre s'ouvre, il ferme les yeux mais il ne se passe rien.

— Allez sors de là.

Une voix qu'il connaît. Il sourit et ouvre les yeux pour voir Henri. Plein de sang. Ça lui fait peur.

— C'est pas le mien, c'est celui de ce pauvre con.

Henri est heureux de revoir Soul. Il aurait préféré que ça soit autour d'une glace mais la nuit est encore jeune. Il lui désigne le Russe mort à gorge déployée puis lui crache du sang au visage. Son sang. Henri s'est pris une balle dans le dernier mobil-home.

— Me voilà dans de beaux draps tiens.

Henri lui raconte comme il peut pour Clara. Il lui répète tout ce qu'elle a dit entre deux quintes de glaires sanglantes. Soul lui dit qu'il s'en fout, qu'il faut le soigner, qu'il lui dira plus tard. Mais Henri, qui se noie dans ses poumons pleins de sang, dit que c'est important. C'est la fin de l'histoire, faut qu'il sache pour pouvoir la raconter à tout le monde. C'est tout ce qui compte. Alors Henri termine son rapport tandis que le Manager descend lentement vers le campement. Henri et Soul savent que c'est foutu. Leurs aventures s'arrêtent là. C'est vraiment trop con.

Henri se sent partir. Soul sait qu'il n'y a rien d'autre à faire que de l'accompagner. Ce qu'il n'a pas pu faire avec son père à l'époque, il peut le faire avec Henri. Kamélia reste à l'écart, au volant de la voiture, n'osant pas s'immiscer dans ce moment entre eux.

Quand son père est mort, Soul s'est rendu compte qu'il se passait un truc pas normal, alors il a pleuré parce que les gamins, c'est tout ce qu'ils savent faire. Surtout, c'est ce qu'on attend d'eux. Mais en vérité, ça lui a pris un moment de comprendre qu'il ne le verrait plus. Avec le temps, il a capté tout ce que cette mort lui avait arraché ce jour-là. Là, avec Henri, ce n'est pas pareil, il comprend tout de suite ce qu'il perd. Il ne l'entendra plus parler. Il ne le verra plus marcher. Il ne le verra plus rien faire. Ils n'iront plus manger de glaces ensemble.

Henri ne croit pas en Dieu mais il cherche à rassurer Soul. Il lui dit que ça va aller. Que sa femme l'attend dans l'avion et qu'ils partent en vacances. Soul ne croit pas non plus en Dieu mais il prie quand même pour Henri. En arabe. Ça fait plus solennel et mystique. Ça berce Henri.

Il se dit que Soul doit plaider pour lui. Que c'est un brave type. Qu'il faut le pardonner et l'accueillir au paradis comme il se doit. Henri se sent partir comme avant de s'endormir mais cette fois, il sait qu'il ne se réveillera pas. S'il y a quelque chose après la mort, il sera surpris, c'est sûr. Cette fois, faut y aller. Mais quand même, il aurait aimé rester un peu plus longtemps.

Au bout d'un moment, sa main dans celle de Soul se fait un peu moins ferme. Puis plus du tout. C'est fini. Il n'y a plus rien. Soul le comprend. Il prend le temps d'assimiler et ressentir tout ce qu'il doit ressentir tandis que Kamélia se tient prête pour le hurlement de haine, de rage et de désespoir que va pousser l'homme qu'elle aime.

31

Soul pense à lui offrir un enterrement viking en foutant le feu à sa bagnole et lui avec, mais il ne mérite pas ça. Il ne mérite pas qu'on se demande ce qui a bien pu arriver à ce petit vieux. Ce monde-là, celui du retraité sans histoires qui fait une mauvaise rencontre, ce n'est plus le sien. Henri est devenu un mec de la street. Il mérite quelque chose à sa hauteur.

C'est Kamélia qui a l'idée en roulant dans Ratigny. Henri est devenu un mec du nueve cuatro. C'est là qu'il doit reposer. Les travaux après lesquels il gueulait, il ne le savait pas, mais c'est son tombeau qu'on creusait. Là, un grand trou qu'ils sont prêts à combler et rebitumer.

Soul est d'accord. Pas d'enterrement de boloss pour Henri. Pas de discours débile. Pas de fait divers dans *Le Parisien 94*. Pas d'Henri perdu parmi les défunts dans le prochain magazine de la ville. Soul se chargera de raconter la légende à tout le monde. Henri sera toujours là. Pendant que Kamélia démarre la pelleteuse en triturant les fils, Soul arrange son ami. Mais, à part tout ce sang qui donne l'impression d'assister aux funérailles d'un guerrier barbare, il n'y a pas grand-chose à arranger, Henri a l'air aussi grandiose que sur son matelas de piscine.

Soul le sort avec précaution de la voiture. Un vrai croque-mort ne s'y serait pas mieux pris. Il regarde les immeubles alentour. Pas une lumière. Les gens normaux vivent le jour, eux vivent la nuit, tout le monde cane n'importe quand. Kamélia fait vrombir la pelleteuse et arrache un bout de terre. Soul s'inquiète du bruit que ça fait et s'apprête à en toucher un mot à Kamélia mais il sait qu'elle l'enverra chier. Jamais il n'aurait cru voir une meuf en bottes à mille cinq cents balles manœuvrer un tel engin. Mais ici, tout arrive.

Alors que Kamélia rebouche le trou, Soul retourne au Manager et met le contact. Un coup sur l'autoradio, comme faisait Henri, et la musique reprend.

C'est *What Would I Do* de Nipsey Russell. Une chanson qui avait bien plu à Soul alors qu'ils planquaient devant l'hôtel. Henri lui avait dit qu'elle faisait partie de la bande originale du film *The Wiz* de Sidney Lumet. Un film que Soul a tout de suite eu envie de voir avec Kamélia. Il était quasiment sûr qu'elle ne le connaîtrait pas. Henri lui avait dit que le film n'était pas fou mais le disque qui allait avec était super.

— Henri, un film avec une musique pareille dedans, il peut pas être claqué.

— Déjà, il a un gros défaut, c'est que cette chanson est trop courte.

— C'est pas grave, tu peux la remettre.

— Je vais me gêner. Mais c'est pas pareil. Tu fais ton tour de piste avec elle, c'est magnifique, t'aimerais que ça s'arrête jamais alors ouais, tu la remets, tu cours après les sensations que t'as eues en la découvrant mais c'est plus jamais pareil. C'est comme de la nostalgie d'un truc que t'as pas vécu. C'est de la vie en plus.

À l'entendre de nouveau, Soul a les larmes qui montent. Déjà nostalgique de sa saison avec Henri. Il sait qu'elles monteront encore et encore pendant un bout de temps. Tandis qu'il se laisse porter par la musique pour se retrouver en planque avec Henri, Kamélia pense à un dernier truc et court à la voiture. Soul la regarde bizarrement mais quand elle lui montre deux canettes de Coca, il comprend. Il comprend aussi qu'il passera le restant de sa vie avec elle. C'est elle. C'est sûr. Elle lui lance une canette et ils boivent ce Coca tiède, – Henri aurait détesté ça –, en pensant à lui et en écoutant les jolies voix sortir de la voiture.

Soudain des détonations au bout de la rue. La guerre démarre sans eux ? Non, ça siffle et ça pète dans les airs. Des petits et leurs feux d'artifice. Entre les détonations, leurs rires résonnent dans le silence nocturne. Les explosions dans le ciel font briller le goudron et les yeux de Soul et Kamélia. Rien à ajouter, pas de dernier mot, ils regardent la terre sous laquelle va reposer Henri. Une fois la chaussée rénovée, il ne fera qu'un avec la rue.

Cette rue qui va devenir « la rue du vieux qui cherchait sa voisine » dans leurs guides à eux. Le vieux qu'a déglingué une maison close. Le vieux qui nous a appris à tirer. Le vieux qui a mollardé à la gueule de Crolet de la BAC. Le vieux qui a trouvé le tueur d'escorts. Le vieux qui a découvert la vérité sur sa voisine. Le vieux qui a tué les Russes. Le vieux qui m'a sauvé.

Les petits les gratifient d'un bouquet final qui achève de réveiller toute la ville. Des sirènes au loin. Des rires toujours. Pas si mal comme cérémonie.

— On fait quoi maintenant ?

— C'est pour moi qu'il est mort. Faut que je fasse quelque chose. Faut que j'aille avec les autres.

Kamélia a mille arguments à lui opposer mais, comme elle, il doit faire ce qu'il a à faire. Quoi qu'il en coûte. Il doit aller au bout de son histoire. Elle le serre contre elle. Une étreinte qui vaut pour « je t'aime ».

— T'as intérêt à revenir.

Un « je t'aime » que Soul n'entend même pas, il est déjà à l'arrière d'une bagnole avec des mecs de la cité. Le téléphone branché à l'AUX de la bagnole et ses haut-parleurs grand luxe qui ne grésillent pas, l'impression de rouler au ralenti, le *Butcher of the World* de Lingua Ignota, sa *Chevauchée des Walkyries* à lui, plein pot dans tout Ratigny. Kamélia lui avait dit que l'intro, c'était la même musique que dans *Orange mécanique* qu'il n'avait pas vu mais ça sonnait bien. Elle annonçait des choses graves. Et quand elle se mettait à hurler, les choses graves arrivaient mais là, ils en étaient encore qu'à l'intro. En attendant, comme Kamélia tout à l'heure, il recharge pour la énième fois son fusil, histoire de se concentrer sur un truc.

Il n'y a même pas une heure, Soul fonçait à travers RoRo au volant du Manager d'Henri pour rejoindre tout le monde.

Pour pas qu'ils partent sans lui. Pour leur dire ce qui s'était passé avec Henri. Pour leur dire ce qu'ils lui ont fait et ce qu'il a fait. Pour que l'histoire puisse tourner. Entre eux sur ce parking pour commencer. Sur des groupes WhatsApp ensuite. Qu'elle se propage dans des prisons, des bendos et des habitacles de bagnoles louches. Puis qu'on en parle au grec et sur les terrains de foot. Et même dans les écoles. Pour que l'histoire d'Henri devienne sa légende. Amplifiée comme il se doit. Tout le monde y ajoutera son détail qui tue. Chacun fera d'Henri son héros. Certains jureront que c'était leur oncle ou leur grand-père. Ils changeront peut-être son nom pour un peu plus s'identifier à lui. Il y aura même des versions différentes qui tourneront. Le *hajj* qui a retourné Ratigny. Des débats nocturnes sur des parkings. Soul se voit déjà en ancien du quartier à qui on viendra demander la vraie histoire du vieux qui a fumé les premiers Russes et il sait déjà que, chaque fois qu'il racontera cette histoire, il l'embellira encore et encore et encore. Tant qu'on ne t'oublie pas, tu ne meurs pas vraiment.

Pour Clara, il n'y aura rien. De toute façon, à part Henri et lui, tout le monde se foutait d'elle. C'est elle qui avait raison au fond. Qu'elle fasse sa vie, ils allaient continuer de gâcher la leur.

Soul hurle à un feu rouge quand il entrevoit ce qui va suivre. Quand il intègre que lui aussi a perdu puisqu'il a une arme à la main et qu'il était prêt à l'utiliser sur quelqu'un. N'importe qui. Ses acolytes gueulent avec lui. Encore plus fort que Lingua Ignota. Ils s'encouragent. Si des civils les ont entendus, ils ne se rendormiront pas. Tant pis. Ou tant mieux. Ils pourront assister au début de la fin.

Doums lui avait pingué l'endroit où les rejoindre dans la cité des Glaïeuls. Là, c'était l'animation des grands jours à 3 heures du matin. T'avais encore des feux d'artifice qui pétaient ici et là. T'avais des gens aux fenêtres qui se demandaient ce qui se passait encore, qui se demandaient dans quelles emmerdes leurs gamins allaient se foutre encore. T'avais des mecs qui s'étaient postés en sentinelles en grimpant sur des camionnettes ou sur les auvents de béton de la galerie marchande fantôme. T'avais une quarantaine de mecs de tous les âges à qui on donnait des armes à feu ou de fortune. Sur les milliers d'habitants de la cité, c'était rien mais en même temps, c'était déjà trop. T'avais des gamins de quinze ans dans le tas. Des petits qui voulaient en être. Henri avait parlé à Soul de croisade des enfants. Soul comprenait mieux maintenant.

Soul le savait et Brahim le savait mieux que lui, mais des mecs qui étaient là ce soir ne le seraient pas le lendemain. D'autres ne seraient pas là le soir d'après, mais d'autres qui dormaient cette nuit-là les rejoindraient alors. En voyant ça, Soul s'est dit qu'il serait peut-être l'un des premiers à partir. Prêt à se faire pulvériser le cœur.

Depuis qu'Henri est parti, il lui fait plus mal qu'il lui a jamais fait mal ce putain de cœur. À l'arrière de la bagnole qui les emmène vers le grand carnage, alors qu'il regarde la photo qu'il avait prise d'Henri au grec, il a plus mal que jamais. Il sait que les autres parlent de lui. Par-dessus la musique que Soul a mise en repeat +1, chacun y va de son anecdote, vraie ou fausse, sur celui qu'ils appelaient le ieuv, le ieuvieux, le vieux babtou ou même Monsieur Henri. Même les fausses anecdotes, Soul les jalouse parce qu'il se rend compte qu'il aurait aimé les vivre avec celui qu'il considérait comme son meilleur ami. Dans la voiture de devant, un gamin de treize ans à peine sort pour s'asseoir par la fenêtre, un fusil à la main, prêt à affronter l'est de la ville. Les Russes. Le monde. Il y a quelque temps, cela aurait catastrophé Soul de voir ça mais là, il espère juste que le petit s'en sortira et, s'il ne s'en sort pas, il espère que les quelques cartouches qu'il aura le temps de tirer feront mouche.

À la cité, t'avais Sofiane et Doums posés en chefs de guerre, comme Henri l'avait prévu. Armés jusqu'aux gencives. Ils motivaient les troupes comme ils pouvaient. Ça ne volait pas plus haut que ce qui se dit dans les vestiaires à la mi-temps d'un match de district mais ça suffisait. À côté de ça, t'avais le marabout de Brahim, tiré du lit pour prodiguer ce qui ressemblait aux derniers sacrements, repousser les mauvais esprits et demander aux bons de les protéger eux plutôt que ceux chez qui ils allaient semer la terreur. Dans un coin, t'avais la voiture d'Henri, déposée là par Soul après qu'il s'était séparé de Kamélia, le coffre grand ouvert, ses fusils et munitions en libre-service. Et plus loin, t'avais Soul, les poches pleines de cartouches et un fusil à la main qui cherchait avec qui partir à la guerre.

Soul continue de charger et décharger machinalement son fusil. Une bagnole bourrée de mecs armés et hilares comme s'ils allaient fêter un truc sur les Champs passe à côté d'eux. Soul reconnaît les fusils d'Henri. Même si les keufs en arrêtent quelques-uns ou trouvent les fusils dans les rues ou sur des scènes de crime, qu'est-ce que ça leur dira ? Juste que c'était à Henri, mais maintenant, qu'est-ce qu'il risque ? Ça lui aurait plu de savoir qu'il allait être en mesure de pouvoir faire chier les keufs d'outre-tombe.

À la cité, t'as eu un discours de Brahim qu'est parti dans tous les sens. Les autres étaient tellement à cran qu'ils l'écoutaient à peine. Brahim y avait pourtant été aussi sensé qu'il pouvait l'être ces derniers temps. Il leur a parlé de ce quartier pour lequel lui s'était battu de nombreuses fois et pour lequel d'autres s'étaient battus avant lui et pour lequel d'autres se battront après. Il leur a parlé de ce quartier comme de leur horizon et qu'aussi loin qu'ils pouvaient regarder certains ne verraient jamais autre chose que RoRo et que lui, il trouvait ça bien parce que même les mecs qui allaient sur la Lune finissaient par rentrer chez eux. Et pour eux, tous autant qu'ils étaient, chez eux, ça serait toujours Ratigny Ouest. Ça valait ce que ça valait comme chez-soi mais c'était le leur et là, on les menaçait de leur prendre le seul truc qui était vraiment à eux et lui, Brahim, il n'était pas d'accord avec ça et il les encourageait à se battre pour ce qui était à eux. Certains avaient été chauffés à blanc par ces mots. Tout ce que ça avait inspiré à Doums, ça avait été de demander à Sofiane : « Il se croit dans *300* ce fils de pute ? » et Soul n'avait pensé qu'à Kamélia pendant tout le temps que ça avait duré.

Puis ce moment de flottement incroyable pour Soul quand celui qu'ils appelaient Donald Jupiter est apparu aux côtés de Brahim. Henri lui avait pourtant dit que Brahim devait le tuer et là, ils se prennent dans les bras et font front commun. Tous les membres restants du gang Jupiter prêts à venger leurs amis. Un gros coup de Brahim. Alors qu'il regardait Jupiter dormir depuis de longues minutes, celui-ci s'est réveillé, et Brahim, qui a oublié qu'il devait le tuer, lui a raconté que les Russes, téléguidés par Youssef Bahloul, le roi de la cité Malraux de Ratigny Est, avaient éliminé ses frères et ses cousins. Brahim lui a tendu la main. Lui a parlé d'alliance. Eux deux contre tous les autres. S'il avait eu toute sa tête, cela aurait été du génie. Là, c'était juste une énième divagation d'un mec qui ne savait pas ce qu'il faisait, flingue à la main, au chevet d'un autre.

Quand ça a été le moment de bouger, un ancien du quartier a fait un dernier briefing. Logistico-stratégique. Il était temps de remplir les voitures mais il ne fallait pas qu'ils arrivent tous par les mêmes endroits. Ils avaient des adresses mais il fallait être malin et ça, c'était pas leur fort. Ça s'est surtout embrouillé pour savoir qui allait monter avec qui. Ça avait commencé à s'engueuler comme pour monter des équipes avant un five. Au city, on se fâchait pour équilibrer les équipes suivant les talents en place, là c'était pour équilibrer l'armement. Qui avait les meilleures armes ? Qui savait tirer ? Qui avait été à la chasse avec le vieux ? Soul avait rappelé à tout le monde qu'il s'appelait Henri. Il avait marqué un temps. Puis il en avait profité pour raconter son histoire pour la première fois. Ça les avait motivés. Sa fin accompagnée d'une salve d'*Allah y rahmo* les avait touchés pour la plupart. Ça allait les travailler.

Puis ils sont tous montés en voiture. Soul avec des mecs avec qui il n'avait jamais vraiment traîné. Il avait branché d'autorité son téléphone sur AUX tandis que toutes les voitures démarraient dans la nuit. File indienne d'yeux rouges en chemin vers le front.

Jusqu'au bout, Henri s'était battu contre ça. En trouvant Clara, il évitait la croisade aux enfants. Clara, son moulin à vent. Il avait bien senti qu'elle n'était pour Brahim qu'un prétexte à déchaîner les Enfers comme elle a peut-être été pour lui un prétexte pour vivre un peu plus fort. Pourtant, Henri avait vécu sa vie comme il l'avait vécue. Malgré tout ce qu'il disait, Soul a capté que sa vie, il l'a kiffée et il aurait aimé qu'elle continue, mais il l'avait sacrifiée pour que Soul puisse vivre la sienne encore un peu plus. S'il voulait éviter cette guerre, c'est pour que tous les mecs qui sont montés en voiture puissent profiter de la leur un peu plus. Sans se foutre dedans pour des conneries de quartier, pour des immeubles dont ils ne possèdent même pas la pierre, pour des rues et des bâtiments aux noms de gens qu'ils ne connaissent même pas. Et maintenant, c'est mort.

Soul a la haine contre les Russes, contre les mecs de Ratigny Est, contre le père de Kamélia mais aussi contre lui-même. L'arme à la main. Prêt à la guerre. Il charge et décharge et recharge ce fusil pour Henri et contre Henri en même temps, et c'est peut-être ça qui lui fait le plus mal. *I'm the fucking death dealer, I'm the butcher of the world* dans les haut-parleurs. Pour Soul, ça leur correspond bien là, tous autant qu'ils sont. Dans les voitures autour de lui, ça rigole, ça se vanne, ça stresse, ça s'insulte, ça vit encore tant que ça peut. Ils vont peut-être tous se faire descendre, mais en attendant, ils ne reculent pas. Alors que la chanson démarre encore une fois, Soul se tend. Il entend le premier cri. Le premier coup de feu. Les premiers cris. Les premiers bruits. Y a qu'un truc qu'il ne veut pas entendre, c'est le silence. Parce que le silence, ça voudra dire que c'est fini. Mais tant qu'y aura du bruit, ça ira.

32

Elle ne pensait pas faire ça là comme ça, mais dehors, le monde brûlait. Des fusillades éclataient ici et là. Les cadavres ne seraient peut-être pas ramassés avant le lever du soleil. Ça ne faisait que commencer et ils n'y pouvaient plus rien, alors elle s'est dit que ce moment n'était pas pire qu'un autre. Brahim lui est tombé dessus alors qu'elle était dans sa chambre en train de se lisser les cheveux au fer à repasser.

Elle l'a fait asseoir sur le bord du lit parce qu'elle avait une idée. Elle avait bien capté qu'il perdait la boule quand il lui a dit que la musique avait ce pouvoir de lui fixer ses souvenirs. Comme si les chansons étaient des capsules de trois minutes trente dans lesquelles il pouvait sauvegarder ce qu'il avait vécu. Mais si c'était vrai, alors son nouveau plan, moins radical que l'autre, pourrait marcher et elle n'avait rien à perdre.

Elle a lancé la dernière musique du film *L'Assassinat de Jesse James par le lâche Robert Ford* sur le téléphone. Une musique qu'elle était sûre de ne jamais lui avoir fait écouter. Un film qui parlait de mythes et de légendes et des simples mortels derrière tout ça, et des histoires qu'ils se racontent pour se raconter au monde. Ça lui semblait à propos. Kamélia s'est lancée dans son histoire. Son père aux aguets.

— Tu m'as dit quand j'étais gosse que t'étais le roi du nueve cuatro. Tu m'as dit qu'il y a le 9-4, celui des civils, le département quoi et qu'il y a le nueve cuatro, notre royaume à nous, avec ses lois et ses règles et ses coutumes. Chez nous, les noms des rues c'est pas ceux écrits sur les plaques mais ceux qu'on se raconte. Le nueve cuatro, c'est le 9-4 où les gens n'ont pas de statues d'eux, ni de gymnases qui s'appellent comme eux. Ils ont juste des histoires qu'on raconte sur eux et qui sont racontées. On a nos personnages historiques comme Napoléon. Nos légendes urbaines de la street. Le dernier à être entré dans notre panthéon, c'est ce pauvre Henri. Tu te souviens de lui ? Tu l'aimais bien.

« Celle que t'aimais tout court, ta reine, tu l'as rencontrée à Paname puis tu l'as ramenée au quartier. Elle t'a donné un premier fils et vous en avez été fiers de ouf. T'as régné sur tes terres. T'as été un homme. Tu t'es fait des ennemis. Tu t'es fait des amis. T'as pris ta part sur tout. Personne n'a fait un sou dans le nueve cuatro sans que tu touches quelque chose dessus. T'as fait du mal. T'as fait du bien. T'es devenu la mission locale, la CAF, les Assedic, la banque et même la police du nueve cuatro. Tous ses enfants violents à tes côtés. Ils ont fait du mal en ton nom. Ils font du mal en ton nom là dehors. Ils feront encore du mal en ton nom. Tu le sais. Tu fais avec. »

Dehors, des détonations. En temps ordinaire, à cette heure, ça aurait été des feux d'artifice mais là, ce sont des coups de feu. Des billets pour l'au-delà. Brahim ne cille pas. Comme un enfant, il attend la suite de son histoire.

— Vous deux, le roi et la reine du nueve cuatro, vous étiez magnifiques. Vous aviez encore assez d'amour pour d'autres enfants mais pas assez de place dans votre imagination pour eux. Je sais pas si tu captes ce que je veux te dire mais je crois que oui. En tout cas, vous l'avez fait ce nouvel enfant. Cet amour que vous aviez à donner, il compenserait toute la haine que t'avais semée derrière toi et je suis arrivée. T'as eu une fille qu'est ton fils qu'est ta fille qu'est ton fils qu'est ta fille. Et t'avais tellement d'amour à donner que ça t'a pas dérangé. Un jour, c'était ton fils et t'étais content puis quand c'était ta fille, t'étais content aussi. Y en avait pas un que tu préférais à l'autre.

Des larmes coulent sur le visage de Kamélia. Son visage se rature, sa façade s'étiole. Sans réfléchir, comme un père, Brahim tend la main vers elle. Essuie ses larmes. Un geste qui la surprend. Normalement, la caresse aurait été un coup.

— Ceux à qui ça plaisait pas, ils payaient. Pas de ça chez toi. Y en a eu des jambes cassées et des mecs qu'on a jamais revus. J'étais ton enfant et tous les enfants dont tu rêvais. Tu m'as emmenée à l'école chaque fois que tu pouvais. Tu leur as expliqué à tous que j'étais à la fois Kamel et Camélia et que j'avais pas à choisir. Quand j'ai pas eu le rôle de la princesse au spectacle de l'école et que j'ai pleuré, tu m'as dit que de toute façon, j'étais déjà ta princesse. Quand mon équipe a gagné le tournoi des U13 au foot, t'as été fier, je crois même que t'as pleuré après le match où j'ai marqué un doublé, mais t'as jamais cherché à me dire que Kamel valait peut-être plus que Camélia. Tu leur as dit à tous que je m'appelais Kamélia : de la mairie aux bas-fonds du nueve cuatro.

Brahim a l'air de se souvenir de ces moments qui n'ont jamais existé et cela bouleverse Kamélia. Tout cela aurait pu arriver.

— Quand Nabil est mort, t'as perdu un fils, j'ai perdu un frère et le nueve cuatro a perdu son prince. T'étais inconsolable mais tu m'as dit que si j'avais pas été là, t'aurais peut-être craqué et fait une dinguerie. Moi, je suis contente que tu sois toujours là. Je sais que tu préférerais dégager tout ça de ton cerveau troué mais ça fait partie de nous. C'est ce qui fait qu'on est une famille. On peut pas garder que le bon et virer les mauvais souvenirs. Ce serait trop facile. Tu te souviens des films qu'on matait ensemble ? Tu te souviens des concerts qu'on a faits ensemble ? Tu te souviens des jeudis au restaurant quand tu m'as appris tes recettes ? Tu te souviens quand on est partis en vacances tous les deux et qu'on a fait de la plongée ? Les soirées sur la plage ? Tu me faisais pas la leçon sur ce que c'était d'être un homme ou une femme. Juste sur ce que c'était d'être quelqu'un.

La liste aurait pu s'étoffer mais Kamélia pleure déjà beaucoup trop sur ces souvenirs imaginaires. Les doigts de Brahim ne suffisent pas à arrêter les fuites de larmes noires et aussi salées que sucrées. Kamélia abrège. Dernière ligne droite.

— À l'enterrement de maman, tu m'as dit qu'un jour, ce serait à moi d'hériter de tout ça. Roi et reine à la fois. Tu m'as appris à conduire. Tu m'as consolée quand on m'a quittée et qu'on m'a laissée et que j'ai laissé et quitté. T'as toujours cherché à me comprendre. Sous toutes mes formes. T'as pas été le meilleur des hommes mais t'as été le meilleur des pères et tu le seras jusqu'au bout. C'est de ça qu'il faut que tu te souviennes. À la fin, y a que ça qui comptera. Moi, je t'aime, papa.

En larmes dans les bras l'un de l'autre. Tout cela devait sortir. Il lui dit qu'il l'aime. Il n'a pas dû tout comprendre mais il a ressenti et il l'a accepté. Comme une évidence. Comme l'inverse d'un sale diagnostic où on te dit que tu vas caner, là c'est un surplus de vie qu'il s'est pris en pleine tête. Il lui murmure des choses que Kamélia gardera pour elle et rien que pour elle tant que la mémoire ne lui fera pas défaut. Elle ne sait pas combien de temps tous ces souvenirs fantasmés vont lui rester en tête, mais elle sait qu'elle lui rejouera cette belle et triste musique qui lui rappellera tout ce qu'ils n'ont pas vécu mais qu'ils auraient pu vivre. Tant que ça a été raconté, c'est que ça existe, une vingtaine d'années de bonheur condensées en six minutes contre une vingtaine d'années de merde qui continueront de lui faire mal et qu'elle ne saura peut-être jamais comment soigner. Ce pansement fera l'affaire. Que ce soit pour dix minutes, dix jours ou plus, on verra bien. Demain tuera hier.

Et tandis qu'à l'extérieur leur monde continue de brûler, la musique se termine, le shuffle lance *The Suburbs* d'Arcade Fire, et Kamélia se dit que c'est le bon moment pour arrêter son histoire et profiter du voyage tant qu'il durera.

REMERCIEMENTS
OU LE MOMENT DE PORTER UN TOAST
(AU COCA DE PRÉFÉRENCE)

Si ce livre existe, c'est grâce (ou à cause) d'Arnaud Le Guilcher qui m'a un jour dit : « Ça te dirait pas d'écrire un roman ? »

Sans mes cadres du nueve cuatro, il n'y aurait rien de tout ça, alors je lève ma canette à la famille Adouane, au docteur Karim Tedjini, à Ismael Aloui aka le Fumier, Samba Magassa, Kamel Bouhatene, Katiana Besnard, Bouyagui Traoré, Manu Pavilla (et mercééé pour les dialogues en créole), Gélissa Daly, Adrien Lopez, Alex Delumeau, Cédric Blanche-Barbat aka Blanche Barbare, Axel Iseli, ACAB Goyi, Rachid Guellaz (t'es tellement à la frontière qu'allez, ça passe), Hakim Jemili néo-résident du meilleur des départements, Brahim Bouhlel que je bombarde citoyen d'honneur et, bien sûr, le lac du parc interdépartemental des sports de Choisy-le-Roi.

Merci à Franck Gastambide, Charles Van Tieghem, Xavier Lacaille, Frédérik Folkeringa, Chloé Marçais, Hossein Adibi,

Arnaud Boissel… À force de cogiter et faire tomber des pages avec eux, on ne peut que devenir meilleur à ce qu'on fait.

Si ce livre est entre vos mains, c'est grâce à Pélagie Nicolas et Arnaud (encore oit) de chez Wagram et Marie Eugène de chez HarperCollins, ainsi qu'Alexane Lepoan et tous les gens sous les yeux desquels il est passé pour être sur son trente et un.

Et surtout merci à mes parents pour tout, à ma sœur je sais pas trop pour quoi, et à Kuato pour rien du tout.

DANS LA MÊME COLLECTION

Louise Browaeys, *La Dislocation*

Gringe, *Ensemble, on aboie en silence*

Émilie Guillaumin, *L'Embuscade*

Carine Hazan, *jean-jacques*

Aurélie Jeannin, *Préférer l'hiver*

Aurélie Jeannin, *Les Bordes*

Anne de Kinkelin, *12 bis, avenue du Maréchal-Joffre*

Anne de Kinkelin, *La Sourde Oreille*

Nicolas Maleski, *La Science de l'esquive*

Nicolas Maleski, *La Force décuplée des perdants*

Sophie Pointurier, *La Femme périphérique*

Sophie Reungeot, *Le Bruit des avions*

Composé et édité par HarperCollins France.

Achevé d'imprimer en janvier 2022.

FIRMIN-DIDOT

à Mesnil-sur-l'Estrée (Eure).

Dépôt légal : février 2022.

Pour limiter l'empreinte environnementale de ses livres, HarperCollins France s'engage à n'utiliser que du papier fabriqué à partir de bois provenant de forêts gérées durablement et de manière responsable.

Imprimé en France